2016
中国年度作品
短篇小说

付秀莹 主编

咪咕阅读　中国出版集团　现代出版社

图书在版编目（CIP）数据

2016中国年度作品. 短篇小说 / 付秀莹主编. —北京：现代出版社，2017.1

ISBN 978-7-5143-5440-9

Ⅰ.①2… Ⅱ.①付… Ⅲ.①短篇小说—小说集—中国—当代

Ⅳ.①I217.1

中国版本图书馆CIP数据核字（2016）第295661号

2016中国年度作品. 短篇小说

主　　编：付秀莹

策划编辑：庞俭克

责任编辑：申　晶

出版发行：现代出版社

通讯地址：北京市安定门外安华里504号

邮政编码：100011

电　　话：010-64267325　64245264（传真）

网　　址：www.1980xd.com

电子邮箱：xiandai@vip.sina.com

印　　刷：三河市宏盛印务有限公司

开　　本：710mm×1000mm　1/16　　　印　　张：20.75

版　　次：2017年1月第1版　　　　　　印　　次：2017年10月第2次印刷

书　　号：ISBN 978-7-5143-5440-9

定　　价：39.80元

短篇小说是一道闪电

——2016 小说年选序言

付秀莹

　　写这篇序的时候，即将立冬。京城雾霾，一派萧瑟寒冷的景象。冬天果然要来了。时序转换，原是这样的匆促。窗外寒烟千里，书房里却温暖明亮。这些短篇小说，在 2016 年的天空璀璨绽放，穿过俗世的扰扰红尘，照亮了人间。

　　短篇小说大约是艺术难度最高的一种文体吧。正因为它的短，才显出了它的难。在有限的篇幅里闪转腾挪，不容许你犯错，也绝不给你改正的机会。好像是在一个小小的舞台上跳舞，稍有不慎，便有坠落或者摔倒的危险。然而，短篇小说的魅力，也正在于此吧。刺激的，冒险的，富有挑战性，往返于毁灭与新生之间。在人性的边界上小心翼翼地行走，有多么惊险，就有多么惊艳。那一种隐秘的快乐，是对小说家写作艰辛的补偿。

　　小说家的厉害之处在于，他看似不动声色，却往往在不经意间忽然亮出刀子，迅速切开一个生活的横断面，指给你看。这横断面上有生活的肌理，有人心的秘密，有灵魂飞过的隐约的痕迹。短篇小说就是这样一个一个的横断面。它不屑于给你呈现完整，它只肯给你一些蛛丝马迹，貌似漫不经意，却有很深的用心。有时候，透过那些横断面，我们仿佛看到了生活的森林，林中的小路，鸟鸣，斑驳的日光的影子。浩瀚的人心的森林，还有遥远处，那些森林之外的特立独行的树木。

　　当下的很多短篇小说令人不满意，或许是因为写得过于像小说了。起承转合，前因后果，必得一一交代，不敢有半点懈怠和疏忽。作者显然低估了读者的智商情商，也低估了短篇小说的能量。好的短篇小说，都隐藏了一个巨大的沉默的空间，因为沉默，才发出了更喧哗的声响。这个沉默的空间，正是小说的审美奥秘所在。迷人的，丰富的，复杂的，一言难以道尽，却令人有万千话语要说。这样的短篇小说，不清晰，不明确，不武断，不粗暴，有点迟疑不决，有点似是而非，有点吞吞吐吐，有点闪烁其词。在有限的篇幅里，能叫人流连不已，反复琢磨，最后一声叹息，半晌不语。

这本年选收入的小说，应该是2016年度的短篇佳作。题材丰富，风格各异，代表了本年度短篇小说所应该抵达的艺术水准，呈现出2016年短篇小说创作的整体风貌。这些短篇小说，仿佛一道道闪电，短促，却耀眼，照亮了我们的人生，也照亮了我们的世界。

是为序。

2016 年 11 月 5 日
秋寒

目　　录

小　心 ·························· 刘庆邦（1）

老　鬼 ·························· 黄孝阳（12）

喜盈门 ·························· 盛可以（17）

爱从结束开始 ···················· 邢庆杰（39）

带你飞 ·························· 黄咏梅（53）

地下眼 ·························· 王祥夫（66）

电影放映员 ······················ 李云雷（76）

分别少收和多给了十块钱 ············ 曹　寇（87）

跟马德说再见 ···················· 艾　玛（94）

欢笑夏侯 ························ 陈世旭（106）

江上明灯 ························ 叶兆言（125）

酒徒行传 ························ 东　君（136）

看电视 ·························· 李延青（148）

烈日，亲戚 ······················ 吕　新（160）

慢慢讲述 ························ 武　歆（174）

莫尔道嘎 ························ 徐则臣（181）

你可以做无数道小菜，也可以只做一道大菜 ······ 邓一光（191）

瓶装女人 ························ 李宏伟（204）

枪　手 ·························· 韩少功（213）

上汤子 ·························· 杨少衡（225）

石国的妖 ························ 黄土路（237）

谁在我的镜子里 ·················· 范小青（243）

私 了·······································东 西（255）

送 别·······································乔 叶（264）

西 凉·······································斯继东（278）

雪花禅·······································叶 弥（292）

有些事必须说清楚·······················陈再见（303）

你为什么不来天堂看一看··············哲 贵（313）

附 录·····································（325）

小　心

刘庆邦[①]

　　树发芽，水发浑，鸡发瘟，人发疟子。这地方，人得了疟疾病，都说成是发疟子。他哕嗦啥哩？他正发疟子哩。发疟子不是什么大病，很普通，也很普遍。好比人人都免不了被蚊子叮咬，到了夏天和秋天，人们也会发上一遍到两遍疟子，大人小孩都躲不过去。人好好的，为什么会发疟子呢？由来已久的说法是，因为疟子鬼附在人的身体上了。既然是偏僻之地，各种鬼魅历来很多，水鬼、吊死鬼、大烟鬼、饿死鬼、屈死鬼、秃头鬼、麻脸鬼等等，数不胜数。疟子鬼应该是种类繁多的鬼中之一吧。据说鬼是由人变成的，可人一旦变成了鬼，人对鬼毫无办法。疟子鬼一旦上了身，人只能干熬着，熬个三四天，或五六天，等把疟子鬼熬得厌烦了，疟子鬼觉得老待在你身上没趣味了，才会离你而去，去寻找新的依附对象。疟子鬼一转移，你的病就好了。

　　有一个男孩子，他的名字叫小心，发疟子轮到了他头上。季节到了秋天，高粱红了，谷子黄了，棉花白了，家里人都到地里干活儿去了，或到学校上学去了，只有小心一个人，趴在堂屋的门槛上，等候疟子鬼的到来。发疟子是周期性的，一般来说，疟子一天发一遍，每天都有一个相对固定的时间。仿佛发疟子的人与疟子鬼有定时定点的约会，时间一到，疟子鬼就会找

[①] **刘庆邦**　著有长篇小说《断层》等7部，中短篇小说集《走窑汉》等30余种。获鲁迅文学奖、《小说选刊》奖等。现为北京市作协副主席，北京市政协委员，中国作协全委会委员。

上门来。小心发疟子的时间是半下午，前两天他已经发了两遍了，今天再发就是第三遍。小心对疟子鬼好像并不是很害怕，他说：疟子鬼，你来吧！疟子鬼，你怎么还不来呢？要来就早点来，磨磨蹭蹭的干什么！

小心家的门槛比较高，恐怕超过了一尺。小心跪在门槛里侧，两个胳肢窝将将跨在门槛上。据说疟子鬼是隐身的，来无踪，去无影，小心看不见疟子鬼。他往天上看了看，天很蓝，天空飘着几朵云彩。云彩像撕薄的棉花朵子一样，薄得把蓝色的底子都透了出来。一只孤雁伸着脖子往南飞，飞着飞着，变成了一个小黑点儿。再飞着飞着，连黑点儿也看不见了。阳光黄黄的，照在小心的脸上，小心觉得自己的脸也有些黄。他伸手在左边的脸上摸了一下，又在右边的脸上摸了一下，再看看自己的手，手上一点儿都不红，真的有些黄，好像脸上的黄真的沾到了自己手上。他往门前的石榴树上看了看，见打着坠儿的石榴之间，来了不少麻雀。麻雀不是喜鹊，喜鹊吃石榴，麻雀不吃石榴。麻雀们只是看着石榴，叽叽喳喳，像是集体在对某个石榴评头论足。麻雀们发表评论时声音并不是很大，可能因为院子里太静了，使麻雀的声音显得有些喧哗。而麻雀越是喧哗，空阔的大院子里越是显得寂静。是呀，大院子里住着好几户人家，每户人家都有好几口大人孩子，这会儿他们都出去了，只有他一个人在等疟子鬼。说心里话，他也不想等疟子鬼，可疟子鬼非要来，小心，他，有什么办法呢！

不知什么东西惊动了麻雀，麻雀们哄地一下子飞走了。麻雀飞走时，蹬得细碎的石榴叶子纷纷落了下来。小心也惊了一下，是不是疟子鬼已经来了，他看不见疟子鬼，或许麻雀看得见。然而只过了一小会儿，麻雀们又飞了回来，继续聚集在多枝多丫的石榴树上开展讨论。小心看了看麻雀，不知不觉间把麻雀和疟子鬼拉扯到了一起，说不定这些麻雀正是疟子鬼变成的，它们凑在一起，正商量附在哪些人身上。等它们商量好了，意见达成一致，就分头行动，让它们选定的人发疟子。这样一拉扯，小心越看麻雀的样子越像疟子鬼。麻雀眼尖嘴尖、鬼头鬼脑，一看就不像正经东西。麻雀腿上长毛，嘴上长毛，麻麻杂杂，是男是女都分不清。特别是麻雀说话的腔调，有舌头没有牙，谁都听不懂，这不是疟子鬼的做派是什么！这不行，就算疟子鬼开会，也不能在他家的石榴树上开，要开到别的地方开去，他得把疟子鬼赶走，统统赶走！

小心的设想，是取来一根高粱秆子，高高举起，向石榴树上打去。但设想归设想，要把设想付诸行动不是那么容易。小心是个身有残疾的孩子，六岁多了还不会走路。像他这么大的男孩子，人家早就跑起来像兔子，转起来像陀螺，可他别说走了，连站都站不起来。他得的是佝偻病，也就是乡下所说的软骨病。这种病导致他的身体有三细：细胳膊，细腿，细脖子；两大：大头，大肚子；还有前鸡胸，后驼背。不能站立行走怎么办呢？他的办法是坐在地上，两手撑地，一点儿一点儿往前挪。他把自己的身体当成一只旱船，把两只手当成两支桨，用"桨"的划动，带动"旱船"前行。

行动开始，他把肚子担在门槛上，头往下压，将重心前移。这时他的大头像是秤砣，腿杆子像是秤杆，"秤砣"往前一移，"秤杆"就翘了起来。他借力让"秤杆"越过门槛，顺势一翻，整个身子就从门槛里面翻到了门槛外面。然而，小心的行动没能继续下去，或者说他还未及取来高粱秆子把疟子鬼赶走，疟子鬼已提前一步赶到，将他紧紧抱住。和前两次一样，疟子鬼这次登门，还是给他带来了两样礼物，一样是冰，一样是火。一得到冰，小心像被人在寒冬里兜头浇了一桶冰水，全身立时哆嗦起来。他的骨头似乎越哆嗦越软，软得像下进锅里的粉条一样。没有变软的是他的牙齿，上下牙齿因哆嗦而互相磕碰，发出坚硬、清脆的声音。小心不愿听牙齿打架的声音，他把牙齿咬住了。咬住牙齿后，果然没有了牙齿打架的声音，连身上的哆嗦也停止了。可好景不长，他的牙齿稍一松懈，全身又哆嗦起来，而且比刚才哆嗦得还厉害。他想再次通过咬合牙齿把哆嗦咬住，不料不但身上的哆嗦咬不住，连牙齿的哆嗦也咬不住了。这里形容一个人哆嗦得厉害，说哆嗦得像筛糠一样。小心的哆嗦何止像筛糠，他本来就不结实的身体哆嗦得都快要散架了。小心的脸冻白冻白，恐怕比冬天的白菜帮子还白。可小心脸上极力微笑着，像是对疟子鬼说，又像是对自己说：我就是不穿棉袄，就是不盖被子，我不怕冷，把我冻成冰冰条子才好呢！哎呀，真凉快快快快……

冰后是火。一得到火，小心就由发冷变成了发烧。这里人以前发烧，没有度数概念，不是以度数高低为衡量。测试一个人是否发烧，他们是用脑袋碰脑袋，或用手摸对方的后脖梗。测试出一个人发了高烧，他们习惯性的说法常常是烧得烫皮，或者是烧得跟火炭儿一样。家里一个人都没有，没有人为小心测试，小心不知道自己烧到了什么程度。他在地上看到了一只长腿细腰的大蚂蚁，想逮住蚂蚁，让蚂蚁帮他试一下。蚂蚁跑得很快，他的手指还没有捏到蚂蚁，蚂蚁已经跑远了。这时飞来一只苍蝇，落在了他的脑门儿上。别人都嫌弃他，这只苍蝇对他还算不错。他对苍蝇有些感激，一动都不敢动，眼睛上翻，看着苍蝇，希望苍蝇帮他测试的时间长一些。可能是因为他的脑门儿太烫了，把苍蝇烫得有些受不了，苍蝇只停了一小会儿就飞走了。小心倒是不哕嗦了，他的脸渐渐地红起来。在平常日子，小心的脸不是白就是黄，或是青，很少有发红的时候。只有到了生病发高烧的日子，小心脸上才会有一些血色。这样的红可不是好红，小心的脸一发红，他的头就晕起来，晕得天旋地转、头重脚轻。灶屋旁边有一棵椿树，椿树上拴着一头黑猪。头不晕的时候，他看树是树，看猪是猪。头一晕起来，看树不是树，看猪不是猪。树变成了一块黑云彩，一飘一飘就飘上了天空。猪变成了天猪，在头顶跳来跳去。小心闭上了眼，不敢再看那些变来变去的东西。可闭上眼更可怕，脑子里出现的变形的东西不再是树和猪，而是他自己。他觉得自己忽而变成了一根鸡毛，正向无边无际的地方飘去。又觉得自己忽而变成一块石头，在向无底洞里坠落。为了证明自己还存在着，还没有死掉，他只得又睁开了眼睛。其实小心并不是很怕死，他发烧烧成这样都没有向疟子鬼屈服，他对疟子鬼说：你把我烧死拉倒，反正我也不想活了。娘多次以商量的口气对他说：心，心，你死了吧！娘每次跟他商量，他都不好回答，都没有做出明确的答复。之所以没有明确回答，其中有一个主要原因，是他不知道怎样才能死。现在他好像明白一点了，发烧或许能把他烧死。失火既然能烧死兔子、烧死老鼠，发烧也能把他烧死吧。前两次发烧没能把他烧死，这一次应该能烧死吧。要是今天能把他烧死的话，娘就不用再跟他商量了，就不会再为他的今后发愁了，他就对得起娘了。想到这里，小心几乎有些欣慰。他调整一下自己的姿势，把屁股坐正，两腿顺直，身体靠在门槛上，等候死的到来。

小心还没有死成，三姐从地里回来了。三姐薅回了一大筐青草。草都是成熟的秋草，叶子厚，秧子长，富有营养。三姐把青草塞得在荆条筐的筐口披散着，连筐系子都看不见了。这些草都是为他们家的猪薅的。猪的胃口比较大，他们没有多余的粮食给猪吃，只能像喂羊一样给猪喂草。猪看见了草，急得直叫，把拴猪的铁链子挣得紧绷绷的。三姐吵猪：看把你急的，急啥急，再急杀了你！三姐把草从筐里拽出来，扔在地上。猪随即埋下头，大口大口吃起来。

小心喊了一声三姐。

不知三姐听见没有，三姐没有应声。

小心加大了声音，又喊了两声三姐。

三姐说：叫啥叫！今天发过疟子了吗？

发过了。

疟子上来的时候，你咋不去地里跑疟子哩？按当地的说法，对付疟子鬼的唯一有效的办法，是跟疟子鬼赛跑，把疟子鬼甩掉。

小心听出三姐是在讽刺他，他连走都不会走，哪有能力跑疟子呢？但他不能跟三姐生气，要是惹得三姐不高兴，三姐就不带他玩了。大姐二姐天天在地里干活儿，挣工分，没时间带他玩，只有三姐是个自由人，可以带他玩一玩。他说：你要是背着我跑，兴许能把疟子鬼甩掉。

人不大，你还怪会说哩！我要是背着你跑，只能算是我跑，能算你跑疟子吗！我才不背你呢，我看你就是个疟子鬼。

小心央求三姐说：你带我玩玩吧！

那不行，一筐草不够猪吃，我还要下地去薅草。

小心知道，三姐再下地，就该跟别的女孩子一块儿去玩了，不是摘酸不溜，就是逮蚂蚱。三姐说下地薅草是一个借口，目的是不愿带他玩。他说：我跟你一块儿去薅草。

能得你不轻，你要是会薅草，咱娘就不会劝你死了。咱娘劝你多少回了，你咋还不死哩！

我也想死，老天爷不叫我死咋办呢！

你不要说老天爷，我看还是你自己不想死。你要是想死的话，哪个尿窑子里死不了人呢！三姐说着，把筐里掏出来的最后一把草搞笑似的扔在猪头上，抓起空筐，只管走了。

小心这才生气了，他叫着三姐的小名说：你巴着我死，我就是不死，气死你，气死你！

三姐不带他玩，他以手撑地，挪着屁股，挪到正吃草的猪跟前，要跟猪玩一玩。他对猪说：猪，猪，你别光顾着吃草，跟我玩一会儿嘛！

猪好像没听见小心的话一样，把长嘴埋在新鲜的草堆里，只跟草堆说话。猪的大嘴叉子变成了绿色，从猪嘴里冒出来的都是青草的烂青气。

吃，吃，就知道吃，一点儿脑子都不长，一句话都不会说，你觉得这样活着有意思吗？小心模仿三姐，抓起一把猪草，扔到猪头上去了。

猪的头甩了一下，把搭在它头上的猪草甩掉了。

小心说：你是一个新媳妇，我给你戴的是花儿，你别甩掉呀！他往长着大耳朵的猪头上又扔了一把猪草。

猪这才看了他一眼，仿佛在说：别讨厌，你没看人家正在吃饭嘛！

小心似乎看出了猪对他的不满，对猪说：我跟你闹着玩呢，你别生气呀！

这时大哥背着书包从学校回家来了，大哥脖子里系着红领巾，穿着黑色夹袄的左胳膊上别着一块用细白布做成的标牌，标牌上有两道红杠。平日里，小心为大哥感到骄傲，也很羡慕大哥。他也想上学，也想当一个天天向上的好学生，他知道那是不可能了，一辈子都不可能了。他只是想让大哥放学之后带他玩一玩，让大哥的同学们知道他是大哥的小弟弟。可是，在大哥看来，他大概像是一个怪物，别说让大哥带他玩了，回到家，大哥的目光似乎都对他有所躲避。在班里当干部的学生都爱面子，也许大哥最不愿意让同学们知道的就是他这个小弟弟。然而，小心没有放弃自己的希望，他叫着大哥，大哥，请求跟大哥一块儿去玩。

大哥的样子有些出乎意料似的，说：我们去赛跑，摔跤，挑兵拿羊，你会玩什么？

是呀，他会玩什么呢？大哥说到的这些项目，他都玩不了。小心说：你们玩你们的，我在一边看你们玩。你要是玩得出汗了，需要脱下衣服的话，我给你看着衣服。

大哥像是想了一下，拿出了当班干部的样子，说我的意见，你最好还是别出去，我怕他们笑话你。他们说你像个蜗牛。

蜗牛？蜗牛小心是知道的，他见过蜗牛。在雨后的墙根上，或石榴树的树干上，他多次看见蜗牛在慢慢地爬行。蜗牛身上背着一个圆圆的壳子，小小的身子软软的，两个肉犄角短短的，每爬动一点，好像都费了牛劲。和蜗牛相比，小心觉得自己比蜗牛强多了。最起码，他的背不如蜗牛的背驼得厉害。他扶着门槛还能站起来，而且能走几步，蜗牛只能爬着蠕动，一点儿站立的能力都没有。如果他和蜗牛举行一场赛跑的话，蜗牛远远不是他的对手。不管怎么说，把他比成蜗牛是不合适的。他说：我不是蜗牛，他们才是蜗牛呢！

大哥不跟他抬杠，把书包放进屋里就走了。

他挪动着屁股在后面追大哥。大哥的好腿好脚走得快，他的屁股挪得慢，他当然追不上大哥。于是他哭起来。他不是假哭，是真哭，不仅哭得声音很大，泪水子流得也不少。他想通过他的哭感动大哥，目的还是想让大哥带他玩。让小心失望的是，他的哭没有感动大哥，大哥反而加快了脚步。大哥小跑似的走出了院子，转过一个墙角，他就看不见大哥了。小心哭得更厉害些。

　　大哥并没有马上走开，他贴墙站在墙角后面，等小心的哭声渐渐小了，他从墙角那里露出半个脸，用一只眼睛看了看小心，才悄悄溜走了。他的同村的同学，在场院里，或是在野地里等着他，他们总是有可玩的。因为他们的身体没有毛病，他们的天地总是广阔一些。

　　拴在村中一棵老槐树上的收工铃响过了好一会儿，在生产队地里干活儿的娘和大姐二姐才回到家里来。太阳落下去，做饭的风箱响起来，村子里弥漫着烧柴草的炊烟味儿。见娘进家，小心的委屈也像炊烟一样升起来，他喊着娘，娘，抱抱我！

　　娘说：我割了半天豆子，累得腰都直不起来了，哪有力气抱你呢！你这孩子，我看你是嫌娘死得慢哪！

　　娘虽然这么说，还是把镰刀挂在石榴树的树杈子上，把小心抱了起来。娘一抱起小心，小心就撒娇似的把娘的脖子抱住了。娘顺手把小心的后背摸了摸，觉得小心的背似乎驼得更厉害了，驼得凸起的骨头都有些硌手。娘问小心：你下午发烧了吗？

　　发了。

　　烧得厉害吗？

　　厉害。

　　咋个厉害法儿？

　　烧得我的眼都黑了。

　　阎王爷不嫌鬼瘦，疟子鬼不嫌人瘦，你咋没让疟子鬼把你领走呢！要是疟子鬼把你领走，你就变成了疟子鬼。一变成疟子鬼，你的病就好了，以后想去谁家，就去谁家，想附到谁身上，就附到谁身上，那多自在呀！

　　小心跟娘说了不，他说：疟子鬼不是好人，我不跟疟子鬼走。

　　娘叹了一口气说：我看你的罪还是没受到头啊，娘真不该生下你啊！

　　生产队里一年到头都有活儿，连下雪天都不停工。只有下大雨的时候，泥巴天，泥巴地，地里一踩一个水坑，队长才不敲上工铃了。这天的雨下得可真大，雨从前半夜下起，哗哗哗，哗哗哗，下到第二天下午都不带喘气的。屋檐滴水不再是滴水，变成了不断线的水帘子往下淌。屋檐下面的地上放有一只瓦盆，瓦盆早被屋檐流下来的水注满了，并从盆沿溢了出来。院子里白水混浊，像春天的水稻田一样。鸡子们尽管躲在柴草垛的垛头，它们的毛还是被雨水淋湿了，看上去瘦了不少。小心喜欢下雨天，人不歇人天歇人，天一下雨，全家人都不出去了，等于都跟他在一起，他想看见谁就能看见谁。这天除了下雨，还是星期天，娘、大姐、二姐、三姐都在家里，大哥、二哥也在家里。除了爹不在了，家里人就全了。人说过年时团圆，下雨天全家人也可以团圆嘛！不过，当全家人在一起的时候，小心也有心虚的地方，别人手上都有事干，他不知自己干点儿什么。娘在纺线，大姐二姐在纳鞋底子，三姐在拆一件旧棉裤，大哥在看书，二哥在写作业，只有他什么也不会干，在门口干坐着。也就是说，别人都是有用的人，只有他是个无用的人。猪有用，鸡有用，砖头有用，瓦块有用，他却一无用处。娘发愁的，就是他的无用。好天好地时，别人各忙各的，对他的无用不是很留意。下雨天聚到一起一对比，他的无用就显现出来。这样可不行，他还是干一点儿什么才好。因小心坐得离门口最近，门外落雨溅起的水点打在他身上，他的衣服和头发都有些潮湿。他从门后摸到一把小铲子，铲起门槛外面地上的一些泥巴，让屋檐流下来的雨水淋泥巴。把铲起的泥巴淋干净了，他再铲一些泥巴，再让雨水淋。

小心本打算这样一直玩下去，站在柴草垛头的那只公鸡，冒着雨，一路小跑着向堂屋门口跑来。看样子，公鸡要到屋里避雨。小心见状，眼睛一亮，心中一喜，总算找到了用武之地。公鸡是他家唯一的公鸡，平日里，公鸡在几只母鸡面前出尽了风头，这会儿公鸡把母鸡们撇在外面，自己想跑进屋里，没门儿。小心扬起手中的铲子，对公鸡说：站住，你要干什么？滚蛋，不许进屋！小心还说：看你这个丑样子，一点儿都不招人喜欢。

受到小心的呵斥和阻拦，公鸡没能进屋，样子有些发呆。淋湿的鸡毛贴在鸡身上，公鸡露出了两条红腿。公鸡把小心看了看，仿佛在说：咋着吧小哥，人家都看不起你，我又没说看不起你，你干吗跟我过不去呢？

在和公鸡的对比上，小心像是终于找到了自己的优势，见公鸡还在探着头往屋里瞅，他把铁铲子举得更高些，说：你滚不滚？不滚我砍死你，煺你的毛，吃你的肉！

小心的声音有些大了，盖过了雨声和娘纺线的声音，娘问小心：你咋唬啥呢？

小心答：公鸡光想进屋，我不让它进屋。

人怕淋雨，鸡也怕淋雨，你咋不让它进屋避避雨呢？

小心表现得很有责任心，说：它身上都是水，一进屋就把屋里的地弄湿了。

娘夸了他，说他还怪知道操心哩。娘停下纺线，对小心说：你站起来走几步，让你的两个哥看看，你有没有一点儿进步。

　　有什么办法呢？小心小心着小心着，让他害怕的事还是没能躲过。小心最害怕娘让他站起来走步，娘是哪壶不开提哪壶，偏要让他站起来走步。还有，小心最害怕全家人的目光都集中在他身上，让他在大家的注视下暴露自己的弱点。可娘盯的就是他的弱点，好像要把他的弱点一下子变成长处。小心觉出来了，娘的注意力一指向他，那么一发话，姐姐和哥哥们都停下了正干的事情，一齐看着他。一时间，小心成了全家人聚焦的一个焦点，似乎都在看他如何表现。这场面如同生产队里召开的一个斗争会，斗争对象不是地主、富农，而是他小心。这情景又如同娘把堂屋的屋当门变成了一个舞台，娘把他推到了舞台中央。堂屋的门开着，仿佛幕布已经拉开，门外哗哗的雨声，跟观众的掌声也差不多。这时的小心怎么办？他是站起来还是不站？是走步还是不走？小心没有退路，没有别的选择，只能按娘的要求去做。不管是"斗争"他也好，让他"表演"也好，他都不能拒绝，只能无条件接受。

　　小心扶着门槛站起来了。尽管他的双腿有些发抖，尽管他的腰不能挺直，他总算是站了起来。奋力站起来后，他一手扶着一个膝盖，向娘所在的方向走去。他不能向姐姐和哥哥们的身边走，只能向娘身边走，谁让他是娘生的呢！然而可叹的是，小心的腿太细了，小心的腿骨太软了，小心的身体似乎过于沉重了，如果说他的身体像一个石榴的话，他的两条腿连两根细麦秆都不如。"细麦秆"抖索着，抖索着，似乎随时都会折断。小心咬牙坚持着，坚持着，走得跌跌撞撞，最后等于跌倒在了坐在草编子上的娘的怀里。

　　娘把小心抱住了，说我的可怜的孩子！

　　抱了一会儿，娘把小心松开了，面对面看着小心的脸。实在说来，小心长得并不丑，从面相论，小心是六个孩子中长得最好看的一个。小心的脑子也不笨，要是能到学校读书的话，说不定成绩能拿第一。就因为小心的腰驼了，就把一个孩子生生给毁了。娘的意见没有改变，娘再次跟小心商量：我看你还是死了吧！娘这次说出了让小心死的理由：我要是死了，你跟着谁呢？你要是不死，只能是你两个哥的累赘。

　　小心这才明白了，娘之所以不想让他活着，是为他的两个哥哥着想，不想让他成为两个哥哥的累赘。他不会成为三个姐姐的累赘，因为姐姐们将来是要出嫁的。两个哥哥不会出嫁，他只能跟两个哥哥在一起。娘说的话，大哥、二哥肯定都听见了，但他们都没有说话，这表明他们对娘的意见是默许的。或许他们并没有想那么远，只能以娘的远见为主导，娘说什么就是什么。小心仍然是无话可说，死也难，不死也难。要是他答应死，可怎么才能死呢？要是他不同意死，活下去的理由又是什么呢？小心已经知道了死是怎么一回事。就拿今天来说吧，活着的人都可以待在家里，他只能被埋在野外的地里。别看他埋在地里，下这么大的雨他都听不见，更不要说拿起铲子玩一玩泥巴了。小心的眼里再次汪满了眼泪。小心的眼泪不是一下子汪满的，像是一点一点汪满的。他的透明的眼泪满得溜边溜沿，似乎随时都会冲破眼眶的堤坝，汹涌而下。然而小心把眼泪控制在眼眶之内，没让眼泪流下来。他有这个本事。

那只公鸡趁机跨过门槛，到了屋里。进屋后的公鸡呆呆地站着，似乎也无话可说。

公鸡过年时被杀掉了，第二年春天，娘用赊账的办法打了一群十二只小炕鸡。刚出壳的小炕鸡很小很小，还看不出哪只是公鸡哪只是母鸡。所谓小炕鸡，不是母鸡抱窝孵出来的，是人们用鸡蛋集体在炕房炕出来的。小炕鸡不知道它们的妈妈是谁，也不知道它们的爸爸是谁。这天娘下地干活前，把小炕鸡们托付给了小心，娘对小心说：这些小炕鸡可是交给你了，你把它们看好，别让长虫吞吃了，也别让老雕叼走了。

小心乐于接受这样的任务，感到了娘对他的信任。谁说他一点儿用处都没有，看来他还是可以帮家里做些事情的。小心对娘表了态，让娘只管放心，他保证一只小炕鸡都不会少。

小炕鸡在院子里散养着，院子够宽够大，小炕鸡想上哪里都可以。可小炕鸡并不分散，它们聚在一起，说向东，都向东；说向西，都向西。它们像是知道了它们都是没娘带领的孩子，兄弟姐妹必须紧密团结在一起。小心挪着屁股来到小炕鸡旁边，成群的小炕鸡仰着小脑袋，对小心细叫成一片，仿佛把小心当成了它们的妈妈或爸爸。小炕鸡如此可爱，让小心有些感动，别人都不需要他，看来小炕鸡还是需要他的。小心挪得离小炕鸡更近些，伸手想把其中一只小炕鸡摸一摸，小炕鸡绒团团的，摸起来一定很好玩。不料小心刚一伸手，那只小炕鸡就跑了，没让小心摸到。那只小炕鸡一跑，别的小炕鸡像是得到了某种信号，呼啦一下子全跑了。别看小炕鸡个个细腿细脚，它们跑得够快的，一下子就和小心拉开了距离。这可不行，小心必须与小炕鸡的群体保持近距离，才能起到保护小炕鸡安全的作用，完成娘交给他的重要任务。于是，小心以手撑地，挪动着屁股，向鸡群追去。他刚接近鸡群，鸡群再次跑走。

就这样，小心像是和鸡群展开了追逐赛，鸡群跑到东，他追到东；鸡群跑到西，他追到西；鸡群跑到南，他追到南；鸡群跑到北，他追到北。追不上鸡群，他有些紧张，有些着急，赶紧看天，看地。看天上有没有饿老雕，看地上有没有花长虫。没看见老雕和长虫，他仍不敢放松警惕，继续对活跃的小炕鸡群紧追不舍。

小炕鸡们似乎认出了小心不是它们的妈妈，也不是它们的爸爸，对小心有些不耐烦，仿佛在说：你这个人，老追着我们干什么！它们又像是在交头接耳，互相传递着一个信息：这个小孩儿是个罗锅腰，他站不起来，追不上我们，我们跑快点儿，逗他玩儿，逗他玩儿！它们不仅拖着小心打运动战，还跟小心藏起了猫猫，见小心在柴草垛这边，它们就藏到了柴草垛那边。小心围绕着柴草垛追小炕鸡时，被柴草垛上散落的蒺藜扎破了手，流了血。小心没有因为手上流血就不再追赶小炕鸡，他心里想的是，手上流点儿血没什么，他一定得把小炕鸡看好。他把小炕鸡看好了，也许娘就不再让他死了。小心手掌上流出的血难免沾在地上，使地上留下了小心瘦瘦的血手印。

端午节那天，小心还是死了。

小心的大哥已从本村的学校考到镇上的学校读书，他中午回家吃饭时，刚走到屋后，就听见家里传出了哭声。他有了一个不祥的预感，预感到小弟弟小心可能死了。他回到家里一看，果然是小心死了，全家人正哭成一团。大哥没能和小心见最后一面，娘请人帮着钉一只小木匣子，把小心装进木匣子里，已送到南地里埋掉了。

大哥作为家里的长子，觉得自己应当坚强些，娘、大姐、二姐、妹妹、弟弟都哭成那样，他就别哭了。可他没能忍住，一哭哭得更厉害，竟哭得全身抽搐，昏厥过去。

娘不敢再哭，她的小儿子没了，大儿子不能再失去。她赶紧找来一位老先生，老先生为大儿子扎了一针，大儿子才醒过来。

2015 年 12 月 5 日至 18 日于北京和平里

老　鬼

黄孝阳①

　　我和陈元庆坐在草地上。我们都不晓得老鬼的真名。老鬼走在路上，眉毛像翅膀一样。陈元庆笑嘻嘻，"老鬼赢钱了。"老鬼的嘴一翘一翘，右手插在裤兜里，左手在空中打节拍。我说，"他干吗不伸展双臂拥抱沸腾的世界？"陈元庆吐了我一脸唾沫，"呸，你这人难怪作文不好，平时不仔细观察生活。老鬼的右手，嘿嘿，装在口袋里数钱呢。"陈元庆的样子真让人讨厌。我去拧他的胳膊，准备让他去吃草。陈元庆咩地叫出声。我们都笑了，快乐地厮打成一团。世界真好，上午十一点钟的太阳热烈地照耀着我们的胳膊。连麻雀也懂得过来凑趣，从阳光里啄下嫩叶的鲜味，扔在我们身上。

　　山下的梨桥中学好像山坡排泄出来的一堆粪便。山上的县政府招待所又好像从山里长出来的一丛蘑菇。我们打累了架，就解开裤子。滚烫的尿液奔腾而出，朝着脚下的建筑物飞泻而下。"飞流直下三千尺，疑是银河落九天。要是这样一泡尿能把学校淹掉，那该有多好啊！"陈元庆喃喃地说道，"他们在招待所打牌，有个女的，输惨了，就脱衣服，把裤衩压在牌桌上哩。老鬼赢了，她又不让搞。真没品。"我抓住陈元庆的裤裆往上一提。陈元庆的尿液全洒在裤腿上，恼了，"你干吗？"我说，"老鬼一年到底要赢多少

①　**黄孝阳**　1974年生，江西抚州人。小说家，副编审。江苏文艺出版社社长助理。著有长篇小说《众生：设计师》《旅人书》《乱世》《人间世》《遗失在光阴之外》《时代三部曲》等，小说集《是谁杀死了我》，文学理论集《这人眼所望处》等。曾获第三届、第五届江苏紫金山文学奖，以及"中国好编辑""中国书业十佳策划人"等荣誉称号。

钱啊？”

　　陈元庆带来一副塑光扑克。我们把课本铺在草地上，在上面练习洗牌、切牌。一副牌里藏世界，半张花色蕴乾坤。陈元庆懂得的学问真多。"五十四张牌，千变万化，暗藏天地玄机，讲究的是一个手法。世上无难事，只要肯攀登。把扑克牌练到自己身体的一部分，就能像老鬼那样百战百胜。"扑克牌啪啪响，在陈元庆手中蹿来蹿去。我的手小，指节也太硬了，牌老打指缝里漏掉。我很沮丧。

　　四周寂静，黄蜂钻出树干上的小洞，绕着枝梢飞。毛茸茸的春天覆盖在我脸上，嗡嗡地响。天蓝得让人在刹那间有失明的感觉。云被阳光摊薄、摊平，摊成一张张扑克牌。大王代表太阳、小王代表月亮，其余五十二张牌代表一年中的五十二个星期……我睡着了。在梦里看见一个胸脯小小的女孩。她站在马戏团临时搭起的帐篷中间，袖子里飞出一只只麻雀。她的手真快。麻雀还没飞出一尺远，她就抓住它们，并随手塞给我。当我接过第五十四只麻雀，所有的麻雀全部变成了扑克牌。这些在我手掌上吱吱喳喳叫的扑克牌啊！

　　我的耳朵痒了。陈元庆在对着我的耳朵哈气，一脸得意。"看，"陈元庆哗的一下把牌甩出一个漂亮的扇子，"比周润发酷吧！"我没好气，打掉他手中的牌，练这手有啥用？当马仔替老鬼扇风？陈元庆收起牌，分成两份，一半背朝他卡在右手掌心，弯成半弧，再把这些牌一张张抽出来扔在我面前，骄傲地说，"我不看，也晓得这是什么牌。红桃K、黑桃2、方块Q……"我摸摸头，大惑不解。有本没封皮的闲书说，在西藏有些十几岁目不识丁的小孩生病后或一觉醒来，就能说唱几百万字的《格萨尔王》，难道陈元庆也在我入睡的那一刻获得天启神授？我去摸他的头。他眼里露出狡黠的光，这光的角度不对。我福至心灵，大叫起来，"哈，该死的骗子！老子明白了。"陈元庆的手法太拙劣了，简直当我白痴。牌因为弧，从他那个角度望过去，是可以偷看到的。

　　老鬼这人真有意思。赌钱的时候，眉毛还是会跳舞。我与陈元庆骑在树上，隐藏在茂密的枝叶后，目不转睛地窥视招待所二楼的一个房间。房间里有五个人。其中有一个是女的，嘴巴很大。天不是很热，两个男人还是光着膀子。没拉窗帘，窗户也是开着的。老鬼坐东首，穿黑衣服，面前搁着厚厚一沓钞票，左手不紧不慢地摁打火机。火焰仿佛是从他嘴里喷出。他们在玩同花顺，五张牌比大小。老鬼的右手放在口袋里。他搁下打火机，左手翻开底牌。坐西首的一个獐头鼠目的男人，叹着气撕掉手中的牌。牌被攥得太紧，边角翘得老高。他叫赵小刚，是站前帮的。曾经威风得紧，走在街头，若不喜欢别人的模样，就去扇人家的嘴巴。今年开春时，一个凶悍的乡下人被他打恼了，抢了一把甘蔗刀去砍他，砍得他从东门桥头上跳下去，他的气焰被打掉，一时销声匿迹，没想却在这里看见他。赵小刚拿起一副新牌。他洗牌的手法真不错，比陈元庆强多了。牌面朝下，右手压在牌上，一抹，整副牌便均匀地成互叠状展开，再收起来，把牌分成两份，牌角相对，拇指贴于牌内侧三分之二处，手一松，牌角内旋，一张咬着一张，瞬间洗好。这叫完美洗牌法。没有世上无难事的决心是练不出来的。除了决心，还需要天赋。我练习过无数次，不曾有一次使展开的牌之间的距离基本相等。更别提后面那种高深莫测的动作。陈元庆倒偶尔成功过一次，喜得他对天长号，直吼我是一匹来自北方的狼。据说，用这种洗牌手法，洗八次，能让牌回到初始状态。赵小刚练到了这种境界？老鬼懒懒洋洋地伸出左手的两根指头，从桌上烟盒里夹出一根，轻弹几下，搁进嘴里。大嘴巴的女人摸起打火机替他点着。老鬼吐出一串烟圈，烟雾罩住他的脸。牌洗好了，老鬼切了一把。赵小刚右手两根指头并成一撮，把牌一张张发出去。他的脸皱巴巴，像在酒精里浸过的枣子。真想不通，这样的人，过去也可以随便在大街上抽人嘴巴。我说，"这女的是谁？样子长得好乖。"陈元庆搡了我一把，"你连她都不认识呀？韩萍。东门的石胖为了她与刘志军争风吃醋，被捅瞎一只眼。当时，赵小刚还混得好，出头替刘志军摆平了。"陈元庆掏掏耳朵，"咦，她咋不站在赵小刚身后？咋替老鬼点烟？"陈元庆在自己额头敲了一个爆栗，露出不怀好意的笑容，"你说，是不是赵小刚把她输给老鬼了？"我乐了，"你是不是也想赢一个妞来耍耍？"

这些日子，我与陈元庆赢遍了班上同学，豆浆、油条、烧饼、瓜子、甘蔗、大白兔软糖、玩具枪……基本上都有人孝敬。不是说我们的牌运太好，而是我与陈元庆联手作弊。最早是陈元庆偷偷用指甲在几张大牌上做记号；接着是洗牌，拿来一副新牌，先按顺序把部分牌插好，洗牌时看起来是洗了几次，其实根本没洗乱。切牌也有技巧，把编好的牌上面那张牌故意搞翘点。这样一副牌放在桌上，肉眼是发现不了缝隙的，但拿手指去切时，就容易把它们分开；再后来，胆子大了，开始藏牌、换牌。牌多半是在校门口小卖铺买的，也都是陈元庆练手时的那种。陈元庆口袋里随时藏了两副，一张九成新，一副半旧。他手快，我手慢。我的主要任务就是起哄，在关键时候引开大家的注意力，去捡东西、讲故事，或者破口大骂新来的语文老师。我们当然不会蠢得把把作弊，尤其是玩同花顺，那是一把定输赢，在最需要的时候搞一下就 OK。也输过，这种感觉太糟糕了，仿佛被人拿棍子打了后脑勺。还好，我们能及时总结。"输钱不扳本，比猪还要蠢。"陈元庆咬牙切齿，走路时练，上课时练，上厕所时练。牌掉在尿坑里捡起来用水冲净再练。我还真佩服他，扑克牌在手指肚上拉出那么多细口子，也浑不当一回事。很快，班上同学不再与我们玩了。我用一个在书上刚看到的成语惋惜道，"我们这是竭泽而渔啊！"世上没有后悔药。我与陈元庆又没胆子走出校门，只能仰天长叹英雄无用武之地。

赵小刚的身子软掉了，像一根扔进沸水里的面条，坐也坐不住，像有什么东西在扯着他的膝盖，突然双膝落地。我吓一跳，差点掉下树。"这个苕货。"陈元庆抓住枝丫间垂下的一只懒婆娘，挤出它清绿色的内脏，再随手扔掉，鄙夷地撇嘴，"胆子比我的手指头还要小。"我咧嘴笑了。陈元庆摸出牌，叹道，"要是哪天，我能与老鬼赌一把就好了。"陈元庆又说，"你知道吗？红桃、方块、梅花、黑桃四种花色分别象征着春、夏、秋、冬四个季节。这年年岁岁的光阴，其实也就是天地间的一副扑克牌。"陈元庆讲的后半句话太高深了，我听不懂。我的注意力被韩萍所吸引。她的嘴贴住了老鬼的耳朵。我听不清她说什么，但隐约看到她藏在汗衫里的那小半个梨形乳房。喉咙里跳出一小块燃烧的炭，我想把它吐出来，陈元庆猛地揪住我的胳膊。我的头撞在树干上，炭掉到肚里了。

老鬼把右手搁到桌面，左手从裤兜里慢慢摸出一把刀子。老鬼的右手上只剩下大拇指与食指。中指、小指、无名指都不见了。老鬼用拇指与食指捏住刀尖，把刀子放在赵小刚面前。另两个男人站起身，互相看了一眼，各自低头在烟盒里摸出一根烟，靠着墙壁不紧不慢地吸。韩萍也摸了一根烟，她大口大口地吸，眼睛瞪着赵小刚，瞪得又大又圆，就好像是一种味道微咸而性极寒的果实。果实裂开了，流出液体，越流越多。屋内陷入一种奇异的赤裸裸的寂静。赵小刚的脸上冒出绛红色、青色、灰色、白色、黑色……我从来没有在谁脸上看到这样多的颜色。一只蝴蝶飞过来，翅翼贴住我的颧骨滑过去。我摸把脸，指肚上多出一些五彩缤纷的粉末。树林发出声音，颇似鸟雀的啼声。

　　赵小刚终于抓住那把刀子，把刀口搁在左手的尾指上。他的手抖得太厉害了。他的脑袋垂在胸口。"他要割掉自己的手指头。"陈元庆说，"老鬼的手指头也是这样割掉的。"陈元庆手中的扑克牌一张张往下掉，被刮起的风卷到不远处的刺蓬里。我没说话。

　　老鬼踱到赵小刚身边，把嘴巴贴在赵小刚耳朵上。他说了什么？陈元庆惊呼出声。我们都看见赵小刚的身子里跳出一只兽。他的背脊猛然绷直，手中的刀子向上，斜斜地扎入老鬼的胸。老鬼倒下去，像一具沉重的尸体倒了下去。

喜　盈　门

盛可以[1]

　　姥几（方言：曾祖父）要死了。他的泥屋里头一回充满了欢笑。附近的乡亲，一拨儿接一拨儿踏进门槛。爷爷在地上烧了一堆旺火，火光造出很多影子，好像屋里的人翻了倍。人们围着火堆，额头慢慢渗出汗来。火舌缓慢、耐心地舔着秋天便已锯好的枣树杆，偶尔咽出声来，迸溅几点火星，灰烬像蚊子在空中飞着，落在谁的头发或肩膀。

　　姥几躺在床上，再过十天是他百岁生日，这生日仿佛床头柜上的茶杯，伸手就拿得到，可他够不着了。熏得发黑的蚊帐已经取走，剩下几根竹棍，搭瓜棚似的架着。姥几身上铺着脏污的棉被，衣袖上结了一层厚厚的油腻，火光在他焦干的脸上闪烁，突起的颧骨使他看起来傲慢冷漠，塌陷的腮窝放得进一只鸡蛋。他努力睁开被眼屎糊住的眼睛（虽然他已经看不清东西），双手在空中抓来抓去，影子映在胡乱钉着纸壳子、蒙着纤维袋子的墙上，像演皮影戏。

　　姥几连续几天不进食，呼吸上气不接下气时，爷爷赶紧打了一通电话，我那些一年到头碰不着面的亲戚，从各自工作的地方回来给姥几送终，姥几却吃了一碗速冻饺子，自己走到地坪里晒起太阳来。我那些亲戚们，主要是

① **盛可以**　20世纪70年代生于湖南益阳。后移居深圳。2002年开始小说创作，著有《北妹》《道德颂》《死亡赋格》《野蛮生长》等7部长篇以及多部中短篇小说集。作品被译成英、德、法、意、俄等十几种语言出版发行。曾获多种文学奖项。其作品语言风格猛烈，热衷于声音实验，以敏锐观察和冷酷书写而著称。

我大伯、二伯、大姑、小姑，以及我的堂表亲，宰鸡剖鱼饱吃一顿，欢乐地搓了半宿麻将，第二天一早就回城了。到夜里姥几又坏了，嘴里胡言乱语，大便拉在裤裆里。爸爸像擦洗一件农具，闷声不吭将姥几清理干净，给他涂了润肤霜，穿上烤得热乎乎的裤子，像伺候一个婴儿，连眉头也没有皱一下。

爸爸干农活也是一把好手。妈妈在城里做零工，当她叫爸爸离开这个"穷坑"，进城"随便干点什么"时，爸爸不愿意，怕别人侵占宅基地，怕老鼠睡了他的窝，怕野草长到门槛边。妈妈像赌气似的，很快跟了别人，很快生了儿子。我那时还小，只有四岁，现在我九岁了。爸爸本来话不多，从此更像个哑巴。那些在外面做事的人都愿意把田地甩给他。当他开着插秧机驶过辽阔无人的田野，那片水白眨眼变绿；稻谷成熟时，他驾驶的收割机在金色的海洋里乘风破浪。我觉得爸爸挺威风的。但爷爷不这么看。大伯二伯在城里头搞得家大业大，连自己的店铺门面都有了，忙得奶奶的生日都没时间回，那才叫出息哪。

姥几那间泥屋，像只老鼠洞巴在楼房边。唯一的窗子用塑料蒙住了，矮门边贴着春节的新联，姥几自己写的。我从没见过爷爷和姥几说话。这时候他更关心屋里的火，不时用火钳拨弄一下，架根新的干柴，紧紧地盯着火光，脸上毫无表情。在给姥几选坟址，看风水师转动手中的罗盘，有人说起姥几过去的趣闻，爷爷也没有笑一下。他就是一个没有笑容的人。

姥几隔一阵就喊"呷几"（方言：喝茶），声音忽强忽弱。有经验的人说，临死的人口干，他顶多再熬一夜，赶紧通知其他人回来吧。爷爷打了一圈电话。亲戚们很快又挤满了泥屋。我嘴里嚼着大姑给的朱古力，夹在亲戚们中间，我感觉他们和我一样兴奋。

姥几手在空中乱薅，"我要妈妈"，声音像一只小鸟。亲戚们笑了起来，好像在动物园看动物表演。

姥几又喊"呷几"。大姑端着空杯子去找水。二伯表情很知识分子，"看样子至少还要两三天，再喝水，这口气不知道要吊多久。"二伯母附和她的老公："我翁妈（方言：奶奶）死之前，也是只喝水，拖了半个月才断气。"二伯是家里唯一上过大学的，毕业后分到国营酒厂，酒厂倒闭下岗后，就跟没上过大学的一样了，甚至更差，那份大学生的骄傲妨碍了他吃苦耐劳，反而没有大伯的一步一个脚印。只有爷爷还认这个，爷爷怕有知识的，他看重二伯的想法；二伯母又是天生的城里人，爷爷对她也另眼相看。

二伯母妖里妖气，眼圈涂得像熊猫，尤其爱穿动物皮草，一身羽毛，虎斑、豹纹、蟒蛇皮……据说有一次，她穿着貂皮大衣，被动物保护主义者揍了一顿，揍完发现她穿的假貂皮，又赶揍了她一顿。从此二伯母的梦想就是买一件真貂皮，这个梦想压得二伯直不起腰。据说二伯母趁二伯弯腰之际，和一个小厂老板去北方旅行了一趟，在那小厂里当过一阵秘书。那时候奶奶一边给我喂饭，一边跟爷爷聊二伯要离婚的事，眼泪直往下掉。奶奶天生不喜欢破碎的东西，可是，妈妈和爸爸离婚的时候，奶奶自己的心破碎了——幸好二伯和二伯母很快又甜蜜了。二伯母至今没穿上貂皮，她已经过了四十，她的儿子——我最小的堂哥，没考上大学，她现在操心的是，怎么攒钱给儿子买房子娶老婆。二伯的腰还没伸直，买房子这块大石头就压了上来，但这巨石是蜜糖做的，二伯有时还会伸出舌头舔一舔。

邻居们填补了最后的空档，屋里转不开身。姥几又喊"呷几"。大姑挤不进来，茶杯转了几手，经过我的头顶，到大伯手里，大伯又递给爸爸。大伯和爸爸长得最像，瘦脸尖鼻子，遇到问题时眼睛眨得飞快，像在迅速翻书找答案。爸爸把水杯递给爷爷，姥几"跟死人一样重"，他一只手扶不动他。姥几的脑袋缩在油腻发亮的衣领中，水倒进他的嘴里，从嘴角溢出来——他咽得太慢了，也许是没力气。爸爸把姥几放平，他无牙的嘴张开，黑洞洞的，像一个壶口，爸爸知道怎么将水灌进壶里。

姥几死死地躺着，右手紧攥着一沓钞票——他全部的财产，那只手一直没有松开过。

"李嗲赌一世的博，有一分输一分，这几张票子冇丢到牌桌上，那要搭帮他动不得了。"

"早几十年打牌，别个都在桌子底下搞鬼；这十几年，别个在桌面上换牌，他也不晓得。"

"过年挨家挨户送春联，他还是想搞点子弹，准备正月间在牌桌上战斗。"

"那些跟他玩牌的也不是东西，这不是从老人家口袋里掏钱吗？"

"过去的年轻人还只是偷鸡摸狗，现在是吸毒、抢劫、偷盗，为了钱，他们什么都干得出来。"

"这回啊，你们得给他多准备几副牌带走，等他到那边继续打。"

几张嘴巴在我头顶上喷着烟雾，发出烟熏过的沙哑笑声。

姥儿安静地躺着，脸和死人一样，一条膝盖却弯起来，将被子顶成一座山，看上去很悠闲。

到了睡觉的时间，我也不想上床，挤在火堆边，听亲戚们聊天，说的都和姥儿有关。他们说一阵，笑几声。有时也沉默。最后大家打着哈欠陆续散了，临走前看姥儿一眼，手指探到他鼻下，确定他是否断气。爷爷想留下来守着这堆火，二伯说："你也七十多岁了，守一夜，哪里锵（方言：承受）得住？我们弟兄几个轮班。"他们很快排好了值班表，没有我。我倒是喜欢烧火，爱闻烧橘树杆时散发的橘子味道，看潮湿的木柴两端冒着水汽，发出滋滋的响声，有时候还可以煨一个红薯、烤一块糍粑。姥儿经常这么做，并且将烤熟的东西掰一半给我。

姥儿的脸在火光中像一截很好烧的木头。他一动不动。

我醒来时，地铺上的亲戚们正穿衣起床，他们说我胆子大，晚上在一个就要变成鬼的人的脚头睡着了。

吃早饭时，爸爸趿双拖鞋，踮着脚尖，脚上缠着纱布。原来在下半夜，姥儿发了一阵狂，他掀了被子，在床上发疯，力气很大。他认出了爸爸，说他这两天死不了，死了不要花钱，不要买棺材，用席子卷了埋掉。过一会儿又对着爸爸喊爷爷的名字，说"做鬼都不放过你"，然后拉了一裤裆褐色的糊糊。爸爸给他换洗完，拎了脏衣服出去扔掉，回来看见姥儿倒在火堆边，裤子都烧着了。爸爸救姥儿时踩到火，受了伤。每次给姥儿屁股上那片没有皮肤的红肉涂药膏时，爸爸的眼睛就眨个不停。

二伯母舍不得店铺连续关门，"等他真正落气了再回来，嘻嘻"。二伯母的尖笑声很哆，像她的超短裙那样努力天真。我的那些堂表亲吃了午饭也离开了——姥儿不死，他们留下来也没有意义。大伯跑外面，订千年屋，买香蜡纸钱，寿衣寿鞋，烟花鞭炮；大伯母不是在菜园里，就是在厨房；小姑总在打电话，或者盯着电脑敲敲打打，"公司一摊子事"。爷爷屋前屋后瞎转，好像在寻找什么东西。灰狗巴顿不停地吠。

"李哆还不落气，莫不是心里有什么事没安排好吧？"

"拖十天半个月那是正常的，我翁妈那次也拖了好久，最后没办法，给她吃了几片安眠药。"

"也是的，拖来拖去，都受罪。"

乡亲们在我家屋门口聊天。

后菜园里摘菜的邻居扯着大嗓门和奶奶聊天："还有几天狠的搞啵？"

"哦呀，这几天还不得落气，茶端慢了还骂人呢。"奶奶回应，"主要是他们都要上班，耽误他们的工夫。"

姥几拖着不死，这件事就过了新鲜劲儿，泥屋里不再挤得满满当当的，村里人只等着喊吃丧饭了。

大姑自觉地承担着某种责任，隔一阵就进来，拿起姥几的手看来看去，好像鉴宝一样——她相信人是从手指尖开始死的。大姑读书少，但在这方面见多识广，她婆家那边不少老人去世，她都送了终。不过，她也承认有的人从额头开始死的。所以大姑还会不时检查姥几的额头。但她始终没有得出确切的结论——姥几的表现太反常了。大姑没有泄气，相反兴趣更大，她专门打了一盆热水，给姥几洗了几十遍脸，双手也是擦了又擦，那盆水都洗黑了。我没见过大姑父，我出生之前，大姑就离婚了。据说他们一起生活的时候，天花板上总有拖鞋印，他们经常打架，武器乱飞。每隔段时间就要刷一遍墙。屋里到处都是修补的痕迹，纱窗打着补丁，遥控器用透明胶粘合，茶几缺了一只角，冰箱凹进去一块，连大姑的额角都留着疤印。

二伯不靠近姥几，好像嫌恶。二伯值班。爸爸临睡前，给姥几洗了伤口抹了药。二伯先用绳子稳住姥几，将他的两只脚和竹柱子系在一起。姥几喊"呷几"，二伯就像没听见，只是用火钳戳着柴火上烧黑的部分，火星迸溅，火苗蹿起来，带起尘烟。

"你喜不喜欢姥几？"二伯问我。

这个问题很新鲜，没有现成的答案。我想起姥几拄着拐杖站在苦枣树下，挥动他从镇里买回的红色玩具汽车向我招手——姥几从来不踏进我们家半步。

"他对儿子、孙子都没有感情，更何况你们这些曾孙子。"二伯对着火说。

我不知道"感情"是什么意思，二伯也没有进一步解释，我只好默默地看着火舌舔来舔去。

姥几哼了几声。屋子里有股药味和脓臭味。

过了两天，阳光明媚，泥屋里只剩姥儿和那堆灰烬，大家都在外面晒太阳。棺材架在凳子上，爸爸和大伯已经给它刷完漆，崭新的，在太阳底下闪闪发亮。这个里红外黑的木盒子，比起姥儿的泥屋漂亮多了，尤其是后来铺上金黄绸缎的时候，我都想躺进去舒服一会儿。二伯也不那么急躁了，他是有学问的人，知道姥儿不吃不喝成不了仙，终究要死。他甚至动员大家干点体力活儿打发时间，把围住地坪的那道矮墙拆了，免得人来人往不方便。于是我们一家人撬啊、锤啊、敲啊、铲啊，叮叮当当地忙起来，场面十分欢乐。

我第一个发现姥儿站在泥屋门口。他摇摇晃晃地走了两步，爸爸赶紧跑过去扶住他。大家都停下来，吃惊地看姥儿坐在椅子上"晒太阳"。

椅子上根本不是一个人，是件肮脏连帽的破风衣歪搭在那儿，脑袋支不起，垂在胸口。姥儿这副滑稽的样子让大家笑起来。他们说他回光返照，耗掉最后的精力，明天肯定要放铳报丧了。我想起姥儿平时坐在这张椅子里读书，看到我，他会放下书，盯着我，好像要跟我说话。我有时凑过去，蹭饼干糖粒子吃，姥儿趁机跟我讲会儿书里那些会武功的人，他们打架很有意思。

我没有笑。姥儿那两只拿书的手，像蜘蛛脚一样僵硬，指甲里有黑垢，掌纹全是细细的黑线，手背像一块皱抹布。两只肿脚鼓圆了袜子，像两截出了土的树蔸子，脚指头像根须戳破袜子，趾甲一百年没剪过，长成了弯弓，和灰狗巴顿的趾甲一样。

姥儿堆在椅子里，对外界毫无反应。爸爸和大伯把他架回床上。我们又叮叮当当地干起活来。

天黑前围墙全部拆除，周围也打扫得干干净净。夜里气温低，泥屋里重新烧了一堆旺火。姥儿回光返照之后，就闭着眼，嘴巴半张，再也不喊"呷儿"了。

大家兴致勃勃地守着那堆柴火，商量怎么办丧事。大伯、二伯和爸爸都同意按照经济实力来办，不跟别人攀比豪华，也绝不让别人说风凉话，就是比上不足、比下有余的意思。爷爷说不行，姥儿的丧事要办得比谁家都好。

"你打算花多少钱？"二伯问爷爷，"自己有多少存款？"

爷爷不吭声。

"要是打肿脸充胖子，还不是我们这些做儿女的受罪？"二伯又说。

"我们省吃俭用，存了一万五千元，就是给你爷爷办丧事用的。"奶奶替爷爷回答。

"去年村里办得最气派的那桩，花了十五万，"爸爸说，"三天三夜的道场、六天大戏，海鲜席，五粮液，蓝蒂巴的芙蓉王……"

"确实没有必要，现在挣点钱不容易。"大姑穷，说话像个外人一样客气。

"莫说没那个经济实力，就算有那些钱，我也不赞成大操大办。"小姑笑着说，"如果生前亏欠了他，给他烧一百栋别墅，送一百亿冥币也没用。"

爷爷的脸色顿时比姥儿的还难看。

大姑揪了一下小姑的耳朵。

二伯有文化，小姑有钱，爷爷从不对他们发火。

大家沉默下来，仿佛都在体会小泥屋里的那股压抑。二伯率先走出去，他打开门，冷风扑进来，烟在屋里乱窜。大伯也起身去搬柴火。爸爸飞快地眨巴眼睛，清了清嗓子，什么也没说。

"要说舒服，村里哪个老头子有他舒服呀？我可是一日三餐送到他手上，"奶奶说道，"他要是在外面打牌，饭就给他热着，等他回来再端给他吃。"

爷爷挺起腰杆来，接着奶奶的话说："整整给他端了二十年饭……他呢，他为下面的人做了什么？我六岁就没了娘，在外面放牛打工，冬天连棉裤都没有……"

爷爷把自己说哭了。女人们跟着抹眼泪，除了小姑。

"爸，那些旧社会的事情就算了。爷爷就要走了，不应该让他也带着怨气走。他是你的父亲，我建议你跟他认个错。他听得见的。"小姑说。

没干透的木柴咻咻地冒着白汽。火和烟各玩各的。偶尔一声炸裂，像是谁在咳嗽，溅出一群唾沫星。

爸爸使劲儿眨巴眼睛。

一忽儿人都走了，只剩爷爷一个人坐在火堆边思考。

烤地瓜已经散发香味，我用火钳将它拨到一边，等地瓜皮烤得焦黄再吃。

这时候，爷爷站起来，走到床边，抓着姥儿的手，又摸了摸姥儿的脸，像个瞎子似的。然后弯下腰，凑到姥儿耳边喊道："爹啊，你听得见不？我是你儿子呢！"

老子老得起不了床，儿子老得直不起腰。

"我对不住你，我错了，你莫怪我了啊爹！"

"爹啊，你要呷觉不？肚子饿不哪？想呷点么子东西？"爷爷有点糊涂了，手也没地方放，像一个忘了台词的演员。他想了想，接着说道，"爹啊，你要保佑子孙平安啊！莫牵挂了，只管放心去吧！"

姥儿嗓子里发出下水道的声音。

又过了一天，姥儿没有好起来，也没有坏下去。一条腿弯着，仍然拱起一个"土地庙"，不时还挪一挪屁股。有人进门，他甚至还会抬起脑袋，看一看是谁。奶奶说姥儿筋骨生得硬，一世人没生过病，没吃过药，肯定比一般人熬得久。我的亲戚们就像卡在半山腰，进退两难，只好不断抱怨鬼天气，都快三月了，还这么冷，这么冷还盖不住水沟里的猪屎臭。啊，乡下的时光真无聊啊，好像他们不是乡里长大的。大姑和小姑翻出羽毛球拍，没打两下，球就落到姥儿的屋顶上去了。二伯摸着胸口踱来踱去，带灰狗巴顿到菜园里转了转，最后跑到代销店娱乐室和别人斗了半天地主，赢了五百多块钱，顺手买了些鱼肉丰富晚餐。奶奶打算给姥儿装点饭菜，拿起碗又放下，笑话自己二十年的习惯，一时改不过来。我的亲戚们说，这回子姥儿一死，奶奶就解放了，进个城也不用急着赶回来怕姥儿饿肚子，至于姥儿那间小屋嘛，可以用来放农具，或者做成娱乐室。筷子碗欢快地碰撞。我的亲戚们一边描述爷爷奶奶的新生活，一边吃光了所有的菜。

小姑唉声叹气，回来之后，公司那边很多事堆在一起，都是火烧眉毛的事情。小姑住得最远，路上又是汽车，又是飞机，要花费整整一天。二伯店铺虽有二伯母看着，但他不在，每天损失也不小呢。大伯一家也是干一天得一天钱，大伯和大伯母虽没怨言，但谁都看得出他们心里着急。只有爸爸没事，反正是农闲时节，反正他天天在家里。

爷爷好像为姥儿拖着不死感到抱歉。他已经给姥儿道过歉了，姥儿并没有安心死掉，证明他不肯落气并不是因为这个。那他为什么不落气呢？我的亲戚们拧紧眉毛，压抑的情绪像夜色一样围拢过来。

晚上照例在姥儿屋里烤火，等姥儿死。大家烤得一身落满灰，脸皮干燥，但也没别的地方去。等烤到昏昏欲睡时，就陆续钻被窝里去了。今晚轮到爸爸值班。我很高兴爸爸允许我留下来睡在火堆边，因为楼上阴冷，大伯老打呼噜。爸爸给我弄了两张椅子，我就半躺着，被子垫一边盖一边。爸爸往火堆上架了两截巨大的木头，我看着它们变黑、出烟，燃了一小片，就暖暖和和地睡着了。

我是热醒的。我掀开了被角。迷迷糊糊中，只见姥儿双手在空中乱薅，嘴里不停地说话：

"我的崽那天打我呢……推得我绊了一跤，屁股现在都疼。"

"王老倌欠我八百块钱，没还……帮我找他要回来。"

姥几咳了几声。"我要呷旮。"

爸爸从抽屉里拿出姥几的洋铁皮罐子，犹豫片刻，慢慢伸手进去，捏了几粒白东西放进茶杯里，用调羹慢慢搅，眼睛拼命眨，手搅得越慢，眼眨得越快，最后手好像停了下来，眼睛眨得像没睁开。

前几天姥几喊嘴里没味，大姑给他含姜片，现在爸爸给他加糖呢，姥几爱吃甜食。

爸爸扶起姥几，拿调羹一勺一勺地喂。我听到瓷勺几（方言：勺子）舀到杯底的声音。

"洗砚之时曾染指……种花以外不低头……虎虎啊……我活不得蛮久了，我没办法教你写诗了呢……"姥几长叹一声，好像很舒服。

姥几终于睡着了。火光一摇一晃。屋里暖融融的。

"嗲嗲……对不起，莫怪我啊！"爸爸低声念了一句，双手将自己的脸揉成一团。

早上醒来，我睡在床上，肯定是后来爸爸抱我上来的。我睁眼就想到昨晚烤的地瓜还在火盆里，不知道是不是烧成了灰。周围静悄悄的，我下了楼。姥几的屋子里也静悄悄的，所有人都在。姥几两条腿伸得笔直，手放在胸口，下巴抵着的纸筒使他闭紧了嘴巴。他眼睛微阖，好像在看我。

"已经走了。"大伯探了姥几的鼻息，把了脉。

爸爸的眼睛飞快地眨巴。

屋子里的茶杯、桌具，以及塞在窗缝里的瓶瓶罐罐全都目瞪口呆，它们瞬间变成遗物。它们也没有哭哭啼啼，就像我的家人们一样，平静地立在原地，落着灰尘或者污渍。

所有人同时松了一口气，产生出很响的呼吸流，声音很大。爸爸打开门。专办丧事的薛老爷随着冷空气涌了进来，他的脸墨黑的，似乎只有黑成那样才适合与死人打交道。

薛老爷二话不说，挽起袖子，很权威地吩咐我那些六神无主的亲戚们。

"快，打盆热水，还有毛巾、肥皂。"

"寿衣拿来。一会儿手脚硬了，就不好穿了。"

"准备香烛、钱纸、长明灯。"

我的亲戚们应声散开，各自忙活。

外面，薛老爷的儿子开着手扶拖拉机停在路边，车厢里装得满满的，一架绿色的电铳炮，炮口对着天空。

薛老爷的三个儿子跳下车，手脚麻利地卸货。搬出大喇叭，这个即将在夜里通宵鬼嚎吵得我睡不着觉的东西；抬出冰棺，一会儿他们会把姥儿放进去。我们小孩子围着东看西看，都很兴奋，还为了争地方打了起来。我长到九岁，家里从没有办过什么大喜事，没人出嫁，没人结婚，也没有人死。我很骄傲这一切发生在我家里。

"放铳喽！"薛老爷在门口朝他儿子挥手喊了一声。

铳炮"砰"地响了。没有火药味。我们赶紧跑开。身后一连响了六发。

姥儿的泥屋里金黄明亮，散发出一股奇怪的味道，别人家办丧事时我闻到过。我站门口朝里看，里面一个人也没有。姥儿躺得比床还直，埋在鲜艳华丽的红绸缎底下，脸上盖着那本他经常翻看的武侠书《碧血剑》，脚底那双崭新的鞋底在蜡烛和长明灯的照耀下比雪还白。我想象干净富贵的姥儿站起来在屋里走动，他一定会高兴得合不拢嘴——以前他穿得太脏污、太破旧了。

我盯着红绸缎，姥儿薄薄的身体动了一下，似乎还喊了声"呷儿"。烛火跳了两下。不知为什么，我哭了起来。

接下来我们家就成了战场，乱七八糟的。铳炮声持续不断。大喇叭里的音乐听起来很喜庆。各路人马在我家进进出出，男男女女嘻嘻哈哈，搭灵堂，摆桌椅，运来锅碗瓢盆。从姥儿落气的当天中午开始直到下葬，每逢吃饭时间，就会有很多人围在那几十张桌子前吃得嘴皮油亮、满脸通红。

丧事总指挥斜挎着黑皮包，里面装着丧事的总开支，他严格按我家的预算来花销。首先成立治丧委员会，下面分工负责，做酒席的后勤，抬棺材的金刚师，以及道场、戏班子联络。东家什么也不用管，只负责出钱，以及腾出闲情来悲伤。爷爷总担心别人吃得不愉快，不和伯伯们商量，告诉总指挥，白沙烟上升到金芙蓉，每桌酒席添加一只脚鱼、一盆螃蟹，酒也由金枝换成泸州老窖。这就大大超出了原定的五万元的预算。我的亲戚们心里不舒服，但一想到整个丧事办得喜庆圆满，在折腾了一天一夜之后，姥儿被顺利地放进那个一米多深的坑，也没有多说什么。据说这是我们整个家族迄今为止发生的最为光彩的事件。人们后来评价，说我们家的丧事办得最大方，酒席是全村最好的，味道好，分量足，有几桌原封未动的菜送给了左邻右舍，更是博得了村人的称赞。爷爷很长一段时间都沉浸在这种骄傲当中，把这场丧事当作此生打的最后一场漂亮仗，他昂起头，好像胸前佩着勋章。

躲过了过年的那口肥猪，这会儿被几个壮汉控制在案板上，叫得额外不甘心。屠夫那把一尺多长的刀子捅进猪颈窝，一股冒着热气的血喷泉准确地落进脚盆里。

我们就是在肥猪的阵阵嗷叫声中，换上了白大褂，个个像医生，头上裹块白布，白布垂下来飘在背后，又像唱戏的。事实上也是，接下来的时间，我们在薛老爷的指挥下不断表演，磕头，下跪，烧纸，念经。由于没有经验，我们弄了很久，才将那块白布稳在头上。二伯母笑嘻嘻的，对着镜子照半天，从白布中拨弄出一绺刘海儿，顺了顺鬓角，使自己显得更美。小姑的白布整了几个角，像护士帽子。奶奶裹得像个修女。大伯母脑袋小头发少，白布总往下滑，大姑用发卡帮她固定了。我们男的简单，扯住白布角在后脑勺打个死结。这块白布使我们一下子与普通人区别开来。有时候，我觉得我们就像一群劫富济贫的白衣教徒，骑着快马，手挥长刀，就要厮喊着冲下山去，身后的白布飘起来。这块白布后来的作用很多，比如擦一擦冷风催下的清鼻涕，下葬时接风水师撒发的发财米，尤其是还有保暖效果，让我总觉得热。

午饭后，戏班子来了。敲锣鼓，吹唢呐，嘎胡琴（方言：拉二胡），很快吵成一锅粥。

"要唱孝歌子喽，来来来，孝子孝孙们，都过来跪下。"薛老爷安排我和我的亲戚们按老少次序围着姥儿的冰棺跪下，嗑瓜子、嚼槟榔的观众立刻将我们围得水泄不通——据说这是丧事过程中最有趣的环节——看人悲伤，陪人哭。化好了妆的女人穿着戏服，手里拿着麦克风和我们这些白衣教徒的名单，笑哈哈地和围观的人说话，大嘴巴像吸血鬼。

爷爷奶奶跪在姥儿脚前，"啊——呀！"戏子一声哭叹，张开血盆大口唱起来：

"爹啊，我的爹啊，你为什么就这样走了，从此以后……我再也冇得最亲最爱的爹了啊……"

戏子哭得要断气似的，声音通过麦克风，从那个大喇叭扩散到阴暗的天空，有种天崩地裂的感觉，连她嗓子里那丝细小的抽泣声被大喇叭扩大之后，变得像刀片那样锋利。我感到我的心被割疼了。

戏子的眼泪顺着粉妆流下，就像小溪淌过雪地。

爷爷奶奶垂着头，各自从口袋里掏出十块钱，放进戏子脚边的草帽里。

戏子擤了一把鼻涕，"爹啊，爹啊，我苦命的爹啊……"

"行了，他们一把年纪了，跪不得太久，你差不多就行了。"薛老爷对戏子说。

爷爷奶奶给姥几敬酒，磕头，又从口袋里掏出十块钱放进草帽里，起身腾出地方。

轮到大伯和大伯母了。大伯一跪下去就掏口袋，围观的笑了起来。

"嗲嗲（方言：爷爷）啊，我的嗲嗲啊，孙子不孝啊，一年四季在外面，对你老人家照顾得少啊……"戏子换了台词，看样子很了解我的亲戚们，"你一世为了我们，辛苦操劳啊……"

戏子哭得很认真，脸上泪痕混乱，看起来就像有鸡群在平整的雪地上打过架。嘻嘻哈哈的人很快安静了，一些女人跟着哭起来。一时间全世界都悲伤了。我们家的人却没有眼泪。这让我感到惭愧。

我隔着玻璃看了一眼冰棺中的姥几，他的脸小了很多，颧骨突得更高，腮帮子放得进拳头。姥几十多天没吃东西，他是饿死的。

"虎虎，来，给我再装碗饭去吧。"那年我五岁。姥几已经吃掉两碗米饭，一堆红烧肉。奶奶觉得他不晓得饱足，怕他被饭撑死，所以扣下了那只饭碗。我空手回到姥几身边，他似乎也忘了吃饭这回事，问我："你妈妈蛮久冇回来了吧？"

"妈妈和爸爸离婚了。"我说。

"我像你这么大的时候，就冇得娘了。"姥几试着将我抱到他腿上，但我太胖，他抱不动，于是放弃了，指着泥屋里很占地方的那张桌子，说，"去，打开中间那个抽屉，把洋铁皮罐子和最上面那册练习簿拿过来。"

姥几揭开罐子，捏了一块很大的冰糖给我，盖好盖，让我放回抽屉。我含着冰糖，看姥几翻开练习簿，想想哼哼，哼哼想想，然后在簿子上写了一些长度相等的句子。抽屉里那一摞练习簿，里面全是一截一截的句子。我后来才知道这叫诗。等到烧姥几的东西时，这些练习簿被抢来抢去，识字的大声朗读姥几写的诗，个个笑得要死。

"写诗几好啊（方言：很好）……你太小了，只怕我等不到教你的那天呢。"

姥儿的字规规矩矩地待在格子里，就像人躺在棺材里一样。

我开始抽抽搭搭地哭，可是戏子的声音太大，我感到压抑，于是昂起头，像挨了揍那样号哭起来。

没有人管我。大伯掏出了一张五十元的绿票子。观众发出了惊嘘声。

草帽的底慢慢被钱盖住了，唱到小姑这儿，已经蓬松地堆了起来。因为戏子知道二伯一家在城里做生意，一直咬住着他们唱。二伯也逗戏子，不紧不慢，掏了很多一块钱的零钞。围观的乐坏了，笑声一浪接一浪。戏子聪明，心知斗不过二伯，主动放弃，留了精力在小姑这儿捞最后一笔。

这时，戏子的眼泪已经干了，鸡打过架的雪地上结了冰。

"嗲嗲啊，我的个好嗲嗲啊。"戏子转了调，用了新的唱腔，声音颤抖着，旋转着，像个电钻一样直往人心里钻。喉咙里那股气像一只小鸟冲进云雾不见踪影，她的嘴张开，舌头僵在那儿，直到小鸟飞回来，落在舌尖，重新激活了她。

所有的人都捏着一把汗，要是那只小鸟一去不回，就要出新的人命了。

唱了太长时间，戏子的嗓子已经不像开始那么敞亮，声音哑，困在喉咙里出不来，听起来更悲伤，好像马上会死于心碎。一阵呼天抢地，满头大汗，戏子缓口气，转了唱腔：

"你这个小孙女长得乖哪，心事几（方言：心地，良心）好哇……年纪轻轻自己就开了公司啊，有啊……有出息啊……"

小姑给姥儿上香，敬酒。

"你的嗲嗲晓得，你是个孝顺的孙女儿……他老人家一定会保佑你发大财啊……我也晓得你是个大方的有钱人哪，你袋子里的红票子一张张只管拿出来哪……"

人们大笑，跟着起哄。

小姑随戏子去唱，磕完头，往草帽里丢了两张百块子，起身走了。

孝歌唱完了。有些人围着满头大汗的戏子，帮她数钱。

人们像鞭炮屑覆盖着地坪，不时有笑声炸响，好像没放完的鞭炮，纸屑飞起来，旋几圈落下。唱孝歌子的一个人赚了一千八，做道场的几个法师上来，就更有看头了。我的亲戚们这才知道，接下来的道场、出殡，那才是重头戏，你从口袋里掏多少出来，大家都看着的，总不能比唱孝歌子的低。大伯母着急，赶紧打散百块子，换成十块二十块的。二伯母嘻嘻笑，别个爱说说去，"又说不掉我身上一块肉"。

奶奶开始处理姥儿的财产，就是他一直攥在手里的那些钱，按家族户头算，每家分得八十块。奶奶嘱咐这是发财钱，不要花掉。我的亲戚们并不觉得这八十块钱与别的八十块钱有什么区别，除了被姥儿攥得一股汗酸味之外，所以后来全扔进了道场先生的法事钵里。

天气虽然寒冷，十几个藕煤炉子（方言：烧蜂窝煤的炉子）分散在地坪上，热乎乎的，每个人的脸上都带着两坨红。藕煤孔里伸出绿舌头，瓜子壳吐进去，就冒出一股青烟。闲聊的妇女们围着炉火，一会儿烤脚，一会儿烤手，有时还要烤屁股，似乎不这么翻动自己，就对不住那堆火。

没有人看姥儿一眼。那个大冰棺，像一件用了多年的旧家具。

做道场的几个来了。他们似乎早已心中有数，满脸愉快，像鱼儿划过水波似的，穿过人群。他们喝一杯芝麻豆子茶，戴起高帽，穿上花花绿绿的袍子，挂出他们的鬼画符，敲击木鱼，吹响喇叭，摊开爷爷交给他们的家谱，口齿不清地哼哼唧唧，唱经作法。

一会儿，道场先生们敲锣打鼓，在地坪里快步转圈，在桌子间穿梭，我们几十个白衣教徒跟在后面，按辈分年龄排序，爷爷奶奶打头，队伍像条受伤的白龙痛苦地扭动身体。

"来来来，孝子孝孙们，"薛老爷在桌子上搁了一个竹篾篮子，"钱只管往这里面放。"

围观的人拍脚拍手笑。

我的亲戚们备足了子弹，只要经过竹篾篮子，就有票子飞进去。反正天气冷，多转几圈没坏处，所以我的亲戚们挺高兴，像上体育课。

悠闲地转了二十分钟之后，竹篾篮子看不见底了。

道场先生好像知道里面没有红票子，加速念经，嘴里快得像狗抢屎，乐器敲击声像开了锅的粥，脚步不断提速，二十迈……三十迈……四十迈……突然，他们帽子后面的两根飘带浮起来，我的亲戚们那垂下的白布像旗帜一样，被风扯横了，抖出飕飕的声音。我们不是碰到桌子，就是磕到凳子，跌跌撞撞，呼哧呼哧喘气，一面笑得要死。那些看热闹的更是哈哈不断。这时候，薛老爷扯住爷爷奶奶，拉出队伍。他俩坐在椅子上，好像不甘心在游戏中出局，张着嘴，好久都没缓过来。

我们继续奔跑。我们成了白衣仙子，完全飞了起来。观众的脸越来越远，越来越模糊，他们的笑声也被风吹得七零八落。二伯母撑不住了，从口袋里掏出所有的钱，扔进竹篾篮子，她慢慢降到凡间，钻进人群中。

篮子里已经有点料当（方言：意思是有货，有实质内容）了，明显看得见红票子。大伯弹尽粮绝，再加上薛老爷在喊香烛先生，大伯趁机离开队伍。长龙越来越短，短得不成样子，最后只剩下我和我的堂表亲们跟着道场先生，我们这些曾孙辈，有体力跑，有兴趣玩，但是口袋里没钱。于是，道场先生帽子后面的飘带落下来，我们都回到地面。据说刚才我们送姥儿走了一百里地，晚上还要再送他过"奈河桥"，让他顺利地回阳世投胎。

竹篾篮子里的钱很快清点完毕。道场先生喝水润喉，眯眯笑，仿佛长了四道眉。

按薛老爷说的，等到晚上送姥儿过"奈河桥"时再披麻戴孝。我和我的亲戚们卸下了孝衣，像是憋得太久，缺氧似的大口呼吸。周围的人全是红光满面。地上一层瓜壳纸屑槟榔渣。屋角塘边的那堆熊熊大火，正在燃烧姥儿用过的东西。泥屋里已经搬空了，又迅速被厨房办酒席用的柴火、碗筷、蒸柜等器物填满。

姥儿躺在堂屋的冰柜里，他一定闻到他屋里飘出来的扣肉香。

姥儿的东西不禁烧，很快只剩下床骨架，以及垂死挣扎的火苗。这时候，给姥儿备置的东西运回来了。那是一幢金光闪闪的纸楼房，比我还高，一共三层，堂屋里停着一辆奔驰汽车，几个筐里装满了钱。从窗口望进去，房间里宽敞得可以跑马。家具也是金光闪闪，成套成套的，床上铺着华丽的被子，鞋柜里摆着数不清的新鞋子。

干净富贵的姥儿坐在书桌前写诗，他很年轻。

"虎虎，过来。"姥儿看见了我，高兴地招手。我走过去，倚在姥儿身边，他身上的新衣新鞋散发香烛的味道，"我这一世最喜欢的那两句诗：洗砚之时曾染指……你还记得下一句不？"

"种花以外不低头。"我说。

"洗砚……砚是什么东西？"

"砚啊，就是石头做的，写毛笔字时，用来磨墨的……"

屋突然在晃，所有的家具在颤抖，发出沙沙的响声。

"这个灵屋子扎得好啊！蛮结实的。"薛老爷的儿子使劲儿摇这栋纸楼房，"狗禽的，舍得犯本（方言：舍得花钱）哩。"

我回头望了眼姥儿的泥屋，一缕青烟从那扇唯一的小窗飘出来，羞答答的。

村里的军乐队这时杀了过来。十几个红衣红帽白短裙的村妇，敲着大军鼓，齐声喊着一二一，踩着地坪上的杂屑灰尘，将队伍踩成方形。她们个个描了眉，画了眼，嘴皮子鲜红。有几个怕丑的，低着头笑。男人们大声议论，说她们脸上刷了墙面漆。

领队是个强壮的女人，挥动系着红绸的鼓槌，向军乐队大喊："一送里个红军……预备……唱！"

烂铁皮鼓声和村妇们豁出去了的喊唱惊天动地。一首《十送红军》，又一首《咱当兵的人》，然后变成一唱一和的口号：

"孝子孝孙们听分明啊！"

"好的啊！"

"红包给得早，你屋里个个日子过得好！"

"好的啊！"

"红包给得多，你屋里读书当官的一窝一窝啊！"

"好的啊！"

……

她们闹翻了天。长明灯里的油快要燃干了，烛光一跳一跳。我讨厌这支军乐队，她们会吵醒冰棺里的姥儿。

吃晚饭的时候，高音喇叭停了，铳也不响了，只剩下人们哑巴和说话的声音。加菜，添饭，喝酒碰杯，喜气洋洋的。火锅炉子冒着白气，远看像云，一朵一朵地浮着。脚鱼被迅速消灭了，人们站起来抢夹脚鱼汤煮下的白菜，筷子直打架。

屋里光线模糊。姥儿的冰棺陷入昏暗，黑白遗像在蜡烛和长明灯的映照下十分醒目。他冷冷地望向地坪，鼻孔里喷出的呼吸令烛光摇曳。

男人们饭还在嘴里，就开始搭建戏台，他们越是快乐，越是吆喝，骂粗口，钉锤子敲得叮当响。高音喇叭又唱起来。我那些酒足饭饱的乡亲们，屁股掉转方向，就地抢占看戏的好位置。大姑端着托盘给大家发茶水、瓜子槟榔。爷爷奶奶坐在第一排。戏子一上场，他们的嘴就张开了。在一起生活了那么多年，他们已经长得像双胞胎，表情、牙齿、皱纹，以及微昂头看戏的姿势，都一模一样。

此刻，他们完全沉浸在自己家门口看戏的幸福中，我从来没见他们这么满足过。戏子一个亮相，奶奶突然开怀大笑，那张长期阴霾的脸上，顿时阳光灿烂。她雪白的牙齿，像穿透阴云的光芒——过去她总是抿着嘴，很少说话——嘴角的酒窝此刻仍在皱纹里出没，像小兔子在草丛中跳动。人们都说我长得像奶奶，我的嘴角也有酒窝，我的牙齿又白又整齐，我也阴着脸不爱说话不爱笑。

有一段时间，总有媒人来给爸爸介绍对象，话是这么说的——小孩没妈可怜，关键是给虎虎续一个妈。爸爸一个也没答应。

有天晚上乘凉，我和爸爸坐在河堤边。爸爸问我想不想妈妈，我说不知道。爸爸说，只要心里想，有一天她会回来的。但是我不想妈妈，她很少来看我，她就像我那些一年到头碰不着面的亲戚一样，并且越来越像一个远亲。

戏没意思，什么《刘海砍樵》《五女拜寿》，早跟爷爷奶奶看得滚瓜烂熟了。我坐不住，到处跑，那些看我们家的戏，吃我们家瓜果的小孩子，都在讨好我。我故意走到堤坡往下看，我们家灯火通明，全村的人都集中在我家地坪上。可惜女姥几（方言：曾祖母）早就死了，不然我们家可以多热闹一回。

戏散得快，因为送姥几过奈河桥的时间到了，耽误不得。道场先生撑开一架梯子，搁在路中间，他爬上梯子，爸爸跟在后面，上一级阶梯唱一阵，一级一级唱上去，在梯顶唱了很久，翻过梯子，又一级一级唱下来。我以为去奈何桥要走很远的夜路，没想到就是这样翻张梯子。我和我的亲戚们跪在路边烧纸钱，一边当火烤，一边配合道场先生，把姥几"喊回来"。

二伯母胆小，觉得后背凉飕飕的，直往人中间挪。

"你们只管大声喊啦，哭啦！"薛老爷说。

我的亲戚们好像都很怕丑，他们一张一张点燃纸钱，哧哧地笑。

"要是不大声喊，他回不来的。"薛老爷又说。

我好像看见姥几拄着拐杖从堤坡上走下来，一眨眼又不见了。黑暗中只有树影子在晃。

姥几要是回不来，就会掉到血河里去。

我想象血河里的毒蛇和怪虫。"姥几，姥几啊，你快回来喽——"我使劲儿喊，叫得一声比一声大。

我的亲戚们笑了一阵，也放开嗓门喊了起来。

我和我的亲戚们穿着白衣，在黑夜里一声接一声地喊着，北风呜呜地吹，我们更像找不着家的鬼魂。

我们的声音劈开黑暗，传到很远的地方。

这时我听见了哭声。是我，我在哭。

道场先生说姥儿是听到我的哭声，才顺利过了奈河桥。他夸了我一番，然后卷起所有的东西离开了我们。帮忙的人也都回家睡觉去了。高音喇叭继续吵。我累得要命，睡在地铺上，我的亲戚们在姥儿身边搓麻将守灵，他们有说有笑，迷迷糊糊中，我听见二伯母尖声叫道："胡了！哈哈，哆哆保佑，豪华七小对！"

"虎虎，快点哪，虎虎啊！"姥儿喊我拿砚给他写对联。我睁开眼睛，却是大姑在推我，"虎虎，快起来，姥儿要出殡了。"我卡在梦和现实之间，半天才想起姥儿死了。

天刚刚亮，光秃秃的树枝在摇晃。小雨夹雪飘向窗台，天气似乎比昨天冷。我下了楼，昨天消失的一切又恢复原状，人们各就各位。油毡布雨棚几乎盖住了整个地坪。铺着金黄丝绸的棺材搁在那儿，姥儿穿着那身新衣躺进去了。遗像、烛火和长明灯依然摆在脚那一头。一群金刚师整装待命，腰间都纳着一条毛巾，他们有不少是从城里赶回抬丧的。所有人都在嚼馒头、喝豆浆。我的亲戚们个个一身雪白，艰难地吞咽从镇里买回来的早餐，这使他们显得很悲伤。如果不是军乐队里的妇女和金刚师们打情骂俏，这个早上的气氛简直比八磅大锤还重：

"噫，曹堂客，平时冇注意，你化点妆也算看得哩。"

"哦哟，看得看不得，关你什么事？我夜里又不是跟你睡一张床。"

"哈哈，莫得（方言：万一）有机会呢？"

"你想都莫想，曹堂客的男人会剐了你的皮。"

"他在街上做泥水匠都不回来，晓得个鬼。"

下了一阵雪粒，油毡布上噼里啪啦像爆豆子。

那个叫曹堂客的女人突然指着堤坡那边："娥嫂！"

所有人都望过去。我看见娥嫂——我妈，穿一身黑衣，停在那儿。

大姑和大伯母带着妈妈走进地坪。妈妈跪下给姥儿磕了三个头。站起来，局促不安。她的眼睛和嘴角瘀血有伤，像是被人揍过。她那只受伤的眼睛先看见我，然后那只好眼睛也跟着红了起来。她仿佛要开口跟我说话。我躲进那群散发脂粉香的妇女中。

爸爸背对着我们，看着远处，好像那边有什么东西吸引了他。

邻居那栋废弃的老屋，一身青苔，窗框上长了野草。树从房子里长出来，冲破了屋顶。

"娥嫂真是有情有义。"

"换了我，我是冇脸回来的。"

"莫这样讲，听说她在那边生的儿子去年死了。"

"啊……"

村妇们低声吃馒头嚼舌头，将塑料管吸得滋溜溜响。

关于是否让妈妈披麻戴孝，爷爷和亲戚们起了争执，他认为妈妈不配穿孝衣。

妈妈像个做错事的孩子，垂着头，谁也不看。

"孝子孝孙们，都准备好没？"薛老爷喊道。

爸爸没说话，径直拿出了白衣白布头，亲自给妈妈穿戴好。

我和我的亲戚们站成一堆，等候薛老爷的命令。

"要会亲不？"薛老爷问。

"不用会了吧。"爷爷说。

"不看最后一眼了？"薛老爷有点惊讶，"一旦封棺了，想看都看不到了噢！"

"那就会吧。"爷爷说。

我和我的亲戚们围着棺材转。

"转慢点，好好看亲人最后一眼。"薛老爷喊。

我又羞愧起来。我的亲戚们只顾走路，甚至都没往棺材里看。姥几全身埋在灰中，脸上罩着玻璃罩子，像要上太空的宇航员。他安详，宁静，似乎第一次睡上安稳觉。

"好了，会亲完毕，孝子孝孙们跪下！"薛老爷手一挥，"封棺！"

金刚师抬起棺盖。钉长钉。我们紧挨着跪下。妈妈和爸爸并排，衣摆连衣摆，肘碰肘。

"一封天官赐福，二封地府安康，三封生人长寿，四封白煞潜消，五封子孙时代昌。"薛老爷一边撒米一边念。

我见过别人家办丧事，这种时候会有惊天动地的哭声，甚至有人趴在棺材边，不让盖棺。下葬的吉利时辰，以及田野里新挖的坑都在等待，我的亲戚们一点儿也不想妨碍薛老爷的工作，静静地跪着，连呼吸都屏住了。

雨雪停了，天有点放晴的样子。但还是冷。我的亲戚们抓着自制的跪垫，立在一边，看金刚师将雕着龙头的长柱绑紧棺材，抬上四轮拖车，准备游丧。我骑着棺材，腿间搁着一袋米，我牢记薛老爷说的，米要保证撒到坟地，不能半路就撒没了。

现在，我比谁都高，看得比谁都清楚。妇女军乐队排在最前面，粗壮的小腿肚子歪歪扭扭；接着是我雪白的亲戚们。大伯高举招魂幡，二伯手捧遗像，爸爸抱着灵牌，剩下的人则像一群毛茸茸的小鸡东挤西挤。一声铳响，旗帜飘飘，军乐队敲响铁皮鼓，征战队伍缓缓出发。我周围的金刚师们手搭着木架，松松垮垮地走着。花花绿绿的道场队伍跟在后面，各自吹拉弹奏，摇头摆尾。最后面是薛老爷的儿子开着手扶拖拉机，"嘭嘭嘭嘭"，上面装满了香烛纸钱烟花鞭炮。

一路上鸣炮奏乐，浓烟翻滚，我们冒着炮火前进。火药味呛人。我的亲戚们时隐时现，仿佛在云中穿行。拖车像蜗牛似的往前滚。专门从城里赶回来的高个儿金刚师扯着嗓门说城里的事：

"有天夜里睡不着，在街上乱转，一个穿超短裙的女的从树背后站出来，要拉我做生意。我一看有点面熟……我说，你是牛八几的堂客吧？那女的一愣，赶紧跑了。"

金刚师们大笑，"你真的有跟她去？说老实话，保证不告诉你的堂客。"

"你们脑子里一天到晚只有乱搞。看看三波，都等了五年了，"高个儿金刚师侧过身，朝我挤了挤眉眼，"我看娥嫂迟早会回来……有没有谁跟我赌一包蓝蒂巴（方言：香烟过滤嘴，或烟屁股）芙蓉王……"

这时，金刚师领队打出手势，停止前行。我的亲戚们突然转身朝我们跪伏，仿佛皇帝驾到，白压压的一片。大伯和大伯母小跑过来，跪谢每一个金刚师。丧事总指挥塞给金刚师领队一个红包和一条烟。

队伍重新挪动。我憋着一泡尿，坐立不安。冷风吹得清鼻涕直流。抹一下鼻涕，撒一把米，手上粘了一层米粒，往身上蹭了蹭，白衣上留下黑印疤。有一阵我忘了撒米。

爸爸踮着伤脚，拉着妈妈一起给他们下跪的时候，嘻嘻哈哈的金刚师们突然安静下来，好像有点儿惭愧。

"虎虎，冷吗？"妈妈最后昂起头，手只能摸到我的鞋子。

我低着头不说话，也不看妈妈的脸。

金刚师一路不断"罢工"。不多久到了姥儿的墓地。拖车停在大路上。出力的时候到了，金刚师紧紧腰带，往手心唾口痰，搓出一阵糙声。只听见一声"哦嗬"，金刚师们抬起棺材，踏进收割过的稻田，快速前进。铣声、鞭炮声，道场先生的喇叭、钹，军乐队的烂铁皮鼓，集中发力，敲烂了天空，阳光从破洞里迸射出来。我们像一只龙舟在水里飞驰，像一只蜈蚣在禾蔸子中间逃窜。风削过我的耳朵。不知什么时候，我已经尿了一裤裆。棺材放进深坑，他们往姥儿身上填土的时候，我一直沉浸在尿裤裆的羞耻里，下半身仿佛泡在冰水中。

我和我的亲戚们围在墓边，跪成一个U字形。一个雪白的U字，写在黄土上。我们很安静。田野的风从远处扑过来，揪着枯草和树叶。鞭炮烟雾匍匐前进。隔着棺材，我看见姥儿睡熟的样子，泥土一锹一锹扬撒在他的脸上。我好像听见爸爸在低声念经："对不起了，嗲嗲……对不起了啊，嗲嗲……"

妈妈两只手深深地抠进黄土里，慢慢地攥紧，一些散土从她的指缝里挤出来。风吹乱了她一行一行流下来的眼泪，脸上湿一片干一片。她没发出声音，鼻涕吊在鼻尖上。她好像在回忆什么，表情十分遥远。她咬紧嘴皮子，憋红了脸，脸上的伤好像获得了新的生命，变得更加鲜亮。

"啊——"一只关不住的野兽突然撞开妈妈的嘴，蹿出来，嗷嗷地在田野上撒野。她的号哭声震得一切都静止不动，连风都停止了奔跑。

姥儿的坟高高地堆起来，像一只大奶子。我和我的亲戚们一边脱孝衣，一边往家里走。回到家，太阳已经出得满满的，照着我家的楼房，也照着姥儿的泥屋。地坪上空空荡荡，油毡棚拆了，桌椅也撤了，到处扫得干干净净。姥儿的遗像挂在堂屋中间，香烛燃得正旺。灰狗巴顿不知从哪里钻出来了，摇着尾巴迎接我们，表现久别重逢的狂喜。奶奶叠着左右手站着，想到再也不用给姥儿送饭了，那双手既觉得如释重负，又觉得无所适从。奶奶近乎炫耀地展示雪白的牙齿和嘴角的小酒窝，好像是彻底和大家分享这个珍藏了很多年的秘密。

太阳就像一个刚刚烤熟的馅饼，热乎乎的。我的亲戚们开始脱去外套或者毛衣。

　　爷爷戴了老花镜，拿出办丧事的账本，召集大伯二伯，要算一算给姥儿花了多少钱。

　　爸爸低头使劲儿擦皮鞋，看样子是要用他的摩托车送妈妈进城。妈妈软在椅子里，仿佛刚才的号哭耗尽了她全部的精力。

　　我已经换了干净裤子，我的亲戚们开始拿我取乐，笑得茶水喷了一地。我随他们闹，只顾翻着姥儿的练习簿，我从火边抢出来的，有的已经烧掉了角。后来，我抱着姥儿的洋铁皮糖罐子坐到苦枣树下，擦掉外壳被火熏过的黑灰，揭开罐盖。里面有半罐冰糖，还有几颗我从未见过的小糖粒子。我捏出一粒放到嘴里，当我意识到这粒糖不但不甜，反倒有丝苦味的时候，它已经滑进了我的喉咙。我又找了一块冰糖嘎嘣嘎嘣地嚼着，慢慢翻看姥儿的练习簿。太阳暖融融的，树影子在本子上摇晃，我听见马蹄声嘎嘣嘎嘣，练习簿上的字化成一群武林高手，他们骑着马挥着砍刀，腾云驾雾般冲杀过来。

爱从结束开始

邢庆杰[1]

你用死亡的伤留我在梦里，让我在绝望里温习爱情。

——题记

我死死地抱着她，唯恐她再从我的世界里消失。

耳际是一片风声、雨声、鸟鸣声、流水声，还有花开的声音……这世上所有美好的声音……

你把我勒死吧，你勒死我吧。她在我怀里扭来扭去。

我缓缓放开她，双手却紧紧地抓住她的手腕。

她用力想甩开我的手，嗔道，你干吗用这么大力气？

我说，晓晓，你让我找得好苦。

安晓晓身上有古苏禄国的王室血统，几百年的繁衍优化，使她的双眼皮陷得很深，像西方人；而她的眸子是典型的东方人特征，乌黑明亮，充溢着迷人的异域风韵。

---

[1] **邢庆杰**　国家一级作家，曾就读于鲁迅文学院第 21 届中青年作家高研班。已在《人民文学》《中国作家》《北京文学》《文艺报》《小说界》等报刊发表小说作品 200 余万字，被《小说选刊》《中华文学选刊》《小说精选》等杂志转载近百次，入选多种海内外选本。获过"山东省第二届泰山文艺奖·优秀短篇小说奖"等 30 多个文学奖项。已出版小说专著《白貔记》《屠蛇记》等 22 部。现为德州市文联专业作家，系中国作协会员、山东省作协全委委员、德州市作协主席。

这个地方好熟悉。

是吗？她调皮地东张西望。

我们脚下是古苏禄国东王墓门前的甬道，石马、石羊和翁仲分列两厢，甬道西边的苏禄东王王妃墓、二王子墓和三王子墓呈三角形静卧着，在晚霞中反射出神秘的光晕。

这里，是我和安晓晓初次见面的地方。

那一天，我的大学同学孟丽娟来看我，她是第一次来我们这个北方小城，我带她到苏禄王墓游玩。

苏禄东王巴都葛叭哈剌的陵墓，是目前中国领土上唯一的一座外国国王墓，是这个北方小城的一景。小城地处鲁西北平原，百公里之内没有一座山，有一条贯穿南北的京杭大运河，也已经断流多年。在自然旅游资源非常匮乏的情况下，这个外国国王墓的存在成了这个城市的旅游亮点。所以，每有朋自远方来，这里是必游之处。

孟丽娟是我大学时期的女友，但还算不上是真正的女朋友。她是一个优柔寡断的女人，既下不了决心和我走进婚姻，也狠不下心和我断决来往。我们就这么不咸不淡地耗着，从大学毕业一直耗到三十郎当岁。这次她能主动来看我，具有非凡的意义，我预感到我们的关系应该有大的变数了，这些年我们一直都没有遇到更合适的人，都到了这个岁数，互相之间应该有个交代了。

在墓园门口的甬道边上，我向孟丽娟介绍着这个王墓的由来：苏禄王死后，他的二王子和三王子留下守墓，两个王子的后裔，被明朝的永乐皇帝赐了国籍……

刚说到这里，背后传来一个声音：不对！

我回头望去，就看到了安晓晓，她当时胸前佩戴着苏禄王墓的天蓝色工作证。

安晓晓郑重地说，他们是明永乐年间留下来的，但赐国籍，是三百年后的事了。

我脸红了，不仅仅是因为这个姑娘惊人的漂亮，还因为，这个故事是我多年前来这个小城时听来的，没有看过相关的资料，我一直是这么对外地的朋友讲的，已经讲了好多年，讲给了好多人听，而这个姑娘，作为苏禄王墓园的工作人员，她的说法应该是专业而准确的。

看我有些尴尬，姑娘大方地伸出手说，您好！我叫安晓晓。

我缓缓地握住她的手说，谢谢您，您看……这么多年……我误导了多少人……

她笑着说，没事，好多人都是这么认为的。她笑的时候，嘴角有两个深深的酒窝。

我说，那您能不能给我们详细讲一下？免得以后我再出洋相。

她瞪了瞪那双好看的大眼睛说，好的！但你得松开我。

我这才发觉，我的手一直紧紧地握着她的手。

安晓晓把我们带进展厅，参考着墙上的挂图，给我们做了一次免费讲解。古苏禄国的主要领土都在今菲律宾苏禄群岛上，位于菲律宾西南部群岛。明永乐十五年（公元 1417 年），苏禄群岛上的三位国王——以东王为首，联合西王和峒王，率家眷、官员共三百四十多人的友好使团来大明王朝进行访问。辞归途经德州，东王不幸染病殒殁，明永乐帝闻讣，即派官员为东王择地厚葬，封谥号为恭定王。东王下葬后，其长子都马含随西王、峒王等人回国继承王位，王妃葛木宁、次子温哈剌、三子安都鲁留下守墓。至清雍正帝执政时，赐东王后裔国籍，并取两位王子名字的第一个字温、安为姓。安晓晓是三王子安都鲁这一支的后人，她祖上的血统已在中国传承近六百年……

我们参观完了展厅，来到展厅后面的东王墓地。我带着孟丽娟围着东王巨大的坟墓转了一圈。转到南面，见安晓晓在东王的御赐墓碑前静立着，双眼紧闭，在做祷告。就站在她的身边，向永乐皇帝亲书的东王墓碑深深地鞠了三个躬。我已经来过多次，但这是第一次向东王鞠躬致敬。后来，安晓晓告诉我，她就是在那一刻，对我产生好感的。

临走时，我邀请安晓晓共进晚餐。安晓晓疑惑地看了看孟丽娟，孟丽娟冲她笑了笑说，一起来吧，算是感谢。

晚餐是在雀巢咖啡屋吃的。这是一个很小的西餐馆，只有十几个包厢，没有大厅，服务对象主要是青年情侣们。我们在七号包厢里，我和孟丽娟坐在一边，安晓晓坐在我们对面。几杯当地产的奥德曼蛇龙珠下肚，安晓晓的脸色红润了许多，在昏暗的灯光下，粉红色的双唇娇艳欲滴。我们谈论着明清时代和古苏禄国的友谊，当然，也谈到了当今中国和菲律宾的复杂关系。我发觉，和安晓晓在一起，我说话的欲望特别充沛，脑子转得也快，语言变得比以前幽默多了，不时引得两位女士开心大笑。我和孟丽娟认识十多年了，从来就没有过这种感觉。后来我喝得大醉，至今都记不起来那天是怎么散的场。

第二天一早，我去宾馆陪孟丽娟吃早餐，发现她已不辞而别。这是我认识她十多年来，她第一次做事如此果断。从此，我们就断了联系。

我缓缓地松开她的手。她的两只手互相揉了揉，然后，她把右手伸出来说，您好！我叫安晓晓。

我抓住她的手，把她拉到怀里说，还在这里，我们重新开始？

她说，我们一直在一起，从没离开。

仍然是雀巢咖啡屋的七号包厢。菜上来了，共有六个：蜜汁烤鸡翅、意式牛奶胡萝卜、锅贴银鳕鱼、奶酪焗蔬菜、金枪鱼色拉、芝麻火鸡片。酒有两瓶，仍是奥德曼蛇龙珠。

我说，和我们第一次吃饭时的酒菜一模一样，就差我的同学孟丽娟了。

谁说我不在的？孟丽娟推门而入。

我有些诧异了，看了看安晓晓，又看了看孟丽娟，你们约好的？

两人同时摇了摇头。

我说，那我们开始吧。

我端起酒杯说，我先敬两位美丽的女士，我干了，你们随意。

我一饮而尽。然后，往她们的盘子里各夹了一个鸡翅、一片牛奶胡萝卜。

两个女人相视一笑，都慢慢地将酒喝干了。

我们开始继续关于苏禄王墓的话题，交叉着互相敬酒，我的眼睛始终盯着安晓晓看，看得她有些窘了，不时用眼睛的余光去看孟丽娟。

两瓶红酒很快就见了底。我按铃叫了服务生。服务生进门后，我还没有说话，孟丽娟说，再来三瓶，我们各扫门前雪。她说这句话的时候，眼睛一直盯着服务生，直到服务生退出去了，她的眼睛还盯在服务生站着的地方。

孟丽娟出去上洗手间了，我乘着酒劲儿，转到对面，抱起了安晓晓，在她的额头亲了又亲，直到她忽然把我推开！原来，孟丽娟不知何时已经回来了。

孟丽娟大度地笑了笑说，我只是空气，你们继续。

安晓晓尴尬地笑了一下说，他喝多了。

我摇摇晃晃地站起来说，我没喝多，我只是想去趟洗手间。

我从洗手间出来，正好碰上这个咖啡屋的盖老板。他是一个年近五十的中年男人，我们以前经常攀谈，我对他的历史了解得一清二楚。他以前是个杀猪卖肉的，赚得了第一桶金后，在这个地方拆迁之前，就盘下了一个破烂不堪的小酒店。后来这条街全部推倒重建，他得以回迁，就有了在黄金位置的这么一个小西餐馆。

我说，盖老板，我们喝一杯吧！

盖老板过来握住我的手，关切地问，好久不见了，你还好吧？

我说，我这不挺好的吗？我们已经好久不见了吗？

盖老板充满怜悯地看了我一眼说，天不早了，您快回家休息吧。

我说，我们还没有散场，包厢里还有两位美女呢。

盖老板愣了一下，问旁边的服务员，七号包厢有人吗？

穿着红酒促销制服的女服务员说，没有人了。

这怎么可能？我摇摇晃晃地走向包厢。在吧台旁边的镜子里，我看到盖老板冲我的后背摇头叹息，并示意服务员跟着我。

我推开门，包厢内竟然空空如也，两个活生生的人不见了，桌上的酒菜全不见了。我冲出咖啡屋，站在门口大喊，安晓晓……你回来……

在疯狂的呼喊间隙里，我听到盖老板在身后深深地叹息了一声说，唉——挺好的一个人……

我知道他下半句的意思，他的整句话应该是：挺好的一个人，喝了酒后这么放纵。

我喊了半天，喉咙都快要哑了，安晓晓才出现在我的面前。

安晓晓怜悯地望着我说，你喝得太多了，我送你回去。

我们打车来到我的住处。

我拉住安晓晓的手说，我不想让你走。

安晓晓突然用一种我很陌生的语调大声呵斥道，放开我，自己回房间！

我有些不满地看了安晓晓一眼，悻悻然走进自己的家门。

我在浴室冲了个凉水澡，一丝不挂地回到卧室，突然发现安晓晓坐在床边上。我吓了一跳，赶紧扯过一件床单围住自己。

我恼怒地问，刚才为什么那么对我？

安晓晓低下头，红着脸说，门口有人看着呢，我是悄悄溜进来的。

是吗？我猛然把她扑倒在床上，在她的额上重重吻了一下，然后舌头滑向她那双美得让人心碎的眼睛，我吻了又吻，始终不愿停下来。她的身子颤抖起来，她呻吟般呓语道，你要把我的眼睛吃掉吗？你就只喜欢我的眼睛吗……然后她搂住我的脖子，挺起上身，将双唇压在我的唇上……

伴随着安晓晓的尖叫，我们迎来一次又一次的高潮。我们已经忘记了时间，不知道做了多么久。当我们大汗淋漓地停下来时，天已经蒙蒙亮了。

我们相拥而眠。

醒来时，安晓晓已经洗完了澡，在梳妆台前用电吹风吹着湿漉漉的头发。

我冲了个凉水澡，洗漱完毕，发现安晓晓端坐在床边上，长发披肩，在室外透进来的黄昏光晕中，女神般娇柔、恬静、秀美。我双手捧起她的脸，她轻轻抓住我的手腕，将一头散发着香甜气息的秀发偎到我的胸前。如果时间这时候静止了，我愿意放弃一切，包括生命。良久，她用头顶了顶我的肚子说，我听到你肚子叫了，我们去吃饭吧。

安晓晓喜欢满盛楼的蒜爆羊肉。满盛楼是这个城市的清真老店，生意一直非常火爆。我们到的时候，众声喧哗的一楼大厅里，就仅剩一张小桌子了，正好是两个餐位。我们面对面坐下，点了四个菜，要了一瓶白酒。我本来不喜欢喝白酒，可安晓晓的理论是，吃牛羊肉，就得配白酒。

菜刚上齐，一个留小胡子的卷发男子从我们桌旁经过，发现了安晓晓，他用力拍了拍她的肩头责备道，又跑出来喝酒！

安晓晓冲我笑了笑说，这是我哥，叫安东，也是做装饰公司的。

我赶紧站起来，和他握了握手说，幸会，我叫龙青云，我们是同行。

安东递给我一张名片，上面印着"安东装饰工程有限公司总经理"的头衔，公司资质和我的公司一样，都是二级。我掏出自己的名片递给他，请他坐下喝一杯。他摇了摇头说，不影响你们了，我那边还有一帮哥儿们！

临走，又意味深长地看了我一眼说，我这个妹妹，从不轻易和男人单独吃饭的！

安晓晓推了他一把说，快走吧！讨厌！

安晓晓谈起了他的哥哥，她父母相继病逝时，她才十岁，是只有二十二岁的哥哥靠在装饰公司打工供她上学。她大学毕业时，哥哥也有了自己的装饰公司，想让她在公司上班，可她想自己闯闯，至今也没找到合适的工作，就临时在苏禄王墓做义工。

一个服务员过来，拍了拍我对面的椅子背问，先生，那边椅子不够用了，可以把这个椅子拿走吗？

我有些生气地反问，你说呢？

服务员低下头，小声说，反正也没人坐。

我说，胡说！刚刚还有人坐在这里，你没看见吗？

服务员异样地看了我一眼，又左右看了看说，哪有人呀！这个座位一直空着。

我不耐烦地说，你是不是有病呀！我们两个一起来的，你没看见呀？

服务员不满地看了我一眼，匆匆离开了。

我端起酒杯，深深地喝了一口。

安晓晓说，慢点喝，别呛着。

我问，你刚才干什么去了？

安晓晓笑着说，能干什么去？当然去洗手间了。

我郑重地说，安晓晓公主，下次再去洗手间，记得给我请假。

安晓晓举起酒杯说，好的殿下，我敬您一杯，算是道歉。

这一天早晨，我开车送安晓晓去汽车站，她要在那里坐专线大巴去济南遥墙机场。

这段时间，每天下班后，如果没有重要的应酬，我都和安晓晓在一起，我们已经到了一天不见面就要发疯的地步。可是安晓晓要去菲律宾了，她要去西南部群岛叩拜她祖先生存过的地方。这是她多年的梦想，因为经济拮据，一直未能成行。现在，她哥哥赞助了她足够的经费。

我今天有个非常重要的事情，不能送她去机场。

国企龙达公司在开发区的办公楼主体已经竣工，装修工程要公开招标。今天上午十点，就要在这个公司原办公楼的会议室进行招投标。对这次招标，我已经稳操胜券，因为我已经决定用成本价格的百分之九十五投标。几天前，我的预算师薛丽丽已经计算出工程成本为一千二百万元。薛丽丽是我花了大价钱从我的竞争对手春光公司挖来的，是业界公认的新一代精英。

本市自从在城东划出了一大片开发区后，各大中小型企业、行政事业单位纷纷进军开发区，一幢幢办公大楼如雨后春笋，这些都是我们装饰装修公司的潜在客户。作为一个刚刚升级为二级资质的装饰装修公司，我急需一个自己的样板工程，作为公司的形象工程来提高市场竞争力。因此，在这个工程上，我决定投标一千一百四十万元，赔上六十万元，就当作是广告投入。我想象，等到这个工程竣工后，公司再招揽新的业务时，就可以把客户请到这里看一看，事实胜于雄辩，我们的胜算将大增。因为除了政府、央企和国企之外，好多家族企业和私营的股份制企业并不招标，他们都是靠自己的感觉和认识来选择。

到了汽车站，我不愿让她下车，把她的脸捧过来，吻了又吻，因为这一去，她至少要半个月才能回来。即将踏上梦想中的旅途，安晓晓有些兴奋，又有些伤感。她深深地吻了我一下说，我会天天给你发短信，每天至少给你发十张照片。我紧紧抱着她，贪婪地嗅着她身体的芳香。直到离开车仅仅五分钟了，她才恋恋不舍地下了车。

我开车跟在大巴后面，她好像有预感般，跑到最后一排，隔着玻璃冲我做着各种各样的鬼脸，我痴痴地望着车内她那张模糊的脸，一时走神，竟差点儿追上大巴的车尾。她吓坏了，在车内冲我连连打手势，不让我再跟着了。我一直把她送到高速入口，才停了下来。

我满怀信心地走进了龙达公司的会议室。

一个小时后，我垂头丧气地走了出来。

事情大大出乎我的预料。我以为自己打出比成本价还低六十万元的价码就会胜出，但没有想到，有人比我出价还低。

春光装饰装修公司一直是我此次竞标的假想敌。因为这个公司和我的公司是在同一年注册的，也是一起拿到二级资质的，可谓旗鼓相当。近几年来，在各个工程的承包竞争中，我们一直明争暗斗，各有输赢。前不久，我刚用高薪把这个公司的预算师薛丽丽挖过来，觉得更有了必胜的把握。况且，谁会用低于成本价的价格来投标？

但意外的是，春光公司这次出价竟然比我还低一百万元，更加意外的是，春光公司并没有中标，安东公司以一千万元中标。

我在失败的重创中清醒过来后，立即明白：我被两个女人出卖了。

我的投标额只有两个女人知道。薛丽丽在这次投标结束后就离开了我的公司。后来我才知道，她是春光公司老板的情人。我猜测，春光公司和我的想法惊人地相似，他也是想以低于成本的价格把这个工程拿过来，当作自己公司的形象工程，就想以低于我一百万元的价格抄底。没想到，安东公司比他更狠，竟然打出比我低一百四十万元，比成本低二百万元的价格，这虽然很疯狂，但从企业的长远利益出发，也是值得的。

我遭受的最大创伤，并不是生意上的。

从龙达公司出来后，我拨打安晓晓的手机，系统却一直提醒"无法接通"。我算了算时间，她应该是在飞机上。想到之前我们依依不舍的吻别，我欲哭无泪，狠狠地打了自己两记耳光，骂了声"傻蛋"。

我把安晓晓拉入了黑名单。

　　已经是投标后的第二天了，这两天我都是在浑浑噩噩中度过的。我无法不想安晓晓，想和她认识一年多来共同去过的地方，想和她在一起的每一个细节，想她说话的口气、表情。我始终不愿意相信是她把我的想法告诉了她的哥哥。但事实就是这么残酷，如果她的哥哥不知道我的创意和底价，如何会出这么低的价格？

　　终是忍不住，就在今天上午，我把安晓晓从黑名单中撤销了。但直到现在，快黄昏了，安晓晓没有一点儿消息传过来，这更加证实了我的推断。想到分手时，她说要每天给我发十张照片的承诺，我哑然失笑。

　　沐浴着夕阳，我漫无目的地穿行在城市的大街小巷。没有了安晓晓的日子，下了班，我就会茫然无措，不知道该去哪里。不知不觉间，我竟然走到了和安晓晓初次见面的地方。我逐个摸了摸甬道两边的石马、石羊和翁仲，感觉它们也比自己幸运，它们没有生命，却永恒地存在，没有烦恼和忧伤，如果能做一个翁仲，永远无知无觉地存在于世间，何尝不是一件好事？

　　一双手从我背后蒙上了我的眼睛。

　　我的心颤抖了。肯定是她，我能感觉到她的体香，她呼吸的气息，她手的温度。可是，又怎么可能，她前天才踏上去菲律宾的旅途，今天怎么会出现在这里？我脑海忽然惊雷般一震：她根本就没去菲律宾！她的暂时离开，或许就是为了和投标撇清关系，或者是为了躲开那个尴尬的时刻。是的，如果她陪我一起去投标，尘埃落定后，那个场面该有多么不堪！

　　见我许久没有反应，安晓晓放开我，转到我的面前问，你怎么了？

　　我面无表情地反问，你怎么回来得这么快？

　　你还说呢！还不是为了你！她突然怒气冲冲地说，我下了飞机就联系你，一直联系不上你，后来我给哥哥打电话，才知道你没有中标，我担心你难过，就又订了最近的航班飞回来了。

　　我的心一颤，即使是谎言，也是如此动人心魄。

　　她偎到我的胸前，双手抱住我的腰，用力晃了晃说，你不要难过了嘛！反正以后有的是机会！

　　我缓缓地推开她说，既然以后有的是机会，那你为什么不让你哥哥等以后的机会？

　　她愣了一下，脸色突然变得有些苍白，她用力推了我一把问，你说什么呢？

　　我笑了笑说，我们不说这事了，我请你吃饭，算是给你接风洗尘。

她厉声说，不行！你要把话说清楚！

我苦笑了一下说，还要怎么清楚？

她长出了一口气说，我明白了，你是怀疑我把你的想法告诉我哥哥了，对不对？

我摇了摇头说，我可没这么说。

她突然抬手打了我一记耳光！恨恨地骂道：算我瞎了眼，看上你这么一个心理肮脏的人！

捂着火辣辣的脸颊，我一言不发，眼睁睁地看着她愤然离去。一直看她走远，走出我的视线，我才有所醒悟：难道，真的是我冤枉了她？

我揣着满心的疑惑，心情抑郁地走上回家的方向。

快到家门口时，手机响了，是一个陌生的号码。

一个男人的声音冲我大喊，你这个笨猪！自己的预算不准，竟然怀疑我的妹妹……

是安东的声音，他愤怒地说，我不允许你冤枉我的妹妹，你先去把事情弄清楚，完事后我再给你算账！

我心一动，难道是预算有问题？我从未往这方面想过。

我给公司新来的预算师打电话，让他连夜加班，把龙达公司的装修预算再做一遍。

新来的预算师是个中年男子，是我一个高中同学的哥哥，他以前的公司因为老板经营不善破产了，才投奔了我。

等我说完，预算师说，龙总，不用算了，这几天我闲着没事，把这个预算已经重做了一遍。

我大喜，紧张地问，有问题吗？

他说，有很大的问题，很明显，我的前任加了很大的水分，根据我的精确计算，这个工程的成本只有九百万元……

我立即挂断电话，拨通了我的前任预算师薛丽丽的电话，电话只响了一声，薛丽丽就拒接了。我马上给她发了个短信：小薛，过去的事情我不想再谈了，你那么做，肯定也有自己的苦衷，现在工程已经被安东公司拿走了，我只是想问一句实话，龙力公司的那个工程，成本到底是多少，如果你还存有一点儿做人的良心，请你告诉我。

过了一会儿，薛丽丽给我发过来一条信息：九百万。

我深深地叹了口气，用拳头重重地砸了几下自己的脑袋。这个女人，当初报给我的价格竟然比真实的成本价高出三百万元，太黑了。按九百万元这个成本价格，如果她的春光公司拿到手，利润是一百四十万元左右，现在安东公司拿到了，利润是一百万元左右，这完全是正常的利率。而我的报价，比真实的成本价多了二百四十万元，怎么可能中标？

我被春光公司和前预算师薛丽丽合伙骗了！只是她们稍稍贪心了点儿，让安东公司意外胜出。

我赶紧拨打安晓晓的电话，她竟然关机了。我打了辆车，边往安晓晓的住处走，边一遍遍地拨打她的电话，但她始终没有开机。

来到安晓晓家的楼下时，天已经黑了。我按了几下门铃，没有回应。我退后几步，看到她家的窗户全黑着，显然家里没人。

我只好拨打安东的电话。

打了四五遍，安东才接起来。

安东质问道，你整明白没有？

我说，我错了，全是我的错，快告诉我，安晓晓在哪里？

安东把我大声谴责了一通，我只能一遍遍地道歉。慢慢地他气消了，才告诉我，刚才我们在凯明大酒店的露天餐厅喝酒，我有事刚离开那里……

不等他说完，我就招手叫停了一辆出租车，催师傅尽快赶到凯明大酒店。

凯明大酒店是一家中档酒楼，主要面对工薪阶层。酒店共有五层，一至四层是客房，只有五层是餐厅，最大的特色是五层楼顶上有一个露天餐厅，消费很低，在春夏秋三季，每天都会爆满。

安晓晓坐在最靠边的一张桌子旁，正给服务员结账。她看到我，冲我摆了摆手说，你别过来，我们已经没有任何关系了。

我在她对面坐下来，小声说，我错了，我给你道歉行不行？

安晓晓看都不看我一眼，对服务员说，快给我找钱，我赶时间。

她的这种冷漠让我针扎般心痛。

我坐到安晓晓旁边，抓过她的手说，只要你能原谅我，让我干什么都行！

安晓晓冷笑一声说，真的吗？那你让太阳从西边出来吧！

这个我做不到，晓晓，你说一件我能做到的。

安晓晓说，那你就从这里跳下去吧，如果你摔不死，我就原谅你。

我热血上涌，头脑一阵发热，噌地站了起来，两步就跨到楼顶的边缘。

这是一幢老楼，楼顶的边缘只有一道半米高的女儿墙。我一步就跃上了女儿墙！安晓晓尖叫一声"不要"，上前抓住了我的手，用力拽我，她着急之下，使出了全身的力气，把我从女儿墙上拽了下来，反作用力使她的身体扑向女儿墙，她的两条大腿同时在女儿墙上担了一下，上身向外倾斜，头朝下栽了下去！

我大喊一声"晓晓"，随后跳了下去！

我睁开眼睛，发现自己身处一片纯白的世界，像传说中的天堂。白色的墙壁、白色的窗帘、白色的床单和被褥，还有一位一身白衣的女士，在冲我微笑。

我的大脑忽然进入一片澄明之境，思维异常清晰起来。

白衣女士问，你现在有什么感觉？

我感觉自己刚刚从一个漫长的梦中醒来。

白衣女士点了点头说，那就对了，恭喜你，龙总，你已经痊愈了。

痊愈？什么意思？这是哪里？我又有些茫然无措起来。

白衣女士站起来，伸出右手说，这里是北方精神病医院，我是你的主治医生罗莉。

我握了握她温软的手，疑惑地问，我怎么会在这里？

罗莉说，你已经在这里住了三年了，你慢慢会想起来的，三年前，你的恋人安晓晓为了救你而意外坠楼去世，你当时也跳了下去，但你比较幸运，你脚朝下落在了一辆车顶上，你被救过来，知道安晓晓去世后，就精神失常了。

安晓晓已经去世三年了？我睁大了眼睛问。

罗莉用坚定的眼光紧紧盯着我说，是的，三年前，她就离世了，你必须接受这个事实，必须！为了你的今天，我和助手整整努力了三年。

一霎时，我的泪水泉涌而出！

是的，安晓晓已经去世了！我清楚地记得那一天。我把安晓晓的气话当真，意气用事，想从五楼跳下去，万没有想到，安晓晓拼命地想拉住我，她自己的身体却失去平衡，栽下了五楼……自从认识了安晓晓，我相信了一见钟情的神话，我对她确实喜欢得一塌糊涂，失去了她我才知道，那还不是真正意义的爱，在她栽下楼去的一刹那，我发现了我对她的爱，是那种离了她就活不下去的爱，可是，爱刚刚开始，就要结束……

　　罗莉轻轻拍了拍我的肩膀说，你醒过来后，说什么也不承认安晓晓已经离世了，满世界寻找她。其实，是你的潜意识不愿接受这个残酷的现实，所以你努力地想回到过去，回到你们刚刚认识的那个时段……

　　这么说，最近这些天的经历，都是我做的梦？

　　罗莉摇摇头说，不全是。两年多来，我们一直试图让你接受安晓晓已经去世这个现实，可是你越来越抵触，越来越沉迷在和安晓晓的热恋中。今年，我调整了治疗方案，顺着你的潜意识，结合着催眠术，让你把和安晓晓相恋的过程重新经历一遍，一直到她坠楼、你要跳楼的那个瞬间，用特效药使你清醒过来，这样，安晓晓的坠楼就像刚刚发生一样，你才可能接受这个现实。

　　刚才我真的在楼顶吗？真的马上要跳下去了吗？

　　罗莉说，没有，我不敢冒这个险。事实上，你最近经历的很多事情，都是在催眠的作用下，在梦中完成的，不过，为了让治疗效果更加好一些，我们选择了几个容易控制的场所，把你带到了真实的现场。

　　罗莉拿出一个 U 盘，插在了电脑上，边在触摸板上操作边说，这是我们录下的一些片断，你看一看吧！

　　我看到了一些支离破碎的画面：

　　……

　　雀巢咖啡屋的七号包厢里，我独自坐在空无一物的桌子前，手呈端杯状，对着空气说，我先敬两位美丽的女士，我干了，你们随意。

　　我做出一饮而尽的样子……

　　……

　　我冲出雀巢咖啡屋，站在门口大喊，安晓晓……你回来……

　　罗莉医生站在我的身后，怜悯地望着我说，你喝多了，我送你回去。

　　……

　　北方精神病院门口，我拉住罗莉的手说，我不想让你走。

　　罗莉厉声说，放开我，自己回房间！

　　我有些不满地看了罗莉一眼，悻悻然走进自己的病房。

　　……

　　病房内，我一个人在床上翻滚，做着各种各样令人难堪的动作……

……

满盛楼酒店的大厅里，我独自一人坐在一张桌子前，面前有四个菜，我一边吃着，喝着，一边对着面前虚无的地方喋喋不休……

……

一个服务员过来，拍了拍我对面的椅子背问，先生，那边椅子不够用了，可以把这个椅子拿走吗？

我有些生气地反问，你说呢？

服务员低下头，小声说，反正也没人坐。

我说，胡说！刚刚还有人坐在这里，你没看见吗？

服务员异样地看了我一眼，又左右看了看说，哪有人呀！这个座位一直空着。

我不耐烦地说，你是不是有病呀！我们两个一起来的，你没看见呀？

服务员不满地看了我一眼，匆匆离开了。

……

所有的镜头里都没有安晓晓，只有我自己和虚幻中的安晓晓在一起，就像一幕幕的独角剧，偶尔客串的演员，是罗莉医生。

罗莉医生有些得意，看来我是她治愈得比较成功的案例。

办理出院手续前，罗医生给我开了一大堆药，装满了一只大旅行包，她说，你的精神状态已经非常好，如果再按期服药一年，就永远不会再犯。

我伸出手去，想和罗医生握别，罗医生却给了我一个拥抱，她紧紧地抱着我说，记住，一年内千万不要饮酒，酒会麻醉你的神经，让你产生幻觉！更不要到容易刺激自己的地方去，一定要珍惜我们三年多的治疗成果！

出了北方精神病医院，我打了个车，找了个就近的垃圾箱，把那个大旅行包塞了进去。然后，我在旁边的小超市买了一瓶六十二度的古贝春原浆。

出租车司机问我，刚才你扔的什么？

我说，是一些有毒的垃圾。

我来到了苏禄王墓门前的甬道边，打开那瓶烈性白酒，一仰脖子灌了下去。然后，我斜倚着一个翁仲瘫坐在地上，轻声说，安晓晓，我就在这里等你。

带 你 飞

黄咏梅①

　　在卫生间洗过澡后，严行进穿上短裤。照镜子前，他一定是要穿上短裤的，那种阔大的，平角短裤。某个部位，遮起来，看不见，似乎更能体现其威武，即便那威武也许——是一种幻觉。中年以后，胸脯以下有一条明显的分界线，那个隆起的地方骄傲得发亮。严行进抚了抚肚皮。镜子里，他还看到了身后那台银色的滚筒洗衣机。忽然像记起了什么，他转过身去，半蹲下来，打开舱门，将脑袋伸了进去。里边空荡荡，耳朵里满是自己喘的粗气。他艰难地把脑袋缩回，双手撑在膝盖上，使自己直立起来。有点累。他对着镜中那个胖子冷笑一声："嘿，哥们儿，你疯了吗？"

　　早上，米嘉欣对严行进说："洗衣机的滚筒里，一定住着一个专门吃袜子的鬼。"

　　严行进"嚯"地笑出来。"你在讲安徒生童话吗？"他看着老婆的样子，一时间不知道怎么评价她，只是不断地摇着脑袋。米嘉欣不是开玩笑。她指指阳台上的晒衣竿。那上边吊着两只袜子，一只长的，灰色，一只短的，紫色。

　　"这次它吃了两只，以前它只敢吃掉一只的。"米嘉欣郁闷地研究着这两只落单的袜子。严行进一时间无语。小风吹过来，灰色长袜朝紫色短袜踢过

----

①　**黄咏梅**　女，广西梧州人，曾在《花城》《人民文学》等文学期刊发表小说近50万字，出版有小说集《把梦想喂肥》《隐身登录》《一本正经》，有多篇作品被选刊转载。

去，紫色短袜玩花样般轻松避开了，像个神秘的武功高手。

落单的袜子总是会自己出现的。不是在抽屉里，就是在门背后；不是在洗衣篮里，就是在被褥里。总之，刻意去寻找是没结果的，只能等，等它们愿意出现的时候。严行进很清楚这一点。这就是他们的家。

米嘉欣也很清楚。隔一阵，她会为那些偶然重现的东西而欢叫，那种失而复得的快乐，就像赚了谁的便宜一样。只是，她的确无法解释它是如何消失的，它消失的那段时间都经历了什么。一只专吃袜子的鬼，一个专盗身份证的小偷，一个专藏皮带的变态，甚至是一个专拔 U 盘的神经病……

严行进反问她："照你这么说，为什么那些东西又会自己冒出来呢？"米嘉欣想了想说："谁知道，大概只是想借去用一阵，用好就还回来了啊！"严行进像咽下一只蛋黄，堵住了。很多话他是没办法接的，因为她的想法跟自己不在一个开关上。

年轻那会儿，严行进觉得米嘉欣很天真；中年以后，他死死认定她其实是个傻大姐儿。好在米嘉欣是一个旅游博物馆的解说员，每天像复读机一样，并不需要什么心机，要是换作其他单位，像米嘉欣这种女人，"死"好几遍都不知道自己怎么"死"的。他总是对那些爱上他家聚会的同事说："我娶了个奇葩老婆。"好在，这个奇葩老婆不怎么管他，出入自由，花钱自由，仿佛她知道，他是这个家的一件东西，就算哪天被借去用了，用好自然就还回来的。

周末，严行进约单位几个哥们儿来家里玩牌。玩牌一贯是严行进交流工作的一个工具，他们一边玩，一边讲单位的人事。其中，那个人事处的副处长梁力和办公室的副主任邱天是常客，严行进往往从他们那里得到一些额外的消息。最近，单位里进驻了巡视组，有消息传，第三把手怕保不住了，贪污，养情妇。严行进想八卦一下，那个第三把手到底是怎么被搞"死"的。

作为主妇，米嘉欣像往常一样给他们沏茶、切水果，还用烤炉烤了些简单的曲奇饼干。在他们礼貌地夸奖饼干好吃的时候，米嘉欣忽然说："我吃过一种太空饼干。在阿姆斯特丹。味道很奇怪的。"

副处长梁力拿了一手好牌，稳坐，等赢，他顺便搭了一句话："嫂子，太空饼干，是给太空人吃的吗？"

米嘉欣说："不是的呀，是吃了之后，人就像飞进了太空一样。"

"噢，是用酒做的吧？"

"大麻。"

台面上几只手顿时停下了。他们都看着米嘉欣，包括严行进在内。

"真的是大麻做的。反应没那么大就是了。吃过之后，我们玩一种游戏。一个人闭上眼睛，其他人就做一些动作，看那个人是否能看见。我闭上眼睛，看见一个人和一个人拥抱，一个人捏了捏另一个人的左耳朵。她们说，没错，她们就是这么做的。"米嘉欣的语速很快，就像她平时在博物馆里讲解一样，"不过，有的人闭上眼睛，什么也看不到。"

男人们都愣住了。

副主任邱天一把将手上的牌倒扣在桌面，他邀请米嘉欣多讲一些。

米嘉欣将那次阿姆斯特丹的奇妙之遇大致讲了一下。

"不是说会产生幻觉吗？怎么会看到真实的东西？"邱天兴致最浓。

"嗯，我查过一些书，对有的人，它会延伸人的神经长度，或者说感知范围。有的幻觉是真实的，只是你并不相信。不是这样吗？不肯相信的东西你们都会说成是幻觉。"米嘉欣正儿八经的样子，令他们不忍质疑。

"打牌，打牌，别听她瞎掰，我这个奇葩老婆，一天到晚净说些奇葩的话，亏你们也信。"严行进狠狠地甩出了一对红心 2。"这一把，我必须管住你。"他指着梁力咬牙切齿地放话。

米嘉欣独自离开了牌桌。

那几个人又开始叫嚣、甩牌。听起来，严行进居然干掉了一手好牌的梁力。

"你怎么知道一双黑桃 K 在我这里？他妈的，莫非吃了太空饼干？"

"哼哼，我就是吃了太空饼干，牛 × 大了。"

于是，他们稀里哗啦重新洗牌，一边洗，一边"太空饼干"地说个不停，无非就是总结失败教训和获胜经验。

"妈的，以后跟你打牌，看来得先来两片太空饼干。"

米嘉欣在卧室听到那些狂放的笑声，她认出了严行进的声音。印象中，他好像只有在这些时候才笑得那么忘我，以至于她有点恍惚，平日里那个乏味、沉闷的严行进究竟是不是她的一种幻觉？

对于米嘉欣来说，阿姆斯特丹的确是一次很奇妙的旅行。她是跟几个闺密一起去的。风景倒没多吸引她。最后一晚在酒店里，杜倩倩在阳台抽了一根烟之后，回到房间，忍不住从旅行包里取出一个五颜六色的盒子，对正在喝啤酒聊天的她们说："妈的，来荷兰不尝尝这个，你们是来干吗的？"米嘉欣接过盒子。刚才在 coffeeshop 的菜单上看到过，在卖啤酒的路边小店里也有，她还以为是巧克力，拿起来仔细读过上边的字母。杜倩倩是她们当中唯一的女烟民，逛街的时候，她偶尔会消失一阵，她们就知道她找地方买烟去了。就像嗜酒的人喜欢猎土著酒一样，她喜欢抽当地烟。昨天逛性博物馆的时候，杜倩倩就曾经脱离过队伍。赵杨说："我就知道这家伙去买这玩意儿了，跟抽烟一样嘛！"

"哼，她终于憋不牢了，在 coffeeshop 吃饭的时候，她就一直在说，这种奇怪的香味，你们肯定第一次闻到，猜是什么？切，这用猜吗？"李素岚是五人当中的老大，心思最缜密，每次出门都全赖她做攻略，路线、酒店、交通工具，妥妥地打印在 A4 纸上分给大家。

"抽了会有什么反应啊？怪好奇的。"米嘉欣忍不住问了出来。

"抽一口就知道了呗。在这里是合法的。"杜倩倩热烈响应米嘉欣。

于是，她们就学着杜倩倩的做法，各自卷了一根。一口、两口，赵杨和乔珊珊就先后嚷嚷："不行了，不行了，晕。"赵杨揉着凸起的小肚子哼哼："怎么这里热乎乎的？"米嘉欣什么感觉都没有，她只是觉得那些香味很特别，刚才在 coffeeshop 一直都坐在这种香味里。

杜倩倩抽完了一根。米嘉欣抽掉了三分之二。

接下来，她们几个人，一声不吭，等反应。山雨欲来般紧张兴奋。

米嘉欣的反应最慢。她不知道自己怎么就躺在了地毯上，当地毯从她的脊背开始下陷的时候，她的脑子出奇地清醒——嘿嘿嘿，现在开始了。她听到自己兴奋的声音——地板凹下去了，柱子斜了，噢，天啊，整个房间都偏离了，大约有 70 厘米的样子。

后来，米嘉欣完全不清楚其他人怎么样了，世界只剩下她一个人。在她的眼前出现了一些奇怪的画面。金色的教堂，教堂里的壁画，教堂里的展厅，展厅里的浮雕，画面不断转换，却无比清晰，仿佛身处其中。

"是卢浮宫。"米嘉欣笃定地对严行进发誓，"我真的看见它了。"

第二天她们又一起吃了太空饼干。要不是没法通过机场安检，米嘉欣都想带回来给严行进尝一尝。做完那个闭眼睛的游戏之后，她当时就想，闭上眼睛的严行进到底会看见什么？

严行进听米嘉欣说起这次经历，倒吸了一口冷气。"下次不能再跟她们出去了，尤其是那个杜倩倩，男人婆一样，难怪会离婚。"

米嘉欣没接话，继续跟严行进讲："真的是卢浮宫，我回来查过百度，一模一样，那些壁画，蒙娜丽莎的微笑，穹顶的图案……就像我真的去过一样。"

"你又没去过卢浮宫，教堂都长得差不多。"

说来惭愧，严行进没出过国，也没有到外面的世界看看的愿望。他每天从单位到家，从家到单位，也不无聊。他觉得单位就是一个有趣的世界，在他看来，人和人的交往就是从最远的地方旅行到最近的地方，或者反过来。所有的风景，如果没有人和故事，有什么看头？

米嘉欣不一样，她喜欢出门走走，看看风景。女儿考上大学之后，他们终于得以脱身，小长假她约严行进出去旅行，但严行进总是懒得动，他们为此不时生气。

"山山水水，我们这里多得是，节假日就连你那破博物馆也人挤人。风景哪里都一样的嘛！"严行进就用这样的话来搪塞。

"饭饭菜菜，怎么吃都是吃，在哪儿吃都是吃，那你为什么还要奔东奔西参加各种饭局？"米嘉欣这样堵回去。

"吃饭的人不一样，怎么能一样呢？"

"你是吃饭还是吃人？"

一度，严行进认为米嘉欣喜欢出门旅行，大概跟她的职业有关。在仅有的几次一起出行之后，他又觉得她并没那么喜欢看风景，在跟着导游听讲解的人群里，她总是会忽然消失。有一次在一个寺庙里，严行进以为米嘉欣掉队了，给她打手机，原来她压根儿就没跟着大部队停在半山腰的这个寺庙里，而是一个人爬到了山顶上。严行进生气地在电话里吼："不来这个寺庙你来这个地方干吗？莫名其妙！"静穆的庙宇里回荡着严行进的吼叫声，所有人都看向他。他不得不灰溜溜地跨出寺门。后来，他在山顶一个僻静的地方，找到了自己的老婆——她坐在一块石头上，盘着腿，眼睛闭着，很享受的样子。

"神经病！如果这样的话，小区里任何一张石凳上，你爱坐多久就坐多久，跑大老远干吗？"他们总是不欢而散。

最后一次他们是去青岛。那一年，结婚纪念日遇上中秋小长假。朔望月一点点积攒，如同他们的婚姻，自转、公转、各种转动，竟然踩中了某个点。就连严行进这种早被米嘉欣判决为身体里没有一粒浪漫细胞的人，接受这种命运的暗示，也生出了一些浪漫的想法。他们决定去青岛，看海上生明月。

　　他们提前一天到。途中因为预订的酒店并没能像广告上说的那样——窗边能看到海，严行进在总台跟人家大闹了一场。好不容易换到了一个能在窗边看到海的酒店，已经错过了饭点，饥肠辘辘，又不想出去觅食，只好叫了两碗海鲜面，为了区别平常生活，他们额外点了一瓶红酒。

　　落地大窗，窗外有海，总算很合意。海的舌头卷动着，一下一下地舔在米嘉欣的心里，不是咸的，而是甜的，像膨胀起来的棉花糖。

　　他们看过气象预报，如果明天天气晴好，19点38分，最大最圆的月亮将会准时出现在这扇窗前。此刻，他们坐在窗边对饮，话虽不多，但跟平时还是不一样的。米嘉欣望望远处的海，又望望近处的那个人，陷入了一种幻觉，仿佛自己是个小姑娘，那小姑娘脸上有着青春的光和微笑，她想跟对面那个人谈谈——爱情。有点困难，但她竟然说出了口："你还有多爱我？"她连自己都被吓住了，尴尬得脸红。对面的那个人也是被唬住了，看起来有点不知所措。如果，这个慌乱的局面是因为紧张，米嘉欣会做出轻松的样子，替他解围。然而，他并不紧张，他左顾右盼地压抑自己，生怕笑出来，结果他失败了——他哈哈哈地笑着，仿佛听到了一个放屁的声音，忍不住笑了，只好尽力笑得欢乐一些，以期越欢乐越能解除对方的尴尬。如果，那个天真的小姑娘，会在这种笑声里撒娇、撒蛮，强迫他投降——爱死你了，爱死你了，够了吧，她便会原谅他。可是，她46岁，他48岁，他们默契的步伐不包括月亮这次踩下的那一步，那是宇宙的规律，却是他们的一次节外生枝。她的理性只够她在心里把那点红酒泼到他的脸上，然后让自己体面地转过身去。

　　电视的声音很快掩盖了窗外那些不知内情的海的欢唱。那是一档法制节目，严行进每个晚上准点必看。无所事事，他们各靠在床的一边，看那个囚徒声泪俱下地忏悔，拖着脚镣，领着警察到他抛尸的现场——那是一个礁石凌乱的海边，海水混浊，凶猛地拍着礁石。"一个花季少女就是在这里结束生命的。"解说员惋惜的腔调，为这场悲剧谢幕。

　　第二天，他们在八大关转悠，视野都离不开海滨。海几乎没什么变化，严行进很快就腻烦了。然后他们购物，在摊档上买海贝饰品。米嘉欣找到了点乐趣，对比那些蜡染的裙子和琉璃手串跟她们博物馆纪念品超市的价格相差多少。午饭就在海滨一个饭馆吃，为点4个菜还是5个菜、一扎啤酒还是两扎啤酒，他们争论了几句。"两个人，就是很难点菜。"严行进其实还想吃一盘冰浸海螺肉，但两人位的桌面显然已经摆不下了。

　　在吃饭的过程中，严行进开始弄手机。先是短信，几个来回，电话就响了。

　　米嘉欣心里一沉，知道他最终还是忍不住。他告诉过她，在青岛有几个大学同学，已经多年没联系了。出发前，米嘉欣特别强调了一下，她只想两个人看海上生明月。

　　一个电话进来，严行进就眉飞色舞，仿佛孤岛求生者遇见了一艘船。两个电话，三个电话，严行进就嗨起来了。米嘉欣没法多说什么，她只是很好奇，那些已经多年没见面的朋友，是怎么被严行进搜索出来的。

　　19点10分左右，他们看见了月亮，大得有点虚幻。米嘉欣觉得很失望，月亮并没有在设定的时间和地点出现。他们一大堆人，在一个安静的海角，生起篝火，搭起帐篷，月亮就在他们背后的那堆礁石间升起来，而不是那扇落地窗前。

　　严行进跟那些老同学坐在沙滩上，叙旧、喝酒、扯官场八卦。米嘉欣跟几个太太一起，负责烧烤，将那些牡蛎一只只撒上蒜蓉，滴上香油，然后一只只摆在烧烤架上。那几个太太都相互熟络，跟米嘉欣却是第一次见面。她们客客气气地交流着养生的方法。后来，她们提议煮点姜汤喝，要加点木柴把火烧旺。米嘉欣看到远处的沙滩边上有一丛小树林，便积极地说去那里找找看。其中一个太太执意要陪着一起去，米嘉欣拒绝了。朝小树林走去的时候，她发现那个太太一直跟着，她只好转过身去，礼貌地说："请别跟着我，我想自己一个人走走。"那个太太愣在原地，不知如何作答。

　　米嘉欣顾不上为自己的失礼道歉，她只想藏进那堆黑乎乎的小树林里，就算那里边有老虎有豹子有豺狼，她也想待在里边。

　　是海边那种矮矮的红树林，因为台风的原因，长不高。米嘉欣钻进去，勉强藏身。从树枝间看天上月亮，并没那么大那么圆，顿时真实了许多。海风徐徐，吹来了远处围在那堆篝火边的人们的说笑声。她想退得更远一点，就像浪潮翻身那般绝情。可是，很快她就不能再待下去了。距她左侧不到20米的地方，钻进来一对情侣，他们那么忘情，竟然没发现她，他们那么迫切，连明亮的月光也不害怕，发出一些模糊的气息和字词。她匆忙扯了几根枯枝败叶，落荒而逃。

　　那几个太太已经离开烧烤炉，各自回到自己丈夫的身边。米嘉欣只好朝严行进身边的空位走过去。他在讲着一个什么事情，大家都很感兴趣地在听，几乎没有人发现她。她并没有坐下，只是脱掉鞋子，站在细幼的沙子里，抬头向海的方向看去。礁石的阴影很浓郁，这里一堆，那里一堆，在火光的映照下，凌乱而狰狞。她忽然想到了什么，大声打断了兴致勃勃的丈夫："严行进，你看那里，那里，昨晚那个抛尸的现场。"她用手指着他们身后那堆礁石。

等那些突然安静下来的人回过神，那几个年轻一点的太太们发出了惊悚的叫声，她们纷纷躲到男人的怀里去了。只有米嘉欣还站在原地，她脚底那些细幼的沙子仿佛开始松动。如果继续这样站着，她不知道会陷进一个什么地方。

青岛回来之后，他们各自暗暗发誓，不再一起出门旅行，就像圆月不再会准确地照在他们某一个应该纪念的日子上。

吞下几片太空饼干之后做的那些游戏，使米嘉欣重新认识了一下自己。与自己平淡的人生相比，她觉得自己多少有些不平凡。她对自己敏锐又奇特的感觉有了些挖掘。她第一次知道，自己能看到的比别人都多，尽管闭上眼睛她也能看到。她甚至决定将那次所"看见"的画下来。

小时候，她跟随外公学过一些绘画，也算是有童子功。外公是村庄里的秀才，擅长画年画。过年前，村里人会拎一块猪头肉来排队讨年画。抱着鲤鱼的大胖小子，戴着官帽的财神爷，甚至复杂的八仙过海图，外公都能画出来。外公去世那年，她跟严行进抱着 4 岁的女儿回村庄过清明，她一户一户地去看外公的年画。那是 20 世纪 90 年代，一阵风似的，村里忽然开始流行一种三维立体画，几乎每家的厅堂中央都挂着一幅，他们告诉米嘉欣，往左侧一点看，那画中人的眼睛是闭着的，往右侧一点看，眼睛就是睁开的。外公的年画保留下来没多少，在暗绰绰的偏房，在油腻腻的厨房，甚至在冷飕飕的柴房，米嘉欣找到了一些他们从客厅转移过去的十来张。总体来说，外公画得还是很逼真的，就是脸谱过于单一，无论男人女人，只要笑得喜庆一点，左边的脸颊都会挂起一只长长的酒窝。

祭祖结束后，老舅公拿一只陶瓷碗送给米嘉欣。外公给外婆画过唯一一张肖像，他们将肖像烧制在陶瓷碗上，留个纪念。米嘉欣从来没见过外婆，可她在陶瓷碗上一眼就认出了她，跟那些年画一样，她的脸颊上有一只美丽的长酒窝。外公把外婆画在每一张年画上，这个秘密恐怕无人发现。米嘉欣对严行进说："原来，我是见过外婆的。"

米嘉欣一点一点、细细密密地将她"看见"的那些部分画在纸上。局部的浮雕，展厅的角落，教堂的穹顶……她们单位资料室有很多关于卢浮宫的旅游手册，可她根本就不想借来临摹，那一次看见的那些画面，就像印刷一样牢牢印在她的脑中。外公说，画画的逼真，主要是神态的逼真，而一件东西的神态，是印在画家脑子里的。外公说不上是什么画家，但米嘉欣相信外公，他在年画上画的那些酒窝，每张都像印出来的一样。

严行进庆幸米嘉欣选择了画画。到了她这个年纪的女人，琴棋书画或者养鸟养生，总归会要捡起一样的。他单位很多女同事，凑在一起就交流她们的"兴趣班"。除了把自己的书房霸占掉——事实上，严行进更多的时间是待在客厅的沙发上，画画并不是件惹麻烦的事情。跟他一个办公室的陈曼丽，每天下班回家做饭后又跑回办公室吹葫芦丝，据说她丈夫只要在家听到葫芦丝的声音，就像低血糖发作一样手脚发软。

"画画好，安静，养心，说不定还能让你，呃，有收获。"

"收获什么？"

严行进一时说不上来，他摆出一副家长的样子说："肯定会有收获，总归比跟那些乱七八糟的女人出去疯好。"

米嘉欣撇了一下嘴。自从开始画，她的确已经有一段时间没跟闺密联系了。她们给她打电话："你在忙什么呀，那么久都不给我打电话，太过分了。"米嘉欣说："我给谁都不打。"

画出来的都是局部，如果不是米嘉欣在旁边指指画画地解说，严行进根本不能确定她画的就是卢浮宫。不过，用色的基调倒是很有整体感的，是那种金黄色，很明亮，看久了，严行进会觉得那是一幅幅梦境。米嘉欣说，那好吧，就把它们命名为：米嘉欣的梦境系列。

整个夏天，米嘉欣都在书房里画她那些"梦境"，有时候连饭都懒得吃，就像上瘾一般。

严行进并不介意老婆沉迷于画画。他一个人占据客厅，有的时候，米嘉欣画得太晚了，就跑到女儿的房间睡，他一个人占据卧室，靠在床上，手指划拉几下 iPad，头一歪就进入梦乡，美美地睡一大觉。更多的时候，他是在沙发上，边看电视，边跟同事通电话，哇啦哇啦地讲单位那些鸡零狗碎的事情，低声说，大声笑。遇到同事想聚会了，他也不拘什么时候，就张罗他们过来喝酒。反正，米嘉欣只要一进书房，就像从这个家里消失掉了，偶尔看到她从走廊尽头那个厕所里出来，他会轻松地跟她打个招呼："嘿，老婆，又画多少了？"

直到老孙打电话来。

老孙是严行进过去的同事，调离之后，严行进跟他的联系不多，因为业务上并没多少交集，在严行进的通讯录里，他把他仅仅归在朋友一类，在这类之上，是亲人、死党、好友、同事。有时候，他跟米嘉欣没话聊了，也会心血来潮地问："你们孙馆长最近怎么样？"不用问，严行进都知道，老样子。管理着一个风景区里的历史博物馆，自己肯定都快成老古董了。他曾经在一次聚会上遇见过老孙，穿着复古的立领唐装，干瘦的身体在里边晃晃荡荡，让人联想起他那个没有油水的单位。

"老严，你做做你老婆工作，再这样下去，我也保不住她了。"

严行进吓了一跳。这种话他也说过，他警告自己手下——你再闯祸，到时连我也保不住你。

老孙叨叨地列举了些米嘉欣的工作错误，严行进都没记住，历史朝代、人文典故这些，他是外行，他对风景没兴趣，除了可数的几次接米嘉欣下班，他都没正儿八经到过老孙管辖的地盘。不过，白塔那件事情，他听明白了。

在他们生活的这个城市，一段古运河穿城而过，从严行进办公室的窗子看出去，如果没有雾霾，能看到运河边上那座白塔。对于白塔的来历，全城妇孺皆知：当年乾隆下江南，行至这段下榻，忽发感叹：此地与京城北海相似，可惜差一座白塔。次日清晨，乾隆推开窗，只见对岸一座白塔耸立，以为是从天而降，身旁的太监忙跪奏：是当地盐商为弥补圣上游湖之憾，连夜赶制而成的。乾隆龙颜大悦，赞赏有加。原来，当地盐商闻到风声，用万金贿赂乾隆左右，将京城白塔画成图，然后用盐包为基础，以白纸按图扎形速成。一夜造白塔，赢得了皇帝的欢心，更体现了盐商的机敏。

后人用汉白玉建起了白塔，尽管它与这里的南方古建筑风格很不搭配，但它曾为这个地方赢得圣上的赞扬，它是一个"功臣"，百姓歌颂它，也歌颂圣上。

在很多工作间隙，严行进会端杯茶，靠着窗户，呆呆地看着那座遥远的白塔，心里充满对古代盐商五体投地的佩服。

可是，现在老孙告诉他，米嘉欣不再背那些解说词，她指着博物馆里那座1:10比例的白塔模型，对跟着父母来观光的孩子们说："这座白塔，是我们这里的标志性建筑。相传，清代一个商人，不满官商勾结，不愿同流合污，被扣以莫须有的罪名，贬至此地，因怀念京城，他跟妻儿一起在运河边用雪堆了一座白塔，与京城北海的白塔相似，以慰思乡之情。那年冬天，江南遭受百年难遇的极寒，白塔成冰，经年不化。奇怪的是，在他郁郁而逝的那一天，白塔忽然一夜之间融化了。后人为了纪念这位商人，用汉白玉建造了这座白塔，通体洁白无瑕，以喻其清正的一生。"

"胡编乱造！"老孙在电话里扯着尖嗓子吼。由他主编的那本本城《风物志》，其中关于盐商一夜造白塔的故事，占据一个章节，图文并茂，是他亲手执笔的。

根据严行进的了解，米嘉欣虽然一贯奇葩，但对待工作还是认真的，不该做出这么，这么——惊世骇俗的事情来，是的，刚才老孙在电话里，不断地提到了这个词。

米嘉欣并没有否认篡改解说词这件事。

"谁能证明他们说的就是正确的？"米嘉欣一副轻描淡写的样子，让严行进很不满意，难道她竟然意识不到，这样下去，她在单位会被搞"死"的。

"历史记载是这么说的，你就该这么说。"

"历史是谁记载的？"

严行进对历史没研究，没法跟米嘉欣就正不正确这个问题再扯下去。"随意篡改历史名胜故事，是，是违法的。"他不得不搬出老孙的话来。

"违的是哪条王法？"米嘉欣毫不示弱，都有些刚烈了。她的这个样子让严行进有点心虚。

"几百年都这么讲，人人都这么讲，有什么不好的？"

"有什么好的？我就不乐意那样讲，我就乐意跟小孩子这样讲。"

"你是在讲安徒生童话吗？"

"没错，我就是讲安徒生童话，有本事开除我。"米嘉欣身体薄薄的，敏捷地闪进了书房。

严行进愤怒地伸脚踹了一下书房门，他想跟进去，看看那个消失在门背后的老婆，看看她到底在搞什么鬼，看看她那些乱七八糟的"梦境"，而这些"梦境"看起来很可能会将他们的生活搞得乱七八糟。

可是，那扇门被米嘉欣反锁了。

相比起说服米嘉欣参加这次饭局，严行进觉得老孙太容易搞掂了。3个人，菜1000多，酒1000多，加上给老孙带走的烟酒、红包，小1万，他就答应把米嘉欣调换到档案室去。她再不需要每天都做一只复读机，事实上，这是一只需要维修的复读机。

在饭局上，严行进和老孙之间并没有多少共同话语，把以前的旧同事讲过一遍之后，他和老孙就剩下一杯杯地干酒。很快，他们就喝到门了。老孙那张干黄的脸，现在红彤彤地放着光，立领唐装的扣子已经脱到了第三颗。酒已经让老孙失去了端庄，看上去就像一个牢骚满腹的落拓文人。严行进酒量好一些，但也醺了，话特别多。要不是米嘉欣下手把他们的分酒壶都夺去，他们估计很快就会钻到桌子底下。

"我这个老婆啊，就，就是个奇葩，老孙啊，你不知道，我得有多操心啊……"严行进舌头有点大了，他一边说，一边用手将米嘉欣鬓边散落的一绺头发轻轻地拨回她的耳后，最后将手搭到她的肩膀上。他笑眯眯地看着她，那么旁若无人，快要把头凑到米嘉欣的脸上了。实在太近了，米嘉欣本能地闭起了眼睛。

闭着眼睛，米嘉欣却还能看到严行进，他并没有坐在椅子上，而是在助跑，准备翻越对面那扇铁门，那是米嘉欣读大学住的女生宿舍铁门。他向里边的米嘉欣招着手，一气呵成地征服了铁门，顺利地站到了她眼前。年轻、清瘦、拘谨，压抑着荷尔蒙的热气。他竟然跌落在20多年后，米嘉欣闭着眼睛的这一刻。米嘉欣吓得睁开了眼睛，她看见了严行进。他已经走到老孙的座位边，情绪高涨，正激动地要求跟老孙拥抱。老孙也激动了，摇晃着从位置上站起来，一下就被严行进紧紧地抱住了，那干瘦的身体被挤得一句话都放不出。

饭局最终被米嘉欣强行结束。走出饭店门口，严行进和老孙还在拉拉扯扯，又被米嘉欣强行分道扬镳。跌跌撞撞的老孙被塞进出租车，手里还紧紧牵着那些烟和酒。

"没问题，老孙没问题，他还能拽着东西，就能安全回家，老婆，你放心，没问题。"严行进脑子很清醒，嘴巴已经管不住了，不断在重复地讲。

他们没有打车，也没商量过，就相互搀扶着朝南面走。沿着那条运河河堤，大概走15分钟就能到家。他们走得很慢，因为没能走成直线，不断要矫正脚步。

这段运河，白天里人是很多的，市民都喜欢来这里走走。岸上桃花、梨花、梅花、樱花，种了一路，河面上铺着荷叶、聚草，他们把这段运河当作一面大湖，就像是某个皇家后花园，各个季节都来赏。这是一个夏季的夜晚，荷花的暗香和浮影，荷叶下蠢动的蛙噪，却让人心里分外宁静，静得米嘉欣只能听见严行进酒气的声音。

　　他们就这样走走停停，好像走到了很远的地方。当这段美好的景致就要结束的时候，严行进忽然摆脱了米嘉欣的手臂，他圆滚滚的身体一路朝前小跑，一边跑，一边喊："米嘉欣，来，我带你飞。"他跑得竟然很稳当，几乎能跑成一条直线。没跑多远，他又停下来了，转过身去喊米嘉欣："米嘉欣，快！"话音未落，他像一只猴子，连爬带蹬，敏捷地攀上了停靠在路边的那辆叉车上。

　　等到米嘉欣走近，严行进已经稳稳地坐在了那只向上举着的货叉架上，就像他是这个庞然大物的某块零件。他两只凌空的脚踢来踢去，一边喘气，一边笑喊："米嘉欣，我带你飞，我带你飞。"

　　米嘉欣抬头看着严行进，慢慢地笑了起来。刚才落入胃里的那点酒，也慢慢地升腾了起来。她一直抬着头，看天空那一团黑黑的影子，她几乎认不出他来了，好像某样东西，丢失了很久很久，猛然冒出来的那一刻。

　　不知过了多长时间，米嘉欣觉得自己背部开始下陷，那感觉就好像在阿姆斯特丹的酒店，她陷入地毯之前，忘乎所以地大叫："嘿嘿嘿，现在开始了。"只不过，这一次，她觉得并不是陷进去，而是被谁连根拔起。

地 下 眼

王祥夫[1]

　　就这样，王三毛他们一家都到县城里来了，他们像扔什么破烂一样把村子里的那几块地和老掉牙的房子说扔就扔了。说扔好像又不是，是他们不管它们了。那几块分散在山坡上左一块右一块大大小小的地，要是在往年，早就会给种上玉米或者是土豆，然后等老天下雨，要是老天不肯给他们雨，到时候埋到土里的玉米种就还都是玉米种，只不过那些土豆却已经变成了土豆干，每年春天的时候，王三毛也许还会给地里种上豆子，豆子是好东西，来了客人炒几把就着喝茶水，没有不喜欢的，豆子还可以做成白嫩嫩的豆腐。但他们不管这些了，他们被金枝说动了，都一窝蜂扑到了县城里，去年下大雨滑坡被埋掉的那个村子就在他们旁边，这让他们害怕极了，谁也说不好下一次会不会轮到自己？半夜"轰隆"一声就什么都不见了。他们也不管他们的房子了，再说那些房子也早就七斜八歪了。金枝说得好，房子又不是一头牛会自己跑掉，也不是一只鸡会被别人偷去杀了吃，上把铁疙瘩锁就行了，一把锁不行，就上他妈两把。金枝她娘说要是进了小偷呢？金枝的嘴是向来厉害，问她娘说家里有什么？我在的时候也许还会有人贩子打打主意，我不在恐怕连小偷也不会来，就你们这老狗皮人家看都不会看。金枝她

---

① **王祥夫**　辽宁抚顺人，现居山西大同，1984 年开始发表作品，曾荣获第三届鲁迅文学奖，赵树理文学奖，《上海文学》小说奖，《小说月报》百花奖等。著有长篇小说、中短篇小说集、散文集 30 余部。现为山西省作家协会副主席。

娘说，啧啧啧啧，看你就不老，世上人，谁没年轻过？金枝说这话的时候看定了她男人王三毛，王三毛也正在用眼睛看金枝，他手里是两个核桃，他要剥核桃给金枝吃，据说核桃对头发好。金枝说看什么看，咱们这是去县城里过好日子，又不是去逃荒，你看什么看？你又不是没在县城里待过，哪像在村里，一脚踏下去不是狗屎就是鸡屎。看你说的，王三毛说要是有那么多鸡屎狗屎倒好了，就不用买化肥了。金枝说，难道你还会踩出一块金元宝！王三毛说反正我不是那么太想去，我现在在村里待惯了，他们也都不想去，王三毛说的他们就是金枝爹妈，还有金枝的弟弟。金枝已经想好了，她把眼睛横过来，说你是想吃鸡屎还是狗屎？看见王三毛用那种眼神看自己，金枝就"扑哧"笑了一下，说县城里起码地上没这么多鸡屎狗屎。王三毛是倒登门女婿，他明白要是县城里就是满地鸡屎自己也肯定是去定了，他从来就没有不听金枝话的时候。王三毛从小就没个家，他爹是个杀猪匠，赌钱杀了人，他娘早就跑得没了人影，王三毛虽然摊上了这样的爹娘，但要个子有个子，要模样有模样，人人都说当倒登门女婿像王三毛这样才算是好材料。王三毛听了这话竟也不气，还觉得很顺耳。有人如果说什么话让王三毛不高兴了，王三毛还会生气，说放你娘狗臭屁，你去来个倒登门，看看哪家的两扇大门会瞎了眼为你打开。王三毛本不姓王，他本来姓张，原来叫张三毛，倒登门过来，他一下子就随金枝姓了王，他还对别人说，我就爱姓王，姓张有什么好？嘴张开就要吃东西，鞋子张开就走不得路了，裤子张开鸡巴就会掉出来，我就喜欢姓王。金枝的老子听了这话对金枝说你往后的日子怕是不好过，好男人的嘴不是这么说话。

天下着雨，这个秋天老天总是不停地下雨，天一下雨，满地是烂泥，王三毛他们在县城里安顿下了，租房子没花几个钱，一共 3 间，虽说给雨水泡歪了一点，但还都蹲在原地没跑到别处去。3 间房，东边那间王三毛和金枝住，到了晚上总会"吱吱呀呀砰砰嘭嘭"响一气，这让金枝的弟弟二金很生气，就用脚使劲儿捣墙，捣墙，捣墙，捣墙。金枝在那边说了，说二金你别起哄，你还小哩，大了有你闲不住的时候。说完金枝就在那边笑个不住，床跟着又是不停地响，"吱呀吱呀，吱呀吱呀"。西边那间原说是金枝的爹娘和金枝弟弟住，金枝弟弟不高兴和爹娘住，说人老了管不住屁股，夜里总是不停放屁，他要自己住中间那间，中间那间放了满地烟叶和核桃还有从村里弄过来的粮食，金枝弟弟就睡在粮食和烟叶中间。县城和村里毕竟不一样，才住下没几天，金枝的爹和娘就一声接着一声叹气。金枝的爹说，这是啥鬼地方，看不到鸡也看不到鸭，这很让他心里不踏实，而且在街边连头猪也看不到，他们是和鸡狗猪羊一起待惯了，只要一听到它们的声音心里才会安生，以前的县城可不是这样。金枝的娘说，路边都是猪，没有猪哪还像个县城？金枝说，人一老就会糊涂个不像样，到处是猪屎人还走不走路？那鸡和鸭呢？金枝的娘说，什么也没有还叫什么世界？早上都听不到一声鸡叫。金枝此刻已经把嘴和眉眼细细画过，她要上班去了，家里人都知道她是在一家公司做事，家里人还知道她在公司里做事已经不是一天两天的事了，金枝年年没少往家里捎钱，所以金枝都是天天很早出去回来却很晚，有时候嘴上还会有酒气。好在孩子有爹娘给看着，其实她让爹娘跟上过来也是这个意思。这时候，王三毛也已经出去了，他一到县城就去找过他的那几个熟人，原想看看有什么好事可以做。没想到一下子就联系上了，那几个熟人原来还都在澡堂里做事，那边不但管吃管喝，一个月还会有 1000 多块，王三毛就去了，其实王三毛是喜欢在澡堂里做事，起码天天还可以洗澡，而且他要去的那个澡堂已经不单是个让人们洗澡的地方，那地方也不叫澡堂而是叫"洗浴中心"，是个六层的大洗浴中心，王三毛原来在澡堂里的工作是倒茶倒痰盂，而现在老板让他看监视器，躲在地下室屁股大的一间屋子里，小屋里一共 7 台监视器，看明白谁来谁去就行，主要是看会不会有警察突然出现，要是有警察出现他就得按那个铃，那个铃就在桌子上，王三毛要待的那间地下室太隐蔽了也太小了，人钻在里边，就像老鼠。领班说小怎么了？这是最重要地方，这座大楼数这里重要了，这是这座大楼的眼，谁见过眼睛有菜盘那么大的？王三毛只好就待在这个眼里，好在里边还有个电风扇。王三毛知道什么是可以夸口的事什么不是可以夸口的事，王三毛只对金枝说自己找的事是在一家大宾馆看车库，专门指挥客人停车。金枝转着眼珠说，你在哪个宾馆？有事我也好去找你。王三毛当然不希望金枝去找自己，只说自己在县城西边的那个叫宏安的宾馆，而其实王三毛是在城南，王三毛这么说，只想金枝不要去找自己，那地方，是老鼠待着也不会高兴的地方，后来王三毛才知道，洗浴中心的人都叫这地方叫"地下眼"，把在地下眼工作的都叫作"老眼"，姓王叫"王老眼"，姓李叫"李老眼"，还有一个姓苟的叫"苟老眼"。去他妈的，王三毛在心里说好，在自己现在改姓王了，要不还不得被人家叫"张老眼"，王三毛又在心里说，叫张老眼怎么啦，风吹不着雨淋不着，不比你们在外面头上顶个大太阳好？王三毛算是安顿下来了，转眼就快一个月了。金枝的兄弟呢，进了县城，却有了脾气，动不动就和人生气，整天噘着个嘴巴，提了那袋子核桃，好像是谁捅了他一刀，满脸都是深仇大恨，他的裤袋里，有他姐金枝给的 10 元钱，要他饿了记着买面吃。他的一只手在裤袋里，捏着钱，一只手抓着肩上的那袋核桃，他只在街上转来转去，想起几个在县城里混的同学，觉得没什么大意思。金枝的弟弟叫二金，他知道集市就在不远的地方，但他偏不往那边走，走着走着走远了，却到了县城的另一边，是个工地，有大楼正在往起盖，从前年盖到今年忽然又停了。二金先对着树撒了泡尿，然后坐在那里开始吃核桃。不一会儿就是一地核桃皮。二金现在对他爹有说不出的仇恨，他爹说哪个有钱人不是做买卖做出来的，他爹要他先去学着卖核桃，核桃卖完了卖烟叶，从家里出来的时候光核桃和烟叶就装了满满一车。想一想那些烟叶和核桃二金就头痛，他心里烦躁得很，手一扬，核桃就都滚到了地上，那些核桃个个让他看着都来气，他又跳起来把核桃一个一个往土里踩，刚下过雨，土是又黑又松又软，核桃就都给踩到了地里，后来他找了一根细棍，再把核桃从土里一个一个抠出来，偏偏留下一个又不往出抠，还用脚又用力往土里踩了踩，心想明年看它会不会长成一棵树，他在心里有些恨金枝，恨金枝把一家人拉到县城里，这边又没个金山没个银山，在这一点上，他和他姐夫王三毛一样。做完这些，二金觉得饿了，也快中午了，他决定先去吃面。二金一边走一边摸摸脖子后面，脖子后面有什么？有一大块黑，像谁不小心把墨水给他洒了一脖子，二金很想把这块黑给去掉，听人说姜能去掉这块黑，他就用姜擦；后来又听说狗屎有毒，可以专门用来毒那个黑，二金就用狗屎。结果那黑还在，那脖子上的黑一天去不掉，二金就一天当不成兵。二金的理想是当兵，他想过了，只有当兵才能让他远远离开这个鬼地方。二金的屁股在小饭店里的板凳上坐下来了，这个小饭店，二金已经跟上他姐夫王三毛来过几次了，这地方离王三毛待的那个地方不远，这里的面汤和泡菜可以白吃，所以他们就懒得再去别家。二金坐下来，旁边那个人吃面吃得真是响，真是让人生气。这是两个县城里的年轻人，二金心里发烦，朝那边看一眼，面端上来，二金把面吃得更响。但二金忽然不用那么大的声音吃面了，二金发现那两个人在看他，再扫一眼，果然是看他，不但看他，还对他说，你那是什么东西，怎么会这样臭？二金说那是一袋核桃，核桃怎么会臭？我看你那不会是核桃，而是一袋子驴粪！那个人说。"哗啦"一声，二金已经跳起来，那袋子核桃马上就骨碌了满地，像是都忽然长了腿。二金又一屁股坐下，继续吃面，咬到什么，猛地往地上一吐，原来什么也没有。小面铺忽然很安静，那口煮面条的锅原本就开着，这时候却吼吼地大响起来，好像在下雨。看二金火气大，那两个倒忽然没了火气，他们都不想打架，一个说，快看外边，狗日狗呢。外面果然是有两条狗，此刻已经连在了一起，看阵势一时半会儿休想分开，猛看好像是当街出了个两面各有一个头的怪物。这个怪物拖拖拉拉不知想往什么地方走。往东走走，又往西去了，分明已经日昏了头。这时就有两个后生从街对过嘻嘻哈哈笑着跑了过来，手里是条桃木扁担，两个后生发一声喊，把扁担从两条狗下边穿过，一下子把两条狗挑了起来，在一片狗叫声中早不知去了什么地方。

小饭店的老板"嘿嘿嘿嘿"笑了起来，说又是一星期的烤肉串。

"谁家的狗？就没个主儿？"那两个年轻人说。

"鬼才知道。"老板说。

门口这时黑了一下，有人从外面一步跨进来，是王三毛，眉头拧在一起。他先端起二金的那碗面汤猛喝了一口，说二金你马上跟我走。二金说什么事？这么急像猴屁股着火。

王三毛对二金说："去晚了就怕你看不到。"

"看什么？"二金说，

"气死我了。"王三毛对二金说。

二金说："谁气你了，你生气跟我有什么关系？"

"当然跟你有关系。"王三毛说，"就是不知道你看了会不会生气。"

"你吃个核桃就不气了。"二金说我要是一生气就吃个核桃，使劲儿咬，气就没了。

"不吃！"王三毛说。

"那你喝碗面汤。"二金说。

"去晚了就看不成了，还喝面汤。"王三毛说。

王三毛很快就把二金领到了地方，这地方就是王三毛上班的那个洗浴中心，离那个面馆很近，院子里的花都谢了，树叶子也黄得不像个样子，风一吹，树叶子飞得像鸟。他们从后边院子进了那地方，后院停了好多车，王三毛领着二金下了10多个台阶就到了。打开那个小门，王三毛让二金坐在那把"吱呀"乱叫的椅子上，指着其中的一个电视屏幕说，二金，你就盯着这个看，你好好看，你给我好好看。二金看看王三毛，不知道姐夫让自己看什么，里边又没有电视剧，只有走廊，灰乎乎的，二金只看了一会儿就困了，这种地方又热又暗，让人直想睡觉。

"你看，你好好看，你闭上个眼睛咋屎看？"王三毛说。

二金就又把眼睛睁开，说这是什么鬼地方，这么多电视。

"你看就对了，要不你抽烟。"

二金就抽烟，两个人都一根一根接着，一会儿就把屋子抽得烟雾腾腾。

"看看看，看看看。"王三毛忽然叫了起来，用手指戳电视，再用劲儿，电视也许就给戳出窟窿，他要二金快看，有一个人从屏幕里的一间房里出来了，是个长头发女人，先往出探了一下头，然后就出来了，二金一眼就看出那是金枝。

"咦，她在这儿做啥？"二金说。

"你说她做啥？"王三毛气得鼓鼓的。

"我咋能知道她做啥。"二金说，看着姐夫，王三毛那张脸此刻好像歪了，下巴朝左边扯，他一生气就这样子。

"看看看。"王三毛又叫了起来。

这回是又有一个男人从那间屋里出来了，跟在金枝的身后，这个男的紧走几步，把金枝从后边一把抱住，两个人就那么亲亲热热地抱着走。

"你看看，你看看。"王三毛的脸扯得更歪。

二金不说话了，这事他懂，他想安慰一下姐夫，但他不知道该说啥。

"真不要脸死了！"王三毛说。

"要不是我姐呢？"二金把要说的安慰话一下就收回去了。

"那还能是个谁！"王三毛一下就火了。

"你跟我火个啥？"二金跳起来，"你找那个男人火去。"

"那还能是个谁？"王三毛又说，摸屁股，好像屁股上有主意。

"要是不是我姐呢？"二金说。

"那能是个谁？那能是个鬼？"王三毛说。

"天底下长一样的人多得是。"二金说，他想应该给自己姐遮护一下。

"天底下的人跟你姐都长一样那你想想你爹会是个啥东西？"王三毛说。

"你这是放屁。"二金说。

二金其实自己已经气得了不得了，便开始吃核桃，他给自己砸一个，想给王三毛也砸一个，但二金看了看姐夫王三毛，是越看越生气，二金心想自己该不该把这事告诉金枝。"这话咋说？"二金对自己说，"这话你咋说？"

但一句话又从二金嘴里出来了："我看那根本就不是我姐。"

"你这才是放屁！"王三毛说。

二金不说话了，怎么说王三毛都是自己姐夫。

"这还不如在家里种豆子！"王三毛又说。

"要不，你吃颗核桃，你狠狠咬它一下。"二金说。

王三毛却突然用两只手捧着个脸哭了起来。

二金一下就火了，跳起来，说："我看你就是个尿相！"

"我就是个尿相！怎么样？"王三毛捧着脸说。

"尿相！"二金说，拉开门一步迈出去，出门的时候在自己裤裆里抓了一下。

"我才不说呢。"二金对自己说。

"那你慌个啥？"二金站住了，心怦怦乱跳，问自己。

新的一天又来了，这天的太阳很好，照到哪里哪里就都是金子，县城里居然也会有这样的好太阳。金枝的爹就想把放在屋里的烟叶拿出来晒一晒，要不它就霉了，霉了的烟叶就不金黄金黄了，也不好抽了。他在院里头的地上铺了块布单子，烟叶可真他妈好闻，好闻得让他不停地打嚏喷。他把那些个烟叶从屋里倒腾出来，都码在了那里。烟叶可不真是受了潮，干烟叶是"哗啦哗啦"的，就像刚刚烙出的煎饼，可现在是蔫的。"不晒不行了，不晒不行了，×他个祖宗，不晒可真是不行了。"金枝的爹对金枝的娘说。金枝的娘说你先晒粮食，你怎么不先晒粮食？金枝的爹就不高兴了，他从来都不喜欢自己老婆对着自己指东道西。金枝爹说你知道不知道烟叶就像是100块钱的票子，粮食顶多像是10块钱20块钱的票子。金枝娘说你要活你离不开粮食，你饿了烟叶也不顶饥，你给我吃口烟叶看看。你给我做熟我就吃，金枝的爹说，你给我把它做熟，你有本事把它给我做熟。金枝的娘看着金枝的爹，正在想自己应该说句啥，就看见有人从西头飞跑了过来，这个人跑得很快，跑近了，是王三毛，一头一脸的汗。

"你跑啥呢？"金枝娘说。

"爹你快跟我去看。"王三毛说。

"出啥事了？"金枝的爹和金枝的娘都吓了一跳。

"没出啥事，但你跟我去看一看就明白。"王三毛说。

"我抱着孩子我咋去？"金枝的娘说。

"也没人说要你去。"王三毛说。

"那咋就不让我去？"金枝的娘说。

"你把我那烟叶子看好就行。"金枝的爹说。

金枝的爹就跟着王三毛走，看一下天，又说："肯定下不了雨。"

"下雨你就把叶子收了。"金枝的爹又掉过头对金枝娘说。

"我在家里看孩子，我管不了那么多！"金枝娘已经气了。

两个男人已经一眨眼就走远了。他们都走得很快，金枝爹的心里很慌，不知出了什么事，是谁出了事，这个狗三毛就是不说。你跟上我去一看就知道，你跟上我去一看就知道。王三毛说。

"是金枝还是二金？"金枝的爹问王三毛。

"你一看就知道。"王三毛说，王三毛很急，他拿捏着时间，要是走得慢，也许就赶不上了。

"爹你就不能快点。"王三毛说。

"你跟我火什么火？你哪来的火！"金枝爹说，"再快我这脚就要走掉了。"

"脚还能走掉！"王三毛说。

"火车轱辘还掉呢，那还是铁器。"金枝的爹说。

说话的时候，王三毛已经把金枝的爹领到地方了，脚下"哗啦哗啦"，落在地下的树叶比金子还黄。下了那10来个台阶，下边走廊黑咕隆咚。"这是啥地方？"金枝的爹说。"管他是啥地方，你一看就明白了。"下了台阶，往右手一拐，王三毛已经把那个门打开了，他要金枝的爹先进，他跟在后边，他让金枝的爹就坐在二金坐过的那个椅子上。

"你坐下看。"王三毛说，"你就坐下好好看，有好看的。"

"你让我看啥？"金枝的爹说。

"看这地方，一会儿就有正经人出来了。"王三毛用手指戳那个屏幕。

"这是电视，你让我跟上你跑过来看电视。"金枝的爹不高兴了。

"看吧，好看的东西在后边。"王三毛说。

"这有啥好看。"金枝的爹觉得这电视不好看，里边都是走廊，灰乎乎的，连个人影都没有。不但这个电视是这样子，其他那几个也都这样，里边也都是灰乎乎的走廊。有人出来了，有人出去了，有人站在那里不知做什么，也不知对谁招手，又有一个人过来了，这是一个男的和一个女的，两个人忽然就抱在一起了。

"看看这像个啥样子，这还好看！"金枝的爹说。

"待会儿就有好看的。"王三毛气呼呼地说。

"这是啥地方？"金枝的爹问。

"这就是我上班的地方。"王三毛说。

"地方小得连个大屁股都放不下。"金枝的爹说。

"这是这地方的眼睛，专门看谁来了谁走了。"王三毛说，王三毛突然叫了起来，"快看快看，你看看那是个谁？"

"我咋知道那是个谁。"金枝爹说。

有人从那间屋里出来了，却是个男的，金枝的爹说这有啥好看，一个男人嘛，还不就是一个男人嘛。王三毛说你再看，你往下看。王三毛这么说，但那屋里没了动静，那个男人已经从电视屏幕里消失了，就好像他知道有人在看他，躲起来了。怎么回事？王三毛说。你问我，你让我看什么？还问我怎么回事？金枝的爹说。但王三毛马上叫了起来，又有个人从那间屋里出来了，这回是个女人，披头散发，捂着个脸，像是在哭，是金枝。

"你看看这是个谁？这才是真正的角儿。"王三毛对金枝的爹说。

"我咋能知道这是个谁？"金枝爹说。

"你好好看，这角儿是不是金枝。"王三毛说。

"可不是金枝！"金枝的爹叫起来，"她钻到这鬼地方做啥？你说她做啥？"

这时那个走出屏幕的男人忽然又出现了，不知从什么地方一下子又跑了出来，直奔跟在后面的金枝拳打脚踢起来。金枝往这边躲，那个男人就打到这边，金枝往那边躲，那个男人就打到那边。

"啊呀，啊呀，打人呢。"金枝的爹就叫起来。

"狗日的还打人呢！"王三毛跳起来就往外跑。

金枝的爹也马上跟出去，却看到王三毛已经蹲在那里，在喘粗气。

"那人打金枝呢，你还不赶紧去。"金枝的爹说。

"人家那是拍电影哩。"王三毛说。

"拍电影？"金枝的爹看着王三毛。

王三毛一下子跳起来，大声说："拍电影就是拍电影，她还能做个啥啥啥！"

"她还能做个啥啥啥！"王三毛简直就要气疯了，王三毛又蹲下去，王三毛觉得自己还算聪明，要真跑过去算犀个啥？这日子还怎么往下过？

"她不拍电影这日子怎么个往下过？"王三毛又跳起来，对金枝的爹说。

"莫非拍电影就非得叫人打？"金枝的爹说。

"打还是小事哩，还要做别的呢。"王三毛说。

王三毛觉得自己就要说漏嘴了，这下子日子就要过得不像个日子了。王三毛把手朝地下一挥，说："你给我快走！"

金枝的爹觉得自己这下子可真是给气坏了，他从来都没见过王三毛发这么大的火，金枝的爹也大声嚷起来：“我当然要回，我还有我的烟叶呢！你这叫啥地方，大屁股都放不下的鬼地方，让我待我还不待哩！”

王三毛把手又朝地下一挥：“你这就给我走！”

金枝的爹一边往外走一边大声说：“你还不知道你自己姓个啥！”

王三毛又把手朝地下一挥，这回他没说出个啥啥啥，却一头蹲在那里，“哈哈哈哈，哈哈哈哈”乐起来。被王三毛和金枝爹吵出来的人忙围过来问王三毛：“咦，你这是哭哩还是笑哩，哈哈哈哈，哈哈哈哈，要哭好好儿哭，要笑好好儿笑。”

“我这回就要姓他妈一回张！”王三毛一下子跳起来，大声说。

这可把那些人笑坏了，说王老眼今天筋不顺溜，大家散开，快别理他。

冬天下过第一场雪，王三毛和金枝还有金枝爹娘还有王三毛的两个娃都又回到了村子里。“天蓝蓝的，地黄黄的，还是咱村里好！”别人都不说话，王三毛一个人站在院子里大声说。二金呢，没跟上回来，留在了城里，在澡堂里倒痰盂和茶水，那地方缺一个人，王三毛一说就成了，“吃处有吃处睡处有睡处，阎王爷也赶不上你舒服。”金枝呢，噘上个嘴，跟在王三毛后边总算也回来了。天还不算个冷。“天蓝蓝的，地黄黄的，还是咱村里好！”王三毛又仰着脸大声说，又朝天吐了口气，说，“看看这吐口气也都白花花地有个模样！”

金枝的爹也不再生气，他甚至还有些欢喜，烟叶啊，麦子啊，棉花啊，秫秸啊，石头啊，瓦块啊，柿饼啊，核桃啊，一切他熟悉的东西又都在眼前了，鸡叫狗叫牛叫又都回到耳朵边上了，这才是个过日子的热闹劲儿，这才叫个过日子，县城那叫个啥！县城那叫个啥！那叫个屎！他虽对县城有一百个不满，但现在已经都过去了。只有金枝，不知出了什么事，对王三毛倒像是怕了起来，话也像是不敢大声说，气也好像不敢大口出。金枝爹对金枝说：“回来咋也比你在县城里拍电影好，还得让人追上打，你看看那叫个啥，又没犯王法，追上就打，咱又没犯王法。”

金枝爹本想劝劝金枝，金枝却黄河水决堤般哭泣起来。“你哭你的，我晒我的，我不说你也不管你，你还以为你真是金枝女，我事多着哩。”金枝的爹去晒他的烟叶去了，他把烟叶在院子里铺了起来，一片金黄，一片的金黄，那才叫个金黄。

电影放映员

李云雷[①]

　　那时候我六七岁，很喜欢住在姥娘家。我小姨那时十八九岁，她初中毕业之后，就从学校回到我姥娘的村里，在生产队里干活，总是她在带着我玩。那时候还没有外出打工，乡村里大姑娘小伙子很多，在村庄里，在田野上，到处都能听到他们的欢声笑语。我小姨也有几个好姐妹，她们一起扛着锄头到地里锄草，回到家里，又聚在一起纳鞋底。她们总是坐在我小姨西厢房的窗台下，一边纳鞋底，一边叽叽喳喳地说话，时而爆发出一阵大笑，时而一个女孩突然站起来就跑，另一个在她后面嘻嘻哈哈地追着，两个人嬉闹一番，又拉着手回到原先的座位上，继续干活，继续说笑。她们纳着鞋底，一直纳到掌灯时分，我姥娘在厨屋里做好了饭，喊我小姨吃饭了，她的那些好姐妹才纷纷回家。"就在这儿吃吧，饭都好了。"我姥娘招呼她们。"不了不了，家里也做好了。"她们叽叽喳喳地说笑着，欢快地跳跃着就回家走了。有时候吃完饭，她们还会再回来，挤在我小姨的西厢房里，在煤油灯摇曳的灯光下，一直说笑到很晚。

　　我小姨和她的小姐妹都很喜欢我，她们到地里干活也会带上我，让我在地头的树荫下等着，一会儿从哪儿的瓜秧上扭一个甜瓜，拿来让我吃，或

---

① 李云雷　1976 年生，山东冠县人，2005 年毕业于北京大学中文系，博士。现任职于《文艺报》。著有评论集《如何讲述中国的故事》《重申"新文学"的理想》《新世纪底层文学与中国故事》，小说集《父亲与果园》等。曾获 2008 年"年度青年批评家奖""十月文学奖"、《南方文坛》优秀论文奖、第六届鲁迅文学奖提名奖等。

者发现了草棵子，带我去摘上面红色的小溜溜。在家里，可吃的东西就更多了，桃、梨、杏、枣，她们爬到树上摘下来给我吃，或者从家里带来两块饼干、桃酥、馃子，逗我说喊一声姨才让吃，我脆声地叫喊着，她们就笑得乐开了花。

不过我最喜欢的，还是跟我小姨一起去看电影。那时候农村里也常常会放映电影，每一次放映都是全村的节日。现在我还记得，放电影都是在村里小学附近的一块打麦场上，乡里的放映员拉来银幕、放映机、电锅、发电机、石英灯，他们要在两棵大树之间拉起那块银幕，将发电机、电锅、放映机和银幕连接好，再在银幕下面摆放一张小桌子，在桌上摆好石英灯，就算布置好了，放映员就被拉到村支书家吃饭去了。在他们开始布置的时候，村里就一传十、十传百地传开了，等不及的孩子搬着板凳提前来占座，一排排高矮不一的板凳在银幕前摆开，还有的小孩会为争抢座位而吵嘴、打架，不少大人围在一边看，嘻嘻哈哈地说笑着。还有卖瓜子的、卖花生的、卖甜棒的外乡人，不知从哪里知道了消息，也都一股脑地赶来了，他们在银幕一侧占好有利的位置，高声地吆喝着。还有的村里人知道晚上要放电影，把出了门的闺女也接了来，扶老携幼地一家人都来了。孩子笑着闹着，好久不见面的人相互寒暄着、问候着、说笑着，整个村庄洋溢着欢快的气氛。每到放电影的时候，我小姨也很高兴，她让我搬着小板凳早早去占位置，等到吃过晚饭，她和她的小姐妹带着我一起来看。有的时候，到了打麦场才发现，板凳被向后挪了好几排，我小姨很生气，就上去跟人家说理，直到人家换过来才肯罢休。

天黑下来很久，电影放映员才在村支书的陪同下来到打麦场，点起石英灯，放映员坐在方桌后面，石英灯白亮的光照在他脸上，很白，很英俊，村里的人都看着他，他坐在那里很从容、很镇定。在放电影之前，照例是老支书要讲一番话，讲讲国际国内形势，讲讲庄稼的长势收成，讲讲村里的好人好事坏人坏事，最后才讲到这次放电影的意义。村里人早听得不耐烦了，吹口哨的，起哄的，骂街的，老支书双手往下压一压，"我最后再说两句……"又说了好几分钟，才结束了发言。石英灯灭了，银幕上匆匆拉拉闪耀出人影，从模糊到清晰，终于对准了焦，才开始放起来。那时候常放的电影是《喜盈门》《咱们的牛百岁》《李双双》《柳堡的故事》，战争片是《地道战》《地雷战》《南征北战》，我记得还演过戏曲片《朝阳沟》《七品芝麻官》。我们小孩都爱看打仗的片子，看完之后就满村跑着打仗。我小姨和她的小姨却喜欢看故事片，看完之后还跟着唱电影里面的歌曲，《柳堡的故事》演过之后，有很长一段时间她们都在唱：

> 九九那个艳阳天来哟
> 十八岁的哥哥呀坐在河边
> 风儿呀吹得风车转
> 蚕豆花儿香呀麦苗儿鲜
> 风车呀风车依呀呀地转
> 小哥哥为什么呀不开言

　　她们扛着锄头上工的时候在唱，坐在窗台前纳鞋底的时候在唱，走路也唱，干活也唱，路上有人跟她们开玩笑："唱得真好听，想小哥哥了？"她们就"呸"一声，羞红了脸，赶紧快步走开。我小姨胆子大，有时候还冲上去要跟他们算账，那帮人一看势头不好，吓得连忙跑走了。

　　那时候放电影，是一个村放完，再到另一个村放，一个个村子演过去，喜欢看电影的人，就跟着放映队，今天在这个村子看，明天到相邻的村子看，一路跟过去。我小姨就是一个爱看电影的人，在我姥娘村张坪看完，还要再跟到萧化村、七里佛堂、五里墩、吴家村、直隶村、三里韩村去看，越跟越远。每次跟着去的时候，她都和小姐妹带上我，走三里五里的路，赶到那个村子里，看完电影，再一路走回来。夏天的晚上，走在乡间小路上很凉爽，看电影的兴奋劲儿还没有过去，走着走着路，一拐弯，一弯新月悬在半空。

　　在路上，我小姨和她的小姐妹叽叽喳喳地议论着、说笑着，一部电影看过好多遍，她们还有话说，说故事，说人物，说着说着又唱起来了。有时她们也会说起那个电影放映员，说那个小伙子"真俊"，又说给我小姨说婆家，干脆就说给他吧，说着她们又嬉笑打闹起来了。我不知道她们的说笑，我小姨是否当真了，但是那一段时间，我小姨看电影却看得更多了，一个个村子跟得也更远了。有时她那些小姐妹嫌远，不愿意去了，她还一个人带上我跑很远的路去看。还有一次，她竟然连我也没有带，一个人跑去看了。

　　在我姥娘家，我跟我姥爷姥娘住在一起，住在堂屋的东间。北面一张大床，是我姥爷姥娘睡的，南面靠窗一张小床，是我的。现在我还记得，我躺在小床上看到的风景，那时候还很少有玻璃窗，我姥娘家的窗子是木头格子的窗户，夏天钉上纱窗，冬天糊上白纸，上面的隔扇还可以打开，透风。我记得我躺在小床上，经常去数有多少个格子，从左到右，一排数过去是8个，从上到下，一行数下来，是两个6个，下面固定的部分是6个，上面可以打开的隔扇也是6个，我每天躺在小床上都会数一遍，好像不数一遍，那些格子就会消失一样。有时数着数着数错了，就从头再数一遍。我还记得，我站在小床上，刚好可以到达隔扇那里，扒住隔扇向外看，可以看到整个院子，东边是厨屋、猪圈、茅房，院子里是几棵梧桐树，西边是我小姨住的厢房、鸡窝、狗窝，再往南就是大门了。下雨的时候，我扒在隔扇向外看，可以看到雨滴从房顶上滴下来，可以看到一院子的水，那时整个天地都是寂静的，只能听到雨点"啪啪"，砸在水洼里的声音，水滴落到窗台上，溅到我身上，有一丝丝凉意。

那时候乡村里的窗子都很小，晚上点的又是煤油灯，房间里整天都是黑洞洞的，大白天关上门，屋里也是昏暗一片。有时候姥爷姥娘和小姨都去地里干活，我一个人在家，摸索摸索这里，摸索摸索那里，也很有意思。我姥娘有一个放吃食的篮子，悬挂在梁顶垂下来的绳子上，那为的是防老鼠，也防小孩。那篮子里放的都是好吃的稀罕东西，每次我刚到姥娘家的时候，我姥娘就把那个篮子取下来，从里面拿好吃的东西给我，有醉枣、酸梨、蜜三刀等等，像个神秘的宝库。那一天我醒得晚，他们都去地里干活了，我在家里趄摸着玩，一抬头发现了那个篮子，心里怦怦直跳。我想去够那个篮子，篮子挂得很高，我在下面垫了一只小板凳，也够不着。我又把八仙桌边上的太师椅拉过来，踩上去，仍够不着。后来把小板凳摞在太师椅上，很小心地爬上去，才抓住了篮子。上面很昏暗，看不清楚，过了一会儿，我的眼睛才慢慢适应了，看到里面有一袋芝麻糖。芝麻糖那时是很稀罕的吃食，里面是酥糖，外面沾满了芝麻，有长条形，有麻花形，吃起来又酥又甜又香，平常里我们很少能吃到。我一见心里大喜，打开袋子，从里面小心地抽出了一根，我怕姥娘发现，又原样封好，拿着那根芝麻糖爬下来，到我的小床上，一点点把它吃完了。

吃完之后，我感觉意犹未尽，往那边一看，篮子在那里挂着，还在晃动，太师椅和小板凳还在那里摆着。要不要再去拿一根？我心里犹豫着，又想吃，又怕让我姥娘知道了打我，最后还是美味的诱惑更有力，我在心里安慰自己说，就只再拿一根，我姥娘肯定发现不了，嗯，就这么办！下了决心，心里很轻松，我又爬上去拿了一根，下来后把太师椅和小板凳都拉回了原处。可是吃完以后，我的心思又发生了动摇，我只好再把太师椅拉过去，拿了第三根，然后是第四根，然后是第五根。看看袋子里的芝麻糖，已经所剩不多了，我索性心一横，一把抓在手中，也不怕我姥娘的责骂了，想痛痛快快地大吃一顿，但就在我兴奋地往下走的时候，不小心踩空了，从半空中摔了下来，跌在地上。我嗷嗷地哭了一会儿，也没人理我，看看手中的芝麻糖还在，我就含着泪，把剩下的芝麻糖一根一根吃完了。吃完之后，我又忍着疼痛，把太师椅和小板凳放回了原处，一个人爬到小床上，看看膝盖都磕青了。我姥娘回来之后，没有发现她的篮子被动过，倒是看到我的腿磕破了，还让我小姨给我炒了两个鸡蛋。

那几天我心里总是提心吊胆的，怕我姥娘发现芝麻糖不见了，会打我一顿，但是一天天过去，她好像也没有发现，我才慢慢放下心来。有一天晚上，我躺在小床上快睡着了，隐隐约约听见我姥娘在跟我姥爷说话："我放篮子里那袋芝麻糖，你动了吗？"

"没动。"

"那咋没了？"

"再想想放哪儿了？"

"就是放篮子里了，咋没了呢？"

"放别的地方了吧！明儿个起来再找找。"

"找了半天了，我记得是放篮子了呀，是不是叫老鼠拖走了？"

"这两天我也听老鼠吱吱叫，把碗柜都咬了。"

"明儿个到谁家抱一只猫来吧。"

"明儿个我一早去赶集，买几个老鼠夹子回来。"

我迷迷糊糊睡着了，不知睡了多久，半夜里醒来，听见我姥爷和我姥娘还在说话，屋里黑魆魆的，也没有点灯，他们躺在床上说话，像是在商量什么事。

"东三里庄李家又托媒人跟我说，想跟咱闺女见个面。"

"他家人性咋样呀，那孩子是做啥的？"

"那年挖河的时候，我跟他在一个工地干过活，那是个老实疙瘩，他家的小孩，说是在烟庄乡的税务所上班，吃国粮。"

"你不是说让她舅打听一下那人家，他咋说？"

"上回赶集我碰见了他，他说也托人打听了，说那家人人性很好。"

"那就让他们见见面吧！"

"行，让他来家里见见吧！"

多年之后，我仍然记得当初的那个夜晚，我已记不清姥爷姥娘是否说了这些话，但我仍然记得他们说话的氛围和语气，他们劳累了一整天，晚上熄了灯，在静谧的黑暗中，躺在床上说说话，唠唠家常，商量事情，那是多么缓慢安稳的生活。

过了没有多久，在一个夏天的傍晚，一个陌生的老头带着一个陌生的小伙子来到了我姥娘家。那个老头笑得很夸张，声音很大，热情地夸赞着我姥娘家的狗、粮囤、门楼。那个小伙子默无声息地跟在他后面，很腼腆，很紧张，一直低着头，偶尔才敢抬头看一眼，很快就又低下了头。我姥爷让那个老头在八仙桌西边的太师椅上坐下，又让小伙子在靠西墙的板凳上坐下，他坐在东边的太师椅上，我姥娘坐在靠东边的马扎上。他们便闲谈了起来。他们在那里先是说庄稼的长势、地里的收成，又说到各个村里的熟人，有谁发财了，又有谁让车撞了一下，没什么大碍，虚惊了一场。那个老头还带来了一大包礼物，放了一进门的小饭桌上，我蹲在饭桌旁边通向东间那个门的门口，好奇地张望着，不知他们在做什么，只是看到他们的影子很大，晃来晃去的。他们说着说着，天色渐渐暗了下来，我姥娘点着煤油灯，放在八仙桌上，屋里便有了一片昏黄的灯光。后来我姥娘又到厨屋去炒菜，煎炒烹炸，很快做好了四凉四热八盘菜。

从厨屋往堂屋里端菜的时候，我姥娘让我去西厢房里喊我小姨，我跑到我小姨的房间，见她正坐在床边发愣，我喊了她两声，她也不理我，我伸手去拉她，才发现她的手上滴满了泪水，我小声地说："小姨，你哭啦？"我小姨也不说话，把我紧紧抱在怀里，过了一会儿，她才放开我，说："你出去玩吧，小姨在屋里待一会儿。"

我跑到厨屋，我姥娘已经把菜都端到堂屋里，摆到八仙桌上了。那个小伙子也坐到了八仙桌靠南的一侧，他仍然默默地不说话，叫喝酒就喝酒，叫夹菜就夹菜，但是倒茶倒酒很勤快。那个老头在不停地夸他，说他人踏实，又勤谨，现在在烟庄乡上班，上上下下都说他好，给他介绍对象的可不少哩。那个小伙子静静地听着，慢慢地红了脸，有点不好意思地又站起来倒茶。突然他发现了我躲在身后，把我叫到他身边，轻声问我想吃什么，我说不吃，他从烧鸡盘子里掰下来一个鸡腿，递给了我，让我慢慢吃。我拿着鸡腿到院子里转了一圈，很快就吃完了，又回到堂屋里，那个小伙子见我空了手，又给我夹了两个藕盒，我一手拿一个，边走边啃，心里也对这个小伙子有了好感。

那时候在我们那里，喝酒吃饭，女人是不上桌的，我姥娘炒完了菜，端了过来，就出去了。我看到小姨那屋里点亮了灯，走进去，才发现我姥娘也在这里，她和我小姨都坐在床头，两个人在说着什么，我小姨的脸背对着光，看不清她的表情，只能看到她的两条辫子垂在床沿，泛着黑亮的光泽。我姥娘见我吃着藕盒进来，让我到堂屋东间自己的小床上去吃，吃完别忘了洗手。我在院子里转了一圈，吃完了藕盒，才回到自己的小床上，在那里躺着，不知不觉睡着了。不知过了多久，我被一阵夸张的笑声惊醒了，隔着门一看，只见那个陌生的老头还在笑着，我姥娘带着我小姨走过来，他们都站了起来，说了两句话，我小姨一掀门帘，又出去了。那个老头高声说笑着，带着那个小伙子向外走，我姥爷也站起来，跟在后面送他们。那老头的笑声转移到院子里，又转移到胡同里，渐渐地远了。

那年夏天的雨水特别多，我小姨似乎有了心事，她扛着锄头上工时也不唱歌了，回到家里，也不坐在窗台前纳鞋底了。她的那些小姐妹来找她的也少了，偶尔有两三个结伴来找她，她们就躲在我小姨的房间里，脑袋聚在一起，叽叽喳喳地说悄悄话，像是在密谋着什么。说一阵话，就又走了，她们也不再嘻嘻哈哈地打闹了，走起路来，快得像一阵风。

那个夏天小姨也很少带我出去玩了，也没有去看过电影，我在姥娘家过得很没意思，盼望着我娘早点接我回去。每天姥爷姥娘和我小姨下地之后，家里就剩下我一个人，我就站在小床上，扒着隔扇向外望。那是一个下雨天，院子里积了一地的水，雨水从梧桐树叶子的边缘滴落下来，砸在小水洼里，泛起一个个小水泡，小水泡在水面上滚来滚去，旋生旋灭，我呆呆地看着，院子里很安静。突然我听到胡同里有人吹着口哨走过来，很清亮，很熟悉，原来就是我小姨喜欢唱的那一首《九九艳阳天》，口哨声由远而近，停在了我姥娘家门口，就在那里不走了，吹了好一会儿。我正在纳闷，突然看到墙头上出现了一个人，他紧张地张望了一下，一纵身跳了进来。难道是家里来了贼？我紧紧地盯着他，只见他又张望了一下，随后快步走到我小姨的窗口，掏出一个东西，压在了一块破砖头下面，转过身，三步两步跨上墙头，一闪身又不见了。这时我才想起，他的身影很像那个电影放映员。

我很好奇，从小床上爬下来，走出堂屋，冒着大雨来到我小姨的窗台前。那个窗台很高，我探起身子去够，掀开砖头，在下面摸索，摸了好一会儿才摸出一样东西来，原来只是一个小纸条，这让我很有点失望。我拿下来的时候没抓稳，小纸条飘到地上，正好落在屋檐下面的小水洼里，我从水洼里捞起来，纸条全都湿了，还沾了些泥水。我拿在手里翻看着，上面只有两行字，我不认字，也不知道写的是什么。我想把纸条再压到砖头下面，踮起脚去够窗台，一不小心，又把纸条抓破了。这时我突然想到，纸条压在这里，也可能会洇湿，还不如等我小姨回来，我再拿给她。想到这里，我就把这个纸条揣在了裤兜里。但是后来，我就忘了这张纸条，直到第二年夏天，我娘给我洗衣服，在裤兜里发现了有一点纸浆，我才隐约记得有这么回事。

那一年冬天，我小姨就出嫁了，她出嫁的那一天，我去给她压嫁妆。那时候在我们那里，闺女出嫁的时候，都是要压嫁妆的。结婚的那一天，天还没有亮，男方就有人来接新娘了，娘家这边也有人送，接的和送的都是男女家族中儿女双全、脾气很好的嫂子，接了之后从娘家抬着轿子一路抬到婆家，送嫁妆的车子就跟在轿子后面。经过各个村里的时候，村民都会拥挤在路边挤着看，指指点点的，新娘在轿子里，他们看不见，他们最关注的就是嫁妆了，这家的嫁妆有 6 车，那家的嫁妆有 8 车，这家的嫁妆中有五斗橱和大衣柜，那家的嫁妆中有自行车和缝纫机，在很长时间里都会成为村里人谈论的对象。对于嫁妆多的他们啧啧地称赞着，对于嫁妆少的则会摇头叹息，低下头轻声议论着，将来再有谁家的孩子结婚时，他们就拿来比较，说谁家过得真殷实，嫁女儿也么大方，或者看这家的家底真薄，打整嫁妆才打整了 3 车，连个缝纫机都舍不得陪送，等等——这在那个年代可是乡村生活中的一件大事。

那一天，天还没有亮，接我小姨的人就来了，我姥娘家厨屋里早炒好了菜，招待她们吃完，她们就催促着要走。可是我小姨就是躲在她的房间里不出来。我溜进去看我小姨，只见她坐在床边在默默地流泪，不少婶子大娘围在她旁边劝，过了一会儿，她说想安静一会儿，让所有的人都出去，等一会儿。那些人都出去了，我小姨插上门，又坐回到了她的床头。过了一会儿我们就听到了她的哭声，最开始是低声啜泣，后来她的哭声慢慢大了，到最后是号啕大哭，哭得上气不接下气。来接她的人和要送她的人都面面相觑，她的那些小姐妹一个个也都愁眉不展的，有的也在默默地流泪，或许她们也都想到了自己的将来。有两个嫂子在门外轻声地劝着她，让她开门，我小姨就是不开门，哭得撕心裂肺的。她哭了好一会儿，接送的人都没有办法，不知道该怎么办好，她们悄声议论着说见过出嫁的女儿哭的，还没见过哭得这么痛的。最后不知谁想到了主意，让我姥娘过来劝她。我姥娘颤巍巍地来到我小姨的窗台前，轻轻地敲着窗棂，说："闺女，别哭了，别哭了，娘在这里呢。"说着她也淌下泪来，又说，"闺女，别哭了，谁家的闺女不出门子呀，咱做女人的早晚都有这一天。"又说，"闺女，娘也知道这门亲事不如你的意，你别闷在心里，想哭就哭吧，哭完了咱还得往前走。"又说："闺女，别哭了，天快亮了，也该出门了，走得晚了，让人家笑话咱不懂礼数，让人家笑话你爹你娘……"

我小姨一听见我姥娘的声音，哇的一声哭得声音更大了，过了好一会儿才慢慢平静下来。她去打开了门，我姥娘走进去，她一把抱住我姥娘，又流出泪来，我姥娘哽咽着拍着她的后背，说不出话来。我小姨重新洗了脸，换了衣裳，站在门口看了看她的桌子、她的床、她的东西，就走了出来，在众人的簇拥下，坐上了花轿。

花轿出门了，前面是鼓乐班子，十几个人敲锣打鼓的，有吹喇叭的，有吹唢呐的，有吹笙的，吹奏着喜气洋洋的乐曲，走在村子里的大路上。那些人一边吹着乐器，一边向路边围着看的人挤眉弄眼，动作和表情很夸张，惹得看热闹的人群不时爆发出一阵大笑。看热闹的人很多，有早起拾粪的老头，有抱着孩子的妇女，有扎着围裙的老太太，有扛着锄头准备下地的男女，他们站在路边，看着鼓乐班子走过，花轿走过，拉着嫁妆的大马车走过，看着，说着，笑着。还有跑来跑去的孩子，他们等不及在自家门口看新媳妇，鼓乐班子一响，他们就跑了过来，跟着迎亲的队伍在人群里跑，一会儿摔倒了再爬起来，一会儿呼朋引伴大喊大叫。看着这些孩子，我心里很是得意，以前我也是一个奔跑的孩子，现在不用再跑了。我坐在高高的马车上，跟着嫁妆车一起向前走，在这个清冷的早晨，迎着刚刚升起的朝阳和满天彩霞，在乡村小路上逶迤前行。

那时候所谓压嫁妆，是拉嫁妆的大马车上，每一辆都坐一个小男孩，到了新郎家里，小男孩不下车，新郎家里的人就不能将嫁妆卸下来，所以嫁妆车到了新郎家门口，新郎家里的人就会说好话，给红包，如果小男孩不满意，新郎家里的人就会不断地加红包，不断地哄着，直到小男孩满意了才会下车。在压嫁妆的小孩中，坐在第一辆上的小孩又最重要，他是所有小孩的领头羊，也是重点被关照的对象，他一下了车，其他的小孩就也都下车了。这次给我小姨压嫁妆，我就坐在领头羊那辆车上。在压嫁妆前一天晚上，家里人就为我准备好了新衣服，又跟我说，到了那里，不要轻易下车，要为难一下新郎家里的人，让他们知道娶我小姨多不容易，他们以后才会对我小姨好。这话我暗暗记在了心里。

等进了新郎那个村，我的心就开始紧张了，到了新郎家门口，早有人迎在门口了，一大挂鞭炮悬挂在门楼上，噼里啪啦地炸响着。花轿抬进院子里，车子在院门口停下，一群人簇拥上来，有一个花白胡子老头来到我面前说："一路辛苦了，冻坏了吧？快到屋里烤烤火。"说着往我兜里塞了一个红包，伸手要把我抱下来，我连忙把他推开说，不行，别想骗我！那个老头也不急也不恼，笑着说，你这个小孩还很难缠哩，来，我再给你加一个红包，说着他又掏出一个红包来，塞到我手里说，这回行了吧？外边多冷啊，快进屋吧！我才不吃他这一套，身子躲着，往家具缝里钻，连连说，不行不行，这个老头无奈地摊开手，说这是最后一个了，都给你！你快下来吧，我接过红包，塞进口袋里，又说不行不行！老头无奈地摇摇头，苦笑着说这个小孩真难缠，说着他走开了，这时换上了两个中年男人，他们赔着笑脸，一会儿给我扔红包，一会儿又说，你看人家别的小孩都下车了，快到屋里去暖和暖和吧。我不理他们，又爬到嫁妆车的最高点，那个大衣柜的顶上，就是不下车。他们在下面说着好话，晃着红包哄我下去，我坐在大衣柜顶上，两条腿垂下来，看着他们，不为所动。这时我想起我小姨在上轿之前的痛哭，心里很难受，突然也放声大哭起来。那些人看到我哭了，一时不知所措，有的连忙问："咋啦，咋啦，磕着哪儿啦？"有的赶紧跑去叫人。过了一会儿，新郎匆匆忙忙跑了过来，他爬上马车，攀上大衣柜，把我抱了下来，我的头偎依在这个曾给过我鸡腿和藕荷的小伙子怀里，仍然痛哭不止。

现在是夏日的一个下午，中午我和我小姨夫喝了一瓶白酒，两个人都有些眩晕，坐在院子里葡萄架下的躺椅上，喝着茶闲聊。现在他已经从烟庄乡税务所内退，在家里养养鸽子、种种葡萄。他和我小姨生了3个孩子，大儿子在家，去年结了婚；二儿子在南方一个城市打工；最小的是女儿，还在大学里读书。多年来我已习惯了这个家庭，和我家一样熟悉，但是在喝酒时聊起我第一次见他的样子，还是一个腼腆的愣头青，这时我的脑海中突然浮现出了童年的种种印象，想起了我小姨带我去看电影的那条路，想起了我姥爷姥娘在黑暗的夜里说话，想起了相亲那个晚上昏暗的灯光，想起了压嫁妆那天早上凛冽的寒风，我也想起了那个电影放映员，在我的记忆里他的形象已经模糊不清了，我不知道小姨和他之间有没有爱情，有没有故事，有没有撕心裂肺的往事。我也不知道，我隐藏的那张纸条是否改变了小姨的命运，但是这个模糊形象在我脑海中渐渐清晰，让我意识到小姨完全可能有另外一种生活、另外一种人生，而多年来我已经习惯了的这个稳固的家庭，也只是无数偶然所构成的一个必然。

　　我抬头去看小姨，此刻她正带着她的小孙子蹒跚学步，清亮的阳光洒落下来，她两手抓住那个小孩的两只小手，在身后不停地鼓励他往前迈步，正在向我们走来。在她的身旁，三五只鸡在踱来踱去，这儿啄一下，那儿啄一下，还有一条狗趴在狗窝前面，热得吐着舌头不停地在哈气，周围的世界如此清晰，我却感觉到那么虚假，我像醉了酒一样，看到这个世界在眼前晃来晃去。

　　我想起多年前的一个夜晚，那天小姨带我走了很远的路去看电影，在回来的路上，她问我喜欢不喜欢看电影，我说喜欢；她又问我想不想天天看电影，我又说想，这时她指着天上那轮明月对我说，只要你有这个念想，天天想，天天对着月亮说，就能梦想成真了。我望望天上的月亮，又望望小姨明媚的脸庞，用力地点了点头。小姨轻轻刮了一下我的鼻子，拉着我的手继续向前走。我们穿过田野，穿过河流，穿过乡间小路，她的步伐是那么轻快、那么愉悦，一路上她都在轻轻哼唱着那首她最喜欢的歌：

　　　　九九那个艳阳天来哟
　　　　十八岁的哥哥呀细听我小英莲
　　　　哪怕你一去千万里呀
　　　　哪怕你十年八载不回还
　　　　只要你不把我英莲忘
　　　　等到你回来呀再相见

2015 年 9 月 7 日至 13 日

分别少收和多给了十块钱

曹　寇[①]

上帝对幼儿园的孩子是仁慈的。

对上学的要差一些。

而对成年人，

毫无怜悯，

完全不管。

有时他们必须匍匐在滚烫的沙地，

向救护站爬去，

浑身是血。

——耶胡达·阿米亥

　　一个在网上认识的女的跑来找我，我们吃饭，睡觉，然后她就该走了。出于礼貌，我送她去火车站，在入口（不是站台）我和她挥手告别。看到她消失于人群，我松了口气。在出站的时候，我遇见了自己的表哥。我的表哥是开面包车的，专门拉那些不远万里来到南京却不认识路的客人。无论这些客人捏在手心里纸条上的地址有多近，我的表哥都会非常乐意地开车拉着他

---

① **曹　寇**　1977 年生，南京人，先锋小说家。代表作有《割稻子的人总是弯腰驼背》《能帮我把这袋垃圾带下楼扔了吗》《我和赵小兵》《挖下去就是美国》和《朝什么方向走都是砖头》等。著有小说集《操》《喜欢死了》《越来越》《屋顶长的一棵树》，长篇小说《十七年表》（原名《萨达姆时期的生活》），文史作品《藏在箱底的秘密性史》，随笔集《生活片》。

们在南京的大街小巷里绕个遍，并热情洋溢地向他们介绍南京的历史、名胜和饮食。没错，这很容易培养陌生人（表哥和乘客）之间的感情，让远道而来的客人有宾至如归的好感。最后，他当然会精准地将他们送到目的地，只是此时乘客总是会被他报出的车费吓一跳，无不脸色一沉，一路上好不容易培养出来的情感瞬间消失。有的乘客会捏着鼻子认栽。也有拒绝掏钱的，这样一来，我的表哥就会掏出手机，五分钟内，就会有四五辆同样的车出现在这些人的面前。还有哭穷的，一只手上捏着少得可怜的钱钞，另一只手则翻遍自己所有的衣兜，然后将那些衣兜的里子就这么翻在外面。我的表哥确实会看一眼那些鱼泡一样的衣兜里子，除了一些渣滓一些被洗成碎末状的票据，他确实什么也没看到。遇到这种情况，表哥就会善心大发，少收他们十块钱。但总而言之，脸色一沉、拒绝掏钱和哭穷，终归都是一些无效的表情。这些事都是我坐上表哥的车后听他说的。我为什么会坐上我表哥的车呢？一方面我们好久没见，需要像一对合格的亲戚那样嘘寒问暖。而当他听说我还没有结婚并没有对象的时候，他震惊了，半晌都没有说话。然后他就发动车子，说要带我去一个地方。他说他有一个修无线电的朋友，恰巧这个朋友有个女儿，也没对象。他要放下生意不做，特意开车带我去找他的这位朋友，希望后者能够成为我的岳丈……

　　上述是我八年前写的一个短篇小说，题目叫《爱谁谁》（见《青春》杂志 2010 年第 11 期，或本人小说集《躺下去会舒服点》）。按另一个小说家顾前的说法，他认为那篇小说极其下流黄色，给他留下了"深刻的印象"，经常在饭局拿出来作为铁证攻击我高洁的品质。我当然不以为然。不过我自己也不喜欢那篇小说，只是认为没写好罢了。后来出版小说集的时候，我本不打算收录。但审查部门在我的小说集清样中认为有好几篇东西都下流黄色，勒令抽去。为了保持体量，我只好将这篇在顾前看来有过之而无不及的"极其下流黄色"的玩意儿给塞了进去，没想到居然顺利通过了。这是不是能够成为一则文坛趣闻呢？我的意思是说，从我上次见到表哥距今已有八年，而在这八年中，据说我已经成了一名作家。

　　为什么和表哥长达八年没见？这个问题我也觉得奇怪。总之，我认为这不是我们故意的。只是没有机会而已。在这八年里，我们整个家族里没有死过人，好像也没有结婚的和出生的人需要我们同时到场祝贺。我没有邀请过他来我家吃饭，他也没邀请我去看望嫂子。我对表哥的印象主要集中在很多年前，应该是 20 世纪 90 年代末，他手持大哥大腰缠 BP 机出现在防汛大堤上的形象。对，应该是 1998 年，百年不遇的洪水，"抗洪精神"一词产生的那年。宽阔的江面，混浊的江水几乎与大堤持平。一阵暴风雨，或一艘巨轮经过，波浪即会越堤而入，然后顺着大堤的内侧流淌到低矮的庄稼地里。那是一片西瓜地，我们这些被政府组织上来防汛的人主要靠这些西瓜解渴。我的表哥则对这些被江水浸泡的西瓜嗤之以鼻，后来我们也确实不再想吃那些被泡得瓜瓤都发白的西瓜了。只好去大堤下面一户安徽来种地的人家借水喝。这户人家既种田，也打鱼。每天天蒙蒙亮的时候，男主人就扛着小木船（具体而言只是一个大木盆，常见于农村杀猪时所用）从堤脚爬上来，然后放入江面，再整个人坐进去，一只小桨，几下他就划到了江心。在那里提网收鱼。这让当时还是学生的我极其羡慕，多次要求和他一起去江心，却都以木盆太小容不下二人而被拒绝。他还有一个正在念初中的女儿，虽然还小，但发育完美，经常在家里洗了头发就会爬上大堤让江风吹干，胸脯高耸，长发飘荡。我不止一次地想过，自己如果能够成为他们家的上门女婿该多好啊！看到我痴呆的神情，我的表哥则斥责为"没出息"。他甚至懒得搭理我这个还在校园宿舍床单上遗精的表弟，专注于他的通信工具。只见他小心翼翼地将大哥大高高举起，希望能够找到一些信号。但这是徒劳的。别说大哥大了，连他腰间的 BP 机自始至终也没有响过。或许可以这么理解，许多大买卖就这样在 1998 年与他擦肩而过，使他最终成为火车站一名黑车司机。

上个月，我要坐飞机参加一个活动，而机场大巴就在火车站附近。刚想进站，一辆东风标致 408 突然挡住了我的去路。车窗玻璃摇下，果然是我八年未见的表哥。"我老远就觉得是你。"他高兴地说。我也说了句"你也没变"。因为我还要赶飞机，所以我们的谈话极其仓促而密集。他不仅换了车，而且又买了套房，之前那套四十几平方米的现在租出去了。他老婆，也就是我的嫂子则就在我家附近的某个超市里当货架清点员，至于我那个大侄子（我仅记得他两三岁时的样子），现在已经读高中了。不过，与八年前不同，他没有对我仍然未婚表示什么，而是就我写的小说侃侃而谈起来。"写得不错，不错，嘿嘿嘿。"是这样的，我虽然从来没有在亲戚之间谈过我的写作，也从来没有给过他们我的书，但他们通过各种渠道（比如看媒体报道、上网搜索，或直接买我的书）都知道我在干什么。有的还认为我发了大财并打算问我借钱。

你认识莫言吗？这是我们匆匆互留手机号码后他问我的问题。我给予了否定的回答后，发现他略有失望的神色。不过他还是隔着老远冲我喊，回来的时候给他打电话，他可以来接我。我只好微笑点头招手。啊，我亲爱的表哥，远远看去，他头发掉了不少。

为期数天的活动，我就不提了。此类活动都差不多，开会，吃喝，游山逛水，和一些本来不认识将来也可能不会认识的人互相扫一扫微信二维码，然后就各自回家。另外，在这为期数天的活动中，我也早已忘掉来的时候在火车站和表哥的巧遇。只是在返回南京的飞机上，我才突然想到，自己下了飞机，还是要坐机场大巴到火车站。会不会再遇到我的表哥呢？我不确定自己是希望看到还是不希望。我只是认识到这确实是个悬念。如果不出意外（飞机失事，或因为天气原因无法在南京降落），我下飞机再到火车站应是晚上十点左右。我的表哥是否每天都这时候还在火车站附近拉客？关于这一点，可能性太多：

　　1. 他每天这时候还在拉客。他在那儿等着。
　　2. 他每天这时候还在拉客。他已拉了一个客人正在市区乱转，所以不可能碰到。
　　3. 他每天这时候还在拉客。但我出现的时候，他正好找堵墙去撒尿了，还是没有碰到。
　　4. 他每天这时候已经自主下班。在家看电视或睡觉。
　　5. 他每天这时候已经自主下班。在家监督儿子为将来考大学而苦读。
　　6. 他每天这时候已经自主下班。正在外面和狐朋狗友喝酒、唱卡拉OK或嫖娼。
　　……

之所以有这么多可能性，是因为我对自己的表哥毫不了解。我们起码已有十几年没有任何生活上的来往。我们是有血缘关系的亲人，实质上却是毫不相关的两个人。由此我想到，在他十六岁以前，一切可不是这样。我们两家住得很近，那时候我们的父母还都健全，经常在生活上互通有无互相帮助。我们上学放学总是一路，平时都在一起玩。我知道他屁股上有块胎记，也知道他的成绩不好。他那个当小学教师的爸爸对他很不满意，然后至死都一直对儿子表达着不屑之情。他妈妈则因为常年卧病在床根本就管不了他。在学校里，打架斗殴他也不出众。有一次我被人打了，找他，他说找他也没用，并坦承他也打不过那个打我的人。如果说他有什么优点，不知道唱歌算不算？他从小就爱唱，边走边唱，流行什么唱什么。不唱也吹口哨。他骑着自行车，我坐在他的后面，一路都是他嘴里发出的那些旋律。某年学校一二·九歌咏比赛，他上台唱了首陈百强的《晚秋》，而且是用粤语唱的。以我的标准来看，他唱得简直好极了。后来也听说过他参加过一个歌唱比赛，获得过鼓励奖。但这是后来，我已说过，十六岁初中毕业后，他就到社会上去混了，之后所有的事都只能是听说。这包括上文提到的大哥大和 BP 机，虽是亲眼所见，但我并不知道他当时在做什么。

你到底在搞什么？我坐在 1998 年的防汛大堤上问。

什么都搞。他说。

你想怎样？

我想怎样？你以为呢？

我不知道。

还能怎样？我告诉你，我要发财。懂了吗？

懂了。

下了飞机，到了火车站，一群黑车司机立即围了过来。没有我的表哥。我说不出是失落还是高兴，说成无所谓似乎也不那么正确。听出我的南京口音，以及我家地址后，黑车司机们纷纷散了。不散的表示没有五十块钱，他们不会拉我。我说你们开玩笑吧，打车到我家也顶多十五块钱，最多二十。没想到此话一出，人群都笑了。这时候只有一个操苏北口音衣着寒酸的中年汉子走了过来，说，二十块钱，他愿意跑一趟。我只能宽慰自己，也并非所有的黑车都那么黑啊！

我跟着他朝停泊在一旁的车群走去，出乎我意料的是，他的车并非表哥和其他人那种价值十来万的轿车，而是一辆极其破旧的小面包车。车子启动后，不知道哪儿，到处都漏风。就好像我的表哥八年前的那辆面包车转手给了他似的。这也不是不可能。

我说，现在黑车还跑面包车的很难得一见了，你怎么还开这种车？

他说，老板啊，你说得轻巧，难道我不想？没钱啊！

你们开黑车的，钱也不少挣吧？我以探询的口吻说。

别人不知道，我不行。

怎么？

说了你不信，我一个月只能跑一千多块钱，爱信不信。

我还真的有点不信，我说，这不太可能吧？再说了，你车还可以帮人拉货呢，比如帮人搬搬家什么的。

不会。他说他不会使用电脑，所以没法把自己的信息贴在网上。他也不会玩智能手机，滴滴打车和优步他也玩不了。他只能在火车站守株待兔，或者在大街上瞎转悠，希望有个保持着过去行为方式的人找他干活。没文化不行，他的结论是这个。他还说到他应聘招工，有些工作确实不需要文化。只是交了一百块报名费后，他还被要求去体检，体检也得花钱，所以招工他也不想去，去不了。

这个话题看来确实有点沉重。我想，换个话题聊聊他的家庭和孩子总归要好点。不过这个话题似乎更为沉重。他并非我所料想的那样老婆孩子都接过来了，而是全部都在老家。因为他没法在南京养活他们，他所挣的那点钱仅够他本人租房子和吃饭用，连烟酒都戒了才够。他的女儿即将高考，而儿子也快读中学了。他孤身一人在远离故乡的省会南京混得很差，不知道如何是好。

最后我只好再次转移话题，问他：嘿，你认识一个叫张德贵的人吗？他是我表哥，也开黑车。

考虑到真名实姓或许并不存在于他们的交往之中，我还描述了张德贵的体貌特征：一米七不到，短发，有轻微秃顶，小眼睛，穿一身假名牌，腋下夹着一个书本大小的皮包。

我注意到他认真想了想，说：不认识。老实说，我还真怕他说认识，那样我不知道接下来说些什么。于是我们只好闭嘴。

他很轻松地就找到了我所在的小区，原因是他住在我附近的一个村子里，对我所在小区也很熟悉。不知道为什么，我下车后多给了他十块钱。给了钱，我就慌不择路地走了。我害怕他说声谢谢。但他还是说了，我很难过。就是这样。

我想说说他所住的那个村子。村子距离我所在小区大概有三站路的行程，位于火车铁轨和居民区之间那片荒地里。当然，这么说也不准确，那个村子肯定比四周的所有高楼大厦都古老，只是那里灯火昏暗，道路泥泞，房屋低矮破旧。进村那条道在高架桥下，隐蔽而曲折。无论你是乘坐公交车、火车，还是别的，一般很少人会注意到这个村子的存在。它很小，大概原先只有几十户人家。现在这些村民大概都搬走了，将房子租给别人。因为租金便宜，村里住满了外来务工人员，收破烂的，搬家公司的，水电工，包括这位开面包车的司机。

　　我之所以知道这个村子，是因为几年前的一天晚上。那好像确实是一个春天的夜晚，我和当时的女朋友吃过饭，也看了会儿电视。当时，我们的关系还不错，大概还没有料到我们之后的分手。她说，嘿，我们出去走走吧。我说，嗬，好啊。于是我们就出去走了走。老实说，如果不是她，我从来没有想过在深夜出去走走。也就是说，我并不熟悉自己生活了十多年的小区及其周边的环境。托她所赐，我发现夜晚要比白天美丽。街面上行人车辆稀少，万家灯火下，人们看起来似乎十分满足。并非有意，我们后来就信步走到了这个村子。除了不远处铁轨上偶尔咔嗒咔嗒的火车（你甚至能看到硬座上的人正在看着你，而他们又当然看不到你），此外就是一片寂静。我们甚至能听到村内屋子里传送出来苦力劳工的鼾声，听起来他们也很满足。还有一些在夜色中的植物，它们在黑暗里散发着清香。

跟马德婶说再见

艾　玛[①]

1

马德婶坐在厨房的小桌边，等着。到了下午四点来钟，她终于听到了咏立开门的声音。

"也就三十来分钟……"

咏立的一只脚刚迈进厨房门，马德婶就用了一种格外平静的语气对她说道。不出马德婶所料，咏立的好奇心被马德婶不应有的平静勾了起来。

咏立忘了去给自己热饭，她站在马德婶面前，有些茫然而迟疑地问道："是吗？"

马德婶看到咏立的眼睛有些红，就知道咏立又把自己写哭了。咏立是网络写手，她常常写着写着就哭了，这在马德婶看来，是病。

"我选的是平炉，高炉和豪华炉要略费工夫些，"马德婶看着咏立，道，"怎么着也都不到一小时，还不如两块蜂窝煤呢。我懒得跟过去，小勇也没。"马德婶拍了拍大腿，"我们娘儿俩呢，在休息室耽搁了一顿饭的工夫，就了了。"马德婶把右手胖胖的五根手指捏到一块，举到咏立面前后，迅速地弹开，道：

"火一上来，一阵儿，一个人就没了。"

---

① **艾　玛**　女，原名杨群芳，生于20世纪70年代初，湖南澧县人。曾做过军校教员、兼职律师等。2007年开始文学创作，已发表小说多篇。

咏立往后退了两步，双手撑在了身后的灶台上。

"马德进去时一百九十斤，"马德婶叹了一口气，把手撑着桌子站起来，边往外走边说道，"出来呢，三斤！"

马德婶来到外面的院子里摘黄瓜。前天她正摘黄瓜时接到了马德的噩耗，篮子就那样一直扔在瓜藤下，咏立也没给她拾进去。篮子里的几根黄瓜给鸡啄得不成样子，没法吃了。这个夏天天气格外炎热干燥，长出几根黄瓜并非易事。

"活着顶个吗用！"

马德婶在心里骂。这话她既是在骂咏立，也是在骂刚变成三斤骨灰的马德。鉴于马德已经死了，所以，她更多的是在骂咏立。

咏立姓徐，是马德婶的房客。

一年前，咏立把丈夫丢在城里，一个人跑到这背山面海的渔村过日子。不过，在马德婶看来，咏立过的也不能叫日子。这一年来，马德婶不知道她什么时候睡的觉，咏立起床，一般都到了上午十点多。这个点，马德婶时常已在黄山村鱼码头干了半天活了。帮着收拾渔船卸在码头的海货，是马德婶一项重要的收入来源。不过马德婶最主要的收入，还是周末、节假日在开渔家乐的李照耀家帮工所得，以及咏立给的房租、饭费。咏立一天两顿饭，需要马德婶准备的通常是下午四点的那一顿，每顿十块钱，吃一次记一次，月底和房租一起结付。咏立那愁容满面的丈夫常常在周末开车过来，在马德婶家的冰箱里塞满牛奶、麦片、果酱和面包，咏立上午就靠那些东西活着。

马德婶问过咏立："你们咋回事呢？"说的是咏立和她的丈夫。

咏立想了想，说："我不知道自己是否还爱他。"

马德婶张大了嘴看咏立。

"十年了，"咏立叹了一口气，告诉马德婶，"在一起十年了……"咏立看着马德婶，用一根又瘦又长的手指点了点自己胸口那儿，"这颗心木木的了，呵呵，现在我搞不清自己还爱不爱他。"咏立懒洋洋地打了个哈欠。

马德婶听不明白咏立的话。她和马德结婚二十多年了，不明白十年怎么就让咏立过成了这样。

咏立也问过马德婶："你和马德呢？你还爱他吗？"

"嘿！"马德婶猛一击掌，不好意思地笑道，"啥爱不爱的……"她没提防会遇到这样的问题，又羞涩又有些不屑。不过，马德婶也因此想起了从前和马德年轻时候的光景，心里兀自涌上一股奇怪的热乎乎的暖流，令她周身虚弱。多少年没这感觉了！马德婶心酸起来，她把脸扭到一边，挥手佯装赶鸡，答道：

"就是过日子嘛！"

2

咏立租的是马德婶家那间向北但能看到海的房间。这房间原本是小勇的，小勇在海洋大学读硕士研究生，任学生会副主席，忙，平时都住在学校里，偶尔节假日、周末才回家。马德婶把厨房边的小杂物间收拾出来，给小勇支了张床，小勇回家时就睡在那儿。咏立把小勇的房间收拾过，床头挂了一幅她自己画的水粉画，瓦蓝瓦蓝的天空下，一大片盛开的小雏菊。床上用品也是咏立自己带来的，色彩朴素、价格昂贵的埃及棉使小勇的旧楸木床也端庄好看起来。经咏立收拾过后，这房间似乎生来就是咏立的。不过，房间里总有前主人留下的些许痕迹，刻在门框上的深浅不一的标高线，浓缩了小勇的成长。咏立坐在窗前打字，一扭头就能看到挂在墙上的镜框，镜框里有许多小勇，刚满一百天、坐在一个脸盆里的赤裸的小勇，系着红肚兜、蹒跚学步的小勇，光着屁股赶海的小勇，戴着军帽、手里拿着玩具枪的小勇，脖子上挂着红领巾、豁着门牙的羞涩的小勇……插在镜框玻璃外的一张照片里的，是长身玉立、穿学士学位服、刚刚入了党的小勇。

咏立在马家租住一年，和马德没说上几句话，他很少回家。但小勇和咏立说的话，比和马德婶说的要多。小勇偶尔在周末回家，咏立总能在厨房、院子里遇到他。遇到时，小勇会露出一口渔村人特有的白牙，大方地对她笑。咏立喜欢小勇的笑，年轻，明朗，让她想起清晨海面上跳跃不定的新生的阳光。他们似乎也是很聊得来的，音乐、电影、书，以及校园生活。毕业十多年，咏立感到现在的大学生活和从前很不一样了。听的音乐、看的电影、读的书，都不一样了。当然，还有别的变化，比如，现在的大学里，已没有了周末舞会，咏立知道后很有些惆怅，她和她的丈夫就是在学校的周末舞会上认识的。

咏立和小勇总是泛泛地谈，两个人都又轻松又开心的样子。小勇历数那些学法律出身的卓越的政治家时，眉宇间会有种特别的光彩，令咏立看得入迷。他们几乎不聊自己，但咏立觉得小勇知道她许多事情，他也一定读过她的小说。咏立常常这样想。有几回，他们聊得正开心呢，年轻的共产党员忽然一低头，目光中突如其来的一缕羞赧像跳跃的波光一样一闪而过。咏立就想，他读过我的小说了。咏立内心战栗，他乡遇故知般莫名其妙就会觉得安慰。一家声名鼎盛的文学网站正在连载她的新小说，咏立的新小说写的是她和她丈夫的故事，当然，也写到了她和她丈夫各自几次短暂而苟且的外遇。在这部小说里，咏立以笔为刀，把自己细细地剖开了。

"你写什么？"

只有马德这样问过她。

对于咏立来说，"写什么"似乎是一个无法回答的问题。她的读者主要是情窦初开的少女和无所事事的家庭主妇。曾经，咏立每天要往网上上传好几万字的文章，文中的男男女女全都爱得死去活来，可她自己却觉得也不能就说她写了"爱得死去活来"这些。这样的写作是一件体力活，虽然给咏立带来过财富，但也把咏立变成了一个瘦削的烟不离手的女人。人到中年，咏立不再每日赶稿，每一个字似乎都有了疼痛感，写作也因此变得艰难起来。

咏立搬进小勇那间房后，小勇再未进去过。有一回，咏立在海边散步，无意中回头看了一眼自己房间的窗口，远远地似乎瞥到窗口有人影晃过，宽肩、长脖的剪影，像小勇，也像马德。她定睛看时，却只看到一个方方正正的黑的框，宛如一口深井。傍晚时分，咏立带着一身海水的咸腥味回到家，却只见到马德婶一个人在厨房暗淡的灯下寂寞地吃着晚饭。咏立回到自己房间时，看见床单上有些皱褶，枕头也凹陷下去一块，就疑心自己得了恍惚症。

马德婶原本是想把自己住的那间向南的房间租给咏立的。小勇那间房，到了冬天就有些阴冷阴冷的。但咏立看上了那间房。那天马德在，知道她是个作家后，马德以城里海景房作参照跟咏立谈定了租金。

"六百块，市南区星级宾馆海景房也就能住半天的，这儿一个月，多划算！"

马德一张口，把马德婶吓了一大跳。吃午饭时马德独自喝了几杯高粱酒，马德婶以为他在说醉话，要知道，村子里家家户户都是漂漂亮亮的二层小楼，独独他们家的房子还是老平房，能看到海全仗着地势高。当然，景色是不错的，从那间房的窗口望出去，一色顺坡溜下去的红屋顶，直插到碧蓝的海里去。天气好的时候，还能看到船一样泊在海里的大管岛、小管岛。在海边开渔家乐的李照耀，在自家房顶竖了块"餐饮、住宿"的大招牌，除开这四个夜里会闪光的红色大字，一切都再好看不过了。不过，再好看的景致，也当不得饭吃，马德足足比旁的人家多喊了两百块！起初咏立也有些犹豫，这个价格可能超出了她的预期。不过她也不开口还个价，光是两手抓着斜挎在胸前的包带发愣。

马德打了个酒嗝儿，又说："六百不贵，咱家这位置，僻静，家里人少，平日就你大姐在家。村里其他人家，你去瞧瞧，哪家不是鸡飞狗跳的？"马德这几句话，可真是暖到了马德婶。尽管马德一年四季很少回家，可是，听听！"咱家"！无论如何，马德还是把这儿当成自己家的嘛！

咏立不作声。马德看着咏立，用了惯常见到漂亮女人时常用的温和语气，道："就这儿吧，错不了。面朝大海，春暖花开。"

咏立依然不吭声。马德婶急了，刚要喊出"四百"，马德又问咏立：

"你写什么？写诗吗？"

咏立没说她写什么，但她说不写诗。

"真遗憾，咋不写诗呢？"马德把马德婶替他取回的二代身份证揣到怀里，拎起桌上的一瓶虾酱、两瓶酸黄瓜起身出门。马德谁也不瞧，兀自低声道，"咋不写诗呢？我在千寻之下等你，水来，我在水中等你，火来，我在火中等你……"马德抬头看咏立，"这事只能写成诗，写成小说，就彪了。"

马德起身离开前说的话，除了那句"彪了"，其余的，马德婶一句也不懂。一村子的人，提到马德，都说"德彪子"，意思是说马德傻，不正常。但马德婶知道，其实马德一点也不彪，马德只是有些怪。其实也不是怪，是没用。马德这辈子除了活个命，啥也没捞着。要是多少捞着点什么，谁还会说他彪？可就是马德那几句马德婶都没听懂的话，让咏立下定了决心。咏立很快掏出六百块钱递到马德婶手里。看着马德往外走去的背影，咏立问马德婶：

"这人是谁？"

"当家的。"马德婶麻利地答。

3

"当家的！"

马德婶摘着黄瓜，想起来这句话，不由往地上啐了一口——当时要是有半个黄山村的人在，马德婶都不会这么说。马德这辈子除了添乱，当过什么家？这家一直靠马德婶撑着。天可怜见！小勇争气，马德婶在黄山村也不算颜面无存。

咏立吃完饭，也来到院子里。咏立把一头发黄发枯的长发绾在脑后，穿着一条颜色艳丽的棉布长裙，脚上像男人一样夹着双人字拖。

咏立习惯饭后出门去海边走一走。可这回她没有。咏立站在菜地边，看马德婶摘黄瓜。咏立手指间夹着一支又细又长的烟，她眯着眼问马德婶道：

"你把他给她了？"

咏立所说的"她"，是马德在建筑工地上的相好。村子里见过那个女人的，都说不如马德婶好看，只是比马德婶年轻，人也要细一圈。

马德婶说："她能要吗？！三斤冷灰，狗都不要！"马德婶说到这儿，仿佛看到马德听到这话时会有的恼怒表情，忍不住又笑了。马德婶道：

"是马德留下话，'葬我于海'，意思就是要海葬，骨灰先存在殡仪馆了，海葬那天在八大峡码头领。"

"海葬？"

显然，咏立不知道什么是海葬。咏立对活人的事知道得少，对死人的事，看来知道得也不多。

"岛城一年两次海葬，有本地户口的免费。马德这辈子总算赶上一回趟，下周就有一回。"

"小勇还好吗？"咏立问。

临近毕业，小勇的工作还没着落，他也考过公务员，参加过几次事业单位的公开招聘，总是笔试第一名，复试差一名，几成铁律。现在马德又出了这事，咏立有些担心他了。

"还好。"马德婶答。

马德出事后，是小勇和马德婶去医院太平间看的马德，也是小勇和她去工地马德的宿舍收拾的马德的遗物。几件旧衣裤，一本被翻得毛茸茸的《洛夫诗集》，一部外壳走了样的旧手机，就是马德的遗产。马德婶把马德的衣物、书和马德一起送进了殡仪馆的平炉，只把那部手机拿了回来。当着马德婶的面，小勇倒没怎么哭，但连日来小勇的眼睛都红红的，马德婶知道他背地里一定哭过了。虽说马德从来就没怎么管过孩子，但父子连心……汶川大地震那年，小勇在学校献血，在工地煮饭的马德，胳膊上的血管突突地跳了半天，锅铲频频脱手，十分蹊跷。事后坐一块儿叨叨起来，才知道都是左胳膊，都是下午四点多。

马德婶一直很害怕见到马德的相好，她可是知道的，马德喜欢漂亮女人。在马德婶的想象中，马德的相好一定是个漂亮女人，不然，马德图什么呢？不过，马德婶可没机会见那女人了，等她和小勇赶到工地上时，那女人早收拾好东西跑回了四川老家。

"俩人夜来喝了一整壶老白干，都醉得不得了，这年纪了，不该的，可八小时以外，我们也管不着啊！"许是怕惹上麻烦，工地负责人翻来覆去就是这句话。

"给你们添麻烦了！"马德婶说。她匆匆收拾完马德的东西，带着小勇离开了那里。在医院太平间，马德婶细细察看过在冰柜里冻得硬邦邦的马德，马德表情平静，就似平时睡着了一般，只是没有鼾声而已。不过，等她解开马德身上冻得冰手的衬衫扣子，看到他胸口已经变得黑紫的道道抓痕，马德婶结结实实地哭了一场。

"你找的到底是个什么样的女人啊！你这么不好受，她就一点也不知道吗？睡死了吗？！"马德婶拍着冰柜门痛哭，小勇很费了番力气才将她拉开。

咏立吸了一口烟后，又问："为什么选平炉？"

"平炉不要钱的。"马德婶说。当初在殡仪馆，工作人员问马德婶，要平炉、高炉还是豪华炉时，马德婶想也没想就选了免费的平炉。她在心里对马德说："你是和野女人寻欢作乐把自己喝死的，就这样好吧？"

咏立皱着眉吐出一口烟，看着马德婶。马德婶就又说道：

"烧都是一样烧，又不疼。就是吧，平炉的灰是殡仪馆的人替家属捡，得用铁钩子钩出来。高炉和豪华炉自动化，烧完了机器跟上菜一样把骨灰端过来，家属可以自己捡。"

马德婶拎着半篮黄瓜从瓜垄里钻出来，就手把一根刚摘下来的黄瓜搓去刺后，递给了咏立。马德婶走到手压井旁打水洗黄瓜，她把硕大的臀部对着咏立，装作不经意地问道："你想不想去瞅瞅？就当是你们那个什么……采风？"

"哦！不！不不不！"咏立挥着指间冒烟的手，飞快地答道，就像马德婶吓着了她。

马德婶直起身来，两手上的水直往地上滴。马德婶扭头看着咏立，带着点不屑道："你咋就不想去看看？回头你也好写个负心汉，把他写死了，也扔海里，跟马德一样，可不好？"

咏立不吭声，目光落在院墙外的某处发起呆来。

往墙外一直望过去，越过几户人家的红屋顶，以及半坡修剪得整整齐齐的茶园，崂山陡峭的山体墙一样拔地而起、高高耸立，它那波涛般起伏不定的山脊划破了碧蓝的天空，山上那些被风雨吹打得十分光滑的巨石在阳光下泛着白光。咏立怀念起去冬下雪的日子，薄雪覆盖在山顶的巨石上，使天蓝得像海一样深邃。"春雨在寺町降在寺院，在三条降在桥上，在祇园降在樱花，在金阁寺降在松树……"咏立想起夏目漱石对京都的无与伦比的描述，不由在心里仿造了一句：

雪在崂山落在石上，
阳光在崂山洒在石上。

"你咋就不想去看看呢？"马德婶又追问了一句。

咏立兀自抽烟，没有回应。

马德婶摇摇头，不再管咏立，转身洗黄瓜。她要把黄瓜都洗干净了，切成条，摊到一张芦苇帘子上去晒。马德死了，但她还是想做坛酸黄瓜。

4

黄山村鱼码头小，来往以小舢板为多，卸在这个小码头上的海货也大多是需要加工出售的海蜇，以及供村子里自用的杂鱼小虾、海贝之类。

这日，鱼码头上卸了几船海蜇，海蜇血把整个码头都染成了红色。马德婶是处理海蜇的好手，她戴着小勇的旧棒球帽，帽子上围了块白纱巾，脚上穿着水鞋，臂上套了水袖，和几个妇女一起收拾堆在码头的一筐筐的海蜇。她们用竹刀把海蜇头小心地切下来搁到一边，刮去海蜇肚子里的白膏和血衣，摘除海蜇肚子里的蜇里子，然后把剩下的部分扔到盛着矾水的大桶里泡着。码头边上架起了一口大铁锅，刚割下来的蜇里子和白膏都被扔到热气腾腾的锅里去氽，它们在沸腾的水里翻滚一阵，等用不锈钢丝做的大笊篱捞起来时，它们变得白胖而卷曲，成了香脆可口的蜇花和蜇卷。马德婶从早上六点多一直干到晌午吃饭，也没人问起马德。马德婶吃着饭，心里就难过起来。

"明明都知道马德死了的嘛！都知道的嘛！"

这么想着，马德婶肥厚的胸脯就呼呼拉开了风箱，眼泪扑簌簌地直往搁在大腿上的咸菜袋里掉。几个多年来和她一起干活的大婶安静下来，停止咀嚼，都用怜悯的眼神望着她。后来，有个年长的大婶坐到马德婶身边来，把自己塑料袋里的虾酱炒辣子拨给她一些。大婶指了指村子后面山坡上的茶园，道："你哭个毬！马德这辈子不孬，活得比那几个长吧？儿子一个，媳妇一双，还要怎的？"

听到"媳妇一双"，马德婶红了脸。她偷瞄了一眼村后的茶园，前日下过一场雨，这两日大太阳一出，山上云蒸雾绕，什么也看不见。尽管看不到，但马德婶知道，茶园地角边，葬得横七竖八的坟堆中，有七个衣冠冢。那年村子里和马德一起上荣威号出海的，除了马德，都在那几个衣冠冢里。马德以前在渔船上做饭，他上工地做饭，是近些年来的事。四十岁那年，马德最后一次上船，和村里几个人一起上荣威号出远洋钓鱿鱼。船到高雄附近，马德突然晕船，吐得人事不省，只得跟了一艘赴斐济捕鲔鱼返航的烟台籍渔船俩岛号辗转回国。马德上俩岛号两天后，荣威号就在太平洋上遭遇了飓风，无人生还。马德从此洗手上岸，不再出海。说起马德那次晕船，黄山村人都认为事出蹊跷，另有玄机。"许是这厮早早察觉到什么……"黄山村人背地里猜测。如果说，先前爱读诗写诗的马德在黄山村人看来还只是半疯半邪、不务正业，后来，马德到法院告李照耀家的广告牌破坏了他的好风景，黄山村人又将他看低一等，认为他是没本事，出于嫉妒，无理取闹。而这一回，黄山村人可是把马德彻底打入了"孬种"的另册。

"啧啧，八人去，一人回！"大家对马德的不义充满愤懑与鄙夷。

马德婶私下里也问过马德，晕船却是千真万确的。其实，从四十岁那年开始，马德不仅仅是晕船，严格说来，他还晕浪，连下海洗个海澡都不成，可是说出来，谁信呢？马德也懒得跟人说，他卷个铺盖进了城，在建筑工地上找了个烧饭的事做，很少回村，几乎与村里人断了来往。不过，马德家的日子在黄山村却照旧过了下来，少了谁不得过？只是在陆地上烧饭没船上那么多讲究了，从那年开始，马德家过年也吃带壳海鲜。

马德婶瞟了一眼茶园后，不好意思再哭了，她擦干眼泪，低头咬起手里的馒头来。

马德婶三点钟收工回家，她回到家里时，发现咏立正在厨房做饭。蒸锅里熘着馒头，餐桌上有一碟冒着热气的虾酱炒四季豆，还有几瓣又白又胖的蒜。生蒜咏立是不吃的，这是她给马德婶剥的。马德婶的晚饭常常就吃咏立下午剩下来的。咏立站在热气腾腾的灶边，正在热早上马德婶出门前就熬好的小米粥。马德婶走过去把咏立拨到一边，道：

"忙你的去吧！"

咏立没有出去，她走到餐桌边坐下，等着。马德婶把从码头带回来的海蜇里子洗干净扔到锅里，将一个青瓜细细切了，也丢到了锅里。一股咸香的热气很快弥漫开来。

等马德婶把饭菜都端上桌后，咏立把身边的一把椅子拖开，对马德婶说："你坐下，我有话问你。"

马德婶就坐下来，撩起围裙擦手，擦额头细密的汗。

"马德的葬礼，四缺一，是不是？"

马德婶惊讶地看着咏立。殡仪馆说了，海葬那天五条船，每位逝者可以有四位亲属上船。目前能确定上船送马德一程的，只有马德婶和小勇，还有小勇的女朋友小青。马德家没有别的亲戚，马德有个表妹嫁在长岭村，可表妹夫家的小叔跟马德上荣威号也没能回来，早些年那表妹就坚定地表明立场，跟马德一家断了来往。马德的葬礼，连四个人也凑不齐！

"是不是？"

马德婶那张又大又圆的脸憋得红红的，额头上又沁出了一层细密的汗珠。她用胖胖的手指揉搓着围裙的一角，十分难为情地点了点头。

咏立看着马德婶，柔声道："好，我去。"

5

周六早晨七点来钟，马德婶和咏立就赶到了八大峡码头。码头上已提前搭好了主席台，红色帷幔做成的背景上贴着"回归自然，情寄沧海"几个巨大的白字。小勇穿着牛仔裤和白色汗衫，站在主席台一侧等着她们。

"小青呢？"马德婶问。

"她有事。"小勇嘴里回答着马德婶的话，眼睛却看着手提花篮、戴着墨镜的咏立，小勇露齿一笑，道，"您来了？"

"马副主席早！"咏立开小勇的玩笑。

就马德婶没有笑，她绷着脸，三个人中，好像只有她才是来参加一场葬礼的。小青没有来，马德婶有些不高兴。小勇和小青是研一开始谈的恋爱，到现在快三年了，住到了一起的，按小勇的说法是"老夫老妻"了。也见过家长，马德婶还送了小青一套金首饰，怎么说也是半个马家人了。不过马德婶还没来得及埋怨，高音喇叭已在招呼家属们领骨灰排队了。马德被分在四号船，骨灰装在一个由政府免费提供的莲花状的陶泥罐子里，这个漂亮的陶泥罐子遇水后几分钟内就会融化。小勇捧着马德的骨灰，和马德婶、咏立站在第四列纵队里。一个穿黑裤白衫的中年男子发表完肃穆的讲话后，礼炮轰轰地鸣了九响，大家就在同样穿着白衫黑裤的年轻引领员的带领下登船了。咏立是晕船的，她的在税务局稽查处任处长的丈夫曾带她坐过一回游艇，她翻江倒海的呕吐令她的丈夫感到十分扫兴。不过这天天公作美，海上风平浪静的，咏立没有丝毫不适。大家在船舱落座后，马德的骨灰盒从小勇的手上转到了马德婶手上。马德婶拣了个靠窗的位子坐着，马德的骨灰盒稳稳地坐在她肥厚的大腿上，一朵平常莲花大小的罐子里装着那个曾令她爱、也令她恨的马德。马德婶看着窗外，用两只肉乎乎的手捧着那朵莲花。

海葬的船是用平常的小渡轮改装的，两层船舱，舷窗上部都簪着白色纸花。此刻，每层船舱里都满满地坐着一百来号人，大家都沉默、安静，像是一群对自己的行程很有把握的心平气和的旅人。咏立和小勇坐在马德婶身边，他们聊着毕业找工作的事。小勇告诉咏立，小青考回了她老家的一家中级法院，距岛城三千多公里之遥，两个人前景由明转暗。

"我爸去世前一天给我打电话，他说，朝中无人难做官，你就去做个律师吧，也别做什么死磕律师，咱磕不起，有口饭吃就好。"

"是吗？"

"这世道……他混时度日，可他什么都知道。"小勇望着船头，无奈地笑。

咏立感到心酸，就用了安慰的语气对小勇说："嗯，做律师挺好！"她伸手将小勇的手握了一握，道，"你能成为一个好律师！"

马德婶听到了咏立和小勇的谈话，她什么也没有问，一直看着窗外空荡荡的海面。船头犁开的雪白的浪花偶尔扑到舷窗上来，模糊掉她的视线。和马德不同，马德婶从不为小勇的将来忧心，她不担心她的小勇没老婆，也从不担心她的小勇会没饭吃。自己这样什么都没有，只有一双手的女人都没有饿死，何况有文凭又懂事的小勇呢？不过，小勇的话也印证了那个四川女人所言不虚。前不久的一个晚上，她睡得正好，马德的手机突然嘀嘀作响，马德婶爬起来看，是那个四川女人发来的短信。四川女人说："孩子找不到工作，你心里不舒坦才喝的，可不是我要你喝的，你别怪我啊！"马德婶毫不客气地回了她一句："婊子，你赶紧下来陪我吧，现在我不喝也舒坦了。"那是半夜里呢，那女人有没有吓个半死？马德婶想想就要笑。马德婶想起她和马德的第一次见面，那年她才十七岁。夏天的傍晚，她在会场村的滩涂上挖完文蛤，上岸回家时遇到了马德。那时的马德比现在的小勇还要小两三岁，和小勇一样高，但比小勇黑，也比小勇壮。马德光着一双大脚，拎着一网兜刚买的土豆、白菜，风尘仆仆地往码头去，看见马德婶后，他掉头就跟上了她，一直跟到她家。年轻的马德双眼炯亮，意气充沛得像只小海马，自以为有数不清的好事情在前头等着他……马德后来还给她写了首诗，二十多年过去了，马德婶还记得其中的两句："上天突教痴心起，一眼足以许平生。"经过了这些年，马德婶不知道他们算不算是彼此许了平生，按照黄山村的规矩，马德死后应该躺到山坡上的茶园里去，而她呢，接下来她就是再找个老头混过余生，末了的时候也得躺到马德身边去。可现在马德选择葬在海里……

　　船终于停了下来，四处水茫茫。

　　发动机的轰鸣消失后，低沉的哀乐响起，这时，一路都很平静的旅客仿佛如梦初醒，船舱里开始有了哭泣声。工作人员在广播里喊话，招呼大家出去排队。两侧船舷都已安装好升降祭坛，人们排着队把盛着亲人骨灰的莲花盒放到祭坛上，祭坛慢慢沉到海中，只消一个小小的浪头涌来，那朵莲花就在人们眼前忽地消失不见。到马德时，小勇搀着泪如泉涌的马德婶趴在船舷上，看着马德一点点往海里沉下去。咏立只是瞧着，默默让到了一边。

　　"你写什么？"如果马德活着，如果他再这样问她，也许她会笑着这样回答他：

　　"写令人悲泣的人生。"

欢笑夏侯

陈世旭①

一

夏侯阳光是开学好几天以后出现的。

我们学校是全省最牛的重点高中，中考录取分数线、高考升学率从来都是全省的制高点。每到中考招生，校领导那儿就明里暗里挤破了人头。有带着上至中央下至顶头上司的批条的，有带着大大小小的红包或银行卡的，有批条、红包、银行卡一样不少的。之前，主要次要的校领导栽了好几任。现在的校长在品行上也是全省最牛的，除了中考成绩，天王老子也不认，威武不能屈，富贵不能淫，整个一铁打金刚。

夏侯破了例。照他的中考成绩，家里如果不破大财，连一般高中也进不去，但他却进了我们学校。不久全校就知道了，是老省长危老硬把他塞进来的。

危老在省政府工作的时候，夏侯老爸——大家喊老夏——在机关当勤杂工，十几二十年间，每天都是最早到最晚走，永远都是在闷头做事。机关里大大小小的干部走马灯似的来来去去，换了一拨儿又一拨儿，他从来没有麻

---

① **陈世旭**　1948年生于江西南昌。1979年创作《小镇上的将军》，获同年全国优秀短篇小说奖。先后出版小说集、散文集、长篇小说多部。短篇小说《惊涛》《马车》《镇长之死》分获1984年全国优秀小说奖、1987—1988年全国优秀小说奖、首届鲁迅文学奖。

烦过任何一个人。危老从省长的职位上离休后，有一次在机关大院的小树林
遛弯，看见老夏在大树下拔石凳边上的杂草，走过去打招呼，受了惊吓的他
猛一抬头，来不及抹去眼角的泪水。

危老回去就给当时的省长写了信，说，考虑再三，还是决定打扰您一
次。他恳切地请求省长亲自过问一下一个普通工人儿子的升学问题。他与这
位在省政府机关兢兢业业工作了多年的工人同志非亲非故，甚至喊不出对方
的名字，更谈不上关心对方的生活。他为此很惭愧。

老夏前面生了两个女儿，赶着计划生育政策下来之前生了夏侯阳光，得
了儿子，从此一心望子成龙。老夏上初中时全国学雷锋，给他留下了终生坚
持不懈摘抄名人名言的习惯。有了儿女之后，他把那些名人名言用大字抄出
来，贴满了家里的墙壁，每天让儿女们早晚背一遍，背熟了，再换一批。

在这些名人名言的熏陶下，儿女们读书都特认真，上课做笔记恨不得
连老师的喷嚏也记下来，在家里手上永远抱着课本，每天趴在桌上做作业不
到半夜决不起身。可不知为什么，学习成绩就是上不去。大女儿好歹念完初
中，死活不肯参加中考。二女儿干脆就没念完初中，半道退学了。轮到夏
侯，宝全押在他身上。中考那天，家里专门给他炖了一只老母鸡，老夏头
天悄悄跟人换了班，把一辆动不动就掉链子的单车仔细检修了一遍，早早地
载着夏侯去赶考。夏侯上了考场，他就两只手抱着膝盖，一直在校门外的一
个角落蹲着，低着头念念有词。他的父亲是水灾后进城要饭的农民，从小没
有进过学堂，就指望儿子有一天能出人头地，为夏侯家争气。但他当年没有
考上高中，在家待了两年，只好去劳动局登记，报名就业。面相、性格有遗
传，过不了中考应该没有遗传！

但夏侯的中考就是没有过。复读了一年再考，还是没有过。

老夏上班，止不住背着人偷偷抹泪，却让危老撞上了。

危老是全省上下知道的人个个敬畏的老领导。"文革"中他的两个儿子
一个自杀了，一个下乡插队，后来就一直在公社中学——后来是乡中学教
书。不是县里不使用，是危老一直压着：你们要动他，事先必须请示我，这
是纪律！每次儿子回家，危老就叮嘱：就你那水平，就在基层老实待着，爬
得高，摔得重，不是什么好事。他唯一的孙女很争气，高考被省里的重点大
学录取，她放弃了；第二年再考，如愿考进了全国名头最大的大学。危老自
己一离休就交出了办公室，搬出了独栋庭院，让办公厅给他在省政府干部大
院找了套单元房。请众秘书、医护、警卫、司机吃了一顿饭，感谢他们多年

的辛苦，谅解他对他们的种种过失，告诉他们，我这里没你们什么事了，组织上已经同意他的请求，请他们回各自的主管单位另行分配工作。多年来他从不干政，散步遇到跟他一样退下来的老同志发牢骚，他立马脸色铁青。他们只好赶紧住口，从此见了他就远远避开。

对危老的信，省长不敢怠慢，立刻呈报给了书记，书记立刻就批给各位常委传阅，指出，这应该是一个特例。危老的信实质上提出了我们执政方向的命题。落实危老的要求，上升到了政治高度。我们校长再牛也只有执行的责任。

夏侯很对得起这个来之不易的学习机会。他每天最早到校最晚回家，上课坐得端端正正一动不动。但让人难以相信的是，他好像是个聋子，什么也没有听见。老师每次点名他发言，总不见回应。必须旁边的同学推他，他才好像猛然惊醒，一下站起，然后就像棍子一样杵在那里。不管哪一科的老师，也不管提的什么问题，让他回答，他都一概张口结舌。

但夏侯比所有人都优异的地方是他的表情——笑，而且是欢笑，绝对是夏侯的标志。他那张娃娃脸永远是血色丰润，鼻头沁着细细的汗珠，头发里冒着热气，就像刚从桑拿房出来。明亮灿烂的笑容随时随地都挂在上面，黑白分明的眼睛微微眯着，血红的嘴唇里露出整整齐齐的小白牙。不论面对谁，也不论遭遇什么，都永远那样害羞似的笑着，亲切而真诚。凝神听课是那样，回答提问是那样，我老使阴招让他出丑是那样，像棍子一样杵在那里还是那样。课间，教室、楼道、操场，夏侯的帽子或书包，随时有可能被人抢走，然后在大家的手上传球似的抛来抛去。站在人堆中的夏侯，头像拨浪鼓一样转来转去，眼睁睁地看着自己的帽子被踩烂，书包里的东西被抛得散落一地，始终明亮而灿烂地笑着，手舞足蹈，乐不可支。仿佛他不是被游戏的对象，而是游戏中的一员，帽子或书包也不是自己的，是公共玩具。

我们班主任是教生物的，很为夏侯着急，常常把从不举手的夏侯喊起来：夏侯阳光同学，你看见我出的题没有？连问几遍，夏侯才结结巴巴回答：看、看见了。

看见了那就回答。班主任和颜悦色地走近他。

夏侯别过涨得通红的笑脸，去看周围的同学。

我跟夏侯同座。我轻轻提示：

选 C。

夏侯很警惕，之前我老骗他。迟疑了一会儿，他说：

选 A。

全班哄堂。

班主任出的不是选择题，而是一个填空题。

班主任让夏侯站着，自己回到讲台，说，今天的课先不讲了，给大家讲讲人的一种常见的生理现象——笑。

在人的各种表情中，笑，无疑是最受欢迎的一种。但也不尽然。有些笑是很不好接受的——这还不是指那些同贬义词连在一起的所谓阴笑、奸笑、贼笑、淫笑、狞笑之类——比如广播和电视里的有些广告的笑就很可怕：因为叫卖的常常是假冒伪劣产品，情节编得又很拙劣、很不自然，那些代言的明星笑得很夸张、很没有来由，使人浑身起鸡皮疙瘩。

笑都是有来由的。即使假笑，也有必须作假的理由。演员在演出中的笑大都是为笑而笑，但也有明确的目的性——一是将笑作为艺术，二是将笑作为商品。该笑的时候不笑，或者笑得不合情节的要求，就有可能被导演炒鱿鱼，拿不到表演酬金。

自古以来，无数哲学家和生物学家对笑做了多方面的探究。法国哲学家、物理学家、数学家、生理学家笛卡儿对笑做了一丝不苟的剖析：

"笑是这样发生的：血液从右心室经动脉血管流出，造成肺部突然膨胀，反复多次地迫使血液中的空气猛烈地从肺部呼出，由此产生一种响亮而含混不清的嗓音。同时，膨胀的肺部一边排出空气，一边运动了横膈膜、胸部和喉部的全体肌肉，并由此再使与之相连的脸部肌肉发生运动。就是这种脸部运动，再加上前述的响亮而含糊的嗓音，构成了人们所谓的笑。"这段话同学们课后可以在笛卡儿的《论情感》里找到。

显然是由于笑容受到欢迎的缘故，自古就有"卖笑"一说，现如今提倡"微笑"，更是成了一种时尚。服务行业甚至将"微笑"列入规范化管理的重要内容。对于看惯了盾牌似的冷脸的消费者，这无疑是一种福音。然而——我要强调的是然而有些漂亮小姐俨然如同达·芬奇的《蒙娜丽莎》，不管你有没有心情，是不是需要由衷的关切，永远是一副一成不变的"永恒的微笑"，你受得了吗？

笑，一旦固态化了，其真实性就大可怀疑了。最起码，人家会以为你面部神经麻痹了，就僵死在那一种表情上。

当然啰，笑到底还是比哭好，笑相到底还是比凶相好。德国哲学家叔本华说过很多错误的话，也为我们奉献了这样一句精彩的格言："愉快随时带来益处。它好比幸福的现金支付，而其他都不过是一张支票。"只不过，我们对笑寄予了一种期望，期望所有的笑都能像雨果说的那样："当我们笑的时候，内心深处应该是仁慈的。"法国作家拉伯雷是创造笑的巨匠。在笑的历史上，拉伯雷历数百年而不衰，始终是无可置疑的楷模。因为他的笑纯真、朴实。当一种文明趋向于伪善的时候，拉伯雷的笑因其保持自然的风格而受到千古传颂。

的确，我很愿意像挪威作家韦塞尔那样恳求："请允许我自己选择唯一的一件好事，那就是永远和笑者在一起。"

但那笑者必须是真诚的而不是虚伪的，是智慧的而不是愚蠢的——而愚蠢的笑简称为"蠢笑"或"傻笑"，就是我们现在看到的夏侯的这种笑。

全班再次爆发哄笑，这一次连桌椅楼板也"咚咚"乱响。

在一片混乱的笑声中，夏侯的笑容没有任何变化，无声而明亮，平静而欢快。似乎在执拗地告诉班主任，他的笑不是蠢笑或傻笑，就是欢笑，发自内心的欢笑。

不知为什么，我们在忽然之间都相信了夏侯，相信了那样的笑不论是尴尬，是紧张，是窘迫，是委屈，都不是伪装。那样的笑是装不出来的。那差不多就是婴儿的笑，表明着心地的纯洁无瑕。夏侯的心理世界就停止在婴儿时代，像中国古代哲人孟子说的"不失赤子之心"。

也许就是这笑容征服了大家。

时间一长，大家再不忍心拿夏侯开涮。再毒舌的老师，也不挖苦他了，像我这么贼的人也不给他使坏了。尤其每次家长会，他老爸每次都来，从来没有缺过席。每次都坐在最前面一排的一个角落里。轮到家长发言，他就头一个站起来，先向讲台上的老师90度弯腰，说：拜托！再向学生座位上的家长90度弯腰，说：拜托！然后声音颤抖地连说几声：千万千万拜托！完了就哆哆嗦嗦地坐下来，再没有话。大家开始还觉得好笑，很快就严肃了，这有什么可笑？辛酸还来不及呢，中国的父母有几个不是为儿女活着！

而且，除了学习成绩，夏侯的优点是特别明显的。最大的优点是嘴甜和勤快。他管男生一律喊"哥"，管女生一律喊"姐"；见到同学的家长，不管是不是与他相干，他都会凑上去喊"叔叔""阿姨"。他最乐意的事情是给人帮忙，而且是给所有人帮忙，不管其中是不是有人之前欺负过他。只要有人使唤，他立刻就满脸放光，浑身是劲儿，像是获了大奖——单是论功课，他什么奖也得不到，大家有需要，对他多少是一种补偿，证明自己还不是那么被人看不起。每天中午给班上不回家的同学买盒饭，一次拿不下就跑两次；大雨天一趟趟地把不想让裤腿和鞋子浸湿的同学背过积水的马路；每天卫生值日的同学有事或借口有事不想干了，他就踊跃替代打扫教室；篮、排、足三大球他一样不会，但每次他都从头到尾陪着，给大家看守扔在场边的衣服书包，买水递水，鼓掌喝彩。

头一个学期结束之前，心有愧疚的班主任提议让夏侯进班委，得到了全班的一致拥护，选他当了劳动委员。

让人惋惜的是，他的学习就是跟不上，怎么给他单独补习、吃小灶也不行。高三，进入高考备战，教室里一片死寂，偶尔有人咳一声，偶尔有一支笔掉地上，都会让人心惊肉跳。教室的气氛压抑得像一口活棺材。夏侯一如既往，一动不动地坐着，偶尔看一下周围。他的一贯的笑容，在不了解他的人看来，会以为是睥睨和嘲笑，但我们都清楚，那是无奈、茫然和寂寞。

因为一直同桌，我更清楚他心里的苦。他压根儿就不是大家在表面上看到的那么混沌未开、死心眼儿。测验和考试的时候，只要有可能，我就给他看我的答案，他从来没有拒绝过。他利用自己桌面上一个节疤脱落空出的小洞，把书本贴在底下偷看，只是每次他都不知道该抄哪一段、哪句话，或是哪个得分数。

二

夏侯的高考结果可想而知。他老爸很绝望，差点自杀。我们校长出面，把夏侯弄进了一所私立职业技术学院。校长在大学当教授的一位老同学，兼任着这所学院的院长。学院的简称跟"妓院"完全相同，让许多报考的学生和家长忌讳。夏侯很顺利地毕业，很顺利地拿到了大专文凭。因为跟危老的那一段渊源，省市机关的后勤部门几乎没人不知道他和他爸。省政府办公厅给市政府办公厅打个电话，人家一见夏侯，马上就聘用了。

市政府有一个专门给一批副市级以上领导盖的"818院"，管理处特需要高等学历又有服务精神的青年人。因为是政府机构，工资有严格的限制，应聘试用的员工在没有考上公务员之前，收入跟厨房洗碗的农民工大妈差不多。连着几年，前来应聘的大学生问清了工作性质和收入待遇，有的扭头就走了，有的最多干几个月就跳槽了。但对夏侯来说，这是天赐良机！

再没有比这样的工作更适合夏侯的了。他不忌讳被人笑话"伺候人"，整天忙前忙后、跑上跑下，被人使唤得陀螺一样团团转，他只会快乐无比。他给人办事，从来不计较人家的语气，温和也罢，粗暴也罢，亲切也罢，鄙视也罢，讲理也罢，蛮横也罢，平易近人也罢，居高临下也罢，他都一样笑嘻嘻地接受。"妓院"毕业嘛，本来就是来"伺候人"的，他偶尔拿自己打趣。他觉得，能在这样一个有武装警卫、一般人不得擅入的大院里服务，即便是最普通的服务，也是一种莫大的荣幸。

夏侯很快就成了818院管理处，甚至是整个818院最受欢迎的人，人见人爱。他的脸上永远是大晴天，他的嘴里永远在哼抒情歌曲，这个跟他名字一样的阳光男孩，从外到里热得像团火，见谁亲谁，冷饭冷菜吃得，冷言冷语也听得。只要谁家有事，他忙起来就没日没夜——半夜起风，没关的窗户玻璃碎了；出门忘带钥匙，要着急开锁；老太太菜买得太多了，拿不回家；下水道突然堵了，卫生间屎尿横流；车在路上跟人撞了，赶不回去接幼儿园的孩子；手机掉抽水马桶了，要伸手去掏……这些不在他职责范围的事，只要找上他，他都干得特带劲儿，从来不厌烦、不抱怨，相反，屁颠儿屁颠儿的很享受。

夏侯是个念旧的人。他那儿很自然成了老同学的联络站，隔三岔五他就组织个饭局。本来大家说好了AA制，他很委屈地笑问：你们这点面子也不给我吗？大家说，不是不给你面子，你哪来的钱埋单？你一个月那点工资还不够我们撮一顿的。他释然，说，哦，那你们尽管放心，等着掏钱的人有的是。大家起先还狐疑，想想也就作罢。夏侯是818院的人，水应该很深。没有秘密，那就不是他了。

我因为在外省读本科，毕业后接着读研，囊中羞涩，有几年没回家。这次回来，夏侯高兴得很，说是一定要最隆重地聚一次。可时间到了，人到齐了，独不见他人影。几个人连着给他打电话，他连声答应"就来就来"，可是等饭局完了，一帮人闹闹哄哄地涌进K厅包房，鬼哭狼嚎了好一阵，他才满头大汗地赶到，满脸堆笑，一个个地跟人弯腰、握手，一口一声"对不起"。"对不起"了一圈，忽然不见了，再出现的时候，领着几个服务生，抱来一堆零食、卤菜、大果盘、整箱的酒。然后，他一杯酒一杯酒地满上，把所有人敬了一遍，摇晃着身子，露出雪白的牙齿，醉眼蒙眬地说：对、对不起，我去机场接我们老板的小姨子了，没有陪、陪好哥哥姐姐，给各位赔不是，请包、包涵……

他还是老样子，一点没变，娃娃脸上挂着害羞的笑，永远长不大。几个走得近的同学中，有人总觉得他弱智：什么年代了，还有这么不要命的人，就算学历条件差点，也不至于做牛做马啊！

你们这是什么话，讲点良心好不好！有人当场驳斥，没有夏侯"做牛做马"，又是在那样一个地方"做牛做马"，我们能得到那么多方便吗？

这倒是真的，夏侯太大的忙帮不了——比如升官发财，或是去号子里捞人，但解决小难题则是分分钟的事——其实对我们这样的平民百姓，这些难题说是小并不小，没人帮你，那个坎你就是过不去。

报上发布了政府告示，祖父母如果是省城正式居民，其省城以外的未成年孙辈可以有一人把户口迁入祖父母家。一个师范学院毕业分到外县中学当老师的高中同学，欣喜若狂地带着那张报纸和刚满月的儿子的户口赶到父母所在地的派出所，问遍了所有人：有这事吗？所有人都回答：上面不都写着吗？又问：那我们能办吗？又答：你们自己应该知道。再问，就没人接腔了。

旁边有人指点，兄弟你连条烟也送不起吗？这年头有你这么干手沾芝麻的吗？

那同学在我们班上是出了名的二杆子，天王老子也不买账的，虽然到了底层，好歹也是人民教师，却教养不见长，倒是长了江湖气：卧槽，政府不是明明有法令了吗？草泥马戈壁！

甩甩手扬长而去。

中午，在夏侯那里用餐，说起上午在派出所的遭遇，夏侯说，看把你气成这样。随手抓起拍在桌上的手机，拨了个号码。一会儿把手机拍回桌上，说：吃完饭，你先在我这儿的酒店睡个午觉，下午三点，你再去那个派出所，直接找他们所长给你办。

卧槽，神了！那同学后来跟大家说，那天他按时去了派出所，所长又是让座，又是泡茶，一再叮嘱：您跟我们局长是朋友为什么也不说一声啊？临走，还从文件柜里抓出两条软中华，硬塞进我的烂包里！草泥马戈壁，他在河里捞，我在他篓里捞！

知道了夏侯的神通，高中就出了名的几个赌鬼也有恃无恐。有天半夜他们鏖战正酣，忘乎所以，实在不堪其扰的邻居打了举报电话，一帮警察突然袭击，把桌上的赌资一扫而光。赌鬼中一个人冷冷说：收好了，别急着瓜分，明天一分钱别少给我送回来。一个警校刚毕业的小警察哼了一鼻子：那你好好等着吧。

小警察打死也不肯信，那帮赌鬼还真是一分不少地等回了那笔钱。

扭转乾坤的自然是夏侯。几个赌鬼办了饭局感谢夏侯。夏侯难为情地笑着：莫、莫，是你们给我面子。

倒成了他该感谢那班赌鬼了。

有了夏侯，K歌就没意思了。

老板的小姨子？你摸人家手没有？

没有摸手。

那是摸胸了。

没有摸胸。

那是摸哪儿了？你倒是说明白啊！

没有摸哪儿。

问题的出处明显是"领导吃饭你转桌，领导小蜜你乱摸"。但夏侯是直肠子，吃什么拉什么，根本没有幽默感。你怎么逗他，他都是正面回应。

别逗老实人，不好玩，言归正传，听夏侯的吧。

众人等不及了。每次聚会最大的热点就是听夏侯讲官场八卦。一帮人围定了他，众星捧月。每到这时候，夏侯就格外意气风发，本来就通红的脸更是艳若三春桃花。不远的几年前，他还是大家寻开心的对象，现在他是大家的中心。

夏侯最崇拜的官员是市委况书记，夏侯口口声声称作"我们老板"。

"我们老板"是有生活厚度的人，举重若轻，时不时会发些短信给包括夏侯在内的年轻人，诸如：

"群处守嘴，不惹祸；乱处守心，不出错；抬头做人，俯身做事；修好自己的心，立好自己的德；思想要丰富，心灵要纯净；让别人幸福，让自己优雅！"

"越是有故事的人越沉静简单，越是肤浅的人越浮躁不安；成功不仅是才华横溢，更是平和低调诚实让人信任。"

"不要总显示比别人聪明，敬人等于敬自己；树一个敌，等于立一堵墙。"

"能干事不是本事，不出事不是本事，能干事、干成事、不出事才是本事。"

"一等人有本事没脾气，二等人有本事有脾气，三等人有脾气没本事。"

"自然界里的一切都是相互依存的，一荣俱荣，一损俱损。在这个世界上，人与人之间无非就是一份缘、一份情、一份心、一份真。风轻云淡时，一句问候；细水长流中，一个惦记；郁闷困惑时，一丝安慰；穷困潦倒时，一些给予；孤独无助时，一臂之力；落魄失意时，不离不弃。"

还有不少，都是金玉良言。夏侯奉为人生圭臬，并且连同他激情点赞的

"我们老板"的所有讲话和文章要点及时转发到微信的朋友圈，让大家共享。

每次八卦，"我们老板"都是"三突出"的形象——所有人物里突出正面人物；正面人物里突出英雄人物；英雄人物里突出一号英雄人物。

"我们老板"是从中央机关空降的，一开始许多人不鸟他。夏侯刚到大院管理处上班，遇上抗洪，"我们老板"让市委市政府机关凡能抽出的人都上第一线。那天，况姨——就是"我们老板"的夫人，让夏侯顺便带点东西给几天没回家的"我们老板"。夏侯坐快艇上了指挥船，正赶上"我们老板"在拿手机打电话，一船人静悄悄的，大气不敢出。

"请您放心，我现在就在第一线，人在堤在！"

"我们老板"站得笔直，脸色严峻，声音坚定而柔和。按级别，他不可能用这种方式跟对方通话的。这一下，谁都看出，"我们老板"是通天的。从那以后，再没人敢在下边对"我们老板"阴阳怪气地说长道短了。

朝里无人莫做官。我们说。

夏侯没想到他本来以为的惊人内幕会引出这样负面的结论，急了，说，"我们老板"的领导魄力也是超强的。

年中，一位领导到基层考察新农村建设，头天下午省里突然通知，原定的考察点临时改变，第二天上午要去我们市下面最偏远县山区的一个村子。那个村恰好是我们市里最落后的一个贫困村。

"我们老板"晚饭前就赶到了那个村子，现场办公。一个晚上，那个村子所在的县乡几百干部把村子清理得干干净净，墙面粉刷一新；牌坊屋头树上装灯结彩；从市里直接调拨，给家家配上了电话彩电冰箱洗衣机；集中附近乡村的牛羊鸡鸭，填满了全村子的牛栏羊圈水塘……

早上太阳出来，一个焕然一新的村庄神话般闪闪发光。

这不是骗人吗？

有人困惑。

是政治。

夏侯笑着点拨。

你们老板就靠这"政治"升官？一定还有秘籍。别跟我们保密啊！

夏侯低下头，犹豫了好久，终于抬起头笑得很紧张地看了一眼包房的门：

我要是说了，你们一定给我保密。

那当然，弟兄们还能害你？

我们老板是有高人指点的。

夏侯吞吞吐吐，让他的笑看上去有些吃力。

夏侯说的"高人"叫"莫大师"，是个传奇人物。因为莫大师，夏侯见识了许多先前只能在电视电影里看到的气度不凡的高官、享誉世界的富豪、家喻户晓的明星，这些人一个个对莫大师恭敬得五体投地。也难怪，七十几岁的人了，平时住在深山老林的一个独院里修炼，汽车道蜿蜒通到山外的河边，河上特地架了一座汽车能过的木桥。桥头照电影里的样子挂着一排大红灯笼，数那些灯笼就知道平时有多少女人跟着他过日子。此外，还时常有从银幕荧屏走下来的明星大美女找上门来，整天整夜跟他在床上修炼种种神功。

莫大师非佛非道，自成一家。早年在老家乡下跟人打赌，从远处遥控，让公社书记的老婆当街脱光了衣服。江湖上称作"仙人脱衣"。事后以流氓罪送去劳改。三年困难时期，连劳改农场的"政府"——就是管教人员都饿出了浮肿，他半夜出去拉尿，总是打着饱嗝儿喷着酒气回来。第二天，大家总是在屋角发现一堆吃剩的鸡鸭鱼肉骨头。跟踪了几天，发现他并没有走远，就蹲在屋角那儿"咯吱咯吱"大吃大喝。他背着身子，你也不知道那些香气扑鼻的酒菜是怎么来的。只好报告"政府"。

"政府"连夜审问，磨叽了好半天，他交代：你们保证，我坦白了你们不给我加罪——那些酒菜都是从附近城市的餐馆凭空搬运来的。

审他的"政府"拍案说：鬼信你的话！离劳改农场最近的县城也有好几十里呢。除非你当场表演，让我们亲眼看见。

莫大师说，"政府"桌上那只水杯可以借我一下吗？

"政府"说，可以。

莫大师伸手抓过那只杯子，问，这里是半杯凉白开，对吧？

"政府"说，不错。

莫大师又问，"政府"想喝点什么？酒，茶，还是糖水？

"政府"想了想，说，老三花吧。

"老三花"是劳改农场早年自酿的谷酒，因为粮食紧缺，酒厂已经有两年不酿酒了。

莫大师把抓在手上的杯子重新放回原处，说，请吧。

"政府"端起杯子，先前的那半杯凉白开一点没多，一点没少，只是凉白开已经不是凉白开，是度数极高、让喉咙火烧火燎的老三花了。整个过程也就是一两句话的工夫。

这是小意思。这样的小技只能在各种高级别的宴席上助领导的雅兴。

莫大师的绝技是通灵，草野生灵他一呼百应——铺满地毯的豪华宾馆，随手抓几张纸，用火点着，反扣在脸盆下面，过一会儿掀起脸盆，便有一群蛇四散窜出。那都是莫大师当场从山林召唤来的。

你亲眼见过？我们其实已经信了，只是习惯使然，忍不住质疑。

当然，我们老板带我去看过。夏侯说，每次有领导来市里视察，我们老板都会请莫大师来表演。回回满堂彩。我们老板跟莫大师交情很深，拜了莫大师为师。莫大师山里的房子、汽车道、桥，都是我们老板让当地政府修的。莫大师也给了我们老板特别的指点。这些年我们老板的运势很顺，步步登高，都跟莫大师的指点分不开。

怎么个指点，能举个具体的例子吗？我们追问。

大粒的汗珠从夏侯的额上滚下来。他终于鼓足勇气，说，你们千万千万别害我，这样绝密的事，传出去不是好玩的。反正出了这间房子我就不认账，谁传谁负责！

行行行，我们这帮屌丝谁也没有当官的命，晓得秘籍也用不上，绝不会传的。一帮人信誓旦旦。

前年，夏侯压低声音，有位领导路过，在市里的宾馆睡了个午觉。我当时正在818院管理处上班，我们老板从那个宾馆给我打了个电话，让我过来盯着，领导离开后不准任何人进那个总统套房，一切必须保持原样。包括散乱的被子、床上的毛发皮屑、咳在地上的痰、喝剩的茶水、掀开了没冲水的马桶……都不准收拾，手指头碰一下也不行。房门必须紧闭，不让一丝气息透出来。干脆，你就端把椅子给我在那个门口坐着，不准任何人踏进那扇门一步。谁问你，你就说有特殊任务，什么也不准多说。什么时候见到我，什么时候你才可以离开。

这就是莫大师给我们老板许多指点的一个——在领导睡过的床上睡一夜，可以凭借中央领导留下的强大气场，大幅度提升发展能量。

当时我们老板还不是副省级，在那床上睡了一夜之后不到半年，就进省委常委了。

这类故事在社会上早已传得沸沸扬扬，现在听夏侯说出来还是不一样，夏侯毕竟是有现场经历的人，可信度高。一帮人听得入神，怔怔的，虽然半信半疑，心里还是怯怯的，似乎面对一种让人畏惧的不可知力量。这让夏侯有极大的成就感。接近权力让他觉得也拥有了权力，成了有分量的政治人物。他还是那样无邪地笑着，但那笑里多了内容。

三

读研毕业我就留在那个南方城市了。春节后回单位，正是春运高峰，火车站以及全市各个车票代售点人山人海，我唯一的选择就只有找夏侯搞票。夏侯那天酒喝得有点高，但心里跟明镜似的，清清楚楚地记着临别时对我的许诺，没问题，我来办。

夏侯第二天就给我来了电话：一块儿吃个饭，顺便把车票给你。就我们两个，好好说会儿话，人多太吵。

约好的那天，夏侯在门卫那儿等着我。我扶着单车随他进大门的时候，心里有点发紧，毕竟是头一回来这种地方，侯门深似海，挺森严的。没想到那个农村来的小兵腼腆地对我点了点头，很意外。夏侯说，我们刚才正聊你，他崇拜死你了。他们山里有个在外面读研的回去，全村办酒席，县长都来贺喜。

饭前，夏侯领着我在这个外界说得近乎缥缈的神秘大院转了一圈。的确是个好去处——一个清波粼粼的大湖，卧在一大片林木葳蕤的丘陵中间，湖对面是群楼雨后春笋般拔地而起的城市新区，请欧洲园林专家设计的浓密树林掩蔽着整个大院，树林外来来往往的人很容易忽略掉树林后面的那个世界。一栋栋间距很大的欧式小楼，各自带着小花园，悄无声息。

"这里居住的是我们这个城市的心脏和大脑。"这是我进来时听我们主任说的第一句话，夏侯说着，笑容里充满了自豪。

看来你很喜欢这里。我说。心里有种小人物的泛酸。

当然。夏侯沉浸在自豪里，你肯定看过美剧《纸牌屋》，里面有句台词我觉得特精彩：权力就像房产，越接近中心就越有价值。

我一下站住，睁大眼睛看他。他的笑依然带着稚气，他的髭须依然是毛茸茸的，但我就像忽然听到一个幼儿园孩子嘴里说出的是老于世故的政客的心得。

夏侯完全没有注意我的表情，那顿饭他一直在跟我讲这些年他对权力的感受。

权力是很威严的。

夏侯应聘后接受的第一个工作任务是为将上任的市委副书记准备房子家具。提拔前他是县委书记，那个县在他的任期内变化很大，从一个穷县进入了省内强县行列。他由此成为政治新星。市政府明年换届，他是市长候选人。

省委任命的正式文件还没有下发，副书记就来报到了，还带了满满一卡车行李。夏侯这里的准备工作还没有完成，只好在管理处库房清出一块堆放行李的地方，副书记则暂时住进市政府的接待宾馆。

放下行李，副书记就给省委老大家里打电话。他的这次调动，是老大点的名，现在人到了，头一件事自然是给老大请安。得知老大昨天从基层视察回来受了风寒，吃过早饭上医院了，就向管理处临时要了辆车，紧赶慢赶跑去探望。

管理处送他去医院的司机后来回忆，副书记上楼不一会儿就几乎是像逃窜一样下来了，脸色惨白得跟死人一样，五官变了形，魂魄都散了，很吓人。

当天，副书记就带着那满满一车行李，回了他来的那个县。不久，就传说他生病住院了，肝癌晚期。

市政府换届前，没上任的副书记——先前的市长候选人死了。

关于他的市委副书记任命的突然撤销，正式文件的说法是纪检部门发现了他在县委书记任上有受贿贪污行为。同时，群众对他之前上上下下跑官的不正当活动反映强烈。下边的议论则很邪乎，说他报到那天在高干病房省委老大的专用套间猛然撞上了不该看到的事，或是听到了不该听到的声音。回到县里一直到死，他嘴里翻来覆去叽里咕噜就三句话：怎么会那么兴奋？怎么会那么冲动？怎么会那么冒失？

这在一定程度上加强了关于老大私生活的流言蜚语。

他其实是吓死的。

典型的官迷，笑死人。夏侯"咻咻"笑起来。

会所的小餐室其实是个书房，极简朴，除了兼作餐桌的茶几、沙发，就是一整面墙的书架。没有恶俗的名人字画、插花盆景、仿古瓷之类。外面是一个探出湖岸的水榭。一大群色彩斑斓的鱼在下面欢快地游动，不时"哗哗"地溅起水花。

我们老板好像有点洁癖，特反感花哨摆谱。我甚至觉得，他也很不喜欢官场应酬，这地方弄好后他来过几次，就想一个人清静清静。他难得清静啊！

我对官场毫无兴趣，每次听人津津有味地谈论官场，我总是找理由起身离开，实在不得不陪坐便直犯恶心。我打断夏侯的话头：

说说你自己吧，怎么样，是不是又有新欢了？

在大学里，夏侯特有艳福，每个寒假和暑假，都会有一个不同的女生做他的驴友。高中同学发给我的手机邮件每言及此事，我几乎都能听到他们羡慕嫉妒恨的切齿声：真是想不到啊，倾头鸡单吃谷头米啊，咬人的狗不叫啊！诸如此类的。

夏侯笑而不答。

哪儿的？

就这院里。

同事？

不是。

直接交代吧，别卖关子。

夏侯甜蜜地咧着嘴：

记得那天我跟你们说去机场接人吗？就是她。

你老板的小姨子？

我恍然大悟：

那我得好好听听，你怎么上人家的。

不是我上她，是她上我。

夏侯有老板家的钥匙，老板家的杂务都由他监督打理。老板小姨子接来的第二天，一上班他就过去，看看有什么需要。

客厅里只有老板的小姨子：

你叫我姐什么？况姨？她是姨，我是什么？

小姨啊！

小姨？我有那么老吗？你看着我！她在京城读大四，来姐姐家度寒假。

夏侯不敢看她，血一下涌上来，脑袋轰轰作响。

过来……过来呀……再近点……怕我吃了你啊！

她真的就吃了。

我不会把你啃得只剩骨头的。

她一边啃，一边忙里偷闲。

够劲爆的，我说，但这不像是一场认真的风花雪月啊！

为什么一定要是认真的呢？是一场风花雪月就够了。

夏侯很可爱地龇着雪白的牙齿，有些害羞地笑着，只是没有了青涩。

他去年提上了管理处副主任。主任是市政府办公厅一个副主任兼的，管理处日常的当家其实就是夏侯。他对"我们老板"直接负责，办公厅那个副主任兼的主任也就是个摆设。

那个帮你上高中的老爷子还在吗？

我突然问。

夏侯完全没有思想准备，愣了一下，说：

你是说危老吧？死好几年了。我爸在时每年清明都让我去扫墓，后来我爸也走了，我也忙，这两年就顾不上了。

也顾不上给你爸扫墓？

夏侯坦然笑着：

当然也不完全是没时间。危老这个人，怎么说呢，太高大神圣了。他这辈子多数时候都是各个级别的一把手，离休前还有一段是省长、省委书记一肩挑。可儿子退休前想调回省城，以方便照顾他们二老，求他给组织部门打个招呼。他说什么也不肯，我危某一生没向任何人低过头，别指望我打这样的招呼。

训儿子也就罢了，有些事做得太绝，很伤人——省里组织老同志出访，他从不参加，说把出国考察当福利是不正之风。有一次去法国，他破例参加了。到巴黎的第二天，他跟同行的一个人打了声招呼，说巴黎他来过，请转告领队不用找他，就不管不顾地独自去了日程上没有安排的拉雪兹公墓，在欧仁·鲍狄埃的墓碑前坐了差不多一整天，天黑才回到宾馆。当晚就让改签机票，一个人提前回了国。这样的不随和，没人情，把一个团的人弄得很不爽。

我们老板有回参加完一个捐款仪式，仰在车后座上，忽然没头没脑地问：看过清代小说《二十年目睹之怪现状》吗？我没作声，我知道这样的问题不需要回答，这是他思考时的一个习惯。他接着就说，书里第十二回有句话："真是人心不古，诡变百出。"太深刻了！看看现在，"玩高尚"也成了时髦——玩慈善，玩助人，玩见义勇为，玩高风亮节……不过也不奇怪，马斯洛的第四层次——"尊重的需要"，说白了，就是精神享受。

这样别致的高论，我头一次听到。看着眉飞色舞的夏侯，我瞠目结舌。

夏侯没有注意到我的惊讶：

危老走了，还有危阿姨。两口子一个脾性。这院里那栋副书记没住成的小楼原来是分配给她的，不用花钱买，将来子女也可以继承。她不要。给我们老板上书说："……我和我已故丈夫一生从来没有向组织提过任何与个人利益有关的请求，如果这封信提出的请求算是的话，那这是唯一的一次——我的请求是向领导表明：我不需要新房子，请组织上另作考虑。好心人劝我迁就，都接受了嘛！但人家是人家，我是我。迁就就等于自甘堕落。同时，我郑重声明：也绝不许任何亲属打我的旗号，来要这栋房子。我现在住的房子在我死后也交回公家。我们留给后代的遗产是极为丰厚和宝贵的，那就是我已故丈夫的精神品格。此外，我还有一点点存款，全部用于我的后事开销，尽量不给组织增加负担。"

这封信里的别扭和较劲谁看不出来？可她不了解我们老板的水平。我们老板当即就在信上批示："老一辈革命家的高风亮节给我以深刻的教育，为她的无私精神深深感动。相信对于我们广大干部，这封信也会是一份思想道德的好教材。"并且用市委红头文件转发到市委市政府以及下面各县区的所有部门和单位。

危阿姨后来又自费出了一本书，是危老生前剪报编辑的一本诗集。我们老板又让办公厅通知市委市政府以及下面各县区的所有部门和单位订购，必须做到人手一册，让危阿姨得到一笔相当可观的正当收入。没想到危阿姨不但不接受，还大发了一顿脾气，当面让我们老板下不来台。事后，我们老板不但不介意，反而是一开干部大会就拿这诗集说事，对危阿姨大加颂扬。喏，就是这本。

夏侯从那整面墙的书架上取出诗集，递给我。

我一页一页翻着，心一阵一阵发紧：

……

范园

武可安国文定邦，

千秋浩气立平冈。

范园存亡无足论，

山川大地共华章。

注："范园"，范仲淹祠。"华章"指《岳阳楼记》。

……

焦桐

手植焦桐五十年，

三人合抱已参天。

自是裕君人去后，

桐林漫漫阔无边。

注："焦桐"为焦裕禄手植，后人名之。

......

本质

质本洁来还洁去，

未肯逐流堕泥沟，

此去黄泉归旧部，

昂首挺胸自不羞。

......

作为当时在任的封疆大吏，如此的沉郁激昂，诗发表时如同电光火石，朝野震动，现在读来只能是历史的祭品了。

危阿姨为诗集写了一个后记：

诗集即将付梓，我痛彻骨髓。死者长已矣，生者常戚戚。但我永远不会忘记老危弥留时抓着我的手说的话：我俩老骨头，即使顶着崩塌的泰山，也要走到正路的尽头。

我抬起头，对面欢笑着的夏侯的明眸皓齿一片模糊。我突然站起来说了声"告辞"就往外走，我不想让夏侯看见我失态。

四

夏侯出事是在他那个"我们老板"出事之后。我先是在电视下边的滚动栏看到那位市委书记被移送司法机关的消息，不久就收到老同学告知夏侯被捕的微信。

夏侯是那个案子突破的关键人物之一。单是经过他的手转给"况姨"的银行卡、支票上的数字就不是我这样的书生可以想象——尽管他当时并不知道那些密封件里装的是什么。他对领导忠心耿耿，做梦都不会觊觎领导的秘密，更不会想从中捞一把。最多就是让那些托他给"我们老板"传话的官员和企业老总报销他招待我们这些狐朋狗友饭局、K歌的费用。要不"我们老板"不会那么放心用他。

办案人员根本不信夏侯会那么干净。夏侯说，你们不信我也没有办法，反正我到死都只认我爸的话：在政府做工一定要记住两条，一不要多打听上级事；二不要沾冤枉钱。

夏侯交代的时候，脸上的笑容一如既往。让人觉得他嬉皮笑脸、狡猾。

传出来的他交代时说的那些话，只有我们绝对相信，但法律无情。

我特地回了一趟老家。一帮老同学邀齐了去探监。

给夏侯判的刑很重。我们以为会见到一个萎靡不振的夏侯，没想到被警察领着出来的时候，他浑身上下收拾得干干净净，除了穿着囚服，除了隔着铁栅栏，除了有点老成，就像他最早被他老爸领着出现在我们班上一样，咧着嘴，露出雪白的牙齿，有一点害羞但绝对是灿烂地笑着。

一个女同学失声大哭起来，喊：

夏侯阳光，你个白痴，你只会傻笑啊？你不会哭啊？

铁栅栏后面一脸笑容的夏侯哽咽着说：

我哪里笑了？我没有笑啊！

江上明灯

叶兆言[1]

1974 年夏天，记忆中两件事都与电影有关。一是我母亲单位的年轻女演员李芳芳要去拍电影，二是父亲和王文斌一起写电影剧本《江上明灯》。李芳芳人长得漂亮，导演到剧团来挑女演员，一眼就看上了，立刻选中。

王文斌家离我家不远，也可以算邻居。他比我大 5 岁，小时候 5 岁差距很大，感觉比我要大得多。他的弟弟妹妹是一对双胞胎，与我是同学，姐姐王武斌与我同班，弟弟朱武斌在隔壁班。因为异性双胞，两人一点都不像，一高一矮，一胖一瘦。我们只是奇怪为什么都叫"武斌"，后来才明白一个跟母亲姓，一个跟父亲姓。他家成分不太好，父亲当过国民党反动军官，因此很穷，我们学校下乡劳动，朱武斌不肯去，理由是他哥王文斌回来探亲了，如果要去农村，带走被子铺盖，他哥没办法睡觉。

王文斌与父亲一起写电影剧本的缘由很简单，他在安徽农村插队，写了一个故事，被某电影导演看中，鼓励他写电影。那时候，除了八个样板戏，能看到的电影非常少，新拍摄的国产片更少。看来看去几部外国电影，都是社会主义兄弟国家的，朝鲜电影哭哭笑笑，越南电影飞机大炮，罗马尼亚电影搂搂抱抱，阿尔巴尼亚电影颠颠倒倒。很多老干部已复出，邓小平进了政

---

[1]　**叶兆言**　1957 年出生，南京人。1978 年考入南京大学，1986 年获得硕士学位。20 世纪 80 年代初期开始文学创作，主要作品有八卷本《叶兆言中篇小说系列》，三卷本《叶兆言短篇小说编年》，长篇小说《一九三七年的爱情》《花煞》《驰向黑夜的女人》等，散文集《流浪之夜》《旧影秦淮》《陈年旧事》等。

治局，四届人大正准备召开，形势一片大好。王文斌基本上不明白电影剧本怎么写，无知便胆大，粗粗写了一稿，导演看了，说，这不行，我帮你找几个人改改。于是找到了父亲。

除了父亲，还有个京剧团编剧老赵，有一段时间，经常在我家讨论电影剧本，剧本名字叫《江上明灯》，我曾经看过油印的征求意见稿，封面上几个美术字很醒目。俗套的英雄人物故事，情节很简单。有一天刮大风下暴雨，江面上的航标被吹走了，年迈的老支书为了过往航船安全，将小船划到江中间，手举航标灯为船只导航。

这样的故事要拍成电影，显然是个技术活。父亲很得意自己的编故事能力，觉得经过他加工和改造，故事变得越来越好看。首先老支书改了，改成年轻的美女书记，为什么李芳芳一下子被选中拍电影呢？还不是因为生得漂亮。其次，增加了阶级斗争元素，有好人，还必须有坏人，有了坏人才有戏剧冲突，才会好看。父亲的扬扬得意被母亲打断，她警告他不要忘乎所以，要提高警惕，1957年就是太自以为是，所以犯了错误，所以成了右派。母亲这么一说，父亲顿时不吭声。

母亲从内心深处讨厌老赵，趾高气扬地过来讨论剧本，总是在快吃中饭的时候。他倒一点不见外，该抽烟抽烟，该喝茶喝茶，饮酒吃饭，好像都是天经地义，都是应该的，不吃白不吃，不享受白不享受。谁让你们工资高，谁让你们是高级知识分子，活该你们有钱，有钱就得共产主义。很快，王文斌也像老赵一样，烟酒茶样样都学会。习惯成为自然，只要是在我家讨论剧本，父亲就得乖乖地提供后勤保障。母亲背后跟父亲抱怨，说，难怪人家看不起你们这些拿笔杆子的，一天到晚正经事干不了，就知道蹭吃蹭喝，这叫什么知识分子？有句形容词一点都不错，这叫臭知识分子，够不要脸的！

我家保姆也在背后抱怨，要临时加菜，一顿饭吃上几个小时，地上扔得到处都是烟头，浓痰吐在了痰盂边上。结论是父亲做人太窝囊，太好说话，人家明摆着拿他当冤大头，就算是1957年犯过错误，就算"文革"又被打倒，也不应该这么被人欺负。然而父亲觉得根本不算事儿，能工作就是最美好的，一个人只要能工作，能干与写作沾边的活，就证明人生还有那么点意义。说着说着，他又有些按捺不住得意：

"小王这个剧本，很单薄，非得我给他出出主意才行。"

父亲最得意之处，原来故事中的阶级敌人乘小船去破坏航标，改成悄悄将拴木筏的铁链解开，让木筏顺流而下，把航标灯给撞走了。这样一改，坏人的故意破坏，也有个故意破坏的样子，感觉上要真实和自然。没想到恰恰是这改动，让事情变得不可收拾。《江上明灯》一度接近拍摄，剧本一层层送审，有位领导无意中看出问题，说航标灯不是普通玩意儿，它象征着伟大光荣正确的党，象征着伟大领袖毛主席，航标没了，江上明灯没有了，说明什么呢，是不是有什么潜台词藏在里面？航标作为指路明灯被木筏带走了，木筏是木头捆在一起，很容易引起联想，双木成林，这木筏会不会与林彪有关？眼下正在批林批孔，这电影很可能会是一株为林彪翻案的大毒草。

一时间，大家变得有些恐慌，老赵赶紧撇清这情节与自己毫无关系，当初他就觉得不妥，隐隐地觉得不太好，曾提出过疑义，是父亲坚持认为这细节巧妙，认为这细节更真实。母亲又紧张又生气，他这一撇清，等于把父亲推到了风口浪尖。王文斌很委屈，说，这不是明摆着不讲道理吗？母亲说，你小伙子年轻，不知道阶级斗争的复杂，不知道写东西有多危险，很多事都是不讲道理的，只要一上纲上线，问题就不得了，就会很严重，就犯错误。

父亲无话可说，眼睛瞪得老大，憋了半天，一开口便结巴：

"我们还、还可以再改。"

"改什么呀？"母亲不耐烦地说，"算了，别改了。"

父亲不甘心，说："蛮好的一个电影剧本，我们花了那么多时间。"

这事说过去也就过去了，毕竟不是"文革"刚开始，"四人帮"还在台上。邓小平是主持工作的副总理，已经开始着手准备搞整顿。某种意义上来说，"文革"中的整顿，就是后来改革开放的先声。反正电影是不拍了，王文斌又开始写小说，仍然还叫《江上明灯》，将原来的剧本改成长篇小说。

王文斌有个女朋友叫阿玉，第一次见到阿玉，是他将她带来我们家。说起来很荒唐，这位女朋友，其实是别人的未婚妻。阿玉与王文斌在同一个生产队插队，早已是名花有主，已经和当地大队书记的儿子订婚。因为都是南京知青，她喜欢看小说，尤其喜欢看外国小说，听说我们家有很多藏书，一定要让王文斌带她过来。

阿玉是个很漂亮的女孩，真的很漂亮，个子不高，人很白，小巧玲珑，头发有点棕黄，长得像外国人，大家给她起的一个绰号叫"小洋人"。我母亲对王文斌说，你这位女朋友很漂亮。王文斌乐呵呵不说话，阿玉十分大方地纠正，说，我不是他的那种女朋友，我已经有男朋友了。她这么一说，王文斌立刻很尴尬，想笑，笑不出来，最后还是笑了。

　　阿玉说："你笑什么，我本来就是有男朋友嘛！"

　　王文斌说："我又没说你没有。"

　　父亲让王文斌抽烟，他连连摇手，说不抽烟不抽烟。父亲十分奇怪，说，怎么戒烟了？王文斌说他原来就不抽烟，过去要抽，也是学着玩玩。然后就瞎聊天，一起吃饭，打开书橱借书。父亲不在乎别人来吃饭，就怕别人跟他借书。很长一段时间，"文革"轰轰烈烈，他的书概不外借，理由很简单，借口很充分，这些书都是大毒草，都是封资修的黑货。到了"文革"后期，大家悄悄地开始读书了，有点上进心的年轻人到处找书看，父亲虽然心痛，找不到好的理由拒绝。

　　母亲便说我们家这位最怕别人借书，这是用刀子在割他的肉，有些话他不好意思说出口，我来帮他说。你小王今天带了女朋友过来，我们要给你这个面子，但不能多借，借两本，顶多三本，好借好还，再借不难，你们说是不是这个道理？王文斌看了看阿玉，阿玉说，好吧，我们只借三本，看完了再过来换。

　　这以后，过几天阿玉就会来换书看，刚开始与王文斌一起来，再后来，常常独自一个人就来了，来了也简单，只是认认真真找书看。渐渐熟悉了，会跟母亲聊天，跟父亲谈谈看过的小说。跟我却没什么话说，大约觉得一个毛孩子，跟他没什么好说的。那年头，很多知青回家探亲，都会赖在家里不回去，阿玉家经济条件好，有哥哥有弟弟，就她一个宝贝女儿，能在家里多住一天是一天。

　　我们开始知道阿玉的未婚夫在部队里当兵，是工程兵，已经入党了，很快要复员，一复员就准备结婚。知道王文斌曾经追过她，事实上直到现在，仍然还没死心，还在死皮赖脸地追求。知道阿玉对王文斌也动过心，她其实挺喜欢他的。知道阿玉母亲嫌王文斌家成分不好，嫌他家太穷。还知道王文斌第一次是怎么去阿玉家的，这可是一个非常有趣的故事。

　　有一年他们相约一起回南京过春节，在途中，王文斌嬉皮笑脸，说，新年里我能不能去你们家拜个年，见见你父母？阿玉很大方，说，你要来只管来，我们欢迎。不过我们家人不好客，很夹生的，他们要是对你不客气，我也没办法。当时是在长江的轮船上，从安徽回南京，都是坐船。图便宜，睡大统舱，人很多，船舱角落里有个痰盂，是有机玻璃的，看上去很脏，不过在当时，也算是一种很新的款式。王文斌目不转睛地盯着那个痰盂，说，我去你们家，总不能空着手吧。阿玉笑了，当然是空着手，我跟你就是普通朋友关系，你去我们家玩，干吗还要带东西呢？

　　两人聊着天，说东说西，王文斌突然起身，当着阿玉的面，径直走过去，将那痰盂端起来，看了看，拿到盥洗室，很认真地将上面痰渍洗掉。恰好水池边上有一小块用剩下的肥皂，反反复复一遍遍洗干净，然后众目睽睽之下，又将痰盂拿回船舱，放回原处。阿玉很吃惊，说，怎么成了做好人好事的雷锋？王文斌笑而不语，若无其事，不光阿玉吃惊，一船舱的人都觉得奇怪，都看着他。中国人有随地吐痰的坏习惯，在公共场所，谁也不会认认真真地往痰盂里吐痰。现在洗干净了，看上去像是一个没使用过的新痰盂，更没人往里吐。快下船，王文斌从旅行包里拿出几张旧报纸，很细心地将痰盂一层层包上，包裹严实了，又腾出一个网线袋，将包装好的痰盂放进去，然后像拎着一个篮球那样，大大方方大模大样地下船了。

　　更为精彩的部分还在后面。正月初二那天，王文斌到阿玉家做客，所带的见面礼物，竟然就是这个痰盂。我们听了目瞪口呆，不敢想象，阿玉说她也觉得难以想象，怎么可以这样呢？怎么可以在那么多人的眼皮底下，就这么肆无忌惮地将公家财物据为己有？

　　"这玩意儿我们家现在还用着呢，我妈挺喜欢这个痰盂，"阿玉重提此事，仍然哭笑不得，"其实他完全可以空着手来，我妈又不明白怎么回事，我也不能把实话说出来。"

　　母亲觉得很好笑，"想不到老实巴交的小王，竟敢做出这种事来。"

　　阿玉说："我也批评过他，你们知道他怎么说？他说人穷志短，没钱又要想讨好你们家人，迫不得已，只能出此下策了。"

　　父亲说："这话不对，人可以穷，不应该志短。"

　　母亲倒是愿意理解，说："也不容易，这说明小王为了你，什么事都敢去做。"

　　"其实我不愿意跟他，不是因为他穷，也不在乎他家庭成分不好，说老实话，我们家人也不是真在乎，主要是不赞成他写东西。"阿玉突然脸蛋通红，叹起气来，十分无奈地说，"我爸我妈都觉得写东西太危险，都觉得这行当不好，不安全，而且他写的那些东西，一点都不好看。"

　　阿玉这番话，母亲深表赞同，意味深长地看了父亲一眼，父亲被她看得很不好意思，信心全无，觉得这话是在说自己，简直就是冲着他去的。

　　阿玉的未婚夫李福全是回乡知青，在县城读中学，毕业回家，户口本来就在农村。与李福全不一样，阿玉这个回乡知青从小生长在南京，是城市户口，她父亲从这儿出去，所以她又回老家插队。

王文斌跟他们都不一样，与此地毫无牵连，他家世世代代城里人，地地道道老南京，来这儿安家落户，完全是被学校分配来的，所在中学安排的知青点就在这儿。刚开始，外来知青总被当地人欺负，很快颠倒过来。光脚的不怕穿鞋的，年轻人学好不容易，学坏不用教，偷吃扒拿打架斗殴，样样都干，什么都敢。两年以后，其他人都转走了，知青点只剩下王文斌一个人。

王文斌与阿玉和李福全一直挺要好，他们的关系错综复杂，都是因为参加宣传队才熟悉的。有一段时间，王文斌与李福全是最好的朋友，两个人很谈得来，有共同理想，都想靠自己努力，把社会主义新农村建设好，想过要建水库，想过要修山路，不久就明白这些根本行不通。知识青年到农村，接受贫下中农再教育，说起来冠冕堂皇，用知识改变农村的贫穷落后，效果适得其反，本来就穷，结果是越来越穷。

穷不可怕，关键是没希望。王文斌自小家庭经济条件不好，为养活几个小孩，母亲不止一次偷偷去卖血。都说卖血伤身，他母亲身体一直不错，父亲身体也没多大问题，戴着一顶历史反革命帽子，逆来能够顺受，活得也还算乐观。受家庭成分影响，上大学、当兵、招工，这些好事王文斌想都不敢想。当知青最大的好处，反正落到了最底层，不可能再糟糕。破罐子破摔，王文斌发现自己想干啥就可以干啥，轮船上顺手牵羊偷个公家痰盂又算什么事？

王文斌和李福全不知不觉中成为情敌，突然发现对方与自己一样，都在暗暗地喜欢阿玉，而阿玉呢，也很喜欢他们。耐人寻味的是，在一开始，王文斌和李福全羞答答地都不愿意承认喜欢，那年头，恋爱是见不得人的小资情调，要在心里酝酿很久才敢说出来。阿玉也不确定她究竟喜欢谁，与王文斌在一起，更在乎李福全；真跟李福全订了婚，又好像有点喜欢王文斌。

大队里轮到一个大学名额，李福全那时候还没与阿玉订婚，开诚布公地跟王文斌谈话，打算把名额让给阿玉。这么说自然有理由，李福全父亲是大队书记，想让谁去就是谁去。最后阿玉也没上成大学，推荐是推荐了，不知道什么原因又被取消，好端端一个名额浪费了。有一种传闻，大队书记知道儿子已看中阿玉，因此不想放她走。这以后不久，李福全和阿玉订婚，又过不久，部队来招兵，李福全便入伍了。

王文斌与李福全从没红过脸，过去是好哥们儿，李福全和阿玉订了婚，他们仍然还是好朋友。李福全到了部队，给王文斌写信，希望他能帮自己照顾好阿玉，王文斌不知道如何回答，心里免不了有些怨恨，好事都被李福全一个人占了。晚上翻来覆去睡不着，越想越不高兴，越想越窝囊。本来只是暗暗喜欢阿玉，现在除了仍然喜欢，又多了一层惹是生非之心。那年头还不流行"第三者"这个词，王文斌突然下决心要豁出去，要在李福全和阿玉之间插上一脚。

于是一方面，若无其事跟李福全通信；另一方面，干脆直截了当地追求阿玉。在农村，男女之间的公开调情十分常见，找不着老婆的光棍，嫁了人的泼辣小媳妇，说起那方面话都十分露骨。王文斌说不了下流话，他很大胆地对阿玉表白，说自己喜欢她。

阿玉说："我没和李福全订婚的时候，你为什么不吭声？"

"我觉得自己配不上你。"

阿玉笑了："现在难道就能配上了？"

阿玉是句玩笑话，王文斌自尊心很受伤，准备好的台词也说不出口，他原来想说我们更般配，我们更志同道合。阿玉说，你不是李福全的好朋友吗？既然是好朋友，怎么可以挖他的墙脚？王文斌最不愿意听这句话，冷笑说，要挖墙脚，也是他李福全先挖我的墙脚。阿玉说，你这个人不讲道理，凭什么说是人家先挖你墙脚呢？

王文斌说："不管是不是，反正我觉得是这样。"

《江上明灯》的故事完全胡编乱造，躺床上睡不着，透过纸糊窗户的破洞，王文斌仰望天上的星星。天上星星很多，不知怎么的，他想到茫茫黑夜的江面，想到刚下乡第一次坐船。那时候，他们生机勃勃，看什么都新鲜。坐在甲板上看风景，四处一片漆黑，除了远远的航标灯，隐隐约约一个小红点，渐渐近了，渐渐又远了。王文斌寂寞时，觉得人生就像江面上那些漂浮的航标，阿玉是个航标，他王文斌也是个航标。为什么要写《江上明灯》这么个故事呢？说出来理由很不充分，阿玉说起她的童年理想，长大想写文章当作家，或许就因为这个，王文斌也决定写点什么，仿佛中学生写作文那样。他曾在报纸上看过一则报道，介绍守岛战士如何护卫航标灯，尽管从未见过真正的大海，王文斌很巧妙地把守岛官兵的事迹移植到自己的故事中。事实上，最初发表在报纸上的那篇稿子，也是编辑帮他加工过的。

没想到能在报纸上发表，更没想到还会有导演看中。要拍电影这事，改变了王文斌的生活轨迹。大家开始刮目相看，去大队部开证明，李福全的爹亲自加盖图章，说，我儿子觉得你是个人才，看来没说错，你还真是个人才，要拍电影，这真他妈的是了不得。

　　印象中的王文斌，始终停留在1974年的夏秋之际。那一段日子，是他人生中最风光的岁月。很多细节其实我从来没搞清楚，只知道他一直处在借调状态。这一年，王文斌22岁，作为一名知青，人生最大的目标是赖在南京不回去，是想尽快离开自己插队的地方。

　　《江上明灯》的电影肯定是不拍了，好在又被出版社看中。一个人运气好，拦都拦不住。出版社开始重建，迫切需要合适的选题。有一段日子，王文斌殚心竭虑，努力要让自己手头这部小说贴近火热的现实生活，要和轰轰烈烈的批林批孔结合起来，小说中反面人物也改成了姓孔，成为孔子后裔。一度还顺应形势，与邓小平主持的"整顿"有所联系。再后来形势突变，开始反击右倾翻案风，小平同志再次被打倒，在编辑授意下，他赶紧在小说中增添了反邓内容。

　　为了能让这本书顺利出版，王文斌觉得怎么修改都行。他知道只要能出版，就可以如愿以偿地调回南京。直到粉碎"四人帮"前夕，小说才最后定稿，一校出了，二校也出了，三校过后，终于付梓出版。拿到样书第二天，他火急火燎地赶往阿玉家，想让她先睹为快，没想到阿玉已在前一天返乡，结果最先看到样书的，反倒是不赞成他写东西的阿玉父母。

　　王文斌马不停蹄，赶往自己插队的乡村。阿玉看到这本书，也是心生无限羡慕，比他还要激动。毕竟是一本活生生的书，在那个荒漠年代，能出版这样一本充满了墨香的小说，真的很了不起，让人不得不打心底里佩服。世上的事情都是相对的，"文化大革命"让文化跌落到最底层，可是人们内心深处对文化的热爱、对文化的敬重，并不是那么轻易就能抹去。

　　"阿玉，你要知道，"王文斌很认真地看着她，脉脉含情说，"我是为了你，才会写这样一本书，你不知道，写这样一本书多不容易。"

　　阿玉不知道说什么好，她看着王文斌，有些感动，有些激动，不知道说什么才好。她告诉他，李福全已经转业，再过两天他就要回来了。

　　王文斌说："真希望能像那些外国人一样，在书的扉页印上一行字，写上'献给某某'字样，这本书就应该献给你。"

　　两人一起到小镇上去下馆子，喝了点小酒，王文斌唠唠叨叨，说了很多近乎挑逗的话。阿玉让他别说了，老说这些没意思。王文斌红着脸，说，许多事情我不能做，我没胆子做，你让人说说还不行，我就这么说了，就让我嘴上过过瘾，又能怎么样？酒越喝越多，阿玉的脸越来越红，王文斌反倒越喝越冷静，好像借着喝酒，已经把要说的话都说完了。从镇上回去，又到了阿玉住处，王文斌说，今天能不能就住在这儿？怎么样，我不走了。阿玉想了想，说，好吧，你就住这儿。

　　天说黑就黑，点上了油灯，两人继续说话。远远传来一阵阵狗吠，渐渐地，灯盏里已经没油，阿玉起身加油，一不小心，灯就灭了。王文斌赶紧去摸索火柴，就在这时候，阿玉跌倒在了他身上。王文斌趁黑搂住她，真搂住她了，阿玉又作势挣扎，说，你不能这样，不能这样！事已如此，王文斌不打算再放弃，既然已经这样，就干脆豁出去，一不做二不休。阿玉挣扎了一会儿，说，再过两天，李福全就回来了。阿玉又说，我可以跟你走，你真想要我，如果你真的想要，我们就一起离开这里，永远不再回来。王文斌被她的话一怔，惊住了，不知道说什么好。这本是他最想听到的一句话，真正听到以后，又有些犹豫了。阿玉感觉到他的犹豫，说，你怕了，我知道你会害怕。

　　王文斌说："我怕什么？"

　　阿玉说："你当然是害怕。"

　　接下来，两个人都不说话，黑暗中搂抱在一起。这么过了一段时间，阿玉突然非常主动地亲了他一下，他也赶紧回应。一来一去，有些手忙脚乱，有些不可收拾。王文斌开始在阿玉身上胡乱摸索，她不停地打他的手，将他的手一次次拿开。有些事可以无师自通，王文斌不再犹豫，一时间，他又想到黑暗江面上的航标灯，那红红的一点，隐隐的，远远的，近了，又远了。王文斌必须抓住这次机会，阿玉已失去了抵抗力，他已经完全控制局面。终于到最后关口，王文斌跃马扬鞭，眼看着就要得逞，眼看着就要大功告成，阿玉很坚定地阻止了，用毫无商量的口吻说：

　　"不、不行，王文斌，不能这么做！"

　　热血沸腾的王文斌仿佛被迎面泼了一盆冷水。

　　阿玉说："我们不能这样。"

　　两天以后，李福全回来了。王文斌与阿玉一起去县城迎接，接到他以后，三个人一起有说有笑地去李家。李家早已备好了酒菜，大家高高兴兴喝酒，说话聊天，说李福全部队上的事，谈王文斌的那本新书。李福全父亲说，今天这顿酒喝得好，又为我儿子接了风，又正好给你小王送行，真是一举两得。我琢磨着，你这一走，鳌鱼脱却金钩去，怕是再也不会回来了。

李福全说："人都往高处走，人家当然不会再回来，文斌干吗还要回来呢？"

王文斌许诺，李福全与阿玉结婚那天，会赶回去喝他们的喜酒。真到了日子，却找个借口逃避了。大家都说这本书可以改变命运，事实也是，不久王文斌就接到回城的调令。对于无数知青来说，这是件很大的事，但是很快又证明没什么大不了。接下来，所有知青都回城，只要你想回去，都可以回。"文革"结束了，历史开始进入新时期，王文斌的好运说到头就到头了，那本《江上明灯》因为大段大段文字批判邓小平，成为清算"文革"的反面典型。

有一段日子，王文斌成了臭名昭著的"三种人"，办学习班隔离审查。关押的日子里，百无聊赖，他一遍遍地回想往事，想到那段没有结果的爱情，为阿玉感到庆幸。幸好没弄假成真，当年阿玉母亲不愿意女儿嫁给他，不愿意自己女儿嫁给一个写东西的人，这样的看法显然是有道理的。

王文斌没像"文革"中许多写作者那样，成为新时期文学的第一拨成名作家。虽然后来他也写过，根据创作《江上明灯》的这段经历，写了一部中篇，发表在文学刊物上，产生过一点影响，然后和写作就再也没有瓜葛。

大约是1985年，我正在读研究生，一个偶然机会，读到了王文斌的那部自传体小说。一开始，还不敢确定，是不是当年与父亲一起写电影剧本的那个王文斌，翻翻小说内容，立刻可以断定，他就是那个家伙。老实说，这小说仍然不怎么样，然而读上去很真实，起码是让你觉得真实，一点不比当时流行的名家作品差。

因为这篇小说，我了解到许多不知道的细节。譬如他被隔离审查，李福全夫妇曾到南京看望，安慰他鼓励他，他们仍然是很要好的朋友。又譬如，在与阿玉单独相对的那个漆黑夜晚，双方内心深处，都情不自禁，都犹豫不决，该发生的，不该发生的，都发生了，或者说差一点要发生。王文斌不得不承认，他对阿玉的投怀送抱产生过怀疑，吃不准她是爱他，还是爱那本新出版的小说。很显然，阿玉从冲动到冷静，最后一刻悬崖勒马，也是因为心存疑虑。她一定会想到王文斌这样的男人靠不住，不能这么轻易地就将自己的一辈子托付给他。

这以后，又过了二十多年，我一直在想，王文斌会不会又写了什么。由于自己成了作家，总觉得会在文学圈子里相遇。有一次参加苏南某城市的市民讲座，讲座结束，在过道上，一个看上去完全陌生的男人将我拦住，用地道的南京话问我，还能不能记得当年有个人与他父亲一起写过电影剧本？他的话刚说完，我立刻明白他就是王文斌。

眼前的这个人就是王文斌。

王文斌说："当年我经常去你家，那时候，你好像中学还没毕业。"

王文斌又说："没想到最后你成了作家，没想到你比你父亲还强。不过说老实话，你的演讲很一般，刚开始太紧张了，后来马马虎虎。"

在过道上，我们抓紧时间聊了一会儿。我提到他写的那部中篇，王文斌告诉我，除了这篇小说，再也没和文学发生过任何关系。这些年来，日子过得非常一般，现如今最倒霉的一茬人，就是知青一代，年轻时上山下乡，好不容易回城，进工厂当工人，结婚生子，离职下岗。最糟糕的那些事，都轮到了。他告诉我，因为一个熟人介绍，眼下正在这儿打工，这个城市对他来说完全是陌生的。

已订好回程票，不可能聊很长时间，说了一会儿，匆匆告辞。很多话刚开头，就结束了。我很想知道他当年的朋友李福全的情况，王文斌说已很久不联系，说这家伙早就是富翁，说他是一家私营企业老板，据说规模很大，儿子大学毕业，正准备回去接班。王文斌当年插队的地方，依然很穷，先富起来的还是那些手上有权的干部。有些人富了，能富起来的还是少数。打听阿玉的消息，虽然已过了很多年，我仍然能记得她的模样，当年的阿玉可真是漂亮。王文斌迟疑了一下，很尴尬地笑了，笑了一会儿，说，李福全现在这么有钱，她肯定差不了。这年头只要有钱，俗话说得好，有钱能使鬼推磨，人家都成了大款，是大老板，还有什么好说的？

酒徒行传

东　君[①]

老魏的"自由国"

会喝酒的人往往先吃半碗饭，肚腹温实了，再开始饮酒，据说这样可以保肝护胃。也有人，喝了点白酒，再喝啤酒，说是"漱漱口"，然后饮茶，把酒气一点点冲淡。老魏不是这样的，他喜欢空腹喝酒，黄白杂进，荤素不忌。酒足之后就无须吃饭了。

老魏喜欢喝黄酒，往往是一斤打底。之后能喝上多少，谁也说不清楚。坊间曾有传言，说他一次能喝十斤黄酒。是否真有其事？很多人见了面总要带着好奇心，向他求证。的确喝过，他说，不过，酒坛子五斤，酒五斤。他也从来不拿自己的酒量向人炫耀。跟人喝酒，他一不劝酒，二不斗酒。别人喝与不喝，是别人的事。别人不喝了，他还在喝，一个人喝。浑身酒气弥散开来，将他包围着。

老魏住酒坊巷。从前，那里有家酿酒作坊，老魏的祖父便是一位名气不薄的酿酒师傅。他的手艺活传到老魏的父亲手里，正值二十世纪五十年代公

---

① **东　君**　原名郑晓泉，主要从事小说创作，兼及诗歌、随笔，著有长篇小说《树巢》等100多万字。短篇小说《听洪素手弹琴》获第二届郁达夫小说大奖，散文集《时光词语》、短篇小说《苏静安教授晚年谈话录》荣获浙江省作家协会"2009—2011年度优秀文学作品奖"。作品曾在《人民文学》《大家》《收获》《十月》等文学刊物上发表，并有多部作品入选年度选本。曾获国内多种文学奖项。

私合营兴起，酿酒作坊维持几年，就日渐衰落了。老魏没有继承父业，但无师自通地学会了品酒。

有传言说，老魏好酒，就把女儿跟我们镇上一个酒厂老板的儿子订了娃娃亲。这酒厂老板的儿子叫邹童童，就是老魏女儿的同班同学。逢年过节，邹童童就会提着两坛好酒拜见未来的岳父大人。

同学们就这事问过邹童童。邹童童说，这是大人们开的玩笑，难道你们还当真不成？

老魏与邹童童的父亲是发小儿，一起放过牛、种过田、闯过江湖、打过群架。更铁的是，他们还一起坐过牢。这事是因老魏而起，确切地说，是因酒后失言而起。那年"文革"刚闹开，老魏跟老邹在酒馆里喝到兴头儿上，就旁若无人地聊起昨晚收听的"敌台"新闻，说毛谈林，也不避讳。谁知隔墙有耳，有人竟跑到革命委员会告密。没多久，就有人先后带走了烂醉如泥的李、魏二人。不过，老魏很讲江湖义气，谈话时，把"反革命收听敌台罪"都揽到了自己一个人身上，因此，老邹拘留了半月就放了出来，而老魏依旧羁押在狱。老魏在牢里面壁思过，得出的结论是：酒喝多了，不好；话多了，更不好。这世道，酒好喝，话难说。从此闭嘴。第二年冬天，老魏从监狱里出来，没有径直回家，而是敲开了老邹家的门。老邹开了门，问，回家见过嫂子了？答，没有。问，先来我这儿，一定是要借米吧，我已经给你准备好了。老魏说，我还要借一样物什？问，什么？答，棉裤。大冷天，前列腺坏了，屌冷。老邹讲义气，当即脱下自己的棉裤送给老魏，还附送一壶酒。老魏知道，老邹家也穷，只剩下这一壶酒了。老魏先自灌下几大口酒，咂咂嘴说，这酒喝得手脚有些发热了，抵得上一条棉裤。二人围炉喝酒，不觉间浑身发热。老魏把鞋袜一脱，鞋里就开始冒白烟。老邹挥挥手，嫌脚臭。老魏嘿嘿一笑说，我这一路可是脚踏白云过来的。老邹说，你喝完了这一壶酒，脚就更轻了，穿上鞋，赶紧走，嫂子还在家等着你呢。

老魏喝了酒，便提着一袋米，腾云驾雾般走上街头。看到街头的红联和灯笼，心里便是一阵慌。掐指一算，除夕将近，蜡梅枝头的花朵都喧嚷开了。料想家中闹穷，无心赏，就在路旁折了一枝蜡梅，打算带回家去，插在陶罐里，也算应个景儿。

回到家中，他才发现老婆早已带着孩子回娘家去了。已交岁末，家家置办年货，吃分岁酒，唯独老魏家一派清冷，咳一声嗽都有回声。老魏待不住，添了一件毛衣就跟急着要甩掉什么似的跑出去了。外面是一条阳光照不到的老巷子，只有零星几个行人，青石板上响着呼呼寒风和跺脚的声音；他又从冷寂的巷子跑到大街上，往阳光更多的地方走去。街头摊边，看见阳光底下一个乡下妇人正掏出白花花一坨肉来奶孩子，他便摁住咕噜作响的肚皮，直把目光黏在妇人那坨肉上。妇人惊觉，立马放下衣服，拿目光狠狠地剜他两眼。他也是微微一惊，走开了。因为冷，他在阳光里走得飞快。走着走着，又碰上了老邹。老魏咧着嘴说，明晚有空来我家吃分岁酒啊！

　　第二天就是除夕，老邹来了之后，发现老魏家里的餐桌上除了灰尘，什么都没有。透过窗户的破洞，依稀能看到邻家温暖的灯光，还能闻到一股随风飘来的肉香。老邹没有坐下来，因为唯一的一张椅子只有三条腿。老魏说，人家过的是年，我过的仍然是日子。你既然来了，我就请你痛痛快快地喝一顿。喝什么？老魏打开了窗户，说，喝西北风呀，喝西北风呀！老魏说，我已经喝了半吨西北风，抵饱了。老邹扫兴，做了一个把杯子放下的动作说，我也喝饱了，抹抹嘴，走了。

　　之后几十年间，邹童童的父亲只要喝了点酒，就不厌其烦地跟人重提这些陈年旧事。连老魏都听烦了。

　　邹童童生日，老魏请邹童童和邹童童的几个同学吃酒。照例是在醉贤楼。

　　老魏自称"老鬼"，去掉一个酒字；喊邹童童"小鬼"，也去掉一个酒字。

　　他是小鬼，魂魄还没长全，喝起酒来，能教大人胆寒。老魏说，这小鬼，长大了准是个有魄力的人物。

　　虽然伴酒伴茶的只有两碟蚕豆和花生，但大伙依旧聊得很开心。老魏也讲一些跟自己有关的酒事。有人说他是酒鬼，老魏是极不高兴的。在老魏看来，酒鬼与他不同的地方就在于，酒鬼只是酒鬼，而他能把酒喝出境界来。邹童童的同学问过老魏，你能喝多少斤酒？老魏说，我喝多少斤酒不重要，重要的是我能喝多少年酒。又问，有没有醉过酒？老魏说，不曾。邹童童说，他吹牛的，有一回听我老爸说，他喝醉了酒，竟稀里糊涂地走进火车站，坐上了去外省的火车。老魏点点头说，有这回事。我睡得正酣时，一名检票员发现我是逃票的，就在中途停靠时把我轰了下去。

　　还有一回，老魏接着说，他喝醉了酒，被人塞进了一辆板车，隐隐约约听得有人问他，去北京？老魏扳了扳手指，两千多里路，愁远，就回一声，不去了。继而又听得有人问，那么你要去哪儿？老魏说，去杭州，去杭州的岳坟边睡一觉。于是，他就梦见自己穿州越府，走了很远的路。醒来时，他发现自己已躺在家中的床上。老魏说，这是一件很有意思的事。我在梦里走了好几百路，而事实上呢？只是被人用板车拉着穿过两条街。

大伙跟老魏在一起，常常觉得他不是在说酒话，而是梦话。邹童童和邹童童的同学们也像在说梦话，没大没小的。

在日落与日出之间，老魏至少要吃一顿酒。生活境遇好了之后，他这一习惯很少有所改变。有意思的是，他从酒场回来或是去赴酒宴的时候，从来不说吃酒，而是说吃茶。为什么这样说？大概跟他惧内有关。

有一阵子，老魏突然宣称要戒酒了。

于是改成吃茶。有一回，他吃了好几碗酽酽的浓茶。吃完之后，碗落地，人就趴在桌上睡去了。有人以为他生了病，后来才晓得他是把自己吃醉了。几个酒友用三轮车把他送回家，老伴见了，又开始数落，说不喝了，不喝了，现在又喝上了。酒友们解释说，他这回是被茶吃醉的，不是被酒吃醉的。可老伴不信，撇撇嘴说，我一里外都能闻到他一身的酒气，骗谁呢？酒友们说，酒气是我们搀扶时传给他的，吃茶人身上是没有茶气。众人把老魏扶到床上，他却猛地坐起来，吐了一地的茶水。这一刻，老伴才相信，老头子吃进去的果然是茶。

老魏说，这世上再也没有比喝茶更叫人难受的了。从此也就没有再喝茶。酒当然是喝的。为了讨好老伴，他常常把酒喝了，酒食带回家。即便如此，老伴也没少唠叨，不过，唠叨之后还是给他泡一碗暖胃的姜汤。老伴怕老头子在外面酒喝多了出事，就给他下了一道禁令：吃酒，可以，但必须限于家里头。

他家有一个大酒缸，缸上有一块木板，权当桌子。客人来了，就围坐大酒缸吃酒。这是效仿北方人的吃法。不过，北方酒馆里的大酒缸只是桌子的替代物，里面没有酒的。而他家的酒缸里非但有酒，还有好酒。有人说，老魏喝酒太急，就像是吞什么东西。一口酒吞下，喉咙里居然也没发出咕咚一声。随后，一些不合时宜的话也就出来了。

老伴到底还是失算了。老魏酒喝多了，有时也不安分，会趁她不注意溜到外边。一条街荡过来荡过去，逮住谁就跟谁聊开，谈风月，也谈国家大事。那时节，"四人帮"早已垮台，他就骂"四人帮"，连带骂一些看不惯的官场人物，常常是不避刀斧。老伴得知他又跑出去撒酒疯，必会手执扫帚到处寻找他的影踪。后来，老伴奈何不了他，就掷下一句"酒乱喝，话乱说，迟早要生祸害",由他去了。

老魏有一肚子的酒,一肚子的不合时宜。每每喝完酒,天地在他眼前就显小了。山小了,如几块石头;树小了,如草芥;芸芸众生,也不过是蝼蚁而已。那时候,他是不能待在屋子里的,一人独大,就嫌屋子小,容纳不了他。这大概就是他喜欢走到宽阔处大声说话的原因。有人劝他回家,他大都是给个不理。有时在路边土堆上一坐,自称是"卧龙岗散淡的人"。

老魏最后一次喝酒,是在我们那条街上的醉贤楼。

那天,有位老朋友招饮,老魏瞒着老伴,称自己要去文昌阁听鼓词。外面风有点大,老伴提醒道,看样子要下雨了,还是带把伞吧。老魏指了指头顶说,这就是我的伞了。老魏有一顶好看的绅士帽,总能在阴雨天随遇而安。

天是黑的,像棺材那么黑。认识老魏的人后来回忆起老魏最后一次喝酒时,都说那一天的天色确乎黑得有几分怪异。

老魏进了门,头件事就是要一壶黄酒。壶是锡壶,可以装一斤半酒。坐下后,他又要了两副碗筷。谁也不晓得老魏这一回请的是哪位。老魏给自己的酒杯筛了酒,缓缓抬起头来,把店老板叫过来,指了指墙上的一张红纸问:"为什么突然想到要写上'莫议国是,不谈风月'八个字?"店老板随即从柜台上拿来一张报纸,戴上眼镜,解释说,你看看,最近形势又紧了,听说上面要搞什么"严打"运动。老魏说,到面馆吃面条可以不谈国事,但在你这儿吃吃酒不谈国事,实在说不过去。店老板冷笑一声说,你现在想找个人谈谈国事,也没人愿意跟你谈了。老魏摇摇头,说,那么,谈谈风月总是可以吧?店老板说,也不行。为什么不行?店老板说,前几天,街口有个卖柴油的在对面那家酒馆里喝了点酒,跟几个朋友吹嘘说自己这半年内搞了一打女人,其中有一个据说还是镇长的女儿。他讲得口水四溅,边上听的人也是如痴如醉。这些话说了也就说了,不承想有人去镇里告发,公安就立马派人把那个卖柴油的带走了。老魏说,街口那个卖柴油的我也认得,平日里喜欢讲黄段子图个嘴上快活,人倒不坏的,难道嘴上说说也有人当真?店老板转身走开,丢下一句:坏就坏在那张嘴上。

说话间,有人推门进来。身后一阵风吹进店堂,厚重的雨幕撕扯成几片薄烟,从檐下飞立起来。那人看样子是个外乡人,身后背着一个旧兮兮的帆布包。他走到老魏跟前,点点头,坐了下来,也没有环顾左右,只是一杯接一杯地跟老魏对饮,仿佛这个店堂里只有他们俩。过了片刻,那人起身,说了一句:跟我走吧。老魏挥挥手说,你先走,我还要喝点酒呢。

那人走了，店老板问老魏，他是谁？老魏说，我也不晓得他是谁，只记得有一回，我跟他喝了许多酒，他带我去山中闲荡，然后就告诉我，山那边有个国家，叫自由国。店老板有些好奇，就问，"自由国"是怎样的？老魏龇牙咧嘴说，你送我半壶酒，我就说给你听。店老板笑笑，居然真的送了半壶酒。

在醉贤楼，老魏一口气喝了好几斤绍兴酒，兴头儿来了，就在店堂里说了一些"自由国"的见闻，还发表了著名的"宣言"："自由国"无君无臣，人人都是无政府主义者，人人善饮，一日三餐就以酒代饭；国民不分尊卑贵贱，户籍不分居民或农民；信仰自由，可以信奉各路神仙；言论自由，可以说疯话怪话鬼话不三不四话；等等。沉浸在酒气中的老魏脸同鸡冠花，姿态昂扬。店堂里的人听了他的一番话，都惊呆了，他们从来不知道，老魏的脑子里竟然会装着那么多古怪的想法。那一年正是一九八三年，"严打运动"来势正猛。有人听了老魏的"自由国宣言"，立马报告公安。

当晚，那个跟老魏喝过酒的外乡人在一家招待所里被警察抓捕。据说他是一个传播邪教的头目，犯有"历史反革命罪"与"现行反革命罪"。老魏跟他有过交往，也就难免受到牵连。第二天清早，有人造访，请他去县里面走一趟。老魏出门时，突然又踅返，找到那顶平日里常戴的绅士帽，扣在头上。老魏跟同行的人说，他戴这顶帽子不是要风度，而是突然觉着头顶上空有一场暴雨就要来临。

审讯是从深夜开始，直至次日中午。其结果是："邪教头目"被当地公安押解到省城，而老魏留了下来。那阵子，县里面"严打指标不够"，索性把他拉进去充数。这一下，老魏急了，问看守自己到底犯了什么罪，没有人回答，也没有公检法三家出来给他一次定刑。老魏就这样坐在牢里，忐忑不安地等待着审判结果。牢里的犯人成分复杂，有投机倒把分子、强奸犯、流氓犯，还有杀人犯。隔三岔五，老魏就发现同牢的犯人要么转狱，要么被拉去枪毙。老魏开始变得不安起来了。他托人给家里带话，如果上头有消息说他哪一天要枪毙，无论如何得托人带酒来——肚子里先有一碗酒装着，上了黄泉路也就不怕了。

某日，老邹忽然带了一壶酒来探监。隔着一张桌子，老邹做了一个饮酒的动作说，我原本是来送酒的。老魏的眼中掠过一丝震颤，问，我要死了吗？！老邹说，我没听到任何消息说你被判死刑。老魏转头问边上的看守，看守也摇头说，没接到任何消息。老魏长叹了一口气说，看来我这一回真的是在劫难逃了——噢，我明白，其实你们都在瞒着我。老邹说，我来看你，只是想送你一壶酒，实在没有别的意思。老魏问，酒呢？老邹指了指看守说，被没收了。老魏又转头对看守说，既然我要死了，能否让我抿几口？看守说，不行。老魏费了一番唇舌，最终还是没能喝上一滴。不行就是不行。老魏摘下塑胶眼镜，目光茫然地望着虚空中的某一点，伸出一条灰白舌头说，我的"自由国"是建立在舌头上的，也是毁在舌头上的，如果有罪，也是舌头之罪，跟酒无关。

老魏说完这话，就悻悻然回"笼"。

没有酒，老魏也就谈不上什么风度了。有时候，几根手指会莫名其妙地抖动，他想用另一只手摁住，整个身体反倒跟着抖动起来。有人问，你怕死？是的，老魏说，我身体里有两个鬼，一个是酒鬼，一个是怕死鬼。现在，酒鬼死了，怕死鬼就冒出来了。老魏对自己真是没有一点法子。

判决书迟迟没有下来，老魏整天都在不安的等待中度过。过了一礼拜，看守所里就传出消息说老魏死了——是割喉自杀的，舌头吐出来，极是骇人。

老魏临死前也没留下什么该说的话。

人已仙去，但他存储在地窖的十几坛酒却被吊客们拿去分享了，好像他们不是来吊唁，而是来举杯庆贺的。那些天，老魏家门前的街道上到处弥漫着一股酒香。出殡那天，邹童童和邹童童的同学也都过来了。邹童童问老邹，魏伯伯说的"自由国"你去过？老邹说，这世上哪里有什么"自由国"？都是他酒后胡扯的。不，邹童童说，魏伯伯带我们去过那地方。老邹一听这话，脸色煞白，赶紧捂住邹童童的嘴，环顾四周说，以后有人问你有没有去过那地方，你就咬牙说没有，记住了？！邹童童好像明白了什么似的，点点头。老邹不放心，又把邹童童的同学一并叫过来，拉到墙角，把他对邹童童说过的话重复了一遍。

老魏入葬时，家人特意在土里埋了一坛酒（他们似乎怕老魏的手够不着，所以埋得很深）。阴雨天，有几只白鸟在风里飘飞。灰影般的远山让人们的眼睛生出了几分迷茫。除了封龙门时响起的炮仗声和锣鼓声，山间几乎没有人声。走到山脚下，老邹突然驻足，望了望阴冷的天空，嘀咕了一句：老魏喝完了这壶酒，现在也该赶赴"自由国"了吧……

孤独的李

李先生很瘦。

李先生说，真会吃酒的人多瘦。只有那些大吃大喝的人才会胖得像猪。一个人，真正懂得品味酒，是不需要吃太多东西的。甚至，为了求得酒味纯全，可以不吃饭。又是吃饭又是吃酒，把胃里塞得满满的，那是酒囊饭袋。这种人，是不能跟我坐在一起品酒的。

在他，人生最痛苦的事莫过于没酒可喝，最痛快的事当然是有酒喝。看到花开了，高兴，他就想喝酒；看到花谢了，伤感、无聊，也想喝酒。居家过日子，可以居无竹，食无肉，但不能无酒。少了酒，之于他，喝水无味，喝茶无味，说话无味。碰到凶年，稻谷歉收，大家没饭吃，很多人都跑出去谋活路了，他却留下来，独守着家里三缸杨梅酒，每天靠喝酒度日。凶年过去，人们回来，发现他也没怎么见瘦。于是人们都说，他真是"酒仙"。

李先生常常跟人说，酒是最纯粹的水。李先生指的当然是好酒。

李先生也喝过劣质酒。实在无酒可喝，劣质酒聊胜于无。还有一次，喝到了假酒，明知是假的，照喝不误，这情形好比是病急乱投医。

他喝酒，或不喝酒，没有人管他。因此，喝多喝少，他都能做到心中有数。这么说，你就会明白，李先生没有家小。他栖身的地方是城南一座地主屋的披舍。有人问他，一家几口？答，鸡犬在内，十一口。人一口，狗一口，鸡九口。这里头，狗跟他最亲近。他家的狗也能喝点酒，喝了就睡，也不会撒野发酒疯。

李先生在这个镇上几乎没有几个好朋友——在他眼里，能坐到一起通宵达旦喝酒聊天的人才算得上是好朋友。有一回，他下定了决心，打算回老家。票买好了，却没赶上火车。换作别人，定然会摇头顿足，而我们的李先生一点儿都不急。火车固然是赶不上了，但赶上了好天气，他也就索性退了票，走出火车站，走到人越来越少、树越来越多的地方。在那里转了一圈，找到了一家小酒馆，独自消磨了一个下午。傍晚时分，他又慢悠悠地出了林子，坐上了一辆公交车。坐车过了头，也不着急，索性一错到底，继续在车上坐着，慢悠悠地欣赏陌生的街景。直到他觉得没什么可看了，就在某个站点下来，慢慢地走回去。

李先生嘛，镇上的人说，他就是这样一个怪怪的人。

所以，人们称李先生为"酒仙"，还有另一层没有说出来的意思——在本地话里面，这个"仙"字用另一种口吻读来就隐含着那么一点嘲讽的味道。

城南的酒仙与城北的酒鬼终生未遇。酒鬼是谁？就是老魏。人们说起来，都未免觉着有些遗憾。李先生尽管不曾与城北的老魏喝过酒，但他们似乎也曾听过彼此间的一些酒事。老魏被枪毙之后，有人让城南这位酒仙过去送葬。酒仙说，既然我们没能在同一张酒桌上相遇，也就不必在那样的场合道别了。他做他的鬼，我做我的仙。

事实上，李先生也有个可以坐下来通宵对饮的酒友。这在李先生一生中恐怕也是不可多得的。那时恰好是二十世纪六十年代末，又是冬末。大冷天，那人坐一桌，他坐一桌，独饮。听店老板说，那人是从北方某座大城市下放到这里来的。有人说他是算命先生，也有人说他是教书先生。不过，他不戴眼镜，上衣口袋里也没有插笔。从面容来看，他有几分孤独相。脑门儿凸出，如有智慧。胡子也长，也乱，黑白相杂，像染了风霜，是一派散人面目。卡其中山装洗得发白，有补丁，但很素净。二人对看一眼，吞下一口。依旧不说话。一团郁闷，化到酒里，在肚子里流转片刻，吐出来，便是一道白气。屋外，寒风逡巡不去。

他们不说一句话，居然就成了朋友。这个酒友是诗人，不过，他很少跟李先生谈诗，对自己的诗更是只字未提。有些人喝了酒，就是白眼看人，一脸恶相，说话也没有好声气。他不是这样的。喝了酒，依旧静定。说话一丝不乱，举止也很正常，甚至可以称得上优雅。

诗人说，他的初志不是做个诗人，因为无聊，才会写诗。有一阵子，他过的是"痛饮酒，熟读《离骚》"的生活，酒喝了多少杯已记不清了，《离骚》读了多少遍也记不清了，结果发现了一个问题。这个问题有点大，说出来恐怕会得罪很多读书人。

李先生问，什么问题有恁严重？

是的，诗人说，我发现《离骚》不是屈原写的。

李先生说，《离骚》是不是屈原写的一点儿都不重要。

诗人说，你果然也是个通达的人，我们可以聊聊的。

从此，他们每隔一周就在这家酒馆聚饮一次。酒浊一点，茶粗一点，饭淡一点，都不计较。

有一天，诗人喝了酒，从口袋里掏出一颗圆润的、类似佛珠的物什，说，这是我老师的舍利。

你老师是谁？

一个和尚，早年在日本留过学，琴诗书画，无一不精，有过一段风流倜傥的生活，中年出家，修习佛法，僧腊二十四年。

慢着，你说自己的老师是和尚，莫非你也是出家人？

是的，我原本是个和尚。去年这个时候，有人捣毁了我们的寺庙，烧了我们的经书，把我们统统赶出去。我除了带上老师的一颗舍利，什么都没带。这么多年过去了，我还是常常怀念我的师父，之前我们的寺庙里走的是"应门"的路子，替人念经作法，师父来了之后，就恢复了"禅门"的风气，那段清静的日子真叫人难以忘怀啊！

你既然是个出家人，怎么可以破戒？

我已经不是出家人了，一年前还的俗。

李先生发现，他的头发已经覆住耳根，杂而且乱，还带几分莫名的头油味，大概是多日不洗头的缘故。

之后几年，他们几乎每隔半月见面一次。照例是很少说话，照例是喝得尽兴。有两件事，他们一直坚持不变：每次必在固定的酒馆喝酒，每次必从午时喝到半夜。二是酒账轮流付，谁请谁喝酒，拎得清清楚楚。

有一天，诗人暴露了自己的真实身份，被红卫兵揪去游街。回来后，李先生发现他少了一只耳朵。那只耳朵呢？诗人说，半路上丢了，不管怎么说，丢了一只耳朵总比丢了一条性命好。于是做出一副很惜命的样子。不久后，诗人又被人拉到牛棚里，干脏活，写检讨。隔些时候，诗人又悄没声息地回来了，这回不仅少了两根手指，还瘸了一条腿。从此，诗人自称"缺翁"，把自己那间破屋称为"缺斋"。缺斋里面，椅子也是缺一条腿的，门也是缺一把锁的。生活里缺米少盐，人也就缺了精气神。而疾病总是赶在贫穷之后破门而入，把诗人打倒在地。一连几天，他躺在床上，动不了，也没人照看。李先生得知消息，提米和肉来，见他脸上布满病气，目光萧索，就知道不太妙。一把脉，脉息极弱。

这回是过不去了，诗人茫然地望着远处，念了一首诗（或者是偈），声音低微而模糊，李先生只听得"锣鼓歇""家乡"什么的，就接口说，有酒的地方就是家乡，喝酒吧，喝酒吧，喝了酒你就可以回家了。诗人听到"酒"字，突然挣扎着坐了起来。

你带酒了？

没带，我这就去买。

嗯，"醒春居"还有一壶好酒等着我……

我这就去取，你等着。

为了能喝到这一壶好酒，我会尽量推迟与阎王爷会面的时间。

然而，李先生买酒回来时，诗人已断了气。

他不知道诗人的俗家名字叫什么，也不知道他当年出家的寺庙在哪里。

有一回，李先生行经一座寺庙，看见一些戴红袖章的年轻人不仅捣毁了佛像和供器，还把一箱经书扔进一方池塘。待他们走远之后，李先生找了一根竹竿，挽起袖子，把漂浮水面的经书捋了过来。洇湿的书也便跟白菜似的摊在地上曝晒。次日，革命委员会的人找到了他，以"现行反革命罪"把他带走。举报者据说是那座寺庙里的一名火头僧。收监之后，李先生最难耐的不是无聊，而是没酒可喝。平日里，他常常收拢手指做杯状，跟自己的影子对饮。有时渴念极了，就闭上眼睛，想象酒杯从远处飘来，嘴里随即发出吞酒之声。狱友都说，此人脑子出了毛病。不久，他就病倒了。有人把他抬到医院，原来是中暑，一位老中医给他身上抹了一点酒精，放了痧气，就没有大碍了。老中医走后，他躺在急诊室里，闻着酒精的气味，神经一下子就兴奋起来，见四下里无人，便偷了酒精，兑了点水，先是濡湿唇髭，然后抿了几小口，好歹也算杀馋了。

李先生从狱中出来，第一件事就是去酒馆。有人找他喝酒，但他总觉得喝不到一块。李先生喝到痛快时，便是得意忘言。意是醉意；言呢？是"普通话"。李先生"忘"了普通话，就用老家的方言说话，不管人家听懂听不懂，他都要说。他不是说给别人听，而是说给自己听；但有时又好像不是说给自己听，而是说给眼前一个看不见的人听。没有人知道他是哪里人，说的是哪方话。听者笑笑，说这是酒话。而酒话是不需要听懂的。

李先生要付酒钱时，老板说，不必付了，你那位酒友生前把一块玉当给了我，还嘱托过我，只要你来喝酒，酒账都归他的。

李先生听了这话，又端起了酒杯，怔怔地看了半天，好像酒杯里的酒有一潭水那么深，可以照得见自己的面影。酒把他与外面嘈杂的世界分隔开来，把他的魂魄与身体也分隔开来。他忘掉了端杯子的手，忘掉了被酒精浸泡过的舌头，忘掉了自己脚下踩的是坚实的地板还是蓬松的白云。他微闭着眼睛，说一声，过来。想象中的朋友仿佛真的就能招至眼前。

跟从前一样，李先生每隔半月都要来这家酒馆喝一次酒。照例是独饮，照例是很少跟人说话。他喝完了酒，喜欢在风里疾步行走。风往哪边吹，他就往哪边走。好像他喝了酒之后身体就变得十分轻盈，风一吹就会飘起来。从他行走的姿势你仿佛可以看到风的形状：他侧身行走的时候，风仿佛就是一扇窄门；他猫着腰行走的时候，风仿佛压得很低；他奔跑的时候，风仿佛就是一匹马。风泼在身上，他说，那种感觉真是好极了。但李先生毕竟是年纪大了，喝多了，也就没有那么潇洒了。

有一回，李先生醉酒，步态踉跄，到了村口，看见一头庞然大物伏卧地上，愕然，以为大狗，叫一声，我的妈哎，我从来没见过这么大的狗。转而又自言自语，这不是一般的狗，定然是神仙点化过的狗，得道的狗。于是上前一步，要请教仙乡。有人笑了，说这哪是狗，分明是牛嘛。牛似懂非懂地哞了一声。这牛的头角被人无缘无故砍了，显得很落寞。李先生背着手，叹息一声，一摇一晃地走开了，看上去有些不胜酒力。隔河几棵树在暮烟里飘动，他的身影在浓重的暮色中一点点淡了下去。

有一阵子，我们镇上的人发现李先生比先前更瘦了。有事没事，他还是会到"醒春居"坐一会儿，但他不再喝酒，也不说话。有时就在临窗的位置，呆呆地望着一棵树，一棵影子细瘦的树。树带秋色，人带病相，两相对照，让人觉出他晚境的凄凉。直到有一天，镇上的人发觉李先生的身影很久没有出现了。

有人说，李先生早年是个牧师，曾在老家（天晓得他的老家在哪里）一些颇为隐蔽的家庭教会传过道。某日，一群自称是"无神论者"的人突然闯进聚会点，捣毁器物，封锁大门，把几个护教的信徒一并带走。李先生有幸得脱，流落到了我们这个镇上。但我们镇上的人从来没见过李先生翻过什么《圣经》，或是跟人聊过一些与基督教有关的话。

他到底从哪里来、真名叫什么、有无妻儿，我们镇上的人都一无所知。

他走了之后，是生是死，也无人知晓。

看 电 视

李延青[1]

那时候，电视机在乡下绝对是稀缺物件，头些年只有黑白的，后来才看上彩色的。我敢说，许多地方那时恐怕见都没见过这东西。等经济条件好一些的村能够买上电视机，已是接近 20 世纪 80 年代的事情了。说起来或许你不信，我们那里虽说是山区，却早在 70 年代就已经看上电视了。

我们能那么早看上电视，是因为我们那儿的山上有铜，国家搞三线工程在公社所在地胡宅口建起一座铜矿。

其实铜矿并没在胡宅口村，是在他们村东一里多远的公路旁。那一片红砖红瓦的人字瓦房，就是铜矿的办公、宿舍区；机房则更靠东，到了与我们村交界的铁窟窿沟口，但那儿到底还是胡宅口的地界，所以铜矿办公区大门口的白漆木牌上就写着：河北省胡宅口铜矿。"铁窟窿沟"不知是哪辈子人起的名字，沟里的山上有两个幽深的矿井，国家地质队一勘探才知道洞里的石头含铜，于是人们恍然大悟：怪不得叫铁窟窿沟！大约古人铜铁不分。从我们村冲西一抬头，就能望见那座红砖红瓦的机房和机房上方山坡上水泥抹的灰色蓄水池，连池壁上白灰书写的仿宋体"工业学大庆"都看得一清二

---

① **李延青**　1961 年生人。现为河北省作家协会副主席，编审。曾结集出版：《延青短篇小说集》、长篇系列散文《鲤鱼川随记》、报告文学《追踪开国英雄》（与人合作）。主编：《文学立场——当代作家海外、港台演讲录》；"中国学者海外演讲丛书"——《境外谈美》《境外谈佛》《境外谈文》；《曾国藩日记》（全本注释）等。曾获河北省"文艺振兴奖"、"河北省首届优秀编辑奖"、《小说月报》第九届百花奖优秀编辑奖等奖项。

楚。那会儿上级给铜矿配备了电视机，招引得周围几个村里的大人孩子都跑去看。国家有什么喜庆事呀，盛大活动呀，样板戏呀，邓小平复出后上演的《渡江侦察记》《创业》呀等等我们都能先睹为快。晚上七点之前，铜矿的人就把那台 14 英寸黑白电视机从会议室搬出来，摆放到院里。他们焊了个铁架，做了个带门的木箱，电视机平时就锁在铁架上的木箱里，开机时把木箱门打开。每天看电视的邻村群众和铜矿职工黑压压挤满一院子。当然，他们的职工都端着水杯，坐在椅子或小马扎上看，而且占据着靠近电视机的正面位置。我们则站着，从头一直站到尾。

　　胡宅口距我们村三里地，要去的话有三条路：一条在村东，从村口往南，穿过槐河上的过水路面就到了南岸的公路上，适合骑自行车；一条从村中间沿着菜园和庄稼地边的小路，横穿河滩再上公路；一条则是从村西口冲着西南在河滩里走，直到铁窟窿沟口的石拱桥下登上公路；一上公路迎面就是那座红色机房，这时浓烈的矿石味就钻进鼻孔，机房里像是有一盘巨大的石磨在运转，低沉有力的呼噜声灌满耳朵。公社专门配备电影放映员前，县电影队来放电影或哪个剧团演来出样板戏，总是先在公社所在地胡宅口放映或演出。晚上，我们去胡宅口或铜矿看电影、看戏、看电视一般都走村中间那条路，虽说要横穿河滩、走一段小路，但大家都是走着来走着去，反正又没有自行车。有人偶尔走村东那条路，村西那条河滩路绝对不适合晚上走。

　　新鲜劲儿过后，大人们就不去看电视了，老是西哈努克、胡志明、"摇摇头"、欢呼歌舞的大屁股黑人、各式各样的盛大聚会、示威游行、样板戏，还有琵琶演奏什么的音乐会（我们没见过琵琶，就叫它"拽肚萝卜"，那是适合旱地生长的一种头小肚大的萝卜），他们看来看去就腻烦了；孩子们也腻烦了，但腻烦了也看。疯跑着去，疯跑着回来，三里路他们拿腿就到。他们相互勾叫着：去吧去吧，总比看狗打架热闹！村里的男女青年有时也去，或三两个人做伴，或独自一人，慢悠悠走着去，慢悠悠走回来。在他们这大约是一种消磨时光的方式。姑娘们常去看电视的有三四个，小伙子说她们别有用心。

　　"醉翁之意不在酒呀！"——他们相互使着眼色，酸溜溜地说。

　　冬天，风在黑魆魆的远山雄浑的驰骋吼叫，来到河滩则像挥舞的鞭子，凌厉地掠过树梢、电线，"飕飕"的尖声呼啸，未落的栎树叶就跟着哗啦哗啦响起来，河滩秋天打下的那几座羊草垛这时不定发出什么动静。我们奔跑着觉不出冷，却害怕黑暗里传出的各种响动。槐河是条季节河，多数时间一到冬季就干涸；雨水充沛的年份，河水不干，河面结着白花花一层冰，过往行人就踩着露出冰面的撂石过河。

我正在公社联中上初一，每天带着干粮跑校——早晨去晚上回。联中坐落在胡宅口西面一块叫瓦房台的荒滩上，南临公路，东、北、西三面则被河滩包围着，离我们村六里地。那时国家普及九年义务教育，各村都有小学，公社有初中也有高中。因为高中在我们村，别的村有意见，就找了个中间地点把初中建在瓦房台——由于是各村共同出工出料合建，所以叫"联中"。这一来，铜矿就成了我们上下学的必经之地，我们经常是看完了电视再回家。下午放学后就在铜矿上等着侯腊月——吃过晚饭，他会带着我们村的孩子们大呼小叫着席卷而来；快到我们跟前，他们突然站住，侯腊月摇着头从中间走出来，伸出胳膊做握手状，仿佛对面站着毛主席或周总理……人群爆发出一阵大笑。

腊月是侯秋的儿子，已经上高一，站在那群年龄不等、高低不一的孩子中间，就像羊群里跑出来一头驴。各村孩子们看电视都是成群结伙，这样一是路上可以相互壮胆，二是怕被外村孩子们欺负。打架的事情时常发生。不久前，小个子疤三往前挤，踩在一个姑娘脚上，那姑娘一推，立足未稳的疤三就一头跌倒在人群里，我扭头一看推倒疤三的是我们班胡宅口村的邱正菊，正想说她，侯腊月从旁边蹿上去当胸就是一拳。邱正菊可不是个省油灯，她毫不示弱举拳相还，人群乱哄哄躲闪出一块地方，他们二人就拳脚相加打在一处。邱正菊上学晚，年龄、个头和侯腊月差不多，人也长得粗壮，侯腊月打她一拳，她必还击侯腊月一拳，侯腊月踹她一脚，她也踹邱腊月一脚。邱正菊虽然没侯腊月劲儿大，但嘴快、能骂出口。侯腊月出拳快，嘴却拙笨。邱正菊骂道："×你娘！"侯腊月跟在后面也骂："×你娘！"二人连打带骂，你来我往。铜矿上看热闹的嘎小子在一旁起哄喊叫："这么大个小伙子，连人家姑娘都打不过！"侯腊月羞急了，出拳更狠，但邱正菊比他胖，而且十分顽强，二人竟一时难分胜负。邱正菊被侯腊月打疼了，骂得更快、嗓门儿更高："×你娘×你娘……"她那张嘴像一挺机关枪，连续不断喷射着复仇的子弹。侯腊月笨嘴拙舌地跟在后面，骂着骂着就跟不上趟了，突然他像是想起自己的性别优势，脱口骂道："我×你！我×你……"轰一声，铜矿的小伙子们东倒西歪笑成一团。邱正菊就哭了，哭骂着和侯腊月继续对打。铜矿的维修工老翟终于看不下眼，呵斥着上前拉开他们。

侯腊月悻悻地带着我们离开。路上气氛有些尴尬，大家谁也不说话，黑暗中回响着踢踢踏踏的脚步声。忽然，侯腊月站住脚冲我说："真鸡巴软蛋，你就在跟前，也不上手！"

顿时，我脸上热辣辣烧起来，不无心虚地说："她是我们班的……"

"早知道你怕得罪人！"侯腊月不满道，"怕什么？她还得来咱村上高中呢！"

我愣了下，吭哧道："总不能咱两个男的打……"

没等我说完，侯腊月又怒冲冲转向疤三，"娘的，老子替你出头，你倒当起缩头乌龟来，连骂也不骂一句！"

"侯腊月！"这时，一个姑娘满腔鄙夷地在我们身后说，"你知不知道什么叫丢人现眼？打一个姑娘不说，那么脏的话你也能骂出口！"

我们一看是四队的朱琴。这姑娘约莫二十三四岁，身材修长，有着一张绵羊似的白净面孔。她平时不大爱说话，但看得出什么事都心中有数。甩下那句话她就仰着脸大步往前走去，脖子上的白色方巾很快消失在夜色中，一阵淡淡的雪花膏味弥漫在我们周围。那是"百雀羚"牌雪花膏，我们班主任齐老师也用这种。

朱琴是我们村经常来铜矿看电视的姑娘之一。她娘去世早，小学没毕业她就辍学回家去给爹和两个哥哥做饭。如今二哥成家另过，她一面参加生产队劳动，一面继续给父亲和放羊的大哥做饭。早早地投身社会、走进生活，使她远比那些高中毕业的姑娘显得成熟干练。往往劳动回来，刚刚还灰头土脸、一身疲惫，吃过晚饭她已换上一身干净衣裳，头光面净出现在街上。她往供销社走去，供销社里常歇着聊闲天的男人们，几杆旱烟袋把屋里抽得烟雾缭绕。朱琴一撩门帘就咳嗽起来，聊天的顿时鸦雀无声，她轻声和售货员老三说了句什么，递上钱，接过两卷粉红色卫生纸转身离去。谁脱口问了句："那是嘛？"老三皱起苍白的双眉，鼻腔长长哼了一声，屋里一下静得落根针都能听见，人们竟一时找不到话题。

朱琴的话犹如定身法，有那么片刻我们全都愣在那里。

"他娘的！"过了会儿侯腊月醒过神来，他在地上转个圈急赤白脸地骂起来，"是她先欺负疤三，老子打她有嘛丢人的？她没骂老子吗，老子现嘛眼？×他奶奶的！"

大家不知说什么好，就去埋头赶路。不知是受到朱琴刚才那句话的压迫，还是在回想打架的情景，好一会儿没人吭声。

"你们说朱琴为啥总来看电视？"走了一段，侯腊月莫名其妙地问大家。

大伙你看我我看你，谁也说不出其中的缘由。

"告诉你们吧，她在找对象！"侯腊月得意地笑起来。

"就是，"疤三赶紧讨好说，"我知道老翟待见她。"

有人马上说："我看见老翟给她搬过椅子。"

十二三岁正是吃凉不管酸的年纪，脑子本来就是一盆糨糊，疤三一说，我们好像都明白过来，没记在心上的事也回想起来。

老翟就是刚才拉架的那个维修工，四十挂零，说起话来咧嘴笑着，黑红的脸膛堆满深厚的褶皱。我们来来往往去上学或星期天去铁窟窿沟拔药材、拾柴火转悠到铜矿上玩，经常看到他在维修车间或是院里修理这儿、焊接那儿。老翟喜欢朱琴已经不是秘密。传说他媳妇在老家搞破鞋被人捉住，二人离了婚。有一个闺女也不是老翟的种，离婚时让媳妇带走。老翟自此坐下一桩心病，一心想娶个大闺女。

夏天里一个星期日，我们转悠到铜矿玩耍——趁人不注意不定谁就顺手偷点铁卖——老翟又在院里焊接什么东西。这时，小学校长福顺从公社学区开会回来，看看天还早就走过来说："老翟，叫我试试吧。"福顺是老大学生，当年因为母亲闹病退学回来，是村里公认的聪明人。老翟走进车间找来两块废铁板说："你在这上面试吧。"福顺模仿老翟的样子开始焊接，焊条在铁板上点出耀眼的弧光。过了一会儿福顺放下焊枪笑起来："术业有专攻。不行，不行。"我们围上前，就见两块铁板不但没有焊接在一起，反而被啄出一个洞来。老翟也笑了，笑着笑着他说："你是校长，面子大，能不能把你们村的朱琴给咱说说。"

"说什么？"福顺似乎明知故问。

"说媳妇呗！"老翟黑红的脸上堆起笑容。

"人家可是大闺女，这事……有点不好张口。"福顺难为情地说，但口气却像在戏弄老翟。

老翟红着脸嘻嘻笑道："咱就是想娶个黄花大闺女呢。咱上没老下没小，每月工资五十多块，嫁给咱进门就当家，还不用下地劳动，这么好的条件上哪儿去找！咱怎么就不能娶个大闺女？"

逗得福顺和我们都笑起来。

"老翟那是癞蛤蟆想吃天鹅肉！"侯腊月不屑地说，"朱琴是和邵峰谈恋爱哩。"

邵峰我们都认识，他在矿井里负责爆破，是铜矿篮球队的前锋。铜矿办公区后面原来有一块荒地，后来矿上把东面开辟成菜园，西面则修建起一个灯光球场。铜矿有两个省篮球队退役的主力队员，他们组建起一支业余篮球队，经过训练，竟把县体委的专业队都打得稀里哗啦。除了看电视，我们有时候也看他们自己球队分拨儿打比赛。邵峰打前锋，擅长抢篮板。据说在工作上邵峰也有一套，矿井里的作业面已经开始渗水，爆破时经常出现哑炮，耽误采矿进度，邵峰想出用避孕套套上炸药装填炮眼的方法，一下解决了这个难题。

"你咋知道的？"侯腊月的消息让我十分诧异。

"老翟给朱琴搬凳子那是不假，"侯腊月得意扬扬地晃着头说，"但邵峰总是紧挨着朱琴坐，我看见过他俩拉手。"

侯腊月就是侯腊月！他能成为我们村的孩子王，绝不仅仅因为比我们大几岁或是为人仗义、敢于出头，而是因为他确实懂得多。这不，我们不管节目内容有没有意思，整天就知道盯着电视看，而他却能像阿庆嫂那样眼观六路耳听八方。不看电视的日子，我们就玩"打鬼子"、捉迷藏，常常玩到夜深人静，直到谁家大人站在门台上怒冲冲呼喊自家孩子，才恋恋不舍地快快散去。有一回，我和他从一个胡同打"穿插"，想绕到后面袭击"敌人"，走着走着他突然收住脚，就听我们头上的窗户里传出一个女人时断时续的叫唤声，我悄声说肯定是挨蝎子蜇了，要不就是肚子疼哩……他拉起我快步走开，一到胡同口就哈哈哈笑着蹲在地上，"挨蝎子蜇了……哈哈哈哈……肚子疼哩……哈哈哈哈！"后来他拿袖子抹去笑出来的泪水，像"太君"一样居高临下地教训一头雾水的我："小子，告诉你吧，这是干那事呢！"我当然明白"那事"的所指，却仍旧一头雾水。疤三和我都在学校文艺队，我们合演一个宣传计划生育的三句半。疤三有一句台词是"带环儿"，每当演到这儿，疤三就把手里的小铜锣往头上一扣，台下的观众无不哄堂大笑。我们文艺队的导演齐老师也笑，不过她笑得很含蓄。我认为这是我们这个节目的精彩之处。侯腊月却讥讽道："傻×，还得意哩，你们到医疗站的墙上看看带环是往哪里戴呢！"再演出疤三就不往头上扣铜锣了，不管齐老师怎么做工作，疤三红着脸就是不答应。后来齐老师只好改变动作设计，让他掉过身往屁股上扣。

"娘的！"侯腊月愤愤不平地骂道，"不知道谁他娘的丢人，谁他娘的现眼哩！"

我们公社许多姑娘都盼望能嫁个铜矿工人。毕竟铜矿的小伙子们穿着翻毛皮鞋，戴手表，骑自行车，拿着工资，打扮得体面干净……这些都不是整日上山下地的本地小伙子所能比的。再说我们那儿是深山区，劳动、生活都苦，而铜矿的工人大多数来自平原，家庭条件好。看看，嫁过去就是不一样啊，在公路上碰到个熟悉的，叽叽喳喳热闹半天，从头到脚打量着人家，那穿戴做派、话语神态，就像完全换了个人，举手投足都带出明显的优势。于是，即使是去看电视，各村的姑娘们也都要梳妆打扮，换上新洗的衣裳。她们这种举止、心理引起小伙子们鄙夷，看电视回来，妒火中烧的坏小子就在槐河的撂石上做手脚——他们把冰砸开，将河水撩泼到撂石上，数九寒天，滴水成冰，撂石立马变得光滑如镜。想象着故意落到后面的姑娘被铜矿的恋人送回时，冷不防滑倒在河里的情形，他们脸上浮现出幸灾乐祸的笑意。

冬天是打柴的日子。大人们每日去远山打湿柴，把黄栌、山榆、荆棵……砍砸下来，打成捆扛回家，留到来年晒干烧火做饭；星期天和寒假，孩子们则去近处拾干柴，爬上栎树、核桃树、洋槐树……砍下枯死的树枝，一挑筐一挑筐背回家，供奶奶、娘或姐姐做饭现烧。侯腊月已到打湿柴的岁数，但他仍然和我们一起拾干柴。那天我们拾柴回来还不到中午，就在河滩那几座羊草垛前玩耍起来。大家先集体撒了泡尿，侯腊月撒着尿问："你们谁知道'跑马'是什么意思？"

"我知道。"我说，"就是尿炕。"

侯腊月扑哧一笑，看我们一脸懵懂地瞅着他，一面系裤带一面说："算了……大了你们就知道了。"

说完，他爬上二队一座羊草垛。那是一垛玉菱秸，旁边还有几垛叶片干绿的栎枝垛——种上小麦，趁栎树叶片尚绿，生产队就抓紧派劳力上山砍来，一捆捆堆在河滩。冬季遇到大雪封山，羊群不能上山，各队的放羊汉就每天把羊群赶到河滩一个角落，背几捆预先备下的玉菱秸或栎树枝叶扔给羊群吃。

"上来！快上来！"侯腊月满脸惊诧地在羊草垛上招呼我们，"你们来看看这是什么？"

我们手脚并用爬上那座玉菱秸垛，踩踏腾起的灰尘呛得人人都打喷嚏，但马上就被眼前奇异的景象吸引住：竖立堆积的玉菱秸垛顶上竟被什么东西蹚出一道道横七竖八的深沟。这是什么东西干的？大家你看我，我看你，谁也想不明白。不明白的事情总透着几分诡异，让人心里不禁生出一种不祥的预感。这时，疤三在下面喊叫起来："哎呀，这里有个洞！"

大家纷纷从玉茭垛顶上出溜下来，就见玉茭秸被搬倒几捆，垛底露出一个可容一人钻进的洞口。原来疤三个儿矮，爬不上玉茭垛，想搬几捆垫在脚下，不料却搬出一个洞来。瞅着黑乎乎的洞口，准是想到垛顶上那不知什么东西蹿出的痕迹，大家一时缄口无语。侯腊月跑到栎树枝垛前，扯出一根树枝，撇去叶杈，对我们说："闪开，闪开。"他侧身避开正面单腿跪在洞口，把树枝伸进洞里上下左右敲打了几下。我知道他赶开大家是准备随时逃跑，但他没跑，竖起耳朵听了听，竟把头伸进洞里，接着整个身子也钻了进去。

"呵呵……进来吧。"侯腊月在洞里笑着叫我们。

洞内可容三四个人席地而坐。掏洞的人显然十分用心，他把地上大点的鹅卵石一块块搬到周边，再将玉茭秸一根根拦腰折断，平平整整地铺在地上，并用密密的栎树枝横着撑住洞顶。

侯腊月四下打量着说："是人干的。"

"肯定是要饭的弄得。"疤三判断。

在干燥的玉茭秸气息中，我忽然闻到一丝似曾相识的味道，到底是什么味道，又一时说不上来。侯腊月仰起头，使劲儿抽动了几下鼻子，然后说："出去，你们都出去。"到洞口我回过头，就见侯腊月像狗一样趴在地上似乎在寻找什么，里面不时传出扒拉玉茭秸的窸窣声。过了好一会儿，侯腊月顶着一头破碎的玉茭叶从洞里钻出来。他伸出攥着的右手，激动得两眼放光、满脸通红："看看，这是什么？"

他摊开的手掌上是几块皱巴巴的粉红色卫生纸和一枚紫红色塑料发卡。

"擦屁股纸！"疤三掉头做出一副恶心状。我们在铜矿女厕所下面的粪池里见到过这种沾着血迹的卫生纸。

"你懂个屁！"侯腊月瞪他一眼，脸上闪现出神秘的色彩，"我知道是谁了，这发卡就是证据。"

"谁？"我和疤三异口同声问道。

"朱琴！"侯腊月铁定地说，"这是朱琴的发卡。"

心里咯噔一跳，我想起半个月前侯腊月与邱正菊打架的那个晚上，朱琴指责侯腊月后留下的那股"百雀羚"雪花膏的香味，我知道侯腊月猜对了。

"朱琴，她掏这个洞干吗？"疤三仍然迷惑不解。

"干吗？呵呵……搞破鞋呗！"侯腊月猥亵地说。他顺河滩望着铜矿的红色机房，胸有成竹地自语，"这洞，我猜出是谁掏的了……"

说着，侯腊月把卫生纸和发卡一同装进自己口袋。

没料想，就是这枚发卡竟然引出一场轩然大波。

先是流言蜚语犹如突如其来的瘟疫，随着四九天的西北风在村里的大街小巷钻进钻出：听说了吗……知道吗……羊草垛里发现一个洞……孩子们拾到一枚发卡……谁的呢，你还不知道呀……嘻嘻……呵呵……人家……她们……像是朱琴……

侯腊月顿时成了村里的大红人。他不断出现在大街小巷，被各种人群包围着，妇女、姑娘、小伙子……粗糙的、细腻的、年轻的、老年的，各式各样的手不断从侯腊月手里拿过那枚紫红色塑料发卡看来看去，有人还专门跑到河滩去看那个洞。到底大人们见多识广，羊草垛顶上的痕迹很快得到破译：那是冬季发情的狗们蹭出来的。到后来，其他几垛羊草都喂了羊，唯独这座没人动，仿佛专门树立的一个样板，在供人们参观学习。那会儿只要在街上看到一圈人围着侯腊月，不用问，一准儿是在说这件事。后来，传言又增添了新内容……朱琴已经三个月没去供销社买那种纸了……一传十，十传百，流言如同四月的柳絮，在村里漫天飘飞……终于，这话被朱琴的嫂子听到，夜里她将这话告诉男人，男人又告诉他爹。老人吩咐儿媳私下去问女儿。朱琴知道纸里包不住火，就把事情一五一十告诉嫂子：她和邵峰谈恋爱，而且怀上他的孩子，但邵峰从小订着一门娃娃亲……

接下来，事情立刻变得起伏跌宕、一波三折。据说，先是朱琴爹带着两个儿子，一人拎着一根棒子找到铜矿党委书记：让邵峰出来！要么立马和朱琴登记结婚，要么不是你死就是我活！

传说邵峰倒是没抵赖。他对书记说他真的爱朱琴，要退了那门娃娃亲娶她，可一时做不通老人工作。组织上也想息事宁人挽救他：事情走到这一步，已不再是你个人的作风、道德问题，还事关我们单位和周边群众的团结！给你三天时间，不论想什么办法，抓紧做通家里的工作。否则……

不料还没到三天，那个和邵峰定下娃娃亲的姑娘就由母亲陪着找到矿上来。老太太发话了："开除不开除邵峰，那是你们矿上的事，俺管不着，婚事绝对不退，当初联姻俺也没图他邵峰是工人！"传说，老太太当场就把掖在腰里的绳子亮给书记：邵峰要敢退亲，矿上就给她娘儿俩准备棺材吧！

那段时间，去看电视的人们都见过那母女俩，她们总是坐在电视机前的最佳位置上。老太太白白净净，烟瘾很大，一根接一根抽着烟卷。那姑娘瘦瘦的，个儿不高，黑红脸膛。周围几个村的女人们在一旁指指画画、评头论足：模样还是个孩子呢……人才不如朱琴……不知道营生咋样……她们说，这下矿上变成钻进风箱的老鼠了——两头受气。

不过，事后大人们评说，铜矿领导在处理这件事上表现出高超的艺术水平：双方都找到矿上要死要活，不就因为当事人邵峰是铜矿职工吗？如果邵峰不是我们职工，任你们三方怎么折腾，均与矿上无关！铜矿领导发现救不下邵峰，果断做出"丢卒保车"的决定：开除邵峰公职。

那一阵，侯腊月变得像是麦收时大田里轰出来的一只兔子，整天提心吊胆躲避着朱琴的大哥。那个放羊汉放牧回来总是在村里转悠，只要遇见侯腊月，二话不说挥舞着皮鞭就去抽他。

据说，矿上刚把对邵峰的处理决定报上去，朱琴却拿着大队的结婚介绍信和老翟一起找到书记办公室。她说，弄误会了，事情与邵峰无关。他们确实谈过恋爱，邵峰说明家里的情况他俩就好合好散了。怀孕呀什么的纯粹是造谣。她已和老翟定亲，马上就去办理登记。今儿就是来给老翟开介绍信的。

一入腊月，男孩们的心就紧张起来。他们不惦记穿戴，更不关心吃喝，牵肠挂肚的只有爆竹。大年初一早晨要比赛着看谁起得早、谁放的炮多！他们毫不吝啬把一年来拔药材、搬蝎子……攒下的体己钱和腊月里卖猪鬃、猪毛、猪小肠的所得，全部换成鞭炮和二踢脚。在花样不多的几个牌子中，悉心认真地比较哪种炸得响亮、哪种爱绝捻，冷静倾听同伴的品评、议论，最后才郑重做出购买决定。

那天，我、侯腊月和疤三做伴到收购站缴猪鬃、猪毛，一出收购站大门，就见朱琴和老翟一前一后从矿区那边走过来，朱琴仰着脸大步走在前，老翟穿着一身工装、两手油污，扭扭捏捏跟在后面，一副浑身不自在的形容。侯腊月一见他们赶紧躲到我们身后。快到我们跟前时，老翟忽然站住脚，脸色跟青灰色的矿石一样僵硬地说："朱琴，我知道你是为了救邵峰。你回吧，我还上着班呢。"

朱琴回身往老翟跟前走了两步，把脸扭到一边。过了会儿就听她说："说是也是，说不是也不是。"

朱琴回过头来，我们看到她满脸泪水。她说："老翟，你是不是瞧不起我？"

"不是，不是！"老翟急赤白脸、慌乱地辩解，"我知道……我配不上你……可我……不愿乘人之危。"

我们几乎就在跟前,却像不存在一样,他们两人竟自相互对答着。

"我可是想好了才来找你的,"朱琴笑了,撩起脖子上的方巾角抹去脸上的泪水说,"我愿意伺候你一辈子。"

说着,她上去夺过老翟手里那张纸,扬起头大步向前走去。

"朱琴,我、我总得准备准备呀……"老翟急匆匆去追赶她。

"他们是去公社办结婚登记。"侯腊月说。他脸色蜡黄,跟死人一样难看,"他们……整整差二十岁。"

我和疤三面面相觑。二十岁,这是一个比侯腊月都大的岁数!

来到河滩那座孤零零的羊草垛前,侯腊月若有所思地问我们:"你们说,朱琴为啥急着嫁给老翟?"

"图享福呗。"疤三不假思索地回答,"大人们说想嫁给铜矿工人的姑娘都是图享福。"

"也是也不是。"侯腊月望着羊草垛神色黯然地说,"她怀孕了,再不出嫁就露馅儿了。"

邵峰调到别的矿上,仍然在作业面负责爆破,人们发现他好像魂不守舍,有一次差点把自己炸死,从医院出来后就做了门卫。这是后话。

老翟和朱琴的婚事是在铜矿举办的。食堂专门杀了一头猪,书记破例开着矿上唯一那辆拉矿粉的东风卡车披红挂彩前来迎亲,这是我们村动用机动车办婚事的首例。那天,一街两厢站满看热闹的乡亲,铜矿来接亲的小伙子们可劲儿燃放着鞭炮和二踢脚,弄得村里比大年初一过年都热闹。终于,朱琴一个人从家里走出来,去送亲的只有大队支书、妇女主任和福顺。瞅着朱琴坐进驾驶室,铜矿的小伙子们打蔫儿了似的默默爬上车厢,任凭孩子们争抢那些没来得及燃放的爆竹。

大年初一,整个村子都听到侯腊月杀猪似的惨叫——一根二踢脚把他一只眼睛崩瞎了。那会儿还是凌晨,夜色朦胧未退,他以为那根二踢脚绝捻了,就上前俯身查看,炮仗就在这时突然炸响。那炮是朱琴出嫁时他抢到手的。

晚饭后,朱琴腆着肚子总在宿舍区的大门口转悠。我们去看电视,一见面她就招呼老翟给我们拿凳子——老翟利用业余时间做了许多凳子——我们不好意思坐，老翟硬把凳子塞到我们屁股底下。矿上规定两个职工一间宿舍，不许带家属，唯独批给老翟一间宿舍。朱琴就成为整个铜矿唯一的家属。

侯腊月出院后性情就变了，常常自个儿待在一个地方默默出神，既不和我们一块玩耍，也不去铜矿看电视了。春天的一个晚上，朱琴悄悄把我叫道一旁问道："怎么不见腊月来看电视了，他的眼好了吗？"

我说他的眼早好了，就是瞎了，好多人都叫过他，他说什么也不来。沉吟一阵，朱琴悄声说："你回去告诉腊月……可别当着人……就说，我不怨恨他，让他来吧……"

侯腊月终于同意和我去看电视。那晚月朗风清，等大伙走后我俩才出村，走到河滩他站住脚——不久前一个夜晚，那座像样板一样供人参观的羊草垛被一把火烧光——面对那片黑乎乎的灰烬，侯腊月问我："她……朱琴，怎么跟你说的？"

我不耐烦起来："都跟你说一百遍了！她说老翟是好人，她不后悔……"

"你说，"侯腊月继续问我，"假如……我不把发卡的事传出去，她会嫁给老翟吗？"

我不知如何作答，只觉得侯腊月越来越陌生。他沉默着，在月光下显得又瘦又高，已经完全是大小伙子的模样。

河面上的冰凌已经消融，流淌的河水不时发出弹琴般的叮咚声。我发现，南岸山坡上那一丛丛盛开的野杏花，就像一片片云朵落在了地上一样。

烈日，亲戚

吕　新[①]

一

　　东胜庄的大姑姥姥对于小青说，往后别让你妈给我买点心了，乱花钱。真要是想买，还不如买两瓶去痛片呢。

　　窗户上糊的全是纸，有点儿发黄的麻纸，麻纸上有褪了色的公鸡、小猫、小鸟、小花和鱼。整个窗户上没有一块玻璃，所以屋里的光线总是像晚上，于小青一来了的时候就感觉到了，感觉不是走进一户人家，却是顺着一个暗暗的斜坡到了地下。外面那么火辣的天气，热气像海水一样在颤动，摇晃，可一走进大姑姥姥的家，脸上顿时就凉了下来。

　　看见于小青有些疑惑，大姑姥姥就又说，点心好不好，当然也好，可要是和去痛片比起来，那还是不能比呢。

　　这话，于小青一开始不信，也听不大懂，但后来终于信了。她推开大姑姥姥家的那扇黑漆漆的木门，从外面的烈日下走进来的时候，看到的第一个情景就是大姑姥姥盘腿坐在炕上，一只手伸开，手掌里堆着满满一把白色的药片。大姑姥姥的上半身慢慢地摇晃着，感觉像是坐在一辆车上或船上，隔一会儿，拿一片药放进嘴里，仔细地含着，抿着，不用牙嚼，就等它自己融化，一融化干净，马上再拿一片放进嘴里。

---

① 吕　新　生于1963年，1986年开始发表小说，著有《抚摸》《草青》《成为往事》《阮郎归》《掩面》等小说多部。

如果有人来和她说话，大姑姥姥就一次拿三四片去痛片放进嘴里，含着，用舌头按住它们，不让它们在嘴里乱动乱跑，因为它们要是乱跑乱动，就会影响她说话。也不能总按着，偶尔也会解放它们一下，用舌头推着，让它们从一个腮帮运动到另一边的腮帮上去。做这些的时候，完全只靠舌头在嘴里悄悄地做，并不影响她和人说话。

嚼碎了吃？那多可惜哩。大姑姥姥说。

至于于小青说的用水一下送下去，大姑姥姥更是觉得不可思议，用水一下送下去，好好的东西，那不都糟蹋了吗？

一个上午或者一个下午的工夫，那满满一把去痛片，大姑姥姥都要把它们含化了。

二

忽然听见一阵嗵嗵的很有力气的脚步声从外屋传来，很快就见一个身体很结实的姑娘走了进来，于小青看见她的短头发像草一样，身上背着一筐干牛粪，一进来就先擦汗，抬起一只手在脸上抹。大姑姥姥把她叫住，指着坐在炕沿上的于小青，说：

叫姐姐。

却不叫，也不说话，只是使劲儿地看着于小青，笑着，筐子还背在身上。

大姑姥姥对于小青说，她叫顺顺，是体仁舅舅的女儿。

就给我留下这么一个愣女子。大姑姥姥说。

体仁舅舅就这一个孩子？于小青问大姑姥姥。

小的那个跟她妈走了，大姑姥姥说，走时还不到一岁。

顺顺那时候多大？于小青问。

五六岁？六七岁？大姑姥姥说，记不清了，反正是没有妈也能活了。

顺顺使劲儿地看着于小青的脸，又使劲儿地看着于小青身上的衣服，看着看着，忽然伸出手在于小青的裤子上摸了一下。

不敢摸！大姑姥姥呵斥道，看你那脏手。

没事，于小青对大姑姥姥说，让她摸吧。

那也得把手洗净了。大姑姥姥说。

三

大姑姥姥说，顺顺小的时候，每逢头发长了，大姑姥姥就领着她，到处去央求人给她铰头发。别人有事，正在忙，她们就在一边等着，等到人家忙完了，就赶快把顺顺推过去。慢慢地看得多了，大姑姥姥发现铰头发也不是个多难的事，就不再到处去找人了。顺顺的头发一长了，大姑姥姥就用家里裁衣服的剪子给她铰一下。

于小青说，真不知道大姑姥姥还会剪头发。

大姑姥姥说，铰短为原则，反正她也不懂得好看不好看。

于小青说，可以给她留得稍微长一点儿，毕竟顺顺是个姑娘，头发总得到了脖子那儿才好看一些。

大姑姥姥说，不行，你不知道，一长了就长虱子、虮子，我又看不清，她也不会捉。

不到一天工夫，顺顺就已经喜欢上了这个以前从没见过面的姐姐。于小青按住她的脖子，给她洗头发。顺顺弯着腰，水盆放在原来的猪圈的墙上。于小青看见她的胸前鼓鼓囊囊的，比于小青自己的胸前还要饱满。

第一盆水完全不能要了，于小青把顺顺的头发捞出来，看见水面上漂了一层虱子，有的还活着，还在游动。于小青屏住呼吸，忍住恶心，把盆里的水倒掉。

顺顺说，姐姐，洗完了？

于小青说，别动，还没有呢，还没开始呢。

换了第二盆水，把头发放进去，水面上还有虱子，不过已经少多了。这一盆水不能再倒掉了，于小青就捞鱼一样在水里捧起两捧水，洒出去。干黄滚烫的泥地，水一上去，立即传来一阵滋滋的响声，很快就渗没了。

于小青抓着顺顺的头发，心里想，那么热的地，鏊子一样，那些虱子肯定也都熟了。这么一想之后，她不禁干呕了一声。

找了半天，大姑姥姥家里只有一块灰黄色的肥皂，于小青就拿着那块肥皂在顺顺的头发上反复地蹭。黄浓的阳光照在背后，有针扎的感觉。顺顺好像也觉得有针在背后扎，不时地伸上来一只手，在背后抓挠。于小青问她干什么，顺顺说又痒又扎哩。于小青说，坚持一会儿，一会儿就洗完了。

顺顺说，我能坚持。

头发上终于有白沫起来了，于小青一边揉搓，一边问顺顺，你还知道坚持？坚持是啥意思？

顺顺低着头，脸朝着水，可能有水流进眼睛里去了，吭哧了半天没用说话。她的头摆了两下，接着又伸上来一只手揉眼睛。于小青用干毛巾给她擦了一下眼，她马上就不再揉了。这时候她告诉于小青说，坚持就是能忍住的意思。

又说，别人拿火烤你，你没跑。

于小青活动了一下自己的有些酸痛的腰，说，谁拿火烤过你？

顺顺想了一会儿，说，王志强。

四

洗完头，又洗脖子。

把顺顺身上的那件贴身的小褂脱去，看了一眼顺顺的脖子，又用手摸了摸，于小青心里不禁叫了一声苦。顺顺脖子里的脏和黑，不是短时间里能积攒起来的，摸上去感觉又粗又涩，一看就知道比头发要难洗多了。先用刚才涮过头发的那盆水洗了第一遍。顺顺一会儿说疼，一会儿又说痒，不住地动来动去，远没有洗头的时候那么听话那么配合。要不是于小青按得紧，好几次都想从于小青的手下逃脱出来。

于小青一边使劲儿地搓，一边说，车轴也没你这么黑呢。

于小青没有发现，顺顺的眼泪其实已吧嗒吧嗒地掉到了水盆里。

于小青说，你这哪像个姑娘。

直到忽然看见顺顺的两个肩膀一抽一抽地在动，于小青才发现顺顺哭了。她停住手，问顺顺，怎么哭了？搓疼了？

顺顺点点头。

于小青说，不搓不行呀，不使劲儿也不行，不使劲儿根本洗不净。你忍一忍行不行？你刚才不是还说你能坚持吗，再坚持一会儿。等洗完了，顺顺就是一个干净漂亮的大姑娘了。

宽宽的背，厚厚的肩膀，没洗以前，头发看上去又厚又多，现在则看上去顺溜多了，头发似乎也比先前精简了不少。于小青一边洗着顺顺的脖子，一边看着她的身体。女人的头发好像也不能太多，太多太厚了，会给人一种不洁的感觉。如果不是今天给顺顺洗头，她还一时不会有这样的一种认识。脖颈，肩膀，后背，腰，腰以下的部分……需要清洗的地方太多了，会没完没了地洗下去。但于小青决定洗完脖子以后就不再往下洗了，一来是顺顺不愿意再坚持了，二来她自己的腰也又酸又困，好像要断了一样。

几只鸡卧在窗台下，在黄白的阳光里闭着眼睛。

五

村里有一个在水泥厂工作的人，说是要送给大姑姥姥一盒去痛片，大姑姥姥吃完晌午饭就去了。等她顶着大太阳，拿着药回来以后，看见顺顺站在家门口笑着。大姑姥姥的心情也很好，一边晃动着手里的药，一边看着顺顺，说，这回像个人了。

于小青也注意到，自从洗完头发和脖子以后，顺顺就一直笑着，在院子里走来走去，不时地用手摸着光滑湿润的头发。

大姑姥姥放下药后，又出去了，院子里又剩下她们两个人。

于小青说，顺顺，你妈呢？

顺顺说，走了。

于小青说，知道她去哪儿了吗？

顺顺说，不知道。

于小青说，奶奶没有告诉过你吗？

顺顺说，告诉过，我忘了。

堂屋的门口本来是一片阴凉地，她们坐了一会儿，于小青觉得身上很热，一抬头，发现太阳不知什么时候已经移过来了，她和顺顺正坐在晃眼的光线里。顺顺却好像并没有发现热，低着头，往碗里剥豆子。于小青把身下的小板凳往里挪了挪，挪到亮光照不到的地方，又让顺顺也挪了过来，两个人的脚对齐了那条划分出明暗的分界线。

于小青问顺顺，头发洗干净好不好？

顺顺说，好。

于小青说，那以后就要经常洗呢。经常洗，头上就没有虱子了。

顺顺说，为啥？

于小青说，为啥？你经常洗，它们就不敢再来了，因为你一洗，它们就都没命了，就都活不成了。

顺顺眨着眼睛想了一会儿后，说，水淹死了？

于小青愣了一下，说，对，也能这么说，水把它们淹死了。另外呢，是因为你干净了，它们也就不来了，它们不喜欢干净，喜欢不干净。你要是不干净呢，它们就互相传话，招呼同伴，一传十，十传百，说快走哇，有一个特别好的地方，最适合咱们去住了。众人听了，就纷纷地都来了。你知道它们说的那个特别好的地方是哪儿吗？

顺顺说，不知道。

于小青说，怎么能不知道呢，就是你的头发呀！它们说的要来住的那个地方就是你的头发里，大队人马哗哗地就都来了。也可能最早先来的是一对夫妻，两口子，要在你的头发里住下来，开荒种地，安家落户，生孩子，过日子，孩子长大了再生孩子。

虮子。顺顺说。

于小青说，对，一茬一茬的虮子，一代又一代的虮子。小时候叫虮子，长大了就都成了虱子了。

我不想让它们来住，顺顺说，它们咬人。

于小青说，所以那就要经常洗头，梳头，你干净了，它们就不来了，再看见你，它们就会绕着走，去找别的不干净的人。它们说，啊呀，情况有变，形势很不好呢，不能再去顺顺那里住了，顺顺现在干净得不得了，咱们去了，要吃的没吃的，要喝的没喝的，都会活不下去呢。就再也不会来了。

它们去哪儿了？

去……去找别的那些不干净的人去了。

说着这样的事，顺顺却不知想起了什么，忽然说，奶奶有一筐去痛片呢。

于小青吃了一惊，说，在哪儿？我怎么没看见？

看见姐姐这样问，顺顺就歪着头开始想。

六

半夜里，于小青忽然醒了，一种热乎乎的东西流到了她的腿上，用手一摸，又湿又黏。她急忙坐起来，寻着火柴，点亮了灯。把灯拿过来一照，看见身下的褥子上全是血。一开始她吓了一跳，以为是自己的，再一细看才看清楚，都是从睡在她旁边的顺顺的身下流过来的。她用手推顺顺，顺顺却没有反应，睡得死沉死沉。她又叫了两声顺顺的名字，顺顺睡得还是像先前一样那么踏实，一点儿没有听见。

于小青伸手在顺顺的露在外面的背上狠狠地打了一巴掌，顺顺终于醒了，揉着眼睛，迷迷糊糊地坐起来。

这么大的姑娘了，来了月经，也不懂得把自己拾掇干净一点。于小青对顺顺说，你看看，你看看血流到哪儿了？

刚坐起来的顺顺惊恐地看着于小青，好像完全不知道发生了什么。后来，她一低头，忽然看见了旁边褥子上的血，顿时就慌了，赶紧伸出两只手，去抹于小青褥子上的那些血。

于小青说，别抹，手能抹干净吗？

顺顺停住手，不再继续抹了，但是两个手上已沾满了血。

于小青对顺顺说，你自己的身底下说不定更多。

这时，大姑姥姥也醒了。大姑姥姥对于小青说：

快去拿草纸，地上的那个板箱里。

于小青从炕上下来，打开大姑姥姥说的那个板箱，拿出一摞枯黄的草纸。

也打过，大姑姥姥说。因为这事，也没少打过她，可就是记不住。

把草纸放到枕头边，于小青先端来半盆水，把顺顺的那两只沾了血的手洗干净，怕她到处乱抹。接着就用草纸擦拭褥子上的血，一张纸上去，一下就湿成一团，两张也能洇过来。擦了一会儿，总算不像一开始那么湿了，草纸虽然很吸水，却留下了擦不去的血迹。于小青把染了血的褥子从炕上撤下来，放到地上。顺顺的褥子上当然也有血，但顺顺不愿意换，于小青就把好几张草纸摞起来垫到她的身下。

于小青又端来半盆水，要给顺顺清洗一下她的腿，可是顺顺用被子把自己捂得紧紧的。大姑姥姥也说，算了，给她拿草纸擦一下垫一下就行了。

大姑姥姥又问被子染了没有？于小青看了一下说，被子没染，好好的。

撤掉了褥子后，就剩下席子，于小青就把被子的一半铺在炕上，当褥子用，另一半盖在身上，像一个又能打开又能合上的合页，她一会儿就要睡在那个合页里。铺被子的时候，于小青特意让被子与顺顺身下的褥子拉开了一点儿距离，距离也不需要多大，有半尺宽就足够保证顺顺那边的血不会再渗过来了。

大姑姥姥对于小青说，咱们换一下，你到我这边来，我到你那儿去，我挨着她。

于小青说，不用啦大姑姥姥，我这儿就挺好。

大姑姥姥对于小青说，两年前顺顺开始来月经，因为不会处理，一来了就慌了，常常弄得家里到处都是血，墙上，炕沿上，常有血手印子。自从顺顺来了月经，大姑姥姥经常去供销社给顺顺买草纸，可是顺顺从来不懂得用，大姑姥姥今天刚教完，她明天就又忘了。最关键的是，她啥时候来，从来不说，只是一个人在那里偷偷地鼓捣，因为不能及时发现，想帮她都帮不上。每次血一来了，就到处拽棉花，她以为只有棉花才能把血止住并擦干净。家里的两个棉袄、一条棉裤，里面的棉花差不多快要被顺顺拽光了、掏空了。

大姑姥姥，于小青，顺顺，她们三个人重新躺下。

吹灭了灯以后，屋里又黑了。不一会儿，顺顺就又睡着了。

大姑姥姥说，你看看这愣的，一翻身又睡着了，倒好像这血是咱们两个流的，和她一点儿瓜葛也没有呢。

愣成这样儿，将来谁要？没人要。

黑暗中，大姑姥姥又说。

我明天好好教教她。于小青说。

教了也记不住。

于小青盯着麻纸的窗户，外面的树头浅浅地映在窗户上。

你老也不来，一来了就碰上这事，大姑姥姥说，半夜三更的，这要是个外人，会让人家笑话呢。

于小青问大姑姥姥，顺顺十七了？

虚岁十八了。大姑姥姥说。

大姑姥姥对于小青说，她不敢让顺顺出聘，连个月经也不会弄，这要是将来到了婆婆家里，给人家闹得到处都是血，这儿染一下，那儿抹一把，满世界都是，那还不让人家把她打死、嫌弃死？正常的媳妇，当婆婆的都看不顺眼，更何况是她这样的。

不放心呀！大姑姥姥说。

有一个四十多岁的羊倌见过顺顺，不嫌顺顺傻，也不嫌顺顺愣，说愿意娶顺顺，还专门托人来说过。可大姑姥姥觉得，都四十好几了，年龄也太大了一点儿，等顺顺到了三十多岁的时候，他已经六七十岁了，还能放动羊？还不得靠顺顺养活他？到时他一死，顺顺不就成了一个前不着村后不着店的寡妇？那就更没人要了。还有邻村的一个哑巴，年龄倒是不大，二十七八岁，也不用担心吵架，可是脾气暴躁，性格不好，据说打人时下手很重，大姑姥姥又担心顺顺过去后会挨打，受气。

咋都不合适。大姑姥姥说。

慢慢碰吧，于小青说，说不定就碰上了合适的，年龄不大，人又老实，能对顺顺好的。

能有那样的？那我倒不愁了。大姑姥姥说。

七

于小青问顺顺，知道你爸爸在哪儿吗？

顺顺想了一下后，说，在河北。

于小青吃惊地说，你还知道河北？

顺顺没说话，却忽然害羞地笑了，眼睫毛也不再眨动，黑黑的一圈，全都垂了下来。但是后来，又像是忽然想起了什么，说不在河北，在辽宁。

于小青问，你去过辽宁？

顺顺摇摇头。从顺顺的那些隔三过二的话里，于小青听明白一点，大姑姥姥曾经打算领着顺顺去一趟辽宁，但是后来不知为什么没有去成。再问顺顺，顺顺当然也说不清楚。

八

十多年前的一天，在得知体仁舅舅被捕的消息后，大姑姥姥开始觉得头疼，当时她正在村口站着，一个人刚推完碾子，碾了一点儿黄米，出了汗，还以为是风吹着了。当天晚上，在公社信用社工作的刘文焕给了她两片去痛片，吃完，头不疼了。可是没想到，第二天，头又开始疼了。

等刘文焕天黑下班回来后，就又去找刘文焕要了两片。

谁也没有想到，这一吃，从此就再也离不开了。

先是每天三五片，吃了一段日子，觉得不顶事，就逐渐增加，十来片二十来片。直到后来每天一把甚至两把去痛片，就用自己的手抓一把，从没数过，也不知是多少片。

于小青说，大姑姥姥这十多年吃了不少去痛片了吧。

大姑姥姥说，少说也有一麻袋了。

平时，村里的人有人会给她一个小纸包，里面包着三五片或者十来片去痛片，大姑姥姥就把它们都小心地攒起来。人们都知道她爱吃去痛片，自己吃不了的，就都给了她。大姑姥姥说，这些年下来，人情也不知欠了多少了，还也还不清了。

九

大姑姥姥说，县里的徐政委在村里蹲点，来家里吃派饭的时候，问她有什么要求和需要解决的困难。大姑姥姥说，我也没出息，也不怕他徐政委笑话，就告诉徐政委说，别的也没有，平时就喜欢吃个去痛片。没想到徐政委就记住了。等到再一次从县里来的时候，真的给她拿来两瓶去痛片。他以为这两瓶药不少了，够她吃一年半载的，其实还不够大姑姥姥三五天吃的。

就那也得感谢人家呢，对不对？大姑姥姥对于小青说，多大的干部呢，别说给你两瓶，两片也得接住呢，也得记住人家的好呢。

徐政委来家里吃派饭的时候，也曾经打听过体仁舅舅的情况。后来回了一趟县里，又来的时候，很惭愧地告诉大姑姥姥，说并没有打听清楚，很多人都不知道。

大姑姥姥告诉徐政委，原来听说是十年，可现在已经十多年过去了，人还是没影儿。

徐政委一时也不说话了，低下头猛烈地吃饭、呼呼地喝粥，鼻尖上出着汗，一筷子夹起一大团切成细丝的金黄的腌萝卜。

大姑姥姥站在锅前，手里拿着盛饭的勺子，等着徐政委递过来的空碗。

徐政委一边埋头吃饭，用碗挡住脸，一边含混不清地说，大娘呀，这世界上有些问题可不好闹呢，那是人世间最麻烦的问题，非常复杂，比您这一锅糊糊还要复杂得多，里面到底有些啥，谁也说不清。您这锅里都煮了些啥，您肯定清楚，可那种事不清楚呢。要是单纯的刑事问题，那倒不难了，一是一，二是二。比如，你按倒一个女人，那就是强奸犯，没说的，这种事板上钉钉，你抵赖也没用，谁说也没用。你偷了一口袋莜麦，或者一个电动机，那就是盗窃犯……这些都好认定，判几年也是有规定的。唯有……唉。

大姑姥姥站在锅前，手里拿着勺子，听徐政委说话。

徐政委放下碗，抬起头，对大姑姥姥说，大娘呀，能不能再给我切一个酸萝卜？

听见徐政委这样说，大姑姥姥放下手里的勺子，立刻到门口的酸菜缸里去捞萝卜。

吃完饭，徐政委掏出三角钱、四两粮票，放在炕上。

徐政委对大姑姥姥说，明天就不来吃饭了，要集中回去参加学习。

大姑姥姥吃惊地说，不是说要住到明年秋后才走吗？

徐政委说，是紧急通知，所有下来蹲点的都必须回去。

大姑姥姥说，回去就再不来了？

徐政委说，说不上来，也许还会来，不过最早也得过了年以后了。

事实是，过了年也还没有来，这会儿，夏天早已过去了一大半，眼看又要秋天了。

十

大姑姥姥积攒的去痛片，不是顺顺所说的一筐，而是满满的一筐笋，那也非常多呢，一根筷子插进去，转眼就看不见。那么多的白花花的药片，有的已经发黄。于小青想挑出来扔掉，手却被大姑姥姥按住了。

大姑姥姥说，不敢扔，都能吃。

于小青说，都黄了，早就失效了、变质了。

大姑姥姥说，比这更黄的，大姑姥姥也吃过，不妨事。

于小青说，大姑姥姥，真的不能吃了。

大姑姥姥说，能吃。

又说，就不该让你看见了。

于小青说，大姑姥姥，您就不怕吃出毛病？

大姑姥姥说，大姑姥姥吃了十来年了，你看大姑姥姥吃出毛病来了吗？

那倒是，大姑姥姥身板笔挺，除了头疼和偶尔的心绞痛，好像再没有别的毛病。昨天从自留地里回来的时候，还能挑着一担南瓜忽悠忽悠地往家里走。顺顺也有一股蛮力气，一口袋南瓜，往肩上一搭，大踏步地就走了。作为年轻人的于小青，反而肩膀被压得生疼，走不了几步，就得放下来歇息一阵。

顺顺把一口袋南瓜扛回去，又返回来接她。

十一

半夜里，听见嗤的一声划火柴的声音，于小青就知道大姑姥姥又醒了。

每天夜里，大姑姥姥都会准时在这个时候醒来，划火柴不是为了点灯，而是为了抽烟。

黑暗中，看见于小青的脸在动，胳膊也在动，大姑姥姥就说：

聒醒你了？

于小青也学着大姑姥姥的样子，翻过身趴着，脸放在枕头上。大姑姥姥吸一口烟，她前面的那个小红点就亮亮地闪一下。

于小青说，大姑姥姥，半夜还起来抽烟？

大姑姥姥说，睡得乏累了，吃两口烟，歇一会儿再睡。

于小青笑着说，睡觉就是为了解乏的，还能睡乏了？

能，你年轻，还不知道。大姑姥姥说，睡得那个乏累呀，就像翻山越岭，走了几十里的山路，身上还背着孩子，手里拿着东西，越走越走不动，越睡越乏。

于小青说，吃完烟就不累了？

大姑姥姥说，嗯，就像在树底下坐了一会儿，觉得歇过来了。

常年烟熏火燎的屋里，墙早就不白了。正面的墙上钉着一个很旧的小相框，镶在里面的两三张照片看上去比相框还要旧，黄黄的，灰灰的，有一种很久远的味道。而照片里的人呢，比照片本身还要旧，表情都呆呆的，木木的，有的站着，有的坐着，黑衣服褪成了灰的，蓝帽子褪成了白帽子，气氛很像是刚刚办完一场丧事回来。于小青白天的时候在相框前看过一阵，那里面的人谁也不认识，好像只有大姑姥姥的轮廓还能辨认出一点点。

她们在黑暗中趴着，于小青听见大姑姥姥长长地出了一口气。

于小青说，大姑姥姥，您一定很想体仁舅舅吧？

大姑姥姥吧嗒了一下嘴，把烟锅从嘴上拿开，说：

不想他。

于小青心里想，大姑姥姥说的不一定是真话呢，不想还能每天半夜爬起来抽烟？

大姑姥姥趴在枕头上，慢慢地抽着烟，她的脸一会儿被映红一下，很快又隐没在黑暗中。于小青说要给她捶捶背，她没让。

旁边的顺顺，呼呼地睡着，大半个身子都露在外面。

于小青对大姑姥姥说，我明天就要走了，该回去了。

大姑姥姥听了，叹了一口气，说，想走就走吧，也没啥好招待你的，还净让你遭遇一些不好的事情。

于小青说，没有不好。

大姑姥姥说，好不好也就是个那了，还得你担待。

听见有狗在很远的地方叫了几声。

除了那几声狗叫，整个村里再没有一点儿声音，就像一潭深水上面飞走了两只鸟。

十二

大姑姥姥站在门外，于小青朝大姑姥姥招了招手，就出来了。顺顺一直跟着，手里提着大姑姥姥捎给于小青母亲的一点扁豆面。

青蓝的天上，一丝云彩也没有。

天是蓝的，地是黄的。

一个女人领着一男一女两个孩子，在她们的前面走着，一看也像是走亲戚的，每个人的手里都提着一个包袱，女人身上背着的那个包袱最重，像是粮食。

她们走着，那个梳着两条细辫子的小女孩忽然告状说：

妈，他把我的那块糖也吃了。

走在前面的那个瘦女人说，你的糖咋就到了他手里？

小女孩说，他说我拿不动，他要替我拿着。

一块糖，你拿不动？瘦女人说，你也是贱得不行，和你那两个姑姑一模一样，吃了活该。

小女孩忽然哭出了声。

瘦女人看见小女孩哭了，就说：

一会儿回去了，我拧死他，早就想拧死他。

听见这话，那个小男孩抬起头仰望了一下身边的瘦女人，跟着又看看那个小女孩，他的嘴像青蛙一样鼓起来又瘪下去，连着鼓了四五次，后来终于从嘴里吐出一块早已融化得黏黏糊糊的糖，放在手心里，递给小女孩。小女孩一开始只是看着，泪还挂在脸上，好像不想要，但后来还是伸出手拿了过来。

小男孩仰起头对瘦女人说，我没吃她的，我就是替她抿了一下。

瘦女人唰唰地走着，说：

人家的糖，用你抿？你给二舅爷爷鞋里放蛤蟆的事，我还没和你算账呢；好，又在门口挖坑，把人家四姑父闪进去。

已经走到村口了，顺顺还不回去。于小青站住，对顺顺说：

回去吧，姐姐要走了。

顺顺靠上来，一只手提着那个装着扁豆面的小小的面口袋，另一只手紧紧地抓住了于小青的一条胳膊。

于小青说，顺顺回去吧，等有空我再来。

顺顺抓着于小青的胳膊，还是没有松开。

那一大两小的三个人往北面的一条小路上走了。在他们的两旁，一边是开着蓝色小花的胡麻地，另一边是开满白花的荞麦地。

于小青摸了摸顺顺的头发说，记住姐姐跟你说的话了吧？以后不要再从棉袄棉裤里揪棉花了，那不干净。再有血来的时候，不要怕也不要慌，每个女人都会来，又不是只有你一个人来。

顺顺吃惊地说，姐姐也流血？

于小青说，流，我和你也是一样的。

顺顺说，奶奶就不流血。

于小青说，奶奶是老了，年轻的时候也流过。

顺顺说，真的呀？

于小青说，真的。顺顺要记住，来了，先拿草纸垫在裤子里，不能垫一两张，一两张不顶事，最少也得五张以上，五六张，叠整齐，摞起来，记住了吧？奶奶不是给你买了那么多纸吗，那都是给你用的。于小青边说边用手比画着，让顺顺看。

顺顺点点头。

于小青趁比画的工夫从顺顺的怀里抽出自己的胳膊，对顺顺说，快回吧，奶奶还在等你呢。

顺顺放下手里的那个小小的面口袋，就转身往回走。

刚走了两三步，又回过头，看着于小青。

于小青朝她挥挥手，说，快去吧。记得洗头，哪怕一个月洗一回。

顺顺就又转过脸去往前走，走了十几步，又回过头。

于小青说，赶快回去吧。

一辆拉着草垛的马车这时候忽然出现在她们刚刚走过的那条路上，在把那条本来就不太宽的路遮挡得严严实实的同时，把顺顺也遮挡住了，于小青只能看见马车正在向村口这边走来，却再也看不见顺顺的身影。

等马车走过，看见路上已经没有人了。

慢 慢 讲 述

武　歆①

　　老王忽然发现田丽的例假不正常了。有时两个月来一次，有时三个月来一次。起先老王没觉什么，就像吃饺子没蘸醋，偶尔有几次也没啥关系，他根本没有放在心上，好像跟他关系不大。

　　有一天，他和十几年没见面的老同学老黎喝酒回来，莫名其妙地想要畅快淋漓，可是田莉用手摸着他的脖颈，哄孩子一样讲听话哦，自己好好睡觉哦。老王回到自己屋里躺下，猛然想起来，大概有两个月没和田丽相亲相爱了，于是裸着身子去田丽屋，想要和她谈一谈，让她能够触景生情，萌发相爱的动作。却发现她已经睡了。借着窗帘缝隙透进来的微弱月光，老王让自己的裸身暴露在月光之下，想等她猛然睁开眼，迸发惊喜之感，以便计谋能够顺利实现。可是，田丽一派安详。裸身站立片刻，老王只好偃旗息鼓，快快而回。

　　第二天吃早饭，老王又问起田丽，你怎么总是把人生大事不放在心上？田丽知道老王什么意思，轻松地说，来了。老王喝着豆浆，问，不是早就来

<hr />

① **武　歆**　男，1983年开始发表作品。著有长篇小说《陕北红事》《密语者》《树雨》《延安爱情》《天津爱情》《重庆爱情》等9部，中短篇小说集《诺言》，散文集《习惯尘嚣》。在《当代》《人民文学》《上海文学》《江南》等文学刊物发表中短篇小说近百篇。曾被《小说月报》《小说选刊》等转载，并入选多种年度文学选本。并有大量散文、书评、读书笔记等发表。长篇小说《延安爱情》改编为同名电视剧在中央电视台播出。文学创作一级。天津作协副主席、文学院院长。

了？田丽说，是呀，还没走呢。老王放下筷子，奇怪地问，记得两个礼拜前就来了，怎么到现在还没走呢？田丽站起身，一边收拾碗筷，一边说，是呀，还没走呢，我这个亲属有点留恋我。

老王这才恍惚明白，田丽的例假不仅来得漫长、间隔漫长，走得也要无比漫长。过去老王曾经忽略不计的这件事，却因为不可捉摸、飘忽不定，反倒让老王特别挂念起来。

田丽在厨房洗刷，碗、碟、筷、勺的碰撞声，就像有人弹奏音乐。老王听着音乐，望着窗外的草地，又由例假问题想起了一个女人变幻莫测的手。

一个月前，老王与一个女人约会。

约会地点是一家临河的西餐厅。女人是个高身材的女人，短发，手指细长，指甲洁净透亮，走路姿态异常优美。老王本来想把约会地点选在更加文化一点的地方，比如那家有着二百年历史的老饭店午后茶厅，喝下午茶很有文化味道。或去那家上千平方米的书吧，四目相对，慢慢喝着咖啡。也可以去一家拥有数百端砚的文化亭廊，一边观赏一边相谈。可最后还是去了餐厅吃饭。老王总是觉得去餐厅约会，会让情调大打折扣。

本来老王以为这顿没有文化意味的晚餐，会以甜点的到来而结束。可是女人却在等待甜点上来的短暂片刻，给了老王一个特别的惊喜。

女人把胳膊支在饭桌上，举着漂亮的双手，对老王说，想看魔术吗？

老王看着氤氲香气的那双手，问，你会变魔术？

女人问，不信？

老王说，一般情况下，越是漂亮的手，越是笨手。

经验之谈。女人说，不一定吧？

老王双手摊开，用调皮的语气说，那就变吧。

女人微笑着，把一双好看的手在老王眼前梅花一样翻转盛开，接着双手轻巧合拢，一朵梅花神奇地出现在女人手里。老王有点吃惊，把鼻子小心地凑近花朵，闻了闻，真的是梅花，还带着沁人的香气。

相信了吧？女人说。

老王还是疑惑，他从女人手里接过梅花，举在自己眼前，看了又看，嗅了又嗅，不敢相信眼前这个漂亮的女人会变魔术。女人始终笑着，似乎要让老王彻底相信。她把桌子上的刀叉、碗碟归拢了一下，把双手平放在桌上，向前慢慢推，一直推到老王的眼皮底下，让老王看个够。情绪高昂的老王想用手抚摸女人露着青色血管的手背，当然只是心里狂想，不敢去摸。

老王的目光有些飘移。

女人看着老王的眼，说，你还是不相信我会变魔术。

老王似乎刚睡醒一样，觉得女人说得对，猜透了他的心思，他就是不相信嘛，甚至莫名其妙地有些抱怨，就像一个漂亮的花瓶，已经很漂亮了，何必再插上花。搞得人家眼花缭乱，忙不过来。

女人说，我再变一个给你看。

老王止住女人，认真地说，你要把袖子退下来，退到胳膊肘那儿，机关就藏在你的袖子里。

你很聪明，问题就在袖口里。我按照你说的去做，看看我还能变不。女人停顿了一下，目光悠悠，缓慢地说，要是变不了的话，你可不能笑话我。

老王得意起来，不会的，不会的。

女人点点头。双手继续合拢、张开、再合拢、再张开。老王不大的眼睛随着女人双手的变化，像蝴蝶在花朵上飞舞一样紧追不舍。

女人再一次张开双手，一瓶男士香水绽放在女人双手中间。阿玛尼运动型香水。

老王惊奇地张开嘴，许久合不上。

这是我送给你的。

我……我从来不擦香水。

拒绝人家的好意？

没有、没有，我是……老王有生以来第一次结巴起来。他在机关也是说话算数的人，讲话的时候从来不拿稿子，讲半个小时不拿稿子，讲两个小时也不拿稿子，下属或是其他单位的人特别爱听老王讲话，老王讲话最大特点就是没有语句的重复，而且举一反三，每一次举例都富有哲理。可是现在老王说话却语无伦次，小孩子一样慌张。

老王好一会儿才把自己沉静下来，他把香水拿在手里，感谢女人的细心，也感谢女人双手的魔力。

我为什么要送你运动型香水？是让你运动后使用的。女人沉吟片刻，说，你应该锻炼身体，要是再稍微瘦一点的话，看上去感觉更好。

真的？老王蛮有兴趣。

女人突然一副含羞的样子。

甜点上来了，他和女人拿起叉子，同时把身体向前倾去，这样一来，两个人的前额几乎要挨到一起，又同时后退了身子，彼此相视一笑。老王觉得原本紧缩的心变得开阔起来，就像浩瀚无边的海洋。

后来，女人站起来，礼貌地告知要去洗手间。老王把身子倚在椅背上，仿佛欣赏一幅油画，愉快地欣赏女人的背影。看着、看着，他紧张起来，他认识这个女人的，这个背影太熟悉了，三十年前就见过。

三十年前的某个晚上，刚刚登完泰山下来的老王，在泰安狭小的火车候车室，等候六个小时以后开往烟台的火车。

候车室地方小，人也少，尤其又是晚上九点多了，原本大厅里还有几个零散的乘客，可是转瞬之间走光了，候车室一下子变得阔大起来。只有老王和他的同学老黎。当然，那时候老王是小王，老黎是小黎。那是小王和小黎第一次出远门，两个人各自找哥哥姐姐凑了几十块钱，勇敢地踏上了泰安之行。为了节省钱，他们没有住旅店，决定在候车室等待，这样就能省下住宿的钱。六个小时对于两个二十岁的小伙子来说，不是什么辛苦的事。

年轻人虽然身体好，可是也爱睡觉。才过了晚上十二点，活蹦乱跳的小黎就瞌睡起来，后来困得不成，顺势歪在了木条长椅上。小王没有瞌睡，眼睛睁得老大，他不是不困，就是睡不着，也是不想睡，因为他发现了对面有美丽的风景。

对面的木条长椅上坐着一个女孩子。小王目测，觉得女孩子应该比他小五六岁的样子。她虽然面容青涩，但是身材发育接近成熟，女人应该有的曲线，她都呈现了模样。

女孩子也没有瞌睡，身边一个青年妇女大概是她的母亲，倚在一个包裹上疲惫地睡去。女孩子手里什么都没有，就那么安静地坐着，目光越过小王的头顶，看着小王后面的什么地方。

小王发现女孩子时，女孩子也发现了他，两个人的目光大部分时间都是错视的，但总会隔上十几分钟，就会偶然相遇一样，忽然对视几秒钟，紧接着又马上若无其事地错开。

就这样目光闪过，或目光对视。两个人像是做游戏的孩子。

虽然正是夏季，但泰安的夜晚还有些许的凉意，小王感觉有凉风环绕身边，赶紧披上夹克，抬头看见女孩子依旧还是一件白衬衣，想要招手提醒她，要把衣服穿上，否则会冻着的。可是又不好意思说，依旧装作若无其事的样子。

与一个女孩子在夜晚的候车室面对面的对视，却又彼此不讲话，这实在是一件难受的事情。小王好几次面对女孩子，在心里鼓动自己，走过去说上几句话，他感觉女孩子看他的目光，似乎也正在鼓励他。可他就是不敢走过去，更不敢开口说话，就那么难受地煎熬着。

不知道什么时候，候车室又进来几个乘客，但是全都躺在长椅上，倒头大睡。只有小王和那个女孩子坚强地睁着眼睛，彼此充满毅力地望着对方。

偶尔响起火车鸣笛声。

小王站起来去厕所。过一会儿，女孩子也去厕所。小王望着女孩子的背影，他觉得女孩子的背影比她的容貌还要好看，小王搜索了许多词汇，都不能准确形容怎样的好看。

时间一分钟、一分钟地过去。小王想好了，一会儿一定走上前去，跟女孩子说会儿话，哪怕就是几句话都成。想到这里，小王激动得都不能控制自己了，觉得黑暗的天空一下子明亮了起来。

确实天快亮了。

有的乘客已经坐起来了，伸着胳膊，大声地打着哈欠。有点发灰的白色出现在候车室的玻璃上。

女孩子回来了，小王正要走过去说话，发现女孩子的母亲睡醒了，坐起来，拉着女儿的手，嘟囔了什么。小王听不清楚，大概就是问女儿，你怎么没有睡会儿呀？

小王懊丧地跌坐在椅子上，花费了几个小时才好不容易鼓起来的勇气，却又再也没有机会接近了。

小黎也醒了，揉着迷迷糊糊的眼睛，看着清醒的小王，惊奇地问，你好像没睡呀？

小王沮丧地说，没睡。

小黎四下看了看，一眼看见了对面长椅上的女孩子，扭过头，直截了当地问，你是不是看她了？

小王脸红了，摇头说没看。

小黎坏笑起来，说，我要是你，早就留下地址了，回去就写信。

小王擂了小黎一拳，开始收拾书包里的东西。这时广播里响起播音员的声音，提醒乘客前往烟台的火车快到了，马上就要检票了。

候车室忽然多了许多乘客，仿佛从地上突然冒了出来。

小王跟在女孩子的身后，望着女孩子的背影。他想好了，说不定上车还能看见她，还说不定就在一个车厢里，更说不定还能坐在对面。小王已经下定决心，只要再给他一次机会，他一定会毫不犹豫地上前说话，还要留下地址，还要长久地联系。

可是……女孩子的身影忽然就隐没在了拥挤的人流中。小王再也没有看见女孩子。车厢里也没有看见，更不要说面对面坐着了。

一切都过去了。

这天晚上，田丽洗完澡，穿着丝绸睡衣，对老王朝气蓬勃地说，走了，终于走了。

三个月以来始终惦念这件事的老王，猴子一样跳起来，一头钻进浴室，开始铺张浪费地准备起来。干干净净地洗了好几遍，身上还挂着没有擦净的水珠，老王动作利落地翻身上床，可是刚刚大幕拉开，剧情还没有上演，田丽就惊叫起来，坏了、坏了、坏了。

老王低头一看，田丽身上、床上都是血，老王下身也都是血，仿佛已经血流成河，老王抬头又看，见自己双手也是血，正在向下滴落，像是刚杀过人的刽子手，老王感到自己面目一定特别狰狞。

怎么回事？

不知道呢？

你不说走了吗？

是呀，昨天早上刚走，今天晚上又来了。

老王和他身下的小伙伴，全都蔫头耷脑地坐在床上，配合默契地望着已经下了床、正在擦拭床单的田丽。

明明是走了，怎么又来了？田丽嘟囔着，接着蹦出来两个字，妈的！

老王陡地一惊。

老王与田丽结婚二十五年，第一次听见教授古典文学的田丽骂街，虽然只有熟悉不过的两个字，谁都可能生气起来顺口溜一样骂过，可是老王此刻听起来不仅刺耳而且还刺心。

田丽去了卫生间，很快传来哗哗的流水声，在老王听来那流水声很快变成了火车的鸣笛声。老王有些恍惚，走到客厅，想要回自己房间，刚刚转过身，看见一个月前与自己约会的那个会变魔术的女人背影在房间内倏忽一闪，屋内灯光好像与她配合默契，突然暗淡了一下，女人的背影纸片似的飘逸旋转；接着灯光恢复正常，女人的身影也猛然消失了，了无踪迹。

老王惊叫起来。

田丽听见骇人的惊叫声，举着湿漉漉的双手从卫生间跑过来，看着脸色发白的老王，问他怎么了。老王语无伦次地说，没事……打了个哈欠。田丽看了看丈夫，也没觉出有什么不妥，重回卫生间继续忙碌，哗哗流水声又响起来。

老王疲惫地回到自己的房间，闭上眼睛，根本无法入眠。他站起身，在屋里来回走动，想起来会变魔术的女人送他但又失踪的那瓶阿玛尼运动型香水，又想起女人让他加强锻炼身体的温柔叮嘱，老王迫不及待地开始翻箱倒柜，找出买了好几年都没有穿过的耐克牌运动衣裤，还有那双红彤彤的耐克牌运动鞋，对着镜子穿戴整齐，悄无声息地走了出去。

北方没有风的夜晚，天空中充满着缭绕的薄雾。大街上没有人，只有快速驶过的汽车。

一身浅灰色运动衣裤、红色运动鞋的老王在无人的大街上开始跑步起来，他天天忙碌机关的工作，根本没有时间锻炼。可是，虽然老王跑着步，脑子里却还在想着事。他越来越感到奇怪，因为无论怎么想，都已经想到天边去了，都不曾有过三十年前泰安火车站候车室里与一个女孩儿柔情对视的经历，更没有过一个月前与那个会变魔术女人的餐厅约会。

薄雾越发浓烈，老王的浅灰色衣裤很快就和空气的颜色浑为一体了。但是跑步的老王依旧在想，拼尽力气去想，他都要急哭了，真的没有过那场西餐厅的浪漫约会呀！

越跑越快的老王下定决心，一定要把和那个会变魔术女人约会这件事搞清楚，但是搞清楚这件事，必须要去找老同学老黎，让老黎帮他回忆三十年前泰安火车站候车室的事。只有清楚了三十年前那件事，也就清楚了现在约会这件事。想到这里，终于理顺头绪的老王激动起来，双腿的交叉频率越发加快，他高兴得禁不住在大雾中高喊起来，"老黎、老黎"。

雾气越发浓重，老王的身体完全浓缩在穿着红色运动鞋的双脚上……接着他的双脚又很快浓缩成了两个俏皮的小红点儿……就像两个上上下下的红色鼓槌敲击着灰色沉重的大地。

莫尔道嘎

徐则臣[①]

那两年生意砸得厉害，见了鬼，下的力气越大赔得越狠。朋友说，别跟运气对着干，出去走走，没准儿回来百无禁忌了；趁车还在。朋友的意思是，别把车也搭进去。我就开着我的斯巴鲁越野出来了。放松地跑，当然要去大草原，我把油门一脚踩到底，就到了呼伦贝尔。九月的草原天大地大，江水长，秋草黄，一听到马头琴我就忧伤。我得把自己从失败的坏感觉里拽出来，鸿雁南飞，我一路向北。

从黑山头镇沿 301 省道往东北走，出了第一个加油站天就黑了。在加油站刚喝了一罐咖啡，觉得浑身都是力气，穿过额尔古纳市也没停下。照我的预期，加把劲儿，半夜到根河再住下。天很黑，整条路上看不见别的车开灯，就我一人在大草原上狂奔。这在七八月份的草原上是不可想象的，那时候旅游的人多如牛毛。现在呼伦贝尔冷起来，车里必须开着暖气才能把路一

① **徐则臣**　1978 年生于江苏东海，毕业于北京大学中文系，供职于人民文学杂志社。著有《耶路撒冷》《王城如海》《午夜之门》《跑步穿过中关村》《到世界去》等。2009 年赴美国克瑞顿大学做驻校作家。曾获第四届春天文学奖、第十二届庄重文文学奖、第十三届华语文学传媒大奖·年度小说家奖、第四届冯牧文学奖，被《南方人物周刊》评为"2015 年度中国青年领袖"。《如果大雪封门》获第六届鲁迅文学奖短篇小说奖。长篇小说《耶路撒冷》被评为"《亚洲周刊》2014 年度十大小说"第一名，获第五届老舍文学奖、首届腾讯书院文学奖。部分作品被翻译成德、英、日、韩、意、蒙、荷、俄、阿、阿、西等语言。

直跑下去。但黑暗和孤独慢慢侵占了斯巴鲁的空间，也可能是因为马头琴的音乐一直开着，我在忧伤之外感到了恐惧，就像被整个世界遗弃了。不管如何努力生意依然每况愈下时，我感受到的恐惧与此刻一模一样。我的后背开始发凉。仅有力气是跑不了长途夜路的。就是在这时候我遇到了老哈。路拐了一个缓慢的弯，在山坡的另一边他站在路边，旁边是他的摩托车，尾灯在闪。他高举交叉的两臂对我摆。

"借个火。"他站在我车灯的灯柱里，证明他只是求助。他把头盔和手套都取下，一身的户外行头，防风，保暖，穿一双山地靴。"撒了泡尿把打火机给弄丢了，"他抽烟的样子有点狠，憋坏了，"兄弟你要不来，今晚我能不能撑到图里河都难说。"他吐了一口浓烟，眼眯起来，"跑长途缺了这一口，等于进了洞房找不到新娘子。"

他自己先笑起来，因为脸黑，显得牙白。有点东北口音。五十多岁的样子，结实的大块头。

"去哪儿，兄弟？"他问。

"根河。"

"够跑一阵子的。"

我都想跟他一起去图里河了，但我说的是："是有点累。"

"累了就停下，"他说，"别跟自己较这个劲儿。你去加拉嘎，前头拐个弯就到。我认识牧羊的老包，他家的炕暖和。就说我老哈介绍的朋友。"

这是个话多的老哈。我们各抽了三根烟。上车之前老哈说，去过莫尔道嘎吗？走多少冤枉路都值；镇上有家客栈叫"牧马人"，老板娘那叫一个好看。我们一起踩油门，他的摩托车比我快。他不喜欢跟别人一路跑。他在我的车灯柱里从摩托车座上抬起屁股，像支箭钻进了黑夜里。

一个半小时后，我已经躺到了老包家的热炕上。老哈说得没错，你能在老包的皱纹里至少找到两根羊毛。老包说："好好闷一觉，明早起来跟我放羊去。"

我跟老包放了三天羊。一大早出门，带上大饼、羊肉和一大保温罐奶茶，把四百只羊赶到他们家草场上。羊吃草，我们找个避风的山坡躺着晒太阳，有一搭没一搭说话和抽烟。话题自然离不开老哈。他们俩认识四年，每年九月老哈都会到老包的牧场上来。他喜欢心无挂碍地躺在草原上。他骑着摩托来，住上三五天，离开，下一次再见可能得明年，也可能过上个把星期他又来了。来了还是放牧，半天跟老包说上一句话。

"狗日的老哈,"老包说,"马骑得真好,到底是个牧马人。"

我一下子来了精神。

"没跟你说?这老哈,在新巴尔虎左旗当过知青,放了三年马。"

我仔细想了一下昨天晚上见到的老哈,好像两条腿是有那么一点罗圈。这个张嘴一口东北味的青岛人,按老包的说法,算是活明白了。你能想象这老小子六十岁了吗?退了休开始周游世界,就一辆摩托车,山南海北地跑。九月份准时到呼伦贝尔,比寒流来得还准。

"为啥九月?七八月草原那才叫美。"

"九月二十六号他得赶到莫尔道嘎。"

我笑起来,"为了牧马人客栈漂亮的老板娘?"

"那你得问狗日的老哈。"

不得不说,幕天席地的生活会改变一个人。天地间只有你和一群羊,你会觉得除了这群生灵,什么都可有可无。放过羊的人和没放过羊的人不是同一个人。老包说,他阿爸是放羊的,他阿爸的阿爸也是放羊的,他阿爸的阿爸的阿爸也是放羊的。他躺在草原上看着这群羊,觉得他阿爸、他爷爷、他太爷爷都活在他的身体里,他们跟他一起放羊,他们跟他放的是同一群羊。羊的身体里也活着羊的祖先。我的悟性不够,但多少也感受到了一点跟听了马头琴那样的忧伤,只是这忧伤是饱满、明亮和喜悦的,而在车里听马头琴,那忧伤像只空荡荡的口袋,整个人都饥饿,肚子里全是恍惚的风。我跟老包说,生意的事问题不大了,可以离开了。

"回北京?"他问。

我想是吧。但出了老包家,我突然决定去莫尔道嘎。再跑几天,把整个人彻底"放空",像下坡时给车挂一个空挡。

莫尔道嘎很有名,但莫尔道嘎的确不大,刚转到第三条街就看到老哈的摩托车停在一座三层小楼前。没错,牧马人客栈。办好入住手续我才向前台打听老哈住哪里,竟然就在我隔壁。我在老哈极具穿透力的呼噜声里也睡了过去,从加拉嘎到根河再到莫尔道嘎,我在斯巴鲁里坐了大半天了,腰都快断了。被敲门声吵醒时天已经黑了,老哈在门外喊:

"兄弟,一块儿喝两杯。"

"你咋知道我来了?"

"前台的丫头是我干闺女。"

因为经他引荐我才来莫尔道嘎，老哈坚决要到附近一个馆子里给我接风。现在是旅游淡季，整个客栈加我才住了八个人，"牧马人"的厨师请假回老家了，开不了伙。穿过大堂，前台的姑娘没叫他"干爹"，叫的是"哈叔"。

当然是吃羊肉。手把肉。老哈很讲究，肉热腾腾地上来时，不像我穷凶极恶地扑上去，而是从口袋里摸出一把小刀，慢悠悠地在一只瓷碗底下咔嚓咔嚓磨起来，磨完这面磨那面。要我看，那刀锋利得很，根本用不着磨。磨完了，我都吃下好几块肉了，他割下一块连骨肉，刀锋向内，慢条斯理地再割下条条块块的肉，用手捏着放进嘴里。"要吃肥的，"老哈说，"只挑瘦的那不叫吃羊肉，香不起来。"

我们喝蒙古王酒，劲儿大，过瘾。累了一天整上个二两老烧，神仙日子也不过如此。老哈用指头蘸上酒，敬过长生天才喝。他说多少年都这样，礼数不到心里不踏实。

"在家也这么用刀？"

"用。过去蒙古人出门做客都带自己的刀。"他把小刀举起来给我看，刀把上缀着一颗狼牙。刀和狼牙都有了一层厚腻的包浆。"在青岛我自己做手把肉。"

"说说放马时候的事呗。"

"老包又多嘴了？"

"他可没提老板娘。"

酒是个好东西，两杯下肚我就觉得跟老哈是亲兄弟和忘年交了。我举着羊肉开起了玩笑。老包的确什么都没说。

"嘿，"老哈打了一个嗝儿，"那时候真是他妈的年轻啊！"

故事肯定要开始了。我不吭声，勤快地给老哈满酒。

"刚到新巴尔虎左旗那年，我十九岁，高中刚毕业。"老哈说，"都说当知青光荣嘛，我死活要去。临走时我妈隔着绿皮火车窗玻璃跟我说的最后一句话是：草原上夜里冷，千万别蹬被子啊！"

"啥时候遇到的老板娘？"

老哈没搭我的茬儿。随他去，真有事他肯定憋不住。他跟我讲起四十年前的知青生活。他的运气实在太好了，他们那个知青点只有两个人被挑去放马，他是其一。在整个牧区，最好的工作就是牧马。"自由。骑着高头大马，那真叫拉风，吆喝一声就下去四十里地，"老哈说，"马倌可以骑最好的马。好马跑起来速度就快。那真是快。"老哈眯起眼，身体开始前后上下颠动，四两酒就可以把他送回新巴尔虎左旗的草原上。次之是放牧牛和羊。牛羊没那么快，但它们起码在动，一天下来总能像乌云或白云那样刮过一大片草地。知青们最不愿干的是当猪倌，臭烘烘的一群趴在那里，吃了睡，睡了吃，看着它们自己身上也跟着长肉。他们宁愿随屯田的牧民去开荒种庄稼。

"姑娘都喜欢马倌，嘿嘿。"老哈说。

我以为要入正题了，老哈话锋一转，说："那时候我做梦都想来莫尔道嘎。"

"年轻人有心事了。"我坏坏地笑，我猜某个姑娘，比如现在"牧马人"的老板娘，就是莫尔道嘎人。

"牧民们都说莫尔道嘎好，原始森林像海一样大。我一个青岛海边长大的，水见得多了，想看看树。他们不说我也要去。莫尔道嘎，听听这名字。头一回听我就喜欢上了，就冲着这名字我也得去看看。"

这我能理解。我也喜欢很多地名，耶路撒冷，伊斯坦布尔，阿姆斯特丹，圣彼得堡，不知道它们在哪里的时候，我就想去了。这辈子的愿望之一，就是把想去的地方都走一遍。"你来了？"我给老哈倒上酒。

老哈一口干掉。"倒满。请不下来假。兄弟，干了！"

二十世纪六十年代的呼伦贝尔草原，火车跑得很慢。老哈得头一天从住地骑马到海拉尔，住一夜，赶第二天早上海拉尔去根河的火车。到根河停下，住一夜，再等根河去莫尔道嘎的火车。有可能还要住两夜，去莫尔道嘎的火车两天一班。等那慢悠悠的小火车晃到莫尔道嘎，三四天已经过去了。在那里转一圈打道回府，又三四天过去了。生产队里都忙着大生产，没那么多时间让他去搞闲情逸致。一个萝卜一个坑，他溜号就得别人顶上来，这个账没法算。

问题在于，想去莫尔道嘎的不仅是老哈，老哈的马倌搭档巴图也想去。巴图大老哈三岁，赤峰人，比老哈早一年来这个知青点。老哈叫他巴哥，但在生活和牧马上，巴图是他师傅。要去得两个人一块去，老哈这个海边人有点晕草原，一个人出远门想想都犯怵。两个人坐火车去莫尔道嘎，理论上无论如何都行不通。

还有一种可能，骑马去。从知青点到莫尔道嘎直线距离不到三百公里，一匹好马悠着点跑，得两天，歇一天，再跑回来，又两天。五天也不短，还得确保天公作美，马也不出问题。但这是他们去莫尔道嘎的唯一可能。老哈和巴哥达成共识，等机会。

"等到机会了？"我问。

老哈说："喝酒。"

一瓶蒙古王下去了。

老哈终于说："等到了。"

他们跟生产队长做了个交易，每次把马群里最好的驯马给队长骑。这是个了不得的待遇。马倌要伺候的官人能数出一串子，谁需要马就得给谁提供，队长排在这条串子上差不多最下面，但凡有另外一个领导有要求了，最好的马就到不了队长手里。但县官不如现管，领导指示下来了，老哈和巴哥就借口"乌云"身体不适，把"赤兔"给了领导；领导一走，"乌云"就到了队长的屁股底下。条件当然只有一个：合适的时间让他们俩骑马去一趟莫尔道嘎。

老哈当知青的最后一个冬天，机会来了。前两天刚下过一场说大不大说小不小的雪，天不错，朗月当空，队长在他们俩宿舍里喝了半瓶酒，脑袋一热，舌头就大了，说："只要你们敢现在出门，我就答应。"那会儿已经晚上九点，整个草原都睡着了。老哈和巴图一对眼，卷了简单的行李和吃食就出了门，胳膊底下夹着一套马具。"乌云"和"赤兔"都不能动，以备领导不时之需，他们俩骑了次一等的两匹马，巴图的是枣红色，老哈的是白马。呼伦贝尔大草原如同一个冰冷清澈的梦，他们俩上了马就往东北跑。月亮在星星就在，他们盯紧了星星跑。老哈说："有种不真实感。"他们跑了差不多一个小时，巴图突然勒住马，说：

"那儿！"

老哈看见白银般的月光底下坐着一头狼，它缓慢地站起身，想从山包上退下去。老哈踢了一下马肚子，挥起套马杆，"追！"

月夜下两个人纵马逐狼的画面确实有种不真实感，但老哈知道这事假不了。躲在羊皮棉帽里的耳朵听得见马踏残雪的声音、月光打在枯草上的声音，甚至他胯下的白马出汗的声音，他感到草原从未如此辽阔，他听得见呼伦贝尔在马蹄下像布匹一样蔓延和展开的声音。那头狼几乎在和他们平行地跑。老哈听见巴图喊："它吃得太多啦！"这从那头狼的体形和奔跑的速度就可以看出，它有点吃力。这是个好消息，它耗不了多久。

问题是，老哈也耗不了多久；准确地说，是老哈的马耗不了多久。这是匹好马，但年龄偏大，短跑显不出来，五十公里之后就有点使不上劲儿。他眼看着巴图的枣红马多出他半个身位、一个身位、两个身位，他们的距离越拉越大。月光底下枣红马像团黑红的火焰，巴图的套马杆平稳地与身体一起摆动。老哈希望那头狼最好能立马就跑不动，他套过马、套过牛、套过羊，没套过到狼。正在他希望破灭之际，狼艰难地停下了，老哈打马直奔过去。那狼突然对天长嗥，然后勾着脑袋，扭曲着身体，老哈明白复燃的希望再次破灭了。果然，狼在呕吐。它把身体的负担全吐了出来。在巴图的枣红马离它三十米时，那头狼又长嗥一声，四蹄悬在半空一般消失在一个山包之后。老哈喊："巴哥，追！追！"巴图显然也有此意，鞭子抽到了马屁股上。他们都舍不得，狼皮八块钱一张。八块钱在当时是笔不小的财富。可以买书，买衣服，也许他们俩都想到了，可以给喜欢的姑娘买件礼物。

巴图追到山包的另一面，接着是老哈。等巴图追到另一个山包的对面时，老哈再跟过去，狼和巴图都不见了。他只能隐约听见孤零零的马蹄急骤地击打大地的细小声音。他骑着马在周围的几个山包间转圈子，两棵白杨树提醒了他，这地方有个羊场。

跟着星星走，二十分钟后，老哈看见了牧羊人的蒙古包。如他所料，迎接他的是牧羊人的女儿乌兰娜。她给他打了洗脚水，倒了热奶茶，铺好了热被窝。他冻坏了。他甚至都没想清楚乌兰娜若是穿上汉人的连衣裙会有多漂亮，就歪着头睡着了。

天快亮时，他觉得脚头一阵冷风，激灵一下，醒了。巴图疲惫地坐在床铺的另一头，掀开被子盖到了腿上。巴图的右脚露在被子外面，在微小的羊油灯下，包住脚的布全是黑红色的。

"怎么回事？"老哈问。

"没事，血止住了。"巴图笑了笑，指指外面。

老哈正好要起身去小便，昨晚乌兰娜倒的两大碗奶茶他全喝了。在蒙古包外木栅栏上，他看见挂着的一张狼皮，旁边还有一张，他凑近了看，还是狼皮。老哈抽了一口冷气。

那天晚上，巴图一个人穷追那头狼，在它筋疲力尽的时候套住了它。但就在他套那头狼的时候，不知道从哪里又蹿出来一头母狼，完全是以玩命的方式向他扑过来。马受了惊，狂乱地跑，好处是把套到的那头狼给拖死了，坏处是，它不停地转圈子给新来的母狼提供了机会。母狼咬住了巴图的右脚，咬住了就不撒嘴。难以想象，那头母狼分寸把握得如此之好，一口下去竟然没碰到马蹬。直到巴图抽出打狼棒击碎它的脑壳，母狼也没有松口。

母狼咬断了巴图的脚筋。这是老哈后来才知道的。巴图当时也没意识到问题如此严重，他撬开母狼的牙齿，下马收拾两头狼尸时，只觉得走路不得劲儿，除了流血和疼，他没往深处想。用行李袋里的药粉止了血，撕一块衣服简单包扎了一下，就把死掉的两头狼往马背上捆。刚安静下来的枣红马哪里愿意，一直暴躁地踢踏，巴图没办法，只好在月光地里掏出刀子，现剥了狼皮。他把剥下来的狼皮皮毛向内卷成两团，枣红马才允许捆到它背上。

这个血性的故事让我们俩酒兴大发，一杯接一杯地干。除了有限的几次跟财神级顾客这么玩命地喝，我想不起来什么时候如此渴望过酒。然后老哈就沉默了，换了我开始说。

如果有人喝高了喜欢一声不吭，那老哈就是高了。那晚的后半段我肯定也高了；我一高就管不住自己的嘴。我跟老哈说，你知道吗老哥，我的生意砸了，一塌糊涂，一塌糊涂啊！后来说了啥我完全没印象，只迷迷糊糊记得我架着老哈，老哈也架着我，我的两条腿木木的跟白桦树一样不打弯，我们俩像双头鸟一样跌跌撞撞回了客栈。竟然都顺利地躺到了自己的床上。

一觉睡到中午，头没疼，说明酒跟人一样醒得彻底。想到楼下找点东西吃，前台老哈的"干女儿"说，哈叔嘱咐了，我起来就带我到"她家"。

她家在马路对面，一楼。进了门看见老哈坐在客厅的沙发上，旁边是把老式藤椅，铺着一张熊皮。一个中年女人在收拾碗筷，一桌好菜。如果那女人再瘦一圈、年轻二十来岁，完全可以分毫不差地重叠进"干女儿"的身体里。一对漂亮的母女。老哈向女主人介绍我：

"这我小兄弟，小穆，北京来的。"

女主人大方地和我握手、问好，松开手后转向老哈，说："叫嫂子。"

"你看——"老哈说。

"叫嫂子。"

"好，嫂子。嫂子。"老哈说，烟叼到嘴上又取下来塞进烟盒里，"我把穆兄弟请来，是想给咱巴哥热闹热闹，生日嘛。"

"谢谢你来给我们家老巴庆祝生日，"那女人给我斟上奶茶，"我叫乌兰娜。"

"我知道。"我可能不该这么回答，但进门第一眼看见她，我就知道她是乌兰娜。千真万确。那天晚上的蒙古包，牧羊人的女儿。

"你还知道什么？"乌兰娜的脸红了一下。她的皮肤很好。然后她转向老哈。

我赶紧说："就这些。"

老哈也赶紧说："就，这些。"他不敢确定昨天晚上究竟对我说了多少。

小乌兰娜已经在蛋糕上插好了蜡烛，"阿妈，我把阿爸推过来？"

老哈站起来。我也跟着站起来。乌兰娜坐着没动，似乎颇费了一番踌躇才点了点头。

三分钟后，小乌兰娜推着一个轮椅进来，寿星老巴图斜靠在轮椅背上。腿上搭着一条羊绒毯子，两只手放在毯子底下，因为看见毯子的抖动，我才注意他庄严的蒙古男人的脸。老巴图的脸不对称，右边的眉毛、眼角和嘴吊起来，用不同的节奏在一起微微地抖。老哈走过去，一只手搭在老巴图的肩膀上，说：

"巴哥。"

老巴图一动不动，两眼空空荡荡；除了抖，表情也是空的。

"他说不了话了。"乌兰娜说。

"去年不是好好的吗？"老哈说。

"去年已经过去了。"乌兰娜从毯子底下拿出老巴图的手握着，说，"老巴，咱们过生日，好不好？还有新朋友小穆，他特地来咱们牧马人客栈。"

老巴图和刚才一样，脸上没有任何时间经过的痕迹。

接下来就剩下了程序。切蛋糕。唱生日歌。吃饭，典型的蒙古餐，有手把肉。老哈没有用自己的刀。乌兰娜一顿饭的三分之二时间都在喂老巴图，而喂进去的食物三分之二都漏了出来，幸好喂食之前给他戴上了一个巨大的围嘴。我们的话很少，大部分时间只能听到吃饭本身的声音。在断断续续的四个人的对话里，我得到了如下信息：

老巴图的腿脚一直不好（从打狼的那夜开始），走路是瘸的；后来腿部肌肉萎缩，行动逐渐不便，只能深居简出；去年的某一天（肯定在老哈来给他过生日之后），摔了一跤，突然中风，或者突然中风才摔了一跤；总之，这就是现在的老巴图。

饭后，我们沉默着喝奶茶。老哈放下杯子蹲到收拾干净的老巴图面前，把手伸进毯子底下握着他的手。老哈说："巴哥，你还认识我吗？我是小哈啊！"

除了抖，老巴图有的只是一张庄严、空白的脸。老哈眼泪唰的就下来了。他站起来，急急地出了门。

回到客栈我们就退了房，去老包的牧场。老哈说，他有话想跟我们说，跟我和老包。他要当着我和老包的面说。我们原路返回，从莫尔道嘎到根河，然后回到加拉嘎老包家的牧场。我开车跟在老哈的摩托车后面，从半下午一直开到夜里。除了抽烟上厕所，我们一直在跑。老哈不敢停下，他说停下了可能就再也开不了口了。

如你所知，谎言总是没完没了，而真话通常只需要几句。

坐在老包家的火塘边，老哈一杯杯地喝奶茶，声音断断续续。

"……那天晚上，老巴只想专心赶路，是我想追那头狼的，我想给乌兰娜送个礼物……我喜欢她，我也知道她喜欢我……我是看见那头母狼才装作被落下的……我的确怕了……不过我的确也追不上老巴，他的马比我快很多……可是，我可以一直跟着他们跑，只要找，总会找到他们，就算给老巴提个醒也好……狼太狡猾了……或者叫上乌兰娜的阿爸一起去找也行……我没有……凌晨老巴回来，很快就睡着了……我知道老巴没法再跟我一起去莫尔道嘎了，但我不想失掉这个机会，骑上马一个人出发了……上马前，我带上了一张狼皮……"

"一个人敢出门了？"老包抽着大烟斗问。

"还是怕。可我想，老巴一个人把两头狼都对付了，我不过是赶个路。"

"去了莫尔道嘎？"我说，"买的是啥礼物？"

"从一个二毛子手里买了条俄式围巾，很漂亮，稀罕。那会儿中苏关系已经决裂了。乌兰娜直接从蒙古包里给扔了出来。我就知道，我们没戏了。"

"然后呢？"

"知青返城。我离开了。真像是逃命。"

三个人都不吭声。木头在火塘里噼噼啪啪炸出很多火花。

"要有朋友去莫尔道嘎，"老哈说，"推荐一下牧马人客栈。乌兰娜不容易。"

你可以做无数道小菜，也可以只做一道大菜

邓一光[1]

简小恬在厨房里做饭。佟子诚躺在里屋的床上看网剧《上瘾》。佟子诚有一双好看的手，手指修长，指甲红润，这样的手拿着金色的 iPhone 6s，绝对是一幅让人心动的画面。

饭菜是按照佟子诚的口味做的。

佟子诚是贵州人，喜欢干锅和腊味，尤其喜酸，两个人在一起前，他向简小恬宣传自己的饮食原则，三天不食酸，走路打蹿蹿，命可以丢，杀毒灭菌去油脂的那碗酸汤，绝对不能少。

酸汤不好做，深圳没有毛辣果，木姜籽也不好找。简小恬想办法，去超市买回酒酿，抹着眼泪剁了几斤海辣，腌制出一坛毛辣酸，每次做汤时放一勺，竟然瞒过了佟子诚。

佟子诚看到顾海给白洛因送内裤那场戏，躺在床上摇晃着肩膀咯咯地笑，手机差点掉在枕头上。简小恬被佟子诚的孩子气逗乐，无声地咧嘴笑一下，在热油中下了两勺黄辣酱，和酸菜一起翻炒。佟子诚是第二遍看《上瘾》了。简小恬陪他看过两集。这部剧不像把花花公子包装成女人卖腐的《太子妃》，直接上男男，两个男主身材超好，抓住机会就往一块儿凑，各种摸各

---

[1] 邓一光　著有《我是太阳》《我是我的神》等 9 部长篇小说，《远离稼穑》《狼行成双》等百余篇中短篇小说。曾获鲁迅文学奖、冯牧文学奖等奖项，现居深圳。

种亲，看得简小恬面红耳赤。简小恬不腐，对秀起爱来毫不留情的男男没有兴趣，但她知道，佟子诚也不是弯弯，让他看这种简单粗暴的神剧，比让他看美眉公会的视频好几百倍。

简小恬忙了一早上。佟子诚给师傅兼兄弟朱维汉饯行，要在家里喝饯行酒。简小恬计划做八个菜、一个汤，加上早上在食堂买的山寨周黑鸭，九个菜，够丰盛。

朱维汉买了明天早晨的动车票，他终于下决心，带万继红回贵州老家结婚。他打算在家乡买一块地，和万继红两个人做生态蔬菜基地，以后到深圳来找老乡，他就是绿色地主了。

佟子诚和朱维汉、廖喜来、孔菊花、胡千琴、徐友儿，他们几个是贵州铜仁老乡，佟子诚是松桃苗族自治县人，朱维汉是铜仁市碧江区人，廖喜来和徐友儿是江口人，孔菊花和胡千琴是玉屏人。简小恬不喜欢比佟子诚大几岁的朱维汉，他和胡千琴谈了六年，和孔菊花谈了五年，后来认识了湖南妹子万继红，同居者由胡千琴换成了万继红。三年后，朱维汉又选择了万继红做老婆，其他两个成为前任。但是此刻，简小恬无端地有了一份欣喜。只要有人结婚，简小恬就会高兴，好像终于结婚的那个女人不是别人，是她自己。

辣酱和酸菜熬出了香味，简小恬把剁成块的鱼骨滑入油锅。她发现料酒用光了，叫佟子诚。佟子诚正看到顾海在白洛因水杯里下安眠药那一段，他像被人胳肢了胳肢窝，咯咯地狂笑，举着手机在床上扭动身子，说不要，我还是孩子啊，放我，放过我嘛！简小恬央求说，帮我去楼下买瓶料酒，回来再看。佟子诚呵呵笑，说他们开始做他们爱做的事情了，实力虐狗啊，不给你剧透，快给我拿一块狗粮来，我要抵挡一下，一边说，一边从裤兜里掏出钱包看了看，再看一下，笑声收掉。

简小恬敏感地探出脑袋朝房间里看了一眼，在锅里加足热水，盖上锅盖，走出厨房，进了卧室。她问佟子诚，喝不喝水？佟子诚没精打采地嗯了一声。简小恬从冰箱里给佟子诚拿了一瓶碳酸饮料，顺手取过他丢在床上的钱包，翻开看了看，里面只剩下一张一百元的钞票，余下的就是零钱了。她犹豫片刻，从衣架上取下自己的高仿包，拿出钱夹，数了三张百元钞票，塞进佟子诚的钱夹。佟子诚目光盯着手机，简小恬没有提示他，但她希望他看到她这个动作。

简小恬回到厨房继续做饭。鱼骨已经熬出香味，可以下鱼片了。她打电话要巷子口的小卖店送料酒和保宁醋，然后准备蘸头。

佟子诚家里条件不好，一家五口人，六亩山地种洋芋苞谷，很少吃大米。佟子诚口不馋，不怎么挑鸡左鱼右，只是一定要有折耳根，或者薄荷叶腌渍的蘸水下饭，不然他会皱眉头，搁下碗筷，好脾气地向简小恬表示，他要出门去转一转，其实他是去吃"贝克汉堡"。作为一个怀念家乡的四川人，简小恬用来纪念往昔生活的唯一本事就是做饭。她不会让佟子诚吃夹满番茄酱的发面团，主要是，鲁飞飞也好这愚蠢的一口。佟子诚去吃番茄酱发面团，一定会叫上鲁飞飞，这样，他俩就会站在油渍渍的汉堡机边，一人喂对方一口，说一些肉麻的话。说不定，鲁飞飞还会伸出小拇指，把佟子诚嘴边的番茄酱刮下来，抹进自己嘴里，那可够恶心的。

差不多一年了，为了让佟子诚少见鲁飞飞几次，简小恬没少用心思。每天下班以后，她都会把佟子诚的时间安排得满满的，无论去网吧、迪吧、KTV玩，还是离开观澜去大梅沙看海，她都会和佟子诚厮守在一起，不留下任何空隙。她还泡了小米和红枣，买了板油炼熟油，准备做小米糍。等小米糍做好了，佟子诚会大吃一惊，他就不会经常出门去找鲁飞飞，两个人站在大街上不要脸地吃野食了。

简小恬是三年前认识佟子诚的。

简小恬原来在龙华的一个电子元件厂上班，再原来，她在风景秀丽的四川乡村上学。高中毕业那年，妈妈对她说，三姑娘，家里的情况你晓得，麻布上绣花，底子差，备不出你的嫁妆，你还是丁丁猫追尾巴，自己吃自己，出去找口饭吃吧。妈妈说出去找口饭吃，意思就是找个婆家。简小恬才十七岁，不想离开家，但不得不离开，她出来的第一个地方就是深圳。深圳有很多和简小恬一样的乡村青年，简小恬一度好奇，每结识一个同龄人，都要问对方来自哪里，问到第七十二个时，她放弃了，她觉得这样问下去会无休无止，很可能，全中国的乡村青年都出来"找口饭吃"了。有了这件事，简小恬就在心里原谅妈妈了。

经济危机以后，深圳关闭掉大量制造业工厂，快速向高新科技转型，把世界制造业中心的角色推给邻近的东莞。简小恬的厂也被关闭了。简小恬刚刚适应了新的"家庭"生活，她已经把深圳当成自己的家了，她不想离开深圳，害怕再一次离开，再一次被抛弃。她在龙岗、光明和坪山一带跑了几个月，碰了无数次壁，流了无数次泪，终于在观澜一家科技园的大型制衣厂里找到一份工作。科技园和东莞只隔一条河，但毕竟是深圳，等于她没有离开。

简小恬就这么认识了佟子诚。

佟子诚长着一副苗王相。他是制衣厂的修理助工，英俊高挑，窄窄的脸上泛着健康的红晕，看人带着一丝善良的微笑，一副大众弟弟的亲近样儿。简小恬喜欢在流水线上看到佟子诚。他穿一件稍嫌肥大的宝蓝色防静电工装，戴着口罩，双手抄在裤兜里，百无聊赖地跟在师傅朱维汉身后，眼神里带着某种落不了地的思考，好像几千米的宽敞车间，那一排排唰唰运转着的平车、双针车、拷边车、打枣车、钮门车、断布机、烫画机、烫床和砍车，它们是他人生最大的困惑。

简小恬是厂里最好的女工。差不多是。至少在裁床线上，她是最出色的。简小恬操纵六台进口伊斯曼625电剪中的一台，月薪五千，比流水车位高出一千多。她的理想是做梭织，再不然就做技术含量高的成件，这样，她就能拿到七千多，就可以把工厂当成自己新的家乡了。

佟子诚常常在简小恬面前站下，习惯性地皱着眉头，看清秀的她手脚麻利地剪裁、快速磨刀、链接新面料，好像她在给他出题，让他做，他不大看得懂，需要思考一下。简小恬并不喜欢和佟子诚说话，怕一开口就会呛他两句。每当他在她面前停下脚步，她就有点生气。在她看来，他白有一双修长好看的手，其实技术一般般，对付不了日本进口的777大烫和64号电炉。多数时候，他只能抄着手，站在朱维汉身边，傻瓜一样看着师傅满脸油腻烦躁不安地修理机器，然后冲他吼骂两声，他再面无表情地抄着手走开，去仓库取备料。到月底厂里领薪水，简小恬有时候能看到佟子诚，他一副任人宰割的样子，排在队伍当中，被人挤来挤去，等着领他的三千元薪水。简小恬生气地想，他凭什么要被师傅吼？要是师傅吼他的时候，他过去把师傅推开，自己把床子修好，再吼师傅一句，也不至于只拿三千块了。

简小恬喜欢做饭，她觉得，一个女孩喜欢做饭，意味着她在失去一个家后，还向往着另一个家，并且有信心操持它。简小恬喜欢把她正在关注的人，看成一道道菜。在她看来，佟子诚和他那些贵州老乡，就像他们的家乡菜：朱维汉像花江狗肉，廖喜来像毕节傻子烧鸡，胡千琴像从江香猪，孔菊花像魔芋锅巴炒肉丝，徐友儿像安顺荞麦凉粉。唯有佟子诚，他和他的老乡们不同，他温暖清新，是一碗解乏开胃的酸汤鱼。

制造业巨头撤离沿海地区向内地和东莞发展以后，深圳留下的制造业，大多是对物流条件要求苛刻的企业。科技园其实没有什么科技含量，被发租给一些制衣、制鞋、橡胶、电子元件厂做厂房。这种厂里男工的工种不多，厂妹打堆，上班举步轻摇，下班顾盼流转，一派夭桃秾李。女工多，僧多粥少，男工就成了抢手货，很多男工，同时有好几个女朋友。像佟子诚这种标致模样的，少于三个女朋友都不好意思在厂里混。简小恬不知道佟子诚有没有女朋友，有几个，这和她没有关系。她只是不喜欢全厂几千个厂妹围着佟子诚转，发嗲地叫他子诚哥哥，她觉得那样叫一点也显不出亲切，恶心死了。

最早是老牌修理工朱维汉，他来找简小恬。他鼻头上沾着一团油腻，倚在电剪机旁，觍着脸说，简小恬，你蛮漂亮，最适合给人当老婆。我呢，最适合给人当老公，你跟我算了。简小恬一口拒绝，让他滚远点，莫占她相因。朱维汉是花苞谷，梳个爆炸头，到处开花开朵，简小恬宁愿给一台大脑袋电剪当老婆，也不会跟一只油汪汪的花江狗当老婆。后来，朱维汉从厂里偷烫斗出去卖，被保安捉住，厂里把他开除了。临走前，他又来找简小恬，坦言事先没把情况弄清楚。他听人说，简小恬饭做得不错，要是这样，他不适合她，他徒弟佟子诚适合。佟子诚不会做饭，女朋友宋采文刚刚回老家结婚去了，不如简小恬填个空，和佟子诚过。川贵一家，这样他们兄弟党就能吃到酸辣菜了。

简小恬离开家乡两年了。她离家时没什么见识，连海豚模样的动车都没有见过，当然，她也没见过真正的海豚。两年时间，她换了五个厂，搵工者人头如攒，她在莺声故山的粤、桂、滇、湘、鄂乡音中举目无亲，在轰隆隆的流水线制式工作中形单影只，感到十分孤单。有时候，她会在夜里突然从梦中惊醒，听见宿舍里十一个陌生姐妹粗糙的呼吸声，弄不清自己身在何处，有一种永远找不到家的恐惧。她没有朋友，没有人和她分享人在异乡忆故乡的感受，她感到深深的孤独，开始少言寡语。她知道，人与人不同，在深圳与在深圳不同，有些生活，就像城市的某些街道，她永远也不会走进去。也许，这就是她愈加渴望能和谁在一起、能有一个家的原因。扮演某个人的亲密者角色，至少能在孤独的生活中找到一点乐趣，让她不那么害怕。

简小恬很快和佟子诚同居了。

没有想象中的惊喜和失落。有一点点不适应，但终归是有了一个摸得着的家。简小恬喜欢佟子诚，她觉得他瓜兮兮的傻样让人有点同情，这是她喜欢的。她开始学着爱他。有一阵，她恍惚觉得看见了远处某个地方，有一个陌生的家，她已经走在回家的路上了。接下来的那些夜晚，佟子诚搂着她一条胳膊，孩子气地蜷在她怀里，窗外透进一线路灯，她充满柔情，一眨不眨地看着他的脸。只是在他睡着以后，她才开始胡思乱想。她想到小时候，家里有一条小土狗，奶奶说它是家人，她喜欢抱着它睡觉，喜欢它摇晃着尾巴，跟着她翻过山岭去完小上学。她会不停地站下来，回头看它有没有跟丢。她害怕往前走的时候，一场雨落下，一阵风吹来，她身后的那些脚印会看不见。如果小土狗走丢了，她再也找不到回家的路。后来，小土狗被电力集团架线的人打死吃掉，那时它还不到三岁。她只是在佟子诚睡熟以后才想这些事情，只是在他睡熟以后，才感到锐器慢慢刺入骨髓的钻心疼痛。

佟子诚有过几任女友。他心地善良，招人喜欢，很难拒绝谁。他性格有点轴，每次只和一个女孩保持关系。好几次，朱维汉笑话徒弟，说他不中用，换了他，十个八个老婆都有了。

朱维汉偷东西被厂里开除，留下污点记录，再去其他厂都不录用他。他无所谓，也不去别处找工作，就待在观澜，守着几个贵州老乡混日子。有时候他会出门，帮助老乡和女朋友们出出头，摆平一些事情，日子过得也不错。

朱维汉挖苦佟子诚的时候，佟子诚只是笑一笑，不往心里去，只是晚上在被窝里搂住简小恬胳膊时，便把朱维汉的话说给她听。简小恬心里翻来覆去，恨不能当时就钻出被窝，去找朱维汉。她不想和花苞谷说任何话，只想用电剪把他剪了。

"你个是小娃娃吗，故意气自己？"佟子诚好脾气地劝简小恬，"算了不说朱维汉，他喜欢整蛊，万继红孔菊花胡千琴，三个人够他整，你是八十一个赞的人妻，本人最爱。不说了，一说我又忍不住，我们爱爱吧。"

这么过了两年，鲁飞飞出现了。

简小恬把酸汤鱼盛进锅里，等人来齐，再把鱼片煮进去，就可以上桌了。她把糟辣扣肉蒸进另一只锅，坐在火上，把一次性纸杯和碗筷摆上桌。这个时候，廖喜来带着他女朋友夏岚和徐友儿来了。三个人打打闹闹上楼，一进门就拉开冰箱找饮料。廖喜来抓着一瓶饮料跳上床，问佟子诚看到哪里了。四月份，天还没有热，瘦成精条的徐友儿已经迫不及待地换上了吊带裙。她尖着嗓门大声喊，简小恬，冰箱里搞啷子没有辣条，我馋得不行了。夏岚笑嘻嘻地在徐友儿刻薄无肉的屁股上拍一下，说你怕怀上了吧。徐友儿还她嘴，你才怀上了，你怀三胞胎，宫外孕。两个人嘻嘻哈哈打闹着，简小恬从厨房出来，在冰箱里翻出辣条，再回厨房做辣子牛蛙。她把斩成块的牛蛙下进油锅里爆炒好，起锅装高压锅，放入清汤，上火焖，然后准备糍粑辣酱和大蒜。

鲁飞飞也是佟子诚的女朋友，排行老二，佟子诚把简小恬和她都叫老婆。

　　情绪稳定的时候，简小恬回忆她知道的老婆——在爷爷咒骂中惶恐不安的奶奶，在爸爸拳头下宁死不屈的妈妈，趾高气扬的副镇长夫人大姨，还有嫁了个镇上的小公务员、因此整天神经兮兮给人读《人民日报》社论的表姐。她们都是老婆，是一个家庭的主妇。简小恬原以为，她也和家有关。她以为，家就是爷爷奶奶爸爸妈妈大姐二姐和小弟，四间干打垒房屋，长满艾蒿的祖坟山。这个观念，后来被奶奶改变了。简小恬记事以后发现，每年清明祭祖，爸爸会带上小弟和妈妈，他们朝祖坟山爬去，爷爷奶奶跟在后面，但是爸爸从不带上姐姐和她。有一年清明节，她问奶奶，为什么不带她去祖坟山。奶奶告诉她，那不是你去的地方，女娃儿，要埋在自己男人家的祖坟山上，那里才是你的家。

　　简小恬快满二十三岁了，她已经在人生的长河里努力游过了三分之一时间，如果不出意外，她注定要嫁人，做别人的老婆。简小恬不是徐友儿那种十六七岁的女孩子，觉得无聊，才找个人来混点，随随便便和廖喜来在一起，而且事先申明不一定就会嫁给廖喜来。简小恬不会让佟子诚变成一只有着金属光泽翅膀的凤蝶儿，在吸食完她的花蜜后，在黎明到来之前从她身边消失掉，飞去别的果林栖身。她一定要佟子诚在她露水未干的叶片上驻下触爪，产卵做茧，化蛹为蝶。这样，她才能找到属于她的那口饭，最终埋进佟子诚家的祖坟山。

　　两人同居后，在科技园附近租了一间民房，房租比工厂宿舍贵五倍，是简小恬出的。第一次过家庭生活，简小恬想把家收拾得漂亮一点，自己做主从网上淘来几件二手家具。两个人的生活费用，也基本由她支付，这些花销，用去了她大半薪酬。

　　不是简小恬一个人这样，厂里半数厂妹在外租房，一些人结婚，一些人和男友同居，不少人供养着男友。如今的现实是，男人不一定非要工作，但厂妹不能不找男友。在加工业扎堆的地方，养男友并不是一个贬义词。

　　佟子诚那双修长的手白好看，根本不适合修理机器，他体质弱，对机油过敏，又不愿意加班，工资低，月薪只有三千元。但是，佟子诚不喜欢被人养活，他向简小恬提出，每个月给家里寄一千，交给简小恬一千，剩下一千自己用。

　　"我不占你相因。"他皱着眉头，看着清秀的她说。

　　简小恬收下了佟子诚的钱。她是他的女人，当然应该收下，但她为此将付出更多。佟子诚爱俏，他过于标致，脸形瘦，削肩，打扮不好容易走形。

简小恬跑遍观澜周边发廊，找到一家满意的，为佟子诚设计了发式清新的碎发，还和发型师吵架，坚持为佟子诚斜分刘海儿，再漂染了一绺橘红，配上潮型黑框镜，那个样子的佟子诚，真是帅极了。三个月以后，简小恬又坚持为佟子诚换了蓬松短发，这回刘海儿向上，两侧剪得干净清爽，看上去阳光硬朗，非常酷。

"你老婆狠，下回你自己来，莫叫她来抢我饭碗。"为这事，发型师不高兴地向佟子诚抱怨。

简小恬不抢人家的饭碗，只把心思用在佟子诚身上。她为佟子诚添置衣裳，搭配个性的时尚板鞋，给他换全网通，再换移动4G，这样，他就能随时随地看他喜欢的网剧了。

简小恬知道自己不是厂妹中最漂亮的，在可见范围内，想把佟子诚一口吞掉的厂妹成群结队，被孤独吓坏了的丛林母兽们绿眼烁烁，她身处危险，再把钱花在他身上，她就没有资本收拾自己，把自己打扮成所向披靡的女妖，紧紧吸引住佟子诚的目光了。但简小恬赌佟子诚实诚可靠，赌他知恩必报，赌老天有公道，佟子诚最终能够穿透她密不透风的用心，体会到她的好处，她带给他的温婉和快乐，看到她的害怕，最终不离不弃，两个人端牢一只饭碗。

面对贵州人佟子诚，简小恬不要求做酸汤中那条赤尾金翅鱼，她要做红到让人疼的西红柿、绿如暗恋气质的青蒜、嫩成爽口爽牙的黄豆芽，为酸汤中苗王架势的佟子诚坐实打底。

直到鲁飞飞出现。

佟子诚喜欢新来的厂妹鲁飞飞。很少有男人不喜欢鲁飞飞那种秀眉轻蹙、微骚暗哆的Q娘。佟子诚被鲁飞飞迷住了，坚持了二十五年的矜持荡然无存。他觉得，鲁飞飞就像年轻时候的舒淇，对自己是一个尤物这件事情无动于衷，这一点，满足了他对明星的所有想象。当山寨版舒淇迎向抄着手从流水线边走过的佟子诚，并且大胆地撞进他怀里的时候，佟子诚有点惊慌，他坦诚地告诉她，他有女朋友，叫简小恬，她转过头去就能看见，就是对面裁剪线上开625电剪那一位。鲁飞飞偏不转头，表示自己知道，而且不介意，她还和简小恬说过话，夸过她皮肤好。鲁飞飞提出，他们可以谈恋爱，同居那一种，简小恬，她，佟子诚，他们三个人住在一起，她付三分之一房租和生活费，每个月再给佟子诚买一条"金樽好日子"，请他看两场电影，吃两次饭，其中一次进饭馆，一次上大排档。

　　善良的佟子诚不忍心拒绝鲁飞飞，回来征求简小恬的意见，为此他举了朱维汉的例子。朱维汉有三个女友，他和江西妹子万继红同居，和贵州老乡胡千琴谈恋爱，另一个老乡孔菊花做情人，三个女人分摊着养活他。胡千琴和孔菊花平时不上门，偶尔孔菊花闹着过节，硬要和万继红在一张床上凑在朱维汉脑袋旁看 A 片，也没有什么。

　　对佟子诚为鲁飞飞来征求她意见这件事情，简小恬无比生气，对他竟然用朱维汉来做例子，更是觉得无耻，但她不说什么。她说不清楚，坟头上那些随风轻摇的艾草，它们和它们有什么区别，她日后埋在这里或埋在那里，究竟有什么区别。那天，她拿定主意不开口，自始至终没有说一句话，只是盯着自己的手指头。那里有一道小伤口，是前一天做饭时被一条乌江鱼刺伤的。实际上，伤口并不怎么疼，她只是不能集中注意力，她心里一直在想着多年前她的一个家人，那条陪伴了她三年的小土狗。

　　"我喜欢安静，"最终，还是佟子诚放弃了，对鲁飞飞说，"最烦你也和我说话，她也和我说话，我连网剧都看不成。"其实，他并没有说出事情的全部，他是不想让简小恬伤心，那样的话，他也会伤心，他就处理不好别的事情了。

　　鲁飞飞只能和佟子诚谈恋爱，不能同居。两个人把约会时间定在周末。简小恬本来不打算让两个人在家里过周末，可是，佟子诚不能总是让鲁飞飞请他看电影、吃馆子，两个人还要开房。开房的钱鲁飞飞不会出，这样，不到半个月佟子诚的钱就会用光，还得简小恬往他钱包里放钱。

　　简小恬纠结了一段时间，最终让步，规定佟子诚可以在周末把鲁飞飞带回家，她出去找小姐妹混一天，或者去参加科技园唱诗班的活动，她会在那里待很久，她会在心里想着一片模糊不清的艾草，默默地念一遍祷告词：

　　　　你的声音就像一座房子，他在门外等候，不会硬闯进来，因为这不是爱的表现。他要你亲自邀请他。门的把手在屋内，只有你才能把门打开，你决定你是不是信徒。

　　"别的时候她不能进我家。"简小恬板着脸对佟子诚说，"还有，不准她动我的化妆品，我不喜欢和别人共用一样东西。"

　　简小恬把蒸好的糟辣扣肉锅从火上端下来，垫上垫子，放在水池边的角落里。她看时间，快到十二点了。她开始炸油辣椒和花椒，这样等人来齐，再炒个风肉蒜薹、一个阴椒河虾、一个手撕包菜，菜就齐了。

徐友儿和夏岚打闹了一阵，跳到床上，和佟子诚廖喜来四人一起看网剧。他们看到彩蛋部分，就是顾海的现役女友金璐璐出场的情节。

"你们看她像不像孔菊花，五官不清，怪不得顾海劈腿了。"廖喜来嘻嘻笑。

"你说孔菊花，我真是屎胀。"徐友儿嗤之以鼻，"真嘞是人上一百，形形色色，三十米外看不出性别，说飞机场都牵强，准确嘞说前胸巴后背，特级贫困县，偏偏喜欢装特别，也不知道老朱怎么会看上她。"

"不是装特别，是装乖噜噜，以为能勾到陈冠希，是不是很厉害？"夏岚在一旁帮腔，"讲身材要讲简小恬，盯不盯，看眼睛，美不美，看霸腿，简小恬前弓后翘，虐狗第一。"

吐槽谁谁到，朱维汉这个时候把电话打过来。佟子诚正看到关键处，跑进厨房，拿简小恬的手机给他打过去，自己的手机继续看网剧。

"我真嘞是对她好，她总是闷闷不乐，都是我找她聊天，她还想搞啷子！"朱维汉在电话那头气呼呼地吼。

"我老婆把菜做好了，赶快过来，过来说。"佟子诚眼睛盯着屏幕，心不在焉地压住笑声说。

"我现在走不开，她把门拦住，不让我和万继红出门，我们衣裳都穿好了。"朱维汉很恼火，隔着几里路都能听见他呼呼的喘气声，"胡千琴在她之前，是她主动提出和我交往，万继红后来和我好，我也没瞒她，她都同意，说不会离开我，要加倍嘞对我好。我给胡千琴说回乡嘞事，胡千琴一句意见都没得，送我一双板鞋，祝我脚踩春风，前程万里。你说说，都是家乡人，怎么兹样？"

简小恬向佟子诚打手势，问可不可以炒菜了。佟子诚把手机举在头上，眼睛没有离开屏幕，凑过来附在她耳边说，孔菊花不让朱维汉回贵州，非要朱维汉娶她。

"她说嫁给我，我没得答应。你说，离家在外，哪个不孤单，她脑筋当喽啊，做兹种傻事。"

朱维汉的声音毛躁响亮，震得简小恬头皮发麻。她从佟子诚胳膊圈里钻出来，过去把火关掉。她看暗淡下去的灶头，想到祭祖时候的香火，它们在清明节前后那些天袅袅不断，漫山遍野。但不是每个长大以后的女孩子都知道，自己日后将会埋在哪里。

"我懂她嘞心思，懂她们嘞心思，对她们很好，她们受人欺负都是我去摆平，她那一次，我三肋四肋打断两根，还不够？"

"但是，你不该让她们三个人竞争，不该让她和万继红一起住，哦嗬。"佟子诚恋恋不舍地把目光从手机上移开，下意识看了简小恬一眼，按下暂停键，用修长的手指理了一下上周刚刚打理过的发型，"你又不是赵红兵，又不是小北京，古典流氓现代流氓名单上都没有你嘞大名，你搞不掂女人，她们不可能让你爽到最后。"他靠在厨房门上，无聊地扭头看廖喜来和他的两个女人在床上争风吃醋。

"她离开我又不是活不成。"朱维汉嗓子都哑了，听上去他已经说了很多话，把一生的话都说完了，人显得非常疲惫，"年龄差不多了，她也该离开了，她完全可以照样做良家妇女，她还要做啷子？"

"你给她出证明啰，"佟子诚干巴巴地说，"她拿良家妇女嘞证明去积分入户，事情就解决了。"

廖喜来挤进厨房，抢过手机，朝电话那头喊："某些兄弟烦不烦人，几点了，肚子饿了，兹哈快过来，喝完酒去玩打鱼机……"

廖喜来话没说完，电话里突然传来一声惊叫，是万继红的声音，她像被蛇咬了一口，然后是朱维汉，他惊慌地喊，孔菊花，你搞啷？孔菊花你莫要胡来！

电话断掉了，再打过去没人接。简小恬紧张地问，怎么了？佟子诚从廖喜来手中抢回手机，继续拨，电话通着，就是没人接。廖喜来唏唏地笑，说肯定是孔菊花鬼火撮，和老朱拼了，老朱会挨她嘞耳屎。佟子诚说，她不能把老朱惹毛，老朱惹毛了惊心动魄，就是黑道片了。廖喜来说，她可以下万继红嘞手，万继红不经打，老朱只能带着挂彩嘞媳妇回铜仁了。

"你们这样说不公平，"简小恬突然有些生气，她不喜欢男人挤进厨房，他们一点都不尊重她做的那些菜，"孔菊花在超市上班，只拿两千多，她舍不得吃舍不得穿，对朱维汉出手大方，朱维汉玩打鱼机，二百元一单的鱼炮她都舍得出。上次朱维汉玩急了眼，她一次买了三四万炮，就是看不得朱维汉不开心。你们知道她喜欢读书，别人都用智能机，她还在用N96的老机子，见一次面用我的手机看一次，那真是没有底线的付出。"

"那又啷个样，"廖喜来莫名其妙地看了简小恬一眼，再看佟子诚，"她可以用塞班直板，塞班不像安卓耗流量，一开网络就自动联网，看书可以开通流量包，也可以下载免费软件，也可以用动感地带 MO 套餐，照样省钱。"

"省你个鬼！"简小恬愤怒，"你当孔菊花是各种作？她不是非要看《和总裁同居的日子》和《BL女的BG爱情》，她是想嫁给朱维汉！"

"朱维汉说过不会娶她，早就说过，她就是想不通。"

"她花了五年时间，用了五年心思，为他打了两个娃儿，人都老了，难道他还不能娶她吗？"

佟子诚看看这个，再看看那个，喉结滚动了一下，一脸被戕害的无辜样。他皱着眉头说，你们烦不烦？

听见吵架，徐友儿和夏岚挤进厨房，叽叽喳喳问朱维汉和他的老婆们什么时候来，什么时候开饭。夏岚碰到徐友儿的胸口，徐友儿嫌夏岚占她相因，不高兴地推她一把。夏岚没站稳，撞在角落的高压锅上，锅中的糟辣扣肉倾翻了一地。

大家一时傻在那里。

简小恬呆呆地看着泼了一地的油汤和香糟汁，脑袋里沮丧地冒出一个念头，早知道这样，做这么多菜干什么，不如只做一个菜，什么都装进一个锅里，炖在灶火上，总不会有人跳上灶台去把菜踢翻吧？

简小恬和佟子诚拦下一辆绿色出租车，赶到朱维汉住的天合村。廖喜来已经骑着他那辆雅格尔电动车，带着徐友儿和夏岚先到一步。出租楼下，停着几辆顶灯闪烁的警车，警察扯了警戒线，人群围一圈，多是衣裳鲜亮的厂妹。

简小恬和佟子诚赶到时，朱维汉已经被120急救车拖走了，地上留着一串新鲜血迹。廖喜来也没有看见朱维汉，只听说他被捅了好几刀，半个胃都掉出来了。

"死了没得？"佟子诚咽了口唾沫，紧张地问。

"听说还有一口气，"廖喜来说，然后补充一句，"他哭了。"

"哭了？"佟子诚不明白，"为啷子？他肿个样会哭？"

"孔菊花个傻儿下手狠，各种捅，他觉得受不了，也许。"

"她们出来了！"夏岚惊喜地喊。

几个提着微冲的警察从楼道里出来，然后是一男一女两个警察，各自带着孔菊花和万继红。两个当事人一身血，脸上脏兮兮地爬着泪痕，脚下打飘，有些走不稳。看见简小恬等人，万继红"哇"的一声号出来，人往地上瘫。男警察一把抱住，连拖带抱送上警车。孔菊花没有闹，顺从地跟着女警察走，不看人，怔忡地看脚上的鞋子，好像浸泡过血的鞋子里藏匿着什么秘密，值得研究一下。

警车响着警笛开走了。人群渐渐散去，只留下简小恬五个人，不知该做什么。过一会儿，佟子诚脸色苍白地吸了一下鼻子，打破沉寂：

"其实，老朱知道自己做不成大人物，他不打算在深圳发财，只想找个媳妇回家。他要昨天晚上走就好了。"

"他已经找了七八个媳妇，还可以找二十七八个，但是他没有那个福气，"平时从不和佟子诚犟嘴的简小恬，突然血往头上冲，有一种抢话说的冲动，也不管佟子诚是不是朝不保夕，她是不是身处危险，只管把话说出来，"现在好，他一个也带不走，他把自己都弄丢了，只有自己埋回祖坟山了。"

"你知道啷子，"廖喜来不高兴，朝简小恬翻白眼，"我们那里，娶媳妇不容易，彩礼两万，结婚七八万，没有新屋要盖新屋，算下地，十几万打不住，老朱家在城关，钱用得更多，要是从厂里带一个回去，一分钱都不用花，说不定女方还会帮衬几万，孔菊花是老乡，所以他不会娶孔菊花，只会娶万继红。"

简小恬什么都想过，就是没有想到这个结果，一时堵在那里，说不出话。大家都不说话，都呆在那里。简小恬下意识地回头看佟子诚，希望他能说点什么，比如说，现在怎么办。佟子诚站在那里，美目涣散，被吓住了，这回他没有把手抄在裤兜里，而是纠结在胸前，一副憨丝儿样。简小恬知道，不能指望佟子诚了，无端地，刚才在厨房里的念头再度浮上脑海：你可以做无数道小菜，也可以只做一道大菜。

顺着这个思路，简小恬继续往下想：

你可以钓无数条小鱼，也可以只钓一条大鱼……

你可以走无数曲径小路，也可以只走一条康庄大道……

你可以……也可以……

你什么都可以……

瓶装女人

李宏伟①

瓶子重重地落在地毯上，瓶内波澜回荡，呛了女人一下。一股黏稠的液体漾起，甩出了瓶外。

女人逐渐从混沌中恢复意识，她睁开眼睛，周围仍旧是如同真空般空无、固体般致密的黑暗，辨别不出任何物体的轮廓，析分不出所置身空间的层次。她凭着直觉游动几下，到了瓶口，双手撑着瓶颈，仰起头，在手臂下滑之前，口鼻露出了水面，着着实实呼吸了一口新鲜的空气。

第一口。这一次的第一口。女人让这口新鲜空气进入身体，仿佛借助它，从内里将自己清洗了一遍。

双手滑脱，身子翻转的一刹那，她的右耳也露出了水面，听见隐约、均匀的嘀嗒嘀嗒声，一双看不见的脚正在瓶子外面的空气里临空蹈虚地踏步前行。随后，她又沉入了水下，沉入了更加黏稠的黑暗。女人知道，她再分泌不出什么来加深这黑暗。

也没有这个必要了。一阵更加明显的声音响了起来，沉稳，结实，每一声都在夯实它所立足的基础，每一下又都对这个基础有所动摇。这声响在上升，橐、橐、橐，也在接近。没有被打断，也没有停歇，它的均匀呼应着女

① **李宏伟**　1978年生于四川江油，毕业于中国人民大学，哲学硕士。现居北京。参加第三十届"青春诗会"。著有诗集《有关可能生活的十种想象》、长篇小说《平行蚀》《国王与抒情诗》、中篇小说集《假时间聚会》。曾获2014青年作家年度表现奖、徐志摩诗歌奖等。

人耳中残留的嘀嗒声。

然后声音停下来，像被掐断一样凭空消失。女人没有怀疑自己出现了幻听，愈见清晰的记忆让她对眼前的事情有了更多的把握，她对后续有了猜想。女人停止双手、双脚的摆动，完全静止在水中，以免错漏任何验证猜想的响动。

果然，一串金属物品相互碰撞的叮当，一个扁平物品插入孔眼的哧啦，一次轻微地转动制造的咔嗒，一下往前推动的吱呀，一声折断或者摁下的啪，这一连串的声响无中生有地带来了光亮。女人的眼前豁然明亮起来，尽管身处混浊的水，隔着玻璃瓶壁，这光亮没有那么明朗，可也正因为如此，忽然明亮了的眼前世界带着搅拌成一团的体温，仿佛光亮具有立等可取的加热作用。

站在门口的是一个男人，他回身关上了门，看了一眼自己刚刚按下的开关，向他的目标走去。女人游到瓶口处，顾不上看他，她先要从这个位置，尽可能地把周遭世界打量一番，对比着记忆，核校一下什么地方起了变化，变化的幅度有多大。她需要依据这个幅度，推测一下发展的趋势。

房间没有什么变化，四四方方，没有窗户。天花板上垂挂下来的孤零零的吊灯射出冷冷的白光，让白色粉刷的墙壁与天花板更加泛白，白到骨头里面。房间的一角摆放着一张沙发、一张条桌，桌上放着唱机、堆着一堆唱片——女人回想了一下，其中的大部分唱片她都听过，但是重复听过的并不多。房间的另一角放着立式空调，在女人的记忆里，空调很少使用，多数时候都没必要也来不及。第三个角落放着一个大花盆，里面的三角梅已经快一人高，紫红色的花缀满了好几根枝条。

房间里的第四个角落，是金属的极简的盥洗池和同样风格的水龙头。女人撑着瓶壁，从瓶颈与瓶肩不同地方张望了好几遍盥洗池与水龙头，从这个角度当然看不见池里的玻璃缸、玻璃杯，可是这完全阻绝不了她心中绵延不断的热望。

目光好不容易从盥洗池、水龙头上挪开，看向地面。房间中央是四四方方的地毯，和房间的各个墙边等距地铺在正中央，地毯外面是暗黄色的木地板。女人不指望地板上已经开始出现变化，她以目光为检测器、为放大镜，筛选、排查地毯上的每一寸面积、每一根纤维。漾出瓶内的液体照样落在地毯的东南角，洇湿了一个长条形的面积，像是一条鱼。另有少量液体洒在长条形面积周围，有大有小，恰好构成了鱼尾、鱼鳍、鱼周围的水泡，还有鱼嘴边吐出的气泡。女人在瓶里换了几处位置,加快了自己的动作,那鱼眼看着活过来、游动起来。

漾出的液体这一次成了鱼的图案让女人开心了一些,更让她开心的是,经过仔细对比,这一次液体洇染的面积比起上一次,已经多了五个细小的格子。五个格子实际面积微不足道,作为变化的指标,却是足够她开心好一阵了。因为这多出来的五个格子,女人这时候终于能够看向进入房间的男人了,她看向男人的目光除了往常的怨恨与怜悯,也因此还多了一点点宽容。

男人当然没有注意到女人目光中复杂的成分,和往常一样,他根本没有看房间正中央的地毯、地毯正中央的瓶子、装在瓶子里的女人,一眼都没有。就像那个区域对他来说是另一个空间一样,男人径直从门口走到对面墙角,在沙发上坐下来。他从兜里掏出一瓶酒来,拧开盖子,仰头咕咚喝了一大口。女人双手扒住瓶壁,双眼都快贴在玻璃上,仍旧看不清楚是什么酒,只能勉强看出酒的颜色略微呈金黄。

男人倚靠在沙发上,伸直双腿,仰起脖子,闭上了眼睛,让那一口金黄的酒液徐徐流注体内。不知道他是调动了所有的感官,凝神于这一口酒的游走,还是清空了意识,让酒如同水流进大海一样流入他的身体,从女人的角度,看到的都是一具寂静的冬末春初的身体,仿佛在沙发上停止了时间。女人没有着急,她望向沙发斜上方,也是四面墙壁上唯一悬挂的物品,那只挂钟。十一点五十分,还有十分钟。

那一口酒流动缓慢,终究还是注入了男人的体内,润滑了相关的齿轮与机簧。男人站了起来,将酒瓶放下,他选了一张唱片放进了唱机。一阵轻微的唱针在唱片上滑动的吱吱声后,路易斯·阿姆斯特朗的声音响起,是 *Go Down, Moses*。

男人站在那里听着合唱、独唱、合唱的交替交缠,一动不动。女人无法与男人的视线平齐,不知道他具体望向了墙壁上的哪一团洁白,是否从上面找到某个目光可以落脚的点,她更不知道男人在想什么。但是女人知道,这几乎是男人最爱的一张唱片,上面就灌注了这一首歌,是唯一一张他差不多每次只要放进去就会听上两遍的。

对。对。从一开始女人就知道,她使用"每一次"这样的词语是错误的,是在刻意营造延续的氛围,是潜意识里对"每一次男人都是新的"的否认、拒绝。可是那又怎么样?女人不在意。男人在意吗?她不知道,她甚至不在意男人对这一点的感受。毕竟,是她,这一切到最后都只是她在经受。

女人从短暂的受挫情绪中挣脱出来，听着这首她听了很多遍的歌。当阿姆斯特朗唱到——Yes The Lord said 'Go down, Moses way down in Egypt land tell all Pharaohs to Let My People Go！'——的时候，女人禁不住在心里跟着哼唱起来，在最核心的那一句"Let My People Go"，她甚至张开了口，想要大声唱出来。但是，没有声音出来，只有一股液体顺着张开的嘴涌了进来，充满了她的口腔。好在女人有了经验，她迅速闭紧了嘴巴，喉咙也哽着，没有咽进去一口。然后女人像挤牙膏一样，一口一口，一小口一小口，挤出了刚刚涌进嘴里的液体。就是这么一会儿，就是这一点工夫，女人感到心慌气短，能感觉到心脏异乎寻常地猛烈跳动，并且像一台气泵正以收缩的力量在水里制造由小而大的涟漪。

女人不能让自己在瓶中无休止地制造事端，她鼓起所余不多的力气，手脚并用，拍打着更见黏稠的液体，再度向瓶口游去。这一次她双手已经无法撑住瓶颈，以让她的口鼻长久地露出水面，但她在仓促间尽力呼吸了一大口，并且利用翻转的力量，让右耳再次露出了水面。

是的，她听到了未经液体过滤的钢琴声、鼓声，听到了阿姆斯特朗醇厚、磁性的声音。除此之外，她还听到了一声轻轻的并不完全与唱片上阿姆斯特朗完全合拍的清唱，Let My People Go！——是男人的声音，没有什么可争辩的。女人为此感到宽慰，她愿意在瓶里再憋闷无比地多等待一会儿。

男人听完了一遍唱片，又站立了一会儿，他再次举起酒瓶连着喝了两口，然后再次让阿姆斯特朗唱了起来。这一次男人没有站着发呆，也没有百无聊赖地躺在沙发上，仿佛有人终于按下了他身上的使命键，他开始行动起来。

男人走过来，小心翼翼地用双手捧起四方的瓶子。瓶子举到齐他眼睛的高度，男人专注地在混浊的瓶中寻找。短暂的因为瓶子移动引起的眩晕后，女人稳住了身体，她意识到男人在寻找自己，便不辞辛劳地双手贴着瓶壁绕圈挪动身体，并且始终摆动双腿，以保持贴住瓶壁的力量。转了一百多度之后，女人终于和男人正面相对了。离得太近，女人看不到男人完整的脸，男人的目光还是那样，单纯中透露出一点点懊丧，像个肩负重建世界重任但刚刚受了点伤害的大男孩。女人注视着男人，没有多余的动作、没有翕动嘴唇以引起男人的进一步注意，她脸上的表情也没有变化，她知道，男人的注意力不在这上面，他也没有时间、心思来捕捉她的表情变化，分析其中的奥义。

男人把瓶子往面前凑得更近了一些，确认了女人仍旧活在瓶内，没有受到任何损害之后，他捧着瓶子向盥洗池走去。短短的距离，男人走得非常小心，双手捧得紧也捧得牢，他既要避免瓶子一不小心落在地上摔得粉碎的大灾祸，也要避免再有液体漾出来，洒在地板上的小灾难。

到了盥洗池边，男人选定了一个最合适的位置，站好，仍用双手抓住瓶子，慢慢地倾斜瓶身。瓶里已经混浊，开始黏稠，乃至有了一点凝固迹象的液体缓缓淌出，注入四四方方的玻璃缸里。玻璃缸里的那些模型，小小的沙发、唱机、唱片、盥洗池、水龙头、盆栽植物、挂钟等等都已经晾干，没有一点不该有的水分。男人倒入的液体浸润着它们，等待在某一个恰当的时刻给它们以新生的光亮。

尽管男人非常注意瓶身倾斜的角度，随时控制着瓶中液体流出的速度与量，但是玻璃的瓶壁太过光滑，衬得液体流淌带来的裹挟力量巨大，犹如山洪倾泻，无法阻挡。女人划动双手、拍打双腿，以蛙泳的方式拼命逆流向瓶底游去，也只是稍微减缓了自己向瓶口坠落的速度。不过这种减缓并没有多少实质意义，随着瓶内的液体明显减少，男人稍稍提高了一些瓶身倾斜的角度而完全消弭。

男人为了把瓶内的液体完全倒入缸里，不得不将瓶身倒竖起来时，他尽量照顾到女人的情况，没有陡然竖起来，而是尽可能动作轻柔、和缓，以让女人能够顺着瓶壁下滑，能够双手撑在倾斜的瓶肩上，以免脑袋堵住瓶口。女人当然知道，她可以倒过来，双腿分开踩住瓶肩两边，这能节省她本来就所剩无几的力气，更能避免因为倒立而来的不适。可是女人不能，她不但不能赤身岔开双腿，她还必须在倒立的时候保持双腿并拢。

无论多么艰难，女人总算和每一次一样，撑到了最后。随着最后一滴液体从她已然垂到瓶口外面的长发上滑落，滴进玻璃缸里，女人长长地吁了口气。完全新鲜的空气充满了瓶子内，女人倒立在里面能清晰地听到从瓶口、从四壁传来的阿姆斯特朗的声音，那声音在瓶子里四处碰壁，汇聚成一股股震荡的声波，没用上几秒钟就嗡嗡嗡成了一片。

男人更加小心翼翼地将瓶子从倒立转过九十度，成为平行，再转过九十度，正立过来。女人终于可以安静地待在瓶底，在空气过分充足导致的危险到来之前，自由地呼吸一阵了。女人先是站立，双手垂着贴着身体的呼吸，随着眩晕加重，她走到一侧瓶壁前，靠壁坐了下来。这一次，女人双手交叉，挡在了胸前。

男人一直在默默地看着女人，他尽力控制着双手，不让它们颤抖，以免给瓶中的女人带来强烈的震动，更得避免瓶子落在盥洗池里摔碎，破坏玻璃缸。女人双手挡在胸前也是给了男人信号，他放下瓶子，拿起池子里的玻璃杯，拧开水龙头，接了一满杯水。男人一手扶着瓶子，一手持着杯子，杯口对着瓶口，杯子里的水沿着杯壁注入了瓶中。倒完一杯之后，男人又连续接了两杯，将三杯水完全倒进了瓶中。瓶中的水越来越多，瓶子倾斜的角度越来越高，第三杯水倒完之后，瓶子已经竖起来，垂直于盥洗池底了。

　　还在因为瓶子倾斜，水都聚在一角，可以足够整张脸都埋进里面的时候，女人就转过身子，面朝瓶壁跪着，将整张脸埋进了水里，缓解了完全暴露在空气中带给她的晕眩。等她终于在水中缓了过来时，倾斜的水面已经没到了女人的脖子，女人昂首站立，享受着不多的淋浴的舒适。等到水完全没过了她，女人一矮身，潜到水下，在瓶子里畅游起来。瓶子里的空间并不大，可是这一点点空间也够女人变换不同泳姿，痛快戏水了。

　　瓶子终于竖立起来之后，仰泳、蛙泳、自由泳，还有自创的龟泳、鱼泳、海马泳，女人都可以玩开了。这是女人每一次最自在的时间，短暂如同剃刀边缘一层薄薄的蜜，她必须小心又贪婪地享受、充分享受。女人知道，因为全身都在水下，她的所有泳姿都是潜泳，用名字不过是取个形似，不过这没有什么，能高兴就好，哪怕高兴的时间如此短暂。

　　新换上的水，完全干净、透明，没有一丝视线障碍，没有一粒可见的悬浮物。除了女人已经熟悉、已经习惯、已经离不开的一点点氯气的味道，水中没有任何异味。女人顾不上自己还是赤裸的身体，以手以脚为发力点，以腰以腿以臂为助力器，从瓶子的一壁游向另一壁，从一角弹射向另一角，从瓶底浮向瓶肩，又从瓶肩坠下瓶底。女人每一次在水中纵横、游弋，她那一瀑及腰的黑色长发都在水里垂直、弯卷，像是一丛生命力旺盛的水草，在水中情不自禁地开花。看女人戏水的兴致，会以为她只是个十岁左右、玩心最重的小姑娘；看女人在水中自由来去，毫无拘束的身手，又会让人以为她天生就是这瓶中的居民，瓶子就是她天然的领地。

　　女人知道，身体里面没有任何之前液体的残余，可是在水中或快或慢、或上或下的时候，她还是打开了身上的所有毛孔，无一遗漏。她不止是想要用毛孔尽可能多地将水中的氧气滤出来，送进体内，她还想以过滤的形式将身体清洗一遍。至少在心理上，她以此洗去了之前液体留在身体上的影响。

　　男人看了看挂钟，余下的时间不多了。女人想必也尽了兴。他再次双手捧住瓶子，以同样的谨慎一步步离开盥洗池，走回地毯上。在地毯的正中心，是由同样大小的一个个小格子织成的火焰图案。男人先是弯下腰，将瓶子放在地毯正中心，随后他跪了下来，如同挪动地球的位置，或者如同挪动刚刚睡熟的婴儿，一点点地挪动瓶子的位置，直到瓶子底部的四条边缘严丝合缝地覆盖住那个同样四四方方的火焰图案。

男人松了一口气，从衣兜里掏出一块手帕，半蘸半拭地擦去额头的汗，不让一滴汗水跌落在地毯上，更不能让半个汗水分子落进女人所在的瓶子里。放回手帕后，男人保持跪姿，双手与瓶子等距、平行。男人慢慢地垂下头，面孔如巨大的云团向下靠近瓶口，男人的双唇也微微噘起来，进入了瓶中。男人的唇几乎完全占据了瓶口的空间，离瓶中的水面只差几毫米。

在男人跪下来，向瓶口靠近的同时，女人也停止了嬉戏，她以缓慢到几乎辨别不出的速度向瓶口游近，以免激起任何可能的涟漪。她还是比男人先到瓶口，便手脚并用，像是趴在实际是倒扣在一侧瓶肩上。男人以唇占据了瓶口后，女人手脚并用，力气用到最微弱、最不可见地游向瓶口。

女人完全仰浮着的脸贴着瓶口露出水面，她也噘起嘴唇，在男人的唇上触碰了一下。两张面孔的距离也仅仅够双唇这样的接触，如果女人伸出舌头，还能碰到男人的唇，但是女人没有这样做，这固然有女人的矜持在内，但更有对于未知的恐惧——女人从来没有用舌头触碰男人的唇，她不知道那样会带来怎么样的变化，说不定就是无法收场的恶果。

男人和女人的双唇这样触碰时，这次屏气敛息的并不对称的亲吻进行时，墙上的挂钟响了起来。没有清脆的声音报时，挂钟持续地以清楚的传遍屋内的当当当响够了十二声。钟声一停，女人在水下一个反转，贴着瓶肩、瓶壁，到了瓶子下面的一个角，她在角落里坐下。男人双手扶住瓶子，双唇不造成任何动静地退出了瓶口，然后男人再双手撑着地毯，站起来。

男人躬着身，后退着一步一步离开地毯。离开地毯后，他转过身来，几步走回开始的角落。这一次男人没有再放唱机，他挪开唱针，取下唱片装进盒子，和其他唱片摞在一起。做完这些，男人再没有任何眷恋，也没有任何停留，他在沙发上坐下，拿起条桌上的酒瓶，仰起头不歇气地喝光了瓶子里的酒。

男人把空酒瓶往条桌上一放，双手垂下，歪着头，在沙发上睡着了。

女人在角落里坐着，看着男人离开、取唱片、坐下、喝酒、睡倒。透明的水略微折射了所见，对于所见的进行却并无损耗。男人睡着后，女人又坐了一会儿，体会着瓶内有限的寂静、瓶外无边的空寂。然后女人站起来，她双腿一蹬，再度游到瓶口，她以刚才和男人亲吻的姿势，再度趴在瓶口，将嘴巴露出了水面。

　　女人调整了姿势，均匀了呼吸后，心神一致，平缓、有力地吸了一口长气。房间内所有的物品都受到了这一口气强大的吸力，开始摇摆、晃动，紧接着，空调、花盆、条桌纷纷向着瓶子移动，移动的动静并不大，也不发出丝毫尖锐的声音，就仿佛它们都在一瞬间装上了滑轮或者被放在了冰面上。这些物品到了地毯前面停了下来，好像地毯是无法逾越的界限，是一堵无形的墙。

　　女人停了一下，再次调整呼吸，吸起了长气。那盆三角梅上的紫红花朵感受着吸力，纷纷从枝头落下来，向着瓶口飞来，它们只是在瓶口稍稍耽误了一下，便以调整好的紧密衔接的顺序飞进了女人的口中。花朵之后，再没有物品被分解，也没有在瓶口耽延的情况出现。花盆连盆里的泥土、花木，空调连同插线，条桌连同桌面上的唱机、唱片、酒瓶，统统从瓶口进入了女人的口里。女人的动作、表情、身体没有受到这些物品的影响，它们就像空气中的某一种成分，一口长气进了她的身体里面，被留了下来。在她呼出的气体里面，看不到这些物品的残余，唯一可见的，是随着女人吸进体内的物品增多，她身体周围的水受到浸染一样，有了颜色。一种纯然的不可逆转的黑色，以无法计量速度但是同样不可逆转的方式，由女人身体向外扩散。很难判断这是不是通过皮肤，由女人体内向外排出的黑暗，因为女人的身体是始终如一的白皙。

　　女人总算找回了感觉，她长出了一口气，旋即吸了更长的一口。盥洗池在这口气中摇晃着从墙上脱落了，盥洗池、水龙头，盥洗池里的玻璃缸、玻璃杯，一股脑儿地飞到了瓶口，飞进了她的嘴里。女人盯着沙发上熟睡的男人，目光中盈满了怜悯、爱惜，口中却没有一点儿踌躇。男人从沙发上翻滚下来，跟在沙发后面跌跌撞撞向瓶子飞来。女人以让男人单独进入她口中的方式，回馈了刚才那一个吻。

　　在男人进入她口中，女人双眼对到一处，快成了斗鸡眼也再看不到男人身体的任何一部分，从而肯定男人完全消失在自己口中时，女人自己都不知道，有两滴泪从她的眼中滑出，消失在水中。

　　女人再一次张开嘴，这一次她将墙上的挂钟、身下的地板、房顶上的吊灯一并吸进了嘴里。吊灯的消失让房间漆黑一片，不过这没有停止女人的动作，反而加快了她吸气的力量、延长了吸气的时间。房间的墙壁、天花板、地板、防盗门都卷起来被她吸了进来，然后是楼梯、电梯、楼上楼下，整片小区。

只有那张地毯还在原地，还将女人和她的瓶子从其原本置身的小空间转移出来。现在，地毯落在空旷的地上，置身于繁华的城市，借助城市的灯火，可以看到瓶中的水已经有一多半被黑暗侵染。这黑暗还不那么彻底，视线穿过它也不会被完全挡住，只不过给经由它看见的世界垫上一层浅浅的黑底。

女人没有花多少时间来适应陡然开阔的世界和视野，她依旧仰面冲上，趴在瓶口。再一次吸纳乾坤的一口气后，整座城市翻卷着进入了她的体内，紧随其后的是大片的建筑、山川、河流、沙漠、原野，人工建造的一切、自然遗留的所有。等到女人这一次停下来，地毯不再是落在什么上面，借助什么之力，而是纯然地飘浮在空中，悬在宇宙间。

瓶子的上方，双眼所向的地方，并没有耀眼的阳光直射过来，而是圆形的黑盘一样的月亮挡住了它。女人身体的两侧则是微弱但是谁都遮掩不了的星光，在她注意不到的被地毯挡住的下方，同样是星光。在光线之间，则是蓝到发黑或者说黑到发蓝的虚空。

女人一鼓作气，长鲸吞海一样一口气吸进来，月亮、太阳、星辰、星际尘埃，创造这个世界所产生的一切物质与能量相继进入她口中。那些因为永恒燃烧而烈焰炽炽而光芒万丈的天体在飞过来的时候，照亮了这个悬浮在物质世界内又超然物质世界外的方形瓶子，瓶子内的水已经黑成了一个整体，黑得很难再用水来称呼，而只能称之为液体。最后一点微弱的光芒消失前，女人换了一口气。这口气她带上了满腔的柔情，带着对这个被她吞没的一次性世界的全部情感，轻轻地吸了一口。托着瓶子的地毯飘荡起来，紧随着最后的光芒进入了女人的口腔，进入了女人的腹中。

这下，女人完全只存在于她的瓶子里了，瓶子外面再没有物质，连外面这个概念都没有了。瓶子在那里永恒静止，或者在那里永恒下坠。无论静止或下坠，瓶子都有速度，黑暗的速度。这黑暗不可以用时间来计量，直到瓶子再一次"咚"的一声。

重重地落在地毯上。

枪　手

韩少功[①]

　　油印工序大体是这样：先用尖头铁笔在钢质垫板上刻写蜡纸，然后把蜡纸挂上墨网，用滚筒蘸上油墨碾印，于是油墨透过诸多刻痕，一张张传单或小报便大功告成。这种活很奇妙，干得多了，少年们免不了别出心裁再干出一些花活，比如用多机实现多色套印，或在蜡纸上下足功夫，时琢时磨，时剔时刮，居然能倒腾出木刻、工笔线描一类图像，甚至印制出深浅不同的水墨层次，与铅印的正规报刊相比，效果难分高下。可以想象，要是"红卫兵""停课闹革命"再闹上几年，一代铁笔艺术家茁壮成长，就靠那些侏罗纪风格的老装备，蜡刻印象主义或蜡刻浪漫主义也许要流派纷呈的。

　　多年后，徐冰说起当年，出示自己的一些油印插图，我一见就会心一笑。想必这位大腕当年也是脸上常有油污，指头磨出硬茧，上街只看墙头张贴的小报，看小报又全然不在乎内容，目光直勾勾的，只是留心标题、版式、配图的艺术高招和创作心机。惺惺惜惺惺。他肯定注意到街头最精美的那几家小报，隔空神交了许多同道好汉，恨不能千里相会聚首把臂一吐衷肠。

　　我也在这个江湖里混过。

　　其时年满十四。

① **韩少功**　1953 年 1 月出生于湖南省。主要文学作品有短篇小说《西望茅草地》《归去来》等，中篇小说《爸爸爸》《报告政府》等，长篇小说《马桥词典》《日夜书》等。曾获全国优秀短篇小说奖（1980、1981），上海中长篇小说大奖（1997），全国鲁迅文学奖（2007）等。作品有 30 多种外文译本在境外出版。

本人最大的从业污点是伪造印章。说实话，既然铁笔下能有艺术流派，刻出印章效果就只是小菜一碟。全国学生免费大串联历时约半年，终于被叫停，但同学们心痒痒的还想出去逛，于是盯上了铁路系统的内部车票。在他们怂恿之下，我借助一把放大镜，在蜡纸上精雕细刻，再用抹布蘸上油墨轻轻涂抹，很快就制作出铁路局的什么函件，其大红印章看来看去，几可乱真。有同学一见就乐坏了，"你索性再刻一个中央军委的公章，我们坐上轰炸机出去耍耍呵。"

以这种假印章骗车票居然多次成功。就这样，这一年夏天，好友们一伙人去了广州，另一伙人去了北京，再不济的也去畅游岳阳或衡阳，校园里变得异常安静，只有绿树深处蝉声不息。他们去的那些地方我早已去过了，便留校守家。我所在的长沙市七中与烈士公园为邻，校园北部的山坡外就是浏阳河。如果同学们都在，我们常去河里骚扰民船，以满船的西瓜或菜瓜为目标，讨不成就偷，偷不成就抢，图的是一个快活。后来还有更神通的战法，那就是一齐对船老板大喊"陈老板——"或"樊老板——"。"陈"谐音"沉"（船），"樊"谐音"翻"（船），都是美丽江面上最狗血的咒语。有些船民一脑子迷信，一听到这种叫喊就叫苦不迭，就急得跳脚，实在招架不住，只好往船下丢几个瓜，算是堵上小祖宗们的臭嘴。

可惜我眼下孤身一人，构不成声势，没有预言"沉船"或"翻船"的威慑力，只好怏怏地提一条游泳裤提早回家。

事情就这样发生了。1967年这一天的回家之路实在落寞得很，无聊得很，一路走得郎里咯郎。我走过飘飘忽忽的体育馆，摇摇晃晃的公交牌和米粉店，在白铁作坊前还没把弧线剪材看出个门道，忽听身后一声爆响。

事后依稀分辨出来了：枪声！

事后我还回忆起来了，街面顿时大乱，人们像一群无头苍蝇惊慌四散夺路而逃。如果我拍拍脑子，掐一把皮肉，还能回忆起一个老太婆摔跤了，另一个汉子盯住我的左腿大惊失色，于是我看见自己裸露的大腿上，有一个扣子般大小的血洞，开始往外冒血。这是什么意思？这红红的液体不就是血吗？我的天，刚才那一枪是打中了我？世界上这么多人影，我招谁了惹谁了，竟然如此背运，早不回晚不回偏偏要在这一刻回什么家，千辛万苦把自己往那个黑洞洞的枪口上凑？

我没感觉到痛，而且发现自己还能行走，便用游泳裤紧紧捂住伤口，跟随人们闪避到路旁。我撞开了一张门，有用没用先求上一句："我受伤了，请帮帮我！"说完才看清面前是一老一少两个惊呆了的女人。后来我才知道，这是我一位女同学的家。她比我高一届。她肯定没想到，我们日后还有机会在同一个知青点共事多年。她肯定更没想到，她再后来移民美国，经商成功，与伙伴们天各一方，只是一份音信渺茫的模糊。

她是否还记得，她外婆找来草纸烧灰要给我的伤口止血时，两只手颤个不停，好几次都划不燃火柴？是否还记得包扎伤口时，她俩全身都软塌塌的使不上气力……好容易，门外消停了，枪声和狂喊乱叫没有了。一个男声由远而近："刚才那个伢子呢？那个受伤的……"大概是受邻居们指引，一个人敲开了房门。他瘦个头，还有点驼背，手里提一把驳壳枪，冲着我们裂开生硬的笑纹，"不好意思，刚才我们是在抓公检法那些王八蛋，妈妈的，一时枪走火，枪走火。"

他说的"公检法"，是司法系统某个群众组织，大概是他们的对头。那时正是"文攻武卫"高烧期，每个城市都闹成山头林立，你争我斗，一旦红了眼便兵戈相向。连中学生手里也少不了苏式骑53、汉阳造79、转盘帕帕夏……说实话，多是些民兵训练用的破铜烂铁，子弹也不好找。谁要是扛上一支56式半自动，那才有几分正规军模样，有脸挎出去招摇过市。大家对此其实意见不小：北京那边说"武装左派"看来也是半心半意啊，要不然好枪都去哪里了？不是被一脸又一脸假笑的人早早藏起来了？

接下来的事较为简单。小驼背抱上我出门，送上一辆货卡，是他和同伙刚从大街上截来的，然后一路驶向湘雅医学院附属二院。看着呼啦啦的梧桐枝叶在天空中刷过，我已开始感觉到伤口裂痛，而且知道自己还有一个弹孔，在大腿侧后，是子弹的入口。进入医院后，痛感更加猛烈狂暴。不知什么时候，白大褂晃来晃去，一位女护士问我一些问题，爱吃什么菜，爱唱什么歌，爱玩什么游戏，是不是放过风筝或做过航模，诸如此类，莫名其妙。事后才知道她这是分散我的注意力，不让我瞥见手术台上那一大盆一大盆的血纱布，防止我大叫一声吓晕过去。据她说，手术时间稍长，是因伤口离枪口太近，火药残毒重，必须切开皮肉全面清创——这话说白了吧，"清创"就是用药纱条在一道肉沟里拉锯式地拉来扯去，就是用钳子夹上药棉团这里那里猛戳一通。

我哥来到医院，在病房走廊里找到了我——这里已人满为患，加床都差点加到厕所里去了。我哥对小驼背怒不可遏地喊："你是什么人？干什么的你？你会用枪吗？你也配拿枪？你的枪口再提高一点点，他就没命了你知道吗？你今天实际上就是个未遂的杀人犯，杀人犯！谁在乎你那点水果罐头？医药费算个屁啊。他要是留下个什么，你这个家伙必须一辈子负责到底我告诉你……"

小驼背脸上红一阵白一阵，把手枪哗啦一声推上膛，狠狠地塞给对方，"那怎么办？大哥，你打我一枪。"

我哥愣住了。

"你要是还觉得亏，那就打我两枪。不过话讲在前面，我没打死他，你也不能打死我。"

大学生最终没敢接下盒子炮。

"你打呀，打呀。没关系，老子这条命反正不值钱，就是一条野狗。大哥你要是不会打，来，小弟我教你打……"

现在轮到我哥脸上红一阵白一阵了。其实，从后来的情况看，这家伙长得未老先衰，虾米背和猴公嘴不怎么周正，倒也不像个小土匪。无所事事的时候，见邻床一个老头上厕所困难，他就扶来扶去好几趟，还帮忙打饭。见病房里太燥热，他后来带上一个兄弟，不知从哪里弄来一台工厂里常见的大型排风扇，拉上临时的电线，呼呼呼送风，赢得众多大拇指。大概是同医生们混熟了，还不时有白大褂来找他，求他去救个急，帮个忙。他们都叫他"小夏"或"夏同志"或"夏如海同志"。据说他总是在脖子上挂两串手榴弹，把其中一个拧开盖拉上弦，冲到手术室那一类地方，大吼一声，两眼圆瞪，喝令小杂种们统统闭嘴，统统一边去。那些"小杂种"其实也是荷枪实弹凶巴巴的，大多比他雄壮比他伟岸，无非是看见战友伤情重，正急得抓狂，用枪口指着白大褂们，强求手术插队，强求最好的大夫出来主刀什么的。在这种场合，穿鞋的怕光脚的，光脚的怕玩命的。突然冒出一个比谁都不要命的王八蛋，其他人不敢同归于尽，就只得让他三分。

好几次混乱就是这样平息了。我后来怀疑，院方让我足足住院二十多天，迟迟不放我走，其实是想把他这个维稳积极因素多留下几天。想想也好笑，要放在平时，就凭他的虾米背，满嘴"鳖"呀"卵"的流子腔，大夫们哪能拿正眼瞧他？科班出身的正人君子们，餐前都要肥皂洗手的，周末都要上公园赏花的，笔下总是拉丁字母龙飞凤舞的，别说没工夫对他和颜悦色，恐怕还要严加提防。不过此一时也彼一时也，鸡毛飞上天了。既然只有他愿意平乱，能够平乱，那就成了革命医务人员的主心骨，德才兼备的好同志。即便一条颈根总是没洗清爽似的，能算事吗？

肯定是接受了太多热情信任，听取过白大褂的诉苦和建议，小驼背同志心情大好，索性再叫来几个兄弟，统一挂上"青年近卫军"的红袖章，在大门口吆三喝四地设岗值勤。他指挥就医者们排队，顺便督察一下环境卫生工作，教训一下叫卖的小贩，忙得浑身汗臭。如果让他再忙下去，人民英雄人民爱，人民军队爱人民，他可能就得问寒问暖成天说上普通话了。

这些日子里，我的心情却一直坍塌式消沉。文艺界男女们常来慰问战斗英雄，又唱又跳，又献花又鼓掌。其实英雄在哪里？在这个被临时征用为专收武斗伤员的医院，一个被弹片削去鼻子的菜农户，一个腹中四枪的小学生，一个炸飞了双腿的还俗和尚，一个脑袋被铁棍开了瓢的搬运工，还有太平间蒙尸白布下露出的一缕黑发或一双赤脚……看得我心惊肉跳。这就是"路线斗争"啊？明明是开屠坊、摆肉摊嘛。手术室里日夜灯火通明，白大褂们匆匆来去，那么多人被呼啸的钢铁剪裁成模糊血肉，号叫的号叫，失禁的失禁，完全是一片战祸景象——这就是"继续革命"的丰硕成果？邻床的一个眼镜鬼，参加过省会长沙三十多个造反派组织的聚义兴兵，前去"解放湘潭"什么的。但大家一窝蜂真到了前线，一个叫易家湾的地方，没人指挥，连饭也没人管，各人自己找地方趴着和躺着。几个首长模样的人挂上望远镜，带上随员和步话机，乘坐军用吉普窜来窜去，雄才大略胸有成竹的范儿，让大家眼巴巴引颈期待，但等到天黑也没见下文……只好一窝蜂又纷纷散了。"贼养的，就算是耍猴戏也不能饿肚子吧，去地里挖红薯算什么事？"

我这才看到了报纸和庆典以外的世界。

一年多后，全国的无政府状态终于大体结束。我离开学校和城市，成了湖南省汨罗县某茶场的一名下乡知青。新生活倒是太安静了，只有日复一日的腰酸背痛，两头不见天的摸黑出工和摸黑收工。无穷无尽的垦荒、耕耘、除草、下肥、收割、排渍、焚烧秸秆，让我们体力严重透支，被岁月抽空了和熬干了，只剩一个个影子在地上晃荡。就像我多年后在一本小说里说过的，"烈日当空之际，人们都是烧烤状态，半灼伤状态，汗流滚滚越过眉毛直刺眼球，很快就淹没黑溜溜的全身，在裤脚和衣角那些地方下泻如注，在风吹和日晒之下凝成一层层盐粉，给衣服绘出里三圈外三圈的各种白色图案。"

对于我们这些产盐大户来说，"文革"已恍若隔世，同汉武帝、武则天、北洋军阀那些故事差不多。如果说它还略有遗迹，还略有余温，那也不过是断断续续的小麻烦偶尔来扰，让人一点也爽不起来。有干部从城里来，调查是否有知青还私藏什么军品，谢天谢地，与我没关系。又有干部从城里来，调查是否有知青离校前顺走了公家的篮球、哑铃、球衣、手风琴，谢天谢地，还是与我没关系。更多的调查和清算与全国大串联有关。比如在各地红卫兵接待站借过钱的，借过棉衣的，眼下都得秋后算账。我的室友黄某，早就丢失了学生证，但眼下无论他如何强辩，那个别人冒用了的学生证，牵涉三笔共十五元巨款，最终得由他全数补缴，一点折扣也不给。好在他也揩过国家的油，算是没输光，不至于冤屈得撞墙和喷血。据他说，他的骗乘术很简单，想到什么地方去耍，就先学几句那里的方言，然后求告火车站长一类，伪装成途中惨遇小偷的苦命游子，求一个回家的机会。对方听他的外地方言，有时信以为真，心一软，就放过了。只是有一次他撞上克星。对方居然心细如发，硬是找来了一个上海乘客，核查他的上海话，哪怕他紧急改口称自己是上海郊区的，是郊区的外来户，也没法骗过人家那一对高精度的上海原装耳朵。

人们没把他一把揪去派出所，已是他后来的大幸。

这一天，又一位警察从长途大巴下来走进了茶场。接下来，场长阴沉着一张脸，不找张三也不找李四，径直走向我，吓得我胸口乱跳，暗想出来混终归是要还的，肯定是伪造印章那些事败露了。

"你认识海司令？"警察问。

"谁？"

"夏如海，就是开枪打过你的人。"

我松了口气，这才想起是有过这么回事，是有过这样一个人，只是去年已经太遥远，好几个朝代都过去了吧。

接下来的询问大概有这些：

他同你有什么仇？或者同你家人有什么仇？是什么原因，他要在大街上对你横加伤害？

他打伤你以后没有逃逸吗？没有推诿吗？你后来是怎样找到他的？

你的伤情怎样？骨骼、神经、脏器有过什么问题？对现在的劳动和生活有什么影响？你做过全面体检吗？

作为受害者，你为什么到现在也没求助政府？没有追究这种人身伤害的犯罪？他是否对你或者对你家人有过恐吓和威胁？

在你与他接触的过程中，你是否发现他还做过别的坏事？比方是否还有过其他开枪致伤、致命的情节？是否有过持枪抢劫、勒索、报复、耍流氓的行为？你仔细想想，他是否穿戴过来历不明的手表、皮鞋、金戒指？

……

感谢警察叔叔，一旦重返岗位，重整天下山河，就对我如此关心。不过事情是这样……这么说吧，这么说吧，当时世道很乱，坏人不少，但大多不像是他说的那种坏法。即便是在收枪禁令之前，弟兄们舞枪弄棒，但除了一个图书馆被盗，学校附近的银行、邮局、粮店、商店、饭店、肉店、冷饮店等倒是一直安然无恙，连捡个钱包也是要争相上交的，谁窝藏谁找死啊，是不是？也许小毛贼都死绝了。更可能的原因是，他们怕警察，更怕业余警察，无非是怕那些革命群众管起闲事来不讲规矩，动不动就拳脚相加，枪口一下子顶到你脑门儿上。枪手们还到火车站义务搬运过援越物资呢！

我这样说的意思不是要隐瞒什么，只是觉得对方有点想当然，调查方向有点偏。看来，他在小本上记录下一堆困惑，在这里只看到一条不甚给力的伤疤，没发现轮椅或拐杖，更没发现导尿瓶，大概觉得这一次长途奔波有些不值。在他一再启发之下，我搜肠刮肚，努力配合，总算梳理出小驼背的一些劣迹，比如用手榴弹炸过鱼，用扑克牌赢过散装烟，还居然要让我享受美好人生，哄着我抽下了此生第一支烟，结果半支下来我就天旋地转，差一点栽倒在厕所……但我没法说下去，因为我发现胖警察脚下已有真真切切三四个烟头，手指头上还有焦黄的熏痕。

"大叔，对不起，我不是说你抽烟不好……"

"没关系，没关系。"

"你平时……不打扑克吧？"

"打又怎么啦？中央文件规定了不准打扑克吗？正常娱乐生活还是要的吧，年轻人要活泼一点，快乐一点，率性一点嘛，也没什么不对啊。"

"那是，那是。"

警察当天就返程了。知青们发现我这一次轻松过堂，既没缴钱也没被扣粮，多少有些嫉妒。

我没料到的是，这事还远未结束。如果我没记错的话，大概是四年后，我被调去全县围湖造堤会战指挥部刻印工地小报，有一天去食堂吃饭，见一个陌生女子守在食堂大棚的门口，一见小伙子模样的，就上前欠身盘问，是不是知青，有没有人姓韩。她眼睛大大的，鼻尖冻得透红，一件红花棉袄裹住了丰丰满满的少女青春，但辫梢和袖口都积有泥点，大概在哪里摔倒过。

她最后筛出了我，冲着我两眼睁大，上上下下好一阵打量，捂住嘴突然哭了。"天啊，天啊你就是……"

出入大棚的民工们吓了一跳，一个个探头探脑的，交头接耳，看看她又看看我，大概在猜想这里的故事，猜想我在故事里的勾当。

我做什么了？

我没被她认错吧？

（如果是电影，此处应该有音乐，大提琴声轰然迸发弦惊天外的那种。）事后才知道，她就是夏如海的妹妹，一个多月来她找我实在找得太苦了，太苦了。她大海捞针般要找到一个毕业于"长沙市第七中学"的"韩"姓学生，是因为法院军管会判决书上只留下了这一点信息。她先找到学校，找到毕业生下乡的去向（有南北共三个县），又找遍了这个县的七个公社（若干韩姓学生如此分布），但知青情况变化很大，招工的、升学的、病退的、流浪出走的、转点投亲靠友的……有时一动就跨县和跨省，造成线索七零八落，忽断忽续，常常是似有却无。现在，老天爷呀老天爷呀总算开眼了，她死死揪住我这最后一线光明，再也不能松手，再也不能遗失。她发现这个"韩"果然活得好端端的，就像她哥说的一样，不可能"残废"——这是判决书的关键词之一，所列罪状的重要一条。

她苦命的哥就是因这一纸判决，入狱服刑二十年。这事显然与他的"劳教"前科有关，与他后来公然报复"公检法"人员有关。仇恨激发仇恨。碰到这种竟敢反攻倒算的人渣，警方岂能不重拳打击？不难想象，如果当时有法律体系，有律师、公开庭审、辩护制度什么的，案情的夸张现象也许能得到较多避免，但可惜事情不是那样。一个新的未来还相当遥远——以致数年后"律师"还是一个颇为陌生的新词。在我所在的那个县，谁都不愿当"律师"，不愿同嫌犯们共裤连裆。据说无奈之下，第一个"律师"还是县长强令指派的，不过那大学生的出庭辩护竟然通篇是骂，完全是针对被告的大批判，比检控一方还骂得振振有词，让很多人哭笑不得。这是后话。

当然，若往细里说，夏如海一案还与他的家庭有关。据他妹后来说，她与他其实既不同父，也不同母，是因父母再婚才有了兄妹关系的。不知为什么，后母与夏家哥哥总是硌，总是犯冲，总是闹成斗鸡眼，只有小妹觉得新添一个哥哥的日子倒也不错。她喜欢夏家哥哥爬树和翻墙的身手，喜欢他的弹弓枪和蟋蟀罐，更享受出门在外时一个男孩的保护。她哥对后母直呼其名"周秀娟""周秀娟"，甚至让她觉得有趣。上学以后，妈只给她的白面糖包子，她总是偷偷给哥留一半。妈只给她送来的雨伞，她也总是撑到哥的教室前，等哥放学后一同遮雨回家。有一天大风大雨，哥一整天没回来。她撑开雨伞出门寻找，找啊找，最后才在垃圾站找到了一个熟悉人影，跪在蚊蝇乱飞的垃圾堆里，怀中紧抱一团什么。她一看就明白，肯定是妈又同哥吵了，肯定是妈把哥轰出门以后，气得摔东打西，把所有戳眼的东西都扔了出去——其中有一只旧枕头。这是另一个母亲的枕头，是她儿子最后一件偷偷摸摸的收藏。他可以不要弹弓枪和蟋蟀罐，不要课本和书包，但他就是舍不下这只枕头，枕头上一点点熟悉的气息。

她看见哥手上有一些血口子。他在恶臭熏天的垃圾坑里扒开烂菜叶，扒开西瓜皮，扒开血淋淋的鱼鳃片，扒开破罐子和碎玻璃，扒开了五光十色的尿片药渣煤灰废纸死老鼠，最后抱紧一只脏兮兮的枕头泪流满面。

她也哭了。

"哥……回家吧。"

"滚！"

"哥……"

"滚不滚？老子不是你哥！"

"你背过我了，你背过我的……"这意思是她要证明哥哥的身份。

"扣子婆，你今天想死是吧？"

夏家哥哥大概想用狂骂掩盖自己丢人现眼的哭泣，但骂着骂着，一张脸更加扭曲，更加稀里哗啦了。就是在这个夜晚，他抹干妹妹的泪水，有点弥补的意思，然后咬咬牙，说他爸是个酒鬼，早就不要他了。后母更是把他当眼中刺。其实他早就要远走高飞，闯荡江湖，去武当山或南华山，但他怕自己一旦离开，哪一天他亲妈回来了，就找不到他了。他没有办法，只能赖在这里等。

他狠狠地说，妈还会来看他的，来接他的。事实上，他不久前就听到过她的咳嗽声，等他跳下床，冲出门去，深夜的小巷里已寂静无人。但他伸出鼻子嗅一嗅，路灯下分明有一丝熟悉的气息，正是旧枕头上的那种。

扣子婆听不大懂，也不愿听懂，只是哭。

现在我已知道她的大名叫夏小梅。她后来在来信中说，这些年她深深自责的是，她的同情不但于事无补，反而加重了母亲对她哥的愤怒，甚至恐惧和狂乱。"这个吃枪弹的，挨千刀的，果然是人小鬼大，花招诡计还不少呢，敢在我家扣子婆身上动心思了。你一只癞蛤蟆也不自己照一照尿桶！……"想象丰富的后母绝不相信自己保护不了女儿，最终使出撒手锏。这时，街道上正巧发生了脚踏车连环盗窃案，被查出来是几个小屁孩所为。后母居然逼着酒鬼丈夫随行，一同去了派出所，给所长送了两瓶酒，不知如何交涉了一番，终于举报成功，把夏如海做进了这个案子——而且是主犯之一。"劳教"三年的胜利成果一举搞定。派出所还把一面"大义灭亲"的大红锦旗送来了夏家。

那个派出所所长，就是小驼背后来在大街上提着驳壳枪要抓捕的"公检法"一员。夏小梅为申诉取证，当然也找过他。那所长似乎也另有苦水，比如曾被"青年近卫军"那些家伙拘禁，在批斗会上一头扎下台子，摔出了一个严重腰脊损伤，后来走到哪里都要带上一个垫腰的大枕头。他承认，当初的"运动式"办案，可能有点匆忙，但他面对的是嫌犯父母，是人家气壮如牛的大义灭亲疾恶如仇赤胆忠心，他能怎么样？如果说他们是做了伪证，世上哪见过这种虎毒偏要食子的天方夜谭？他怎么知道对方提供的赃物、赃款、证词后面，还有什么家庭恩怨的狗屁隐情……更可笑的是那个老酒鬼，当初把儿子往死里整的是他，一转身鸣冤叫屈找政府要儿子的也是他，他把人民公安当猴耍啊？

大体情况就是这样。

其实这不过是依托夏小梅的诉说，一种情境化还原的大体想象。很抱歉，我不能保证这种想象有多靠谱，不能保证上述细节和引言都是还原如实。由于所知有限，我也不能保证这些就是情境的全部，比如这里未能涉及小驼背的其他案情，也没留下他父亲和后母的视角——这就像古往今来太多大义凛然的叙事，一些有控无辩的隐形法庭，没给所有当事人开口的机会。

但无论如何，我从未"残废"——这毕竟是事实。证明这一点至少是我该做的。

奇怪的是，自最后一封来信告知申诉得到受理的喜讯之后，夏小梅却突然失联。我给她提供过书面证词，承诺自己可随时出庭做证，而且一直关心她申诉的进展。她似乎没有任何理由消失无踪。一年后的某日，我路过长沙一家国营棉纺厂，被厂牌扎了一下眼，突然想到哎哎哎这不正是夏小梅的通信地址吗？架不住往事涌上心头，我决意进去试试。车间不让外人进入。经传达室一位老头通报，一个工帽和工装上都粘有棉絮的女工，戴着大口罩迟迟才出来见我。她说夏小梅数月前已经辞职，去了哪里大家都不知道。

我只得怏怏地离开。

到底发生了什么？为什么她千辛万苦找到我以后却不辞而别，如同从未出现过，连一句半句的解释都不给……这个没有结局的故事，本身就是结局了。生活中充满太多有头无尾或有尾无头的碎片，不像小说那样完整。

在这里，我很不愿意说起另一个故事，不愿意尝试一次次心中闪过的猜测和链接。当然，说也无妨，没什么大不了的。事情是这样，1978年前后，我的一些朋友陆续获得平反，走出了大墙，不免有时会说起一些墙那边的见闻。忘了是谁说过的一次袭警风波，让我一直没法忘记，忍不住一次次进入情境还原：一件313号囚衣。一个身穿313号囚衣的小瘦子。一个身穿313号囚衣的小瘦子缓缓捡起地上一块小瓷片。有人说这家伙一直不服判，不知被狱警罚晒多少次，在烈日下晒晕过多少次，结下了梁子。又有人说某狱警调戏和辱骂过他妹，一位前来探视的姑娘，让他两眼充血怒不可遏，口口声声要杀人。这些说法都闪闪烁烁难辨虚实。但不管怎么说，狱警们嗅出了危险，对他一度大镣重铐，严加管控，看这只死老鼠还能翻天。果然，死老鼠服软了，好一段活得蔫头蔫脑无声无息，直到那一天去审讯室。他惺惺松松地走到半途突然不动了，只是低头看脚，原来脚踝不知何时破皮流血，染红了脚镣和破胶鞋。值班狱警骂不动他，也没找到什么帮手，大概觉得血淋淋的画面也刺眼，便去给他开锁解镣，准备带他先去医务室。没料到就在那一刻，在当事人后来无法清晰回忆的那一刻，一尊沉睡的石像醒了，醒过来了，于眼缝间偷偷泻出一线凶光，突然哗啦啦集聚全身每一个细胞每一根毛发的力量，以泰山压顶之势高举重铐，朝下方那一个后脑勺哗啦啦——恰好砸中那个脑袋。

事情很明显，血迹不过是他的一个圈套，一个诱饵，是他精密计划的关键环节。一块小瓷片造成的流血，足以让他实现最佳角度和最佳距离的打击。

"发癫子——你也有今天啊——"他大声爆出对手的绰号。

"发癫子你这坨臭狗屎——"

"你只配给老子舔胯！你舔啊，舔啊，舔啊！今天你舔过瘾了吧哈哈哈哈——"

……

他是一个得胜回朝的大王，扯歪了一张脸，把狂喜和骄傲宣告四面八方，等待臣民们欢呼的排浪。但四周的监房只是死一般冷寂，好半天还是这样，连一片枯叶飘落的声音仿佛也能听到。

可惜，当天有陌生面孔在审讯室等待他。两位奉命前来的法院干部，正准备对他的案情重新审理。人们后来说，如果法院的人早来那么一天，如果当班警员不是他那个对头，如果他戴的也不是那种重铐，如果他忍过初一再忍忍十五，下手不那么狠，或下手适可而止，没在后脑勺上砸出白浆子……事情就可能是另外一篇了。眼下，白浆子已经出来了，不可能在镜头回放时收缩回去，再多的"如果"都变得毫无意义。

他最终被加刑重判，死刑。

食堂照例是下半夜提早做饭，黑暗中传来咚咚咚的切菜声。为了尽可能避免扰邻生乱，武装警察总是谨慎行事，确保在天亮前悄悄提人，还得安排死囚"上路"前的一顿稍微吃得好点。这样，下半夜的监狱食堂总是让人不安，一有动静就让很多囚犯竖起双耳。一群鼹鼠捕捉风声时就是这样子。

我前面说过，我不太愿意想象这一个情境，不愿意说到这一个早晨。尽管两个故事之间有几分暗合，我说的夏如海却不应该也不至于是这个倒霉的313。恰恰相反，几十年过去，他可能眼下还活得好好的，比如在某个工厂退了休，鼻梁上架一副深度老花镜，背着手的小驼背在街上闲逛，看老街坊下棋或打牌，跟那些广场舞大妈们后面，耸肩撅臀地比画两下子。他身边应该有一条狗，有一个总是泡上浓茶的保温壶，还有夕阳里江面上一片灿烂的光波，南方深广无际的秋天。

很可能的是，他仍住在那条小巷，那个电线杆旁边的红墙小屋。大概是把一个地址住久了，习惯了，就不想离开了。儿子去年给他一沓票子，说什么年月了，把房子翻修一下吧，他也支支吾吾一直没动手。

夏小梅，事情是这样吗？夏小梅，如果你看到我这一篇文章，请理解我没有采用你和你家人的实名，但相信你不难从中读出熟悉的往事，不难知道我在说什么。你肯定没有忘记那一切。如果你愿意，如果你没有特别的障碍，你可以通过杂志编辑部联系我，告诉我你失联后的故事，告诉我你哥眼下或许就是我说的这样。

你是否还会继续保持沉默？

上 汤 子

杨少衡[①]

那天晚上我没出去，肖玉华来了。

"郑卫国，"她问我，"他去哪儿了？"

我知道她找谁。我说李家俊吃完饭就出去了，说是到后山摸石麟，就是青蛙。她听了满脸的失望，丢了钱似的。她说了一句："这个人。"

"你明天来吧。"我说，"他少说到天亮才回来。"

"明天不行。"她摇头，"郑卫国你怎么没跟他们去？"

我说我怕蛇，石麟窝里经常有蛇。

她在房间里转，翻李家俊的床铺。李家俊的枕头旁边丢着一条长裤，她把它拿起来，放在鼻子下边嗅了嗅。

"真臭。"她说，"这都多少时间没洗了呀！"

我说其实挺干净的，你要嫌味不好就给洗洗吧。

她坐在李家俊的床铺上，笑着说："郑卫国求你件事，帮个忙好吗？"

什么事呢？上汤子，陪她去。最近天气冷，她有好长时间没洗澡了，全身上下没一个地方不痒痒，小孩长痱子似的。

我说："你还是等明天吧，李家俊明天在的。"

"明天真的不行，来不及了。我那个，你不知道的。"她支支吾吾，"郑

---

① **杨少衡**　1953 年生于福建漳州，西北大学中文系毕业，现供职于福建省文联，1979 年开始发表小说，已发表小说 200 余万字，出版有长篇小说《相约金色年华》《金瓦砾》等。

卫国你挺好的，就不帮我吗？"

我没有办法。她是李家俊的女友，李家俊跟我住同一个房间。再说她是女孩，我不知道怎么拒绝女孩，特别是她这样的女孩。肖玉华眼睛特别亮，像成语形容的，明眸皓齿。她很漂亮，最漂亮的是那双眼睛。我不太敢看她的眼睛，因为亮得扎人。

我答应了。她很高兴。

"郑卫国你有什么要洗的衣服？"

李家俊床头就一件脏裤子，同类物品我差不多扔了一床。跟我比起来李家俊干净得就像块肥皂，但是肖玉华还说他臭。所以我没什么需要她帮着洗的。

我们约好在大路口那棵树下会合。肖玉华把李家俊挂在墙上的几件衣物抓下来，连同那条脏裤子一起带走，说她还得回去拿点东西。女孩上汤子总是这东西那东西的，比较麻烦，不像我们一条毛巾就行。那天很冷，我随手从床上捞件半脏的外衣套在身上，穿双鞋，关了门上路。天已经黑了，有月亮，走到村头路口，肖玉华已经站在那棵榕树下，月光从树叶间落下来，斑斑点点洒在她身上。远远看到我走到村头，她打亮手电筒一晃，提起地上一只小木桶，自己在前头先走了。

我们一前一后，隔二三十步走上那条路。那是一条小路，弯弯曲曲穿过田野，再上上下下越过一座山冈。山冈两侧林木茂密，林子里有蛇、山獐子和猫头鹰，时有野猪出没。夜间黑洞洞的林子里什么声响都有。去年夏天，有一个女孩在这条小路上被人蒙住眼睛，拉进林子里，凌晨时才光着身子爬回村子，很痛苦的。案子后来破了，从此再没哪个女孩敢在晚间单独行动，但是她们依然特别喜欢上汤子，因此男孩们就多了件事。当然也不是每个人都派得上用场，要不是李家俊上山摸石麟去了，哪能轮到我这么荣幸，给肖玉华当保镖，陪她上汤子洗澡。李家俊和肖玉华在城里住同一条街，他们上的是同一所中学。一年多前，我们一起来到这个乡村下乡当知青，我和李家俊分在一个队，住一个屋子，肖玉华在另一个队，隔得不远，他们好上了。男知青女知青配对的不少，却没有谁跟我相好，可能因为我年纪稍小，又比较邋遢，不喜欢洗澡洗衣服，身子还不痒痒。

经过山冈那片林子时，肖玉华脚步放慢，她一定有些害怕，这时跟我靠近一点，我们一前一后两根手电筒光柱总是黏在一块。过了那片林子她就加快脚步，像只鸟一样飞起来，借着月光已经可以看到山坳处孤零零黑黝黝那座小石屋。我在后边跟着跑，隔老远听到"哐当"一声：她进汤子了，已经关上了那扇门。

我在汤子门外开始咳嗽，声音很闷，有点哑，却一阵一阵，持续不绝，冲锋枪连发似的。可能是刚才一路小跑，让风给呛的。这天晚上我为什么没跟李家俊他们一起去摸石麟？并不是我说的怕蛇，冬天里蛇都睡着了，要没睡着也是一条懒虫，怕什么呢？我没去是因为嗓子痒痒，不舒服。我得说这痒痒跟不洗澡无关，那些天很冷，我担心自己是感冒了。但是我不能这么跟肖玉华说，因为她会认为我是在推托，不帮她。陪一个漂亮女孩洗澡这么好的事情，别人想都想不来，怎么轮你郑卫国就嗓子痒了？所以我得忍着。我没想到山冈上的风这么厉害，咳嗽说来就来，哪里忍得住。

汤子是一所小石屋，屋前架有两条长石条，当椅子用。"汤子"是村里农民老乡的叫法，用我们读书时学过的词汇表达，应当称为温泉。老乡们叫温泉为"汤子"，挺传神的，让我想起家里饭桌上的菜汤。热水称汤，可能是这样吧。这个汤子在山坳里，比村子地势高，所以老乡们管到这里洗温泉澡叫"上汤子"。老乡们说早先这里就一个冒着热气的水洼子，洗澡者裤子一脱下水，跟下泥塘摸鱼差不多。后来才盖了这么一间石屋，在石屋里砌一个石头池子，砌两条水沟分别引热泉凉水，再砌条水沟下水，这样就像个澡堂了。汤子里的热汤是地底下冒出来的，见者有份儿，谁想洗澡都成，只讲究先来后到，先来的把门一关，后到的就坐在门外长石条上等，一直到里边的人出来。汤子离村子嫌远了些，有三四里地，要过山冈过林子，冬天里，愿意顶着冷风摸黑跑来光顾的人很少，汤子空着，所以肖玉华不必待在外头守候，一到立刻就把自己关进里边了。

我在小石屋外头的长石条上咳嗽。晚间山坳里冷风呼呼不绝，山野里的各种响动从风中传来，挺丰富挺神秘。最特别的声响还数小石屋里的："哗哗哗，哗哗哗。"这是在放水。一会儿声音没了，这干吗了？脱衣服？"哗哗。"又来了，可能是在泼水，往身上泼。小石屋的门紧闭着，声音不是很清楚，隐隐约约，很丰富很神秘。

说实在的，这晚上我这种角色有些尴尬，但是前些时候有一回更尴尬。有天上午下雨，没出工，我戴个斗笠，到邻村找知青同学玩，中午回来时一身都给淋湿了。我看到门锁着，知道李家俊不在，拿出钥匙就开了锁。进屋刚想换衣服，忽然感觉不对：屋子里有动静，就在李家俊那床铺上。我们在乡下用的是竹床，下头两只竹人字椅，搁张竹床，上边挂条蚊帐，就这样睡人。这种竹床便宜，却不如木床稳，躺在床上的人一动，整张床晃荡不止，吱呀有声。我进门时李家俊的床正在剧烈晃动，响声异常，我一进门那床忽然静下来，然后李家俊的脑袋从床上的蚊帐里伸了出来。

"嘿，嘿，"他头发蓬乱，表情有些特别，"回来了？"

我一边找衣服一边说李家俊你搞什么名堂，吓我一跳。干吗呢？大白天在里边睡觉，还反锁门？怕人家打门找你？

这时我才看到李家俊床铺下边除了他的大拖鞋，还有一双塑料鞋，小巧秀气，是女孩的鞋。一旁小柜上乱乱的还丢着几件衣物，最上边的分明是女孩的短裤和胸罩。那一下我呆了。也不知怎么是好，掉头我就走出去，再把门拉上。那时门外雨正大，我站在屋檐边，身上衣服湿淋淋的，就这么等床上那两人继续吱呀吱呀摇晃竹床，把他们的事做完。然后有人说话，声音低低的。过会儿门开了，肖玉华走了出来，她已经穿好衣服了。看到我时她脸红了一下，没说话，低着头就跑掉了。

现在知道了吧，为什么肖玉华说"郑卫国你挺好的"。我就是这么好。

这天晚上挺冷，山坳里一阵一阵呼呼不绝，所谓寒风凛冽。我挺懊恼。我想今天晚上实不如跟李家俊他们到山里去摸石麟。我曾经去过一次，跟村里几个知青，还有两个农家孩子，整折腾了一夜。石麟就深山里有，藏在山涧边的石洞里，滑溜溜不好捉，摸石麟常碰上蛇，得特别小心，还得留神别在石头上打滑，掉到山涧凉水里。但是那东西肉细，味道鲜美，退火清热。这么冷的天，热乎乎煮一锅石麟汤喝，想来真是不错，比这么上汤子咳嗽，听肖玉华在里边往身上泼水强。

女孩洗澡比较麻烦，可能因为力气小，身上弯弯曲曲地方又多，她们把自己搓干净一定格外费时间。我在小石屋门外待得挺无聊，咳嗽咳了半天，终于听到里边没声响了，小石屋的木门"吱呀"一声打开。

"郑卫国你怎么啦？"

她从里边伸出一个头问我。我说没什么，今晚风大。

"你不舒服吗？"她挺关切，"怎么咳个不停？"

我说没事："走了吧？"

她让我再等会儿，说她得把衣服洗一下。女孩都这样，零星事多。

"你不要紧吧？"她问。

我还说没事。

但是不行。我想把咳嗽忍一忍，哪里忍得住，还是一阵一阵来，似乎越发厉害。我自己没觉得怎样，肖玉华受不了了。不一会儿她又打开门从里边跑了出来。

"你挺怕人的。"她说。

她把我推起来，让我进石屋去。她说她已经洗好澡了，没关系的。屋里没风，有热气，冷不着。她说还得好一会儿呢，李家俊的衣服那么脏，不好洗。

于是我就进了石屋子，坐在汤池边放衣物的矮石条上，陪肖玉华洗衣服。也不光无所事事：汤子在山沟里，没电，黑灯瞎火，肖玉华让我帮她打打手电筒。她说给自己洗澡洗衣服，摸黑搓不碍事，错不了的。洗别人的衣服不行，还是得看清楚哪里脏。这样我就有活儿干了。肖玉华放了半汤池热水，把要洗的衣物扔在里边泡，挽起袖子，也把裤管挽到膝盖上，手脚露出一大截，手电筒一照亮得耀眼，像她那双眼睛。她用脚使劲踩池里的衣物，然后把衣服从水里捞出来在池畔石阶上搓。她吩咐我照一照，我就打亮手电筒让她瞧。待她说："可以了。"我就关灯，因为不能总亮着费电。屋子里果然暖和得多，一进屋我就不太咳了。

忽然她不搓衣服了："郑卫国你别动，听。"

有一道光柱从门缝闪进来，在石屋墙上一晃而过。我们屏息静听。风中声响杂沓，不是野兽，是人。有脚步声，还有说话声，像是四五人，已经近在门外。可能因为门半掩着挡风，还有肖玉华搓衣服声音大，我们没早听到外边的声响。

肖玉华站在池水中发愣，时间不长，也就几秒钟。然后她轻手轻脚地爬出池子，悄悄跑到门边把门压上，轻轻地拉上了门闩。

"干吗啦？"

她把指头一比，向我嘘了一声。

"别出声。"她小声吩咐，"别理他们。"

我不知道肖玉华为什么决定关门了事。也许我们没有更好的办法？如果她一直在里边洗澡洗衣服，我则一直坐在门外石条上咳嗽，什么事都不会有。可我们一起待在黑洞洞的澡池屋里干吗啦？洗衣服？洗衣服以前又干吗啦？在旁人眼里，没准就跟她和李家俊衣服丢得四处都是，在竹床上抱在一起吱呀吱呀差不多。我倒是不要紧，她可不行，她不还有个李家俊吗？所以她决定把门关上，防止让人看了说闲话。

外边的人开始砰砰打门。

"喂，喂，"他们说，"里头的快点。"

我和肖玉华面面相觑。

竟有一个声音特别像李家俊。

肖玉华小声问："你不说他要到天亮才回得来？"

我说可不是。也可能不是李家俊，是一个声音跟他很像的陌生人，也可能真是他。他们去深山钻水涧捉石麟，不到天亮肯定回不来。也许他们改主意了？捕鹧鸪去了？他们肯定搞出了一身臭汗，所以跑到汤子这边来了，打算洗一洗，舒服一下。他们打门没错，按照本地上汤子规矩，前边来的关了门洗澡，后边到的可以打打门，这就是告知里边外头有人候着，别太磨蹭。

"怎么办？"我问肖玉华，"出去见他？"

她不吱声。好一会儿。

"不能出去。"她说，"不管他。"

"这哪行啊！"

她断定可以。我们不开门他们闯不进来，他们也不会在那里守一夜，外边冷着呢。

"真不知道他见了会怎么想。"她说，"这个人醋劲可大。"

她把我衣服一拽，让我坐回池边矮石条。然后她跳到池里，继续洗她的衣服。

我没有更好的办法，只能合谋。我想李家俊这家伙真是他妈的，该你好好待着你不干，非得跑去摸什么石麟。你要摸就远远摸去，怎么突然跑到汤子来了？害我顶风咳嗽陪你女友摸黑上汤子也就罢了，怎么还得让我等也不得走也不得，如此尴尬。我跟你这女友黑咕隆咚关在里边干什么好事？像你们在竹床上那样吱呀？没有。就是帮你洗裤子。这种事说给鬼听鬼都不信，可真的就是这样。

肖玉华一声不响，认真干活。我坐在一边陪着。外头那几个人起初还行，他们坐在门口两侧的石条上聊天，没太着急。那天也怪，几个声音都挺陌生，让我们想不起是谁，却有一个声音特别耳熟，怎么听怎么像李家俊，越听还越像。当然那声音也不是很清楚，因为是在门外，外头风大，加上屋里哗哗哗都是声响。这种时候说话声不如咳嗽声明白。

他们终于有些着急了。

"嘭嘭嘭！"他们敲门，"嘭嘭嘭嘭！"

"里头的，干吗啦？"他们叫唤，"老半天了。"

我知道老半天了。这还早呢。没办法，实话说我们比你们还着急。

肖玉华放下手里的衣服，腾出一只手，回过身在我脚脖子上轻轻捏了一下。我明白她的意思。别吭声，我们得沉住气。

于是他们不耐烦了。

"里头的，害痔疮啦？"他们骂，"快出来，拉不出屎就别拉，让坑。"

这坑要能让，我们会这么待着吗？我们没害痔疮，只能继续拉。他们开始拿脚踢门，一个一个轮流上，小石屋的门被踢得砰砰响，像一面大鼓。好在那是乡下土制木门，用的是厚木板，特别重特别结实，别说一个一个轮流，四五人一起上也没用，绝对踢不开，也别想踢破。

这时肖玉华已经洗好李家俊的脏裤子，爬出汤池，跟我一起坐在矮石条上。我们在黑暗中一声不吭，不跟外头的人接招，因为不能暴露。我还从没跟哪个女孩挨得如此之近，而且是在暗中。肖玉华头发上有一股香味，她刚刚用热水和肥皂把自己洗得干干净净，连头发都洗了。这时候的女孩可能特别香。

外头那些人终于暴跳如雷。他们咒骂，说这是哪个王八蛋这么缺德。这么冷的天这么大的风，自己关在里边泡热汤快活，就不管外头的人冻个半死。这不是存心害人吗？这哪是洗澡啊？男的女的脱了裤子干那活儿都用不着这么久，有这工夫孩子也生出两个了。这洗的什么澡啊！这么长时间，别说头上身上，两腿间乱糟糟那丛毛一根根洗过，都足够了，这还不出来？这王八蛋存心跟人过不去，把他弄出来收拾，阉了他！一刀刀割了！下油锅炸！

肖玉华抖着肩膀，压着嗓吃吃吃笑。我赶紧伸手捂她的嘴。

"别出声！"我低声警告，"会听到的！"

她使劲晃头，把我的手掌甩开。她说没事她小心着呢。

"我还是真忍不住。"她笑，"郑卫国这挺好玩的。"

我说不好玩。他们让咱们惹火了。

如果是我一个人如此待在外头，我一定像他们一样骂骂咧咧，但是肯定早就掉头走开。因为根本不知道得耗到什么时候。人一多就不一样了，四五个人兴冲冲一起上汤子，白白灌一肚子冷风，一点热汤都没沾上又一起灰溜溜走开，这不是太丢面子了？这么多人不能输给里边一个小子。他们肯定这么想，他们这么一想我们可就麻烦了。

当晚那几个人果然格外有韧劲儿。暴跳如雷发作完，无效，他们转而说服，开展言论攻势。他们凑到门缝边向我们喊话，问里边到底是谁，怎么像个哑巴狗似的连个声响都没有，闹半天光听个泼水声。怕什么呢？真怕开了门给阉了油炸？哪会呢，开玩笑的，没事，出来就算了，别闹了。

外边这几个人里，数李家俊会说，或者说数声音像李家俊的那个人最会说。他不慌不忙，谈恋爱似的隔门缝跟我们花言巧语。他说里头的人干吗啦？这么憋着不难受吗？看情形应当也是下乡知青吧？在城里住哪条街呢？大家到这里碰一块儿，隔一块门板，也算有缘分，交个朋友吧。说说话，不开门也没关系，说说话就行了。外头挺冷的，里边不冷但是肯定挺闷，说说话就不冷不闷了，大家都高兴对不对？喂？

肖玉华身子一动，我说："你可想好了。"

她笑了笑，说她知道："他就这样，特会哄人。"

我想这可不一样，让他哄到竹床上可以，此刻让他哄出声可没那么好玩。

就这样，劝说无效。外边那些人又开始咒骂，很气愤，我们的祖宗十八代都让他们骂尽了。终于他们也骂累了。

"算了算了！"他们说，"这个龟孙子不是只会缩头，他是心脏病发作，死在里头了。咱们不管了，让他在里边死透烂光吧。"

他们踢门，像刚才一样，轮流上，然后李家俊的声音从门缝里钻了进来。

"朋友，今天太晚了，不玩了。山不转水转，咱们后会有期。"

然后步履杂沓，他们走了。

我喘了口气，刚要起身，肖玉华把我紧紧拉住，嘴巴凑到我的耳边。

"别急，"她低声说，"他会骗人。"

于是我们又坐下来，耐心等待，仔细倾听。好一会儿，果然门外就传出了声响，轻轻的，窸窸窣窣，在风声中晃动。原来他们真的没走，就是想把我们骗出去。可惜他们人多，又特别不耐烦，不弄出个声响实在是不容易。

我们不吭不声坚持。肖玉华忽然站起来，抬头往浴池上方看，我跟着她朝上看，"哎呀坏了，这里不行，快起来。"她低声叫。

她拉我裤管，要我赶紧往上挽，像她一样。然后她一手提她的小木桶，一手拽着我跳下汤池。池子里还有小半池温水，我们蹚过池子走到墙边，脚站在池水里，身子紧贴着石墙，并肩而立，站得笔直。

有一道手电筒光刚好在这时晃进了屋子。

这个汤子的后墙上砌有一个小石窗，正在浴池的上方。石窗类似通风口，功能纯为透风，免得热水气憋人，因此不设窗门，永远敞开。石窗开得小，中间还有一条石隔栏，两侧通风口最多一巴掌宽，可以伸进一只手，却没法钻进一个头。此刻正有一只手从石窗外伸进来，握着一只大手电筒，一道耀眼的光柱照进小石屋，在小小屋子里四处乱晃。

他们一定是气火了，弄不出里边的人，也非得知道里边是个谁，今天油炸不了，来日也要算清这笔账。他们想从小石窗认人，这项工作难度很大，因为这屋子的后墙下有条水沟，一个人攀不到窗口，非得叠人梯才行，得有个人冰凉冰凉站在水沟里，另一个人踩上他的肩膀才能爬近窗口，朝屋里打手电。

肖玉华挺聪明，她注意到有亮光在石窗口上闪过，立刻就明白外边那些人想干什么。她拉着我跳下汤池，是因为刚才我们坐的矮石条就在窗口对面下方，手电一照立刻现形。现在我们贴墙站在水池里，石窗就在我们的头上，对外边的人这是个死角，他们可以把手从窗子伸进来，可以照得我们俩浑身是手电光，但是他们看不见，因为他们无论如何也不可能把脑袋从石窗缝里挤进来。

那道手电光在石屋里晃了好久，在我们身上照了简直像有大半年时间。

"是谁？什么样的？"外头墙下有声音问。

"看不见。妈的。"窗口上的人回答。

"就在里头，这还能变没了？"

"没看到。见鬼了。"

"鬼哪会泼水？"

然后手电筒光柱"哧溜"掉到窗外去了。估计是外头水沟里的那个人受不了了。赤脚站在冷水里，肩膀上还得扛个人，那滋味肯定不太好。

我问肖玉华："咱们不站了？"

她说再等会看看。

突然她低声哎呀一叫，有东西从窗口掉下来砸到她头上了。我赶紧抬头看，头上啪啦也砸下个小石头。我把肖玉华一拽拉出墙边，那时也顾不得其他，赶紧躲开小窗蹚过水池。只听扑通扑通乱七八糟一阵声响，小窗口掉下了一堆东西，听声响是泥土、破砖、碎石一类，全都掉进了汤池。

肖玉华低声骂道："要死了你。"

我知道这肯定是骂李家俊，不是骂我。她骂人是因为头发给弄脏了。落到她头上的不是石块，那东西比较轻，发干，有点软，她从头发里抓出一块碎屑，问我那是个什么。我没用手电，拿手摸摸，没摸出名堂，拿到鼻子前一嗅就知道了，是块牛粪，尚未干透。

我们没再回去贴墙站立，因为外边人的耐心已经完全丧失。他们不再企图通过手电在屋里认人，他们只顾扔东西发泄气愤，那空间太小，同时他们跟我们一样每个人只长两只手，无法又爬墙又扔东西还打手电。等到窗口上的物件噼里啪啦全都掉进汤池，泡进池中热汤后，我们终于等到了他们偃旗息鼓的时候。

他们再次打门。他们说里边的鬼听着，咱们不跟你玩了，这回是真的。今天碰上你算咱们倒霉。你这家伙不够意思，占着茅坑不拉屎，还不吭不声不让知道是个谁，真不是人。有种的出来让咱们瞅瞅，这么没种算什么？不如个鬼。咱们今天陪你灌了一肚子冷风，不能太便宜你了，你从里边把门锁上，咱们从外头收拾你，这门上两个铁环让咱们用牛绳捆上了，你解不开的。你要是个鬼能从窗子里飞出来，咱们没你的办法。你要是个人你就完蛋了，今晚你出不去的。你不让我们进去，我们就不让你出来，咱们两不相欠，扯平了。咱们走了，你老弟耐心等吧，天亮以后不一定有人来，你就等到明天晚上。要是十天半月都没人来，你就在里头喝温汤等饿死吧。

我们目瞪口呆，静听无言。

这一回果然是真的，门环咣当咣当响了一会儿，好一阵杂沓，脚步声说话声响越来越远，最后一点声音都没有了，只有风呼呼不止。

他们走了。我们也完蛋了。

肖玉华坐在我的身边发愣。好一会儿，忽然"哇"的一下哭出声来。

"郑卫国，呜呜，"她说，"怎么能这样呢？"

我说可不是嘛！

她又哭。我说别哭了，你不如再去洗洗头发，他们往你头上扔的是牛屎干。

她真的跑过去，边哭边洗头。女孩就这样，这种时候了，她们还在乎干净和味道。

我开始琢磨怎么从这石屋里出去。我知道我们确实无法从里边解开门外的绳子，我们也无法像鬼一样从窗缝或者下水沟里钻出去。这屋子是石砌的，没有铁锤和凿子，我们很难在墙上打开一个容我们逃逸的门洞，如此看来我们没有其他办法，只能关在这里，等人解救。冬天里上汤子的人少，搞不好我们得在里头饿上几顿，甚至几天，等到人们发现蹊跷，解开绳子走进石屋时，如果我们已经饿死了，那就不必说了，要是我们中还有一个活着，哪里说得清今晚的事情。

难怪她要哭。

我过去拉开门闩。"弯"地一响，大门顿开。

我们都呆住了。

"肖玉华！"我说，"它开了吗？"

肖玉华从池里跑出来，踩得一池热水哗哗四溅。她头发都顾不得擦，拎起装满衣服的小木桶，立刻就跳到门外去了。

"郑卫国快走，"她嚷道，"快点。"

我在石屋外打亮手电筒。她还看着那两扇厚门板，手在心口上拍着。

"吓死我了。"她说。

她真给吓得不轻。其实李家俊他们根本没捆门环，他们吓唬我们说要用牛绳绑，让我们饿死在汤子里，结果他们只是嘴上发狠，手下留情，连根细绳都没用。

我们已经顾不得太多，只想赶紧离开。我们晃着手电筒，飞快地离开汤子，顺小路跑过山冈，穿过林子。刚跑上山冈，肖玉华忽然停住脚，捂着肚子靠在路边一棵树的树干上，不住喘气。

"我跑不动了。"她说，"肚子痛。"

我在山冈上又开始咳嗽，那儿风大。我一手拎起肖玉华的木桶，一手挽她，拖着她往前走。我说别在这里痛，这有野猪。她挣扎，说她肚子真痛得厉害，一步都走不动了。我没放过她，一直把她拖过了那座山冈。她在山冈下缓过气来，可以自己慢慢走路了。那时她告诉我她的肚子好一些了。她为什么不能等明天去上汤子？因为她每个月有几天肚子痛。她总是赶在前头去洗洗澡。当时年纪小，我还不明白她含含糊糊说的是个什么。我陪着她一路咳嗽，走过田园，走过大路口，再到她住的村中大房门外。时已深夜，我的咳嗽声惊起了全村一片狗吠。

进屋之前她拉住我求一句话，说今晚的事情就咱俩知道，千万别跟别人提起，特别不要跟李家俊说，一句都不提，行吧？我说好的。

"我要是先认识你就好了。"她说。

她拿眼睛盯我，我赶紧躲开。她的眼睛很亮。

我回到宿舍，李家俊并不在里边。隔天我出工去了，回来时他独自在床上睡觉。我们谁都没提起汤子，以及肖玉华。他没问，我当然更不会自己说。

后来我们相继回城工作，她跟李家俊最终没成，她出国去了，现在在澳大利亚。我和李家俊至今生活在我们这座城市，各自娶妻生子，偶有见面。我始终不知道那天晚上被我们关在汤子门外的是不是他。许多年过去了，前些时候我跟几位旧日知青朋友一起回乡下看看，我去了汤子，意外地发现那里已经有一条水泥路，盖起了一座温泉度假村，是一位台商投资盖的，可供百十号人洗温泉浴。我特地买了张票到里边泡了回澡，说实在的，设备很先进，感觉不怎么样。

已经没了当年那个浴后女孩头发上肥皂的香味。

我不知道她在遥远的澳大利亚会不会偶尔回想起那一个夜晚。

石国的妖

黄土路①

　　自从上次除妖运动后，石国好几百年都没有妖出没了。石国的孩子在河滩上钓鱼，有人喊妖来了，孩子们还是镇定地坐着。拿妖来吓孩子们的时代也过去了。

　　石国报社有个打字的姑娘，叫丘娥子，从她十八岁的时候起，就感觉自己要吃点什么，才觉得生活不会那么空虚。开始的时候，她吃米饭和蔬菜，吃猪肉和鸡爪，吃年糕，她甚至嫁给一个银行家，吃银行里的钱，但她总感觉到还缺少什么。

　　丘娥子有一天骑着白狗上班，一个骑着毛驴的大鼻子男人挡住了她的去路。大鼻子是倒骑着驴的，他的头发长长的，倒梳到脑后。丘娥子看着这个男人，突然扑哧地笑起来了，因为她想起了以前的一个故事。她问道，难道你是学李铁拐倒骑毛驴？男人被她问住了。这个男人的名字叫果老。果老是石国第一个发现河流倒流的人，他倒骑着毛驴，不过是让生活跟以前的习惯不一样罢了。而没有发现河水倒流的人们，总感觉到生活越来越别扭，谁也说不出一个理由来。只有果老知道，因为果老是石国最聪明的人。

　　当天晚上，丘娥子就知道男人鼻子的味道了。当果老把她压在身下，撕

①　**黄土路**　原名黄焕光，壮族，1970年生。小说见《作家》《花城》《青年文学》《天涯》《上海文学》《文学界》《小说界》《中华文学选刊》等杂志，著有小说集《醉客旅馆》，散文集《谁都不出声》《翻出来晒晒》及诗集《慢了零点一秒的春天》等。曾获广西年度作家奖等，现就职南方文学杂志社，为中国作家协会会员。

开她的身体的时候，丘娥子感觉到有一条蛇爬进了她的身体，于是她忍不住吃了一小口果老的鼻子。她一小口一小口地吃着，感觉好吃得忍不住吐了一下舌头。啊！鼻子，她感慨地说。果老沉浸在自己的快乐中，听到丘娥子的声音，他停下来，问丘娥子，什么？"彼此"？丘娥子点头，鼻子鼻子鼻子，她高兴地叫着。于是在这时候果老告诉丘娥子，石国的河水都是倒流的，人们往往把上游说成了下游。

丘娥子将信将疑，她决定出发去看河水。当她骑着白狗爬到石国的大山"一"上时，太阳刚好从"西边"升起来。她看见阳光下有一条闪亮的色带，这就是石国的河了。

丘娥子吹着口哨，兴奋地奔到河边。石国的河在阳光下闪亮地流淌，可是她发现，河流还是原来的河流，它并没有倒流。丘娥子觉得果老是石国的第一大骗子。她骑着白狗怒气冲冲地跑到果老的石屋，把果老从睡眠里揪了起来。她什么都不说，就开始吃果老的鼻子，吃完鼻子又想吃他的耳朵。虽然丘娥子吃过的鼻子、耳朵很快会再长出来，还沉在美梦中的果老还是生气了，他把丘娥子揪到床边，叫道，你干吗？丘娥子说，你是个骗子！大骗子！石国的河并没有倒流。果老一听，一骨碌爬起来，从后面一把提起丘娥子倒骑到毛驴上，朝河边奔去。在路上，他抓紧时间又睡了一觉，把刚才的美梦续完，一到河边他就神清气爽了。丘娥子看着河水，说道，你个果老，你看，河水怎么倒流了？果老不说话，他蹲下去，招手叫丘娥子也蹲下来，把手伸进了河水里。丘娥子的手一伸进河水里，就发现，石国的河表面看是顺流的，其实哩下边却是逆流的。真的是倒流的哎，丘娥子兴奋地叫道，为这个发现惊喜不已。

第二天上班，丘娥子红着脸把一张纸片递给值班的老编辑，恭恭敬敬地说，潘老师，我想给你看一样东西。潘老师的名字就叫潘什么。潘什么快退休了，他正沉浸在对退休的向往中。因为一退休，他就可以去隔壁的木国看牛爬树了。据说木国的牛每天都爬到树上去吃叶子。丘娥子的声音打断了潘什么的遐想，他回过头来看着丘娥子。这是他第一次认真地看丘娥子。丘娥子有一张方方正正的大脸，潘什么被她脸上的绒毛迷住了。他说你的脸上长着金子。金子是石国人们对女孩子的很高的评价。仅次于说一个女人的脸上长着白银。丘娥子撒娇地说，嗯，帮我看看嘛。潘什么拿过纸条，只见上面只有二十三个字，外带标点符号：

其实石国的河流是倒流的不信你把手伸进河里。（丘娥子）

潘什么说，写得不错，是一个好故事。丘娥子说，不是故事，是"亲闻"。"亲闻"？潘什么说，别开玩笑了。于是丘娥子把潘什么带到河边。当潘什么把手伸进河里的时候，平静的河水下边，汹涌的逆流差点带走了他的手指头。潘什么兴奋地说，丘娥子你要成名了，他用手兴奋地抚着丘娥子脸上的金子。于是丘娥子在河滩上吃起了潘什么的手指头。潘什么的手指头又甜又脆，真是一等一的好指头。潘什么被丘娥子吃得心里涨满了激情，潘什么把自己缩成一根木棍伸进丘娥子的身体里，想摘丘娥子身体里的苹果，但他发现自己根本就够不着，于是放弃了念头。

第二天，石国报头版用整版的篇幅刊登了一条特大新闻。

标题：其实石国的河流是倒流的
内文：不信你把手伸进河里。
作者：丘娥子

报纸上市不到一太阳轮（太阳在天上滚动一圈）的时间，石国报的办公楼就被市民围住了。人们怒吼着，骗子，骗子。又有人喊道，丘娥子，出来！丘娥子，出来！丘娥子吓得躲在潘什么的怀里，嘤嘤地哭着。一边哭一边吃潘什么的手指头。石国报的总编叫蓝你个头。蓝你个头在屋里焦急地踱着步，他突然推开潘什么的办公室，对潘什么吼，去，你去跟他们解释怎么回事。然后瞪了丘娥子一眼，说，哭什么哭，还有你哭的时候。

潘什么战战兢兢地走到阳台上，告诉人们河水是怎么回事。可是他的声音太小了，人们只是看到一个老人在阳台上战战兢兢地说着话，以为他在认错。于是人们又继续吼道：丘娥子，出来，丘娥子，出来。丘娥子没有出来，出来的是潘什么叫人写的一条大横幅，上面写着：去河边摸摸河水！后面竖着一串感叹号。人群中没有信仰的人将信将疑，他们离开报社大楼，向河边走去，两太阳轮的时间过后，河边传来消息，石国的河流真的是倒流的！有信仰的人也疯了，他们疯狂地往河边跑。他们把手伸进河里，逆流的河水带走了他们的结婚戒指，手套，用来通信的竹筒……

丘娥子一举成名，她立即代替了潘什么，成为石国报的编辑。潘什么则光荣地退休了，退休时享受泥退休待遇（比正常退休待遇翻倍）。潘什么一退休就起身去木国看牛爬树，还去水国看鱼飞。他甚至在石国报副刊开了一个专栏，讲述自己周游列国的传奇经历。

有一天丘娥子又在吃果老的鼻子，边吃边问果老，你以前倒骑毛驴是因为人们还不知道石国的河流是倒流的，现在人们都相信了，你为什么还倒骑呢？果老正像一条蛇一样在丘娥子的身体里爬行，他从丘娥子的身体里探出个头，神秘地说，你让我喝醉酒，我告诉你秘密。

丘娥子于是令人备了酒菜，和果老喝酒。果老的酒量很大，但经不住丘娥子一边劝酒，一边吃着他鼻子的痒痒，两太阳轮的工夫，竟然也醉了。醉的时候，他告诉了丘娥子一个秘密：石国的太阳是从东边升起的。听到这个消息，丘娥子吓得跌到了地上，她的嘴里含着果老的一截鼻子，半天没缓过劲来，但因为有了上次的经验，她相信果老说的一定是真的。她爬起来，摇摇已趴桌子上睡着了的果老，让他告诉自己为什么太阳是从东边升起的？果老含糊地说，石国的人们认为太阳是从西边升起的，那是根据一棵树的影子在一天里的移动得出的。如果仰望天空，你就会发现，太阳每天都是从东边升起，从西边落下的。

丘娥子站在阳光下，双眼盯着太阳，观察着它的移动。一太阳轮的工夫，丘娥子兴奋地在笔记本上写下：太阳从东边升起！

丘娥子再次引起了轰动，石国报为此开展了一年的真理大讨论，太阳从东边升起得到了越来越多的人的认识。之后的好些年里，丘娥子又相继吃了洞宾的脸、国舅的眼睛、石国大学一位艺术系主任的耳朵……丘娥子吃得越多，她掌握的真理越多，比如，石国的树最高只能长到二十二米；比如，石国的云都是棉花变的，它还有蔗糖的甜味……丘娥子掌握的真理越多，石国报的老总蓝你个头越坐不住。他把丘娥子请到办公室，让她坐到椅子上，然后笑眯眯地看着她。丘娥子在石国虽然已经家喻户晓，但对蓝你个头，她还是充满了敬畏。因为在石国，除了石国君，决定她命运的就是蓝你个头。她时常给蓝你个头送草城香烟和木国的蜂蜜。她时常看到香烟从蓝你个头的窗户里飘出来，缭绕着石国。

看着蓝你个头笑眯眯的样子，她知道自己的梦想就要实现了。她的梦想就是吃蓝你个头的大腿肉。丘娥子向前，紧紧地抱住了蓝你个头的大腿，一口一口地吃了起来。蓝你个头的大腿肉嫩多汁，吃起来有一股大蒜的味道，但丘娥子还是很喜欢蓝你个头的大腿肉。在她吃得津津有味的时候，蓝你个头撕开了丘娥子的身体，在她的身体里游起泳来。房间里瞬间响起了哗哗的水声，犹如木船在迎击着涌动的流水。他一边游一边感叹，简直是名不虚传，真的是名不虚传，果然是名不虚传，太名不虚传了，啊……啊……

丘娥子吃累了，蓝你个头也游得累了。两个人紧紧地搂抱着，坐在办公桌前。丘娥子欢喜地看着蓝你个头的眼睛，蓝你个头的眼睛刚盯着窗外的白云，发出了白银一样的亮光。丘娥子摇着蓝你个头，撒娇地说，嗯，国国（石国的撒娇语），你在想什么嘛。

蓝你个头把目光收回来，看着丘娥子脸上发光的金子，他的脸显出前所未有的安静。于是他跟她说起了他的理想。

我的理想就是去石国的大山"一"上放牧白云。蓝你个头说，太阳落山的时候，阳光把白云照得金光闪闪，那就是我心目中最美的风景，从小我就幻想着跟这样的白云生活在一起。

丘娥子听出了蓝你个头话里的意思，她兴奋地说，那石国报呢？石国报怎么办？蓝你个头起身，打开一个厚重的象征着权力的石柜。从里面取出了一枚葡萄，送到了丘娥子的嘴里。丘娥子知道吃完这葡萄，她就变成石国报的总编了。于是她小心地吃着，慢慢地吃着，她发现吃的过程让她充满了欢喜。她吃完葡萄转过身，发现蓝你个头什么时候不见了，窗外一朵白云正徐徐飘向远处的大山"一"，仿佛正在跟她告别。

成了总编的丘娥子才明白，原来石国报就是石国的真理部。有一天在国王的办公室，她尝到了石国君的脚指头。石国君的脚指头有些岩石的味道，吃起来嘴巴会发出嘎嘎的脆响，这代表着一种权力的冷酷，远没有其他肉好吃。

除了石国君的脚指头，丘娥子时常换些石国的男人来吃。虽然被丘娥子吃过的地方很快都会长出来，但只有石国报的部分读者知道，那些新长出来的，不过是替代品罢了。于是在石国，果老成了第一个没有鼻子的男人，潘什么是第一个没有手指头的人，石国大学艺术系主任是第一个没有耳朵的人，只有蓝你个头，他变成了一朵白云，他什么都没有得到，也没有失去。

因为吃了太多的男人，丘娥子的皮肤渐渐地开始有了一层绿光。据历史记载：石国五百六十六年秋，石国电视台直播了一场旷日持久的宴会，石国报总编辑丘娥子宴请石国名流，庆祝石国报成立一百周年。人们目睹了一桌嘉宾很快就被丘娥子吃个精光了的盛大场面。吃完后丘娥子蹲到椅子上，开始剔牙齿。细心的观众发现丘娥子的鼻子开始脱落，然后是耳朵、眼睛，整个脸皮、胸部、大腿……她的肉一块一块地掉在地上，变成了一摊泥。

随后科学家研究证实，丘娥子腰长、胸围、脸形，都刚好是传说中的妖的尺寸。妖的特点是手臂上有四根到六根粗毛，不过脱毛霜让人们忽略了它。

石国五百六十七年初，有水国人船载一条鲸鱼运抵石国，石国大乱。

五百六十八年秋，石国亡。

谁在我的镜子里

范小青[①]

老吴醒来的时候，愣了一会儿，才发现自己是在地铁上。

一时想不起什么时候上的地铁，是要从哪里坐到哪里，为什么要坐地铁，平时都是开车的，怎么上了地铁呢？

赶紧看看手提包，虽然已经离开了他的手掌，横躺在旁边的座位上，手机从裤兜里滑了出来，跌在屁股边，还好，前面下车的乘客没有顺手牵羊把他的手机和提包顺走。

现在他清醒过来了，今天是和老婆约了去家装超市看建材看家具，家里换了房，要装修，这是个大事，挺烦人，也挺兴奋，现在比过去方便多了，跑一两趟家装超市，只要不是拖泥带水的性格，装修需要的东西基本都能搞定。

家装超市巨大，建在远郊，到这里来，自己开车不划算，还是地铁快捷方便。

手机铃声响了一下，好几个乘客同时都在查看自己的手机，相同的叮咚声此起彼伏，几乎没有人能够及时而又准确判断这铃声来自谁的手机，老吴

---

① **范小青**　女，苏州人。江苏省作协党组副书记、副主席，中国作协全委会委员，苏州市文联主席，《苏州杂志》主编。著有长篇小说17部，代表作有《城市表情》《女同志》《赤脚医生万泉和》等，中短篇小说200余篇，代表作有《瑞云》《我们的战斗生活像诗篇》《城乡简史》等，电视剧代表作有《费家有女》《干部》等。小说《城乡简史》获第四届鲁迅文学奖（2004—2006）全国优秀短篇小说奖。

也无法判断，看了一下手机，原来是老婆发来的短信：到哪里了？

地铁正开着，他也不知道到哪里了，问了一下身旁边的乘客，才知道坐过站了，老婆是个急性子，时间观念又特别强，自己从不迟到，也不允许别人迟到，他赶紧打电话过去说明情况，老婆果然不高兴，声音也变得有些异样，说，说话不算数，今天来不及了，改天吧。电话就挂了。

坐到下一站，他下了车，再坐反方向的车，还能怎么样，回去吧。

回去的路上，老王电话来了，可能是因为在地铁上，声音都不如平时那么真切和熟悉，老王说，你人呢，约好下午在你办公室见的，你怎么不在？他想了一下，说，咦，我今天没和你约吧，我今天有事，下午不在办公室，不会和你约的。那头老王的声音因为疑惑而更加失真，今天没约吗？嘿，瞧我这记性——不说了不说了，重新约吧，你什么时候在？他说，明天上午吧。

坐地铁回了单位，晚上因为有业务应酬，搞晚了，回家老婆已经睡了，从她的背影就能看出她梦中也在生着气，他没敢再打扰她。

第二天上午到了办公室，没多久，老张进来了，说，老吴，今天总算没有爽约。他看了看老张，奇怪地说，咦，我怎么记得约的是老王。老张不高兴说，怎么？你就有时间见老王没时间见我？老吴说，我不是这个意思，可我明明记得昨天是老王给我打电话约的，难道我的记忆出了问题？老张"唬"一声说，这有什么稀奇，现在记性差的人多得是，我昨天记着要去买提子，结果买回来的是芒果，我老婆更有意思，站在车前，手里拿着车钥匙，却慌了神，说，不好了，不好了，我车钥匙丢了。

老吴仍有些心不在焉，老张说，哎哟，别这么费神啦，我人都来了，都站在你前面了，还非要认定有约无约吗？你这官你这谱真有那么大吗？你真的这么不想见我吗？就算你真不想见我，但昨天下午我打你电话，是和你约定了的，你也不能反悔呀！

老张谈了后就走了，可老吴内心还在想着老王之约，感觉老王还是会来的，但是等了一上午老王也没有来，他也就认同了老张的话，可能记错了吧，现在人的脑子里塞了这么多东西，每天还在继续拼命往里边塞，怎么不混乱，混乱太正常了，不混乱才怪，这么安慰自己，也就释然了。

昨天家装超市没去成，但总得去呀！还得抓紧去，他们和装修公司签的是半包合同，也就是说，材料自己挑，挑好不用下单购买，回来交给装修公司去进货，装修公司不仅负责进货，他们还有他们自己的渠道，还能再砍价，这样业主又省心又省钱，何乐而不为？

正因为他们要付出的劳动就是这一趟家装超市之旅，所以这一趟既必不可少，又十分重要。

赶紧给老婆发个信，约定今天下午再去，不过他没再坐地铁，开了车去。

到了家装超市，一等再等，老婆没来，他发短信过去，也没回复，再打电话过去，那边已经是转移呼叫，老婆关机了！几个意思呢？他搞不懂。

晚上回家，虽然老婆大人脸色不好，但他总得问一下下午失约的原因吧，一问之下，老婆说，你什么时候约我下午去了？他说，我给你发了短信，你明明回了的。老婆说，什么鬼？他把手机递给老婆看，说，不是鬼，你看看，你看看，短信还在呢，幸亏我没有删掉。老婆瞄了一眼，上面确实是"老婆"两字，老婆撇了撇嘴说，谁知道你那个"老婆"是哪个老婆，反正我没有收到你短信。

他不知道老婆是开玩笑还是当真的，嘀咕说，事实面前，也不承认。又说，你约我，我迟到，我约你，你不来，正好明天休息，我们俩一起出门去超市，手拉着手，总不会再出差错了吧。老婆呸他说，你左手拉你的右手吧。

终于在休息天夫妻一起去家装超市，一站式服务确实方便，只是他们用大半天时间就要一竿子到底解决几乎所有问题，也确实蛮紧张，其间手机响了几次，有来电，有来信，老吴想看想接，但老婆阻止说，不行，今天任务繁重，谁也不许用手机，你接一个，我发一个，你再发一个，我再接一个，一天忙下来，光顾手机了，还看什么家装材料呀。

老婆的话有道理，老吴完全同意，休息日，想必也不会有什么不得不接不得不回的事情，干脆调到静音，和老婆一起安心看货，这才把任务完成了。

回家的路上，他开车，老婆就忙起来了，她的手机上，内容也不少，先是回电话，接着是回短信发微信，然后欣赏美图视频，老吴心里也惦记自己的手机，手机在他的兜里跃动着，好像那里边包藏着多少宝贝等着他快快打开收获呢，看着老婆津津有味地看着，还笑，还龇牙，还呸，老吴心里早就痒痒的，一直熬到车子开回家，老吴才急急地掏出手机，怎么不是，太多了啦，眼花缭乱。

老吴傻了眼，无论是来电还是来信，有好些显示的姓名，他都不认得，有一个叫唐豆的，另一个叫许正的，等等，老吴挠了挠头，忽然想起以前见过一个说法，说有个二货小说家，在小说中杜撰了一款汉字拆解病毒，把存在通讯录里的人的名字，都拆解了，所以机主就不认得他们了。其实哪里有什么拆解病毒，就是因为存的名字太多，导致记忆衰退罢了。

老吴的手机通讯录里，也存了好多个人名，他偶尔拉开来看看，一半以上都想不起来了。所以老吴也没太在意，唐什么也好，许什么也好，谁谁谁也好，既然自己记不得他们了，至少说明这些人和自己的来往早已经不密切了，说不定从前就很少交往，即使存下了名字，也记不住，这很正常。

看一下唐豆的短信，是个段子，无所谓，就回了一个段子给他，算是扯平了。

老吴又看看许正，许正发的是一个饭局之约，老吴回了一个，已另有所约，下次再聚。

但是还有一个人有些离谱了，他告诉老吴，钱小姐已经离开，本来组织个饭局送一送的，但是钱小姐表示不想再见到他，就作罢了。

老吴有些哭笑不得，只好回了个表情。

表情这东西真是太好了。

发明表情这东西真是太好了。不想说话，不能说话，说不了话，或者说得太多了想打住，都可以用表情替代。

表情应有尽有，多到只有你想不到，没有它提供不了。

简直太完美、太中意了。

最后看到一信，没头没脑，说，合同的事已基本搞定，明天见律师。

老吴觉得像骗子，又担心不是骗子，确实有这事的话，也是不可轻易忽视的，就试探说，你发错人了吧？对方也就不再回了。果然离骗子不远。

现在骗子太多，大家都很小心。

所以有时候错了的就让它错了去。宁可错过朋友，不可踩中地雷。

除了微信短信，还有好几个陌生的未接电话，老吴一概不回，有一个电话打了几次，一直到晚上还在打过来，老吴被盯得无法，发信说，我在开会，不方便接，你有事发信吧。若是骚扰电话或诈骗电话，必不会再发信来了，可这个人很执着，真的发信来了，说，这么晚了还在开会？你比我还忙啊？明天上午九点，到我办公室来一下。

老吴哈哈大笑，很有心情跟骗子再打几个回合，所以回信过去说，过了时的骗局，又拿来用，连与时俱进都不知道，还干这营生？

那边终于不再纠缠了。

总之，这个周末，老吴虽然过得稍有些不同，但他并没怎么往心里去，现在因为手机带来的各式各样的事情，每天都能碰到，没人稀罕。

新一周开始，早晨去上班，一进办公室，老板的电话就打到座机上，口气不怎么好，说，让你到我办公室来一趟，就这么难？老吴脑袋"轰"的一下，想起被他嘲笑过的那个陌生电话，难道是老板打的，可是他也冤哪，老板换了手机，却不告诉他，让他蒙在鼓里，老吴可不愿意吃下这种不明不白的冤枉官司，赶紧辩解说，老板，您换手机我不知道啊，现在骗子太多——老板打断他说，我什么时候换手机啦，我一直是老手机。

这真奇了怪，为什么显示在自己手机上的是另一个陌生的号码呢，难道真如那个异想天开的小说家所预测，病毒来了？

老吴仍然不敢十分相信老板的话，又试探说，老板，因为，因为，骗子的那个"九点钟到我办公室"的段子实在太著名了——老板又劈头打断他说，难道因为骗子用过一次，从此以后，所有的上司都不能叫下级周一见啦？

老板说得有理，老吴赶紧到老板办公室，他一进去，老板就朝他伸手，说，材料呢，你以为我是想看你这张脸？

老吴一拍脑袋，赶紧回办公室，打开手提包，取出材料，再去交给老板，老板这才稍稍满意，收下材料，朝他挥挥手。

到半上午时，老板电话又来了，问他吃了药没，他就料知是那材料出了问题，果然不等他回嘴，老板又说，你过来。他以为问题大了，电话都不能说，要当面剋了，赶紧提着个小心脏往老板那儿去，老板果然不高兴，盯着他看看，面有疑色，说，你也算是老手了，怎么会有这样的错别字？

一开始老吴以为报告出了重大的差错，确实有点紧张，以为要返工了呢，现在老板只说是错别字，他立刻放心多了，错别字哪个不会写，人人都有错别字的，很多人还故意写错别字，那是潮，但他不便这么直接跟老板回嘴，谦虚地说，哪个字哪个词错了，我马上改。嘴上是这么说，眼睛却朝老板瞄一瞄，看看老板的脸色，平时老板要作报告，只是拿他写的稿子念，有时候到了会场，稿子才递到老板手里，从来没有事先认真准备的习惯，今天不知老板是怎么了，口气严厉地说，幸亏我事先认真准备，否则就出洋相了，你自己看看吧——把报告扔到老吴面前，老吴拿起来一看，赫然的，是标题错了，难怪老板能够一眼看出来。

应该是"关于公司营销情况的报告"，结果变成了"关于公司亏损情况的报告"。老板说得不错，什么都错得，偏偏这两个字错不得，而他其他什么字也不错，偏偏就错这两个字？

老板责问老吴，老吴也是百思不得其解呀，报告明明是他自己亲自起草亲自修改的，怎么会出如此明显的差错，不过好在不是内容要返工，只要将标题上两个错别字订正就行了。

下午老板在公司做报告，会场很安静，没有人说话，都忙着看手机呢。等到散会时，有一个同事面有疑色跟老吴说，今天老板怎么啦？

老吴一时没有理解他的意思，反问说，什么老板怎么啦！老板怎么啦？你怎么啦？

那同事犹豫了一下，说，要开人还是要怎么啦？

老吴仍然没有理解，继续反问说，谁说要开人了，老板说了吗？你怎么会有这种想法，你怎么啦？

那同事赶紧摆正了脸色，说，哦，没怎么。就走开了。

老吴晚上回家，老婆又在看打鬼子的电视，老吴瞄了一眼，感觉画面似乎有所不同，随口说，昨天那个结束了？换一个片子了？老婆说，没结束啊，要打六十集呢，还早呢。他又奇怪说，那你换了台？老婆也奇怪地朝他看看，说，没有换台呀，不还是在打鬼子吗？又白他一眼说，关你什么事，又不是你在看，是我在追着看，内容一直都是连下来的，昨天八路军受了伤，今天就在老百姓家养伤，这不明明是连续着的嘛，我即使脑残，也还没残到连连续剧怎么连下去都看不懂吧。

他没再回嘴，等老婆不注意，偷偷把广播电视报找出来看看，地方台一套播的是《杀鬼子一个不留》，地方台二套播的是《把鬼子杀干净》，确实差不多，老婆说得也不错，反正内容是连贯的，反正打鬼子的过程也都差不多。

他实在想嘲笑一下老婆，可是看到老婆专注的神情，完全被神剧情吸引住了，他放弃了嘲笑的想法，坐在自己的电脑面前，在QQ上和新居装修的项目经理聊了一下，问问情况，经理发了进货的图片给他看，并说，您放心，一切正常。

他确实可以放心，只需在头一次交接的时候，和项目经理一一对接清楚，后面就不用多操心了。有时间的，可以过去看一眼，不看也没事。现在的装修跟过去完全不同了，非常规范，非常专业，都有质量承诺，又有第三方监管，更何况，连个干小工的，也比你内行得多，你一开口，他就跟你说专业术语，搞得你完全觉得自己是只多余的菜鸟。即便是路过，顺道去看看，工人们热火朝天干着，切割机钻孔机嘎嘎嘎地叫着，没人会打招呼，也没有人问你是谁，站一会儿，受不了噪声和灰尘，赶紧撤吧。

一集电视剧播完等下一集时，老婆过来转转，看到项目经理发来的图片，有些疑惑，说，这款地砖，颜色好像不太一样？又拿手机上的图来比对，确实有些误差，赶紧打电话问项目经理，经理说，我们是完全按照你们提供的型号颜色买的，上传的图片可能会有色差，如果不放心，可以到现场去看，货已经到了。

到下一个休息日他们去了现场，到小区门口时，项目经理已经在等候他们了，一起引着到新家，亲眼看了地砖颜色，确实和原来看中的那一款有差别，问怎么回事，工人肯定是搞不清的，材料有专人负责进货，就找到进材料的专人，他的手机上也有图有真相，但他手机上的那款地砖确实就是现场的那个颜色，难道在转发的过程中，颜色会自动改变？

幸好老婆是个比较大度的人，说，算了吧，反正这一款颜色也不难看，还过得去，只要没有质量问题就行。

工程还没有全面开始，所以他们又认真地看了图纸，发现了其他一些问题，比如淋浴房的喷淋头应该是安装在竖立面的墙上，水喷洒出来的余地比较宽大，结果设计上却改在了横立面上，怎么看也觉得别扭。项目经理是个细致的人，似乎有些沉不住气，一边道歉，一边委屈地对老吴说，竖面的墙上有管线，不太方便安装，即使硬装，装出来就是偏的，我发短信请教过你，你回信说由我们定，我们就这么定了。老吴觉得奇怪，他完全不记得项目经理跟他探讨过淋浴房的事情呀，项目经理赶紧拿出手机，递到他眼前说，你看，短信我还保留着。老吴一看，果然的，上面是姓名"1202 吴"，房号和姓都是对的，不就是他嘛。

既然是经老吴同意的，老婆不好责怪项目经理，自然是要怪罪老吴，老婆说，把装修交给你实在是个错误，下面的事情不要你管了，转给我，我来负责吧。就让项目经理把她的手机记下，说以后碰到任何问题找她就是。

老吴看到项目经理记下了老婆的手机号码，创建新联系人记的是"1202夫人"，老吴无责一身轻，有心情跟老婆开个玩笑说，每幢楼都有 1202 哦，你不要做了别人家的夫人哦。

老婆朝他翻个白眼，就开始履行"负责人"职责，四处查看起来。

倒是这个项目经理，听了老吴说话，似乎是愣在那里了，老吴不知他是哪根筋搭错了，也不知自己哪句话把他的筋搞乱了，就看到他小眼睛眨巴了半天，忽然开口问道，吴老板，你是姓吴吧。老吴奇怪道，咦，你明明知道我姓吴，我们的装修合同、包括你的手机上存着的，不都是我吗，我生下来就姓吴，没有改过姓哦。

项目经理"哦"了一声，又把手机翻出来看看，念道，1202 吴，1202 吴，没错。似乎放心了，把手机揣进口袋，赶上老吴老婆的脚步，紧随其后。

回家路上老婆开车，可偏偏手机不停地响，一会儿来电，一会儿来信，老吴想替老婆看看有没有急事，老婆却不在乎说，不用看，不是推销，就是骗子。老吴认同这说法，休息日单位和朋友一般都不怎么打扰，唯有骗子最辛苦，没日没夜没休假，于是感叹说，现在骗子太多，傻子都不够用了。

正这么说着，骗子已经到了，老吴一看，简直气得要笑起来了，骗子真是疯了——哦不，不是骗子疯了，是这个世界疯了，骗子才会这么清醒，这么猖狂。

这一回的骗子，很有点城府，是动了脑筋、创了新的，在短信中说，你拿了我的手机，好几天了，难道都没有觉得有差错吗？过得很自在吗？

老吴碰到骗子，一向很冷静，现在依然是冷静，先研究这条颇有创意的骗术，首先第一步，骗子肯定是想让他回信，如果他回了，骗子下一步会怎么走呢，骗子说老吴这几天使用的是别人的手机，这是什么意思，难不成真会有人相信，然后把手机拱手"还"给骗子，人不能这么蠢吧，如果拱手还是不可能的，那什么是可能的呢？骗子的要领，就是抓住人性的薄弱点，贪钱，怕领导，掩饰外遇之类，那么手机有什么软肋呢？

那可多了去了。

心里数着手机的软肋，一二三四五，老吴肋骨都疼起来，心也烦乱起来，那骗子可是个急性子，见老吴没上当，干脆打电话来说，刚才就是我发的短信，你收到没有，为什么不回复？老吴气得说，你这么嚣张，简直都不像骗子啦。那边说，你误会了，我不是骗子，我是你手机的主人。老吴"啊哈"一声说，可是它现在换主人了。电话那头骗子还很执着，还不肯放弃，继续纠缠说，你不相信的话，打开通讯录看看，你认得里边的人名吗？

老吴不知道自己是不是开始着骗子的道儿了，他已经下意识地点开手机通讯录，可看了一眼后，又放心了，怎么不认得，这些人，都是老吴的关系人物和联系对象，"老婆""老板""杨秘""李副总""刘科""杨处""老张""老王""大哥""二弟""小妹""二妹"，等等。

当然也有老吴记不得的，这也很正常嘛，谁敢保证存在手机通讯录的那些人脸，个个都历历在目呢？

老吴既然放了心，就干脆再调戏一下骗子，吃吃骗子的豆腐也蛮爽，老吴跟骗子说，你又走错一步棋，你得重新写脚本了，通讯录里的人名，我都认得，这就是我自己的手机。那边骗子真着急了，赶紧说，不可能，不可能，你的手机在我手里呢。

这下子老吴有些吃不准了，把自己手里的手机翻来翻去看了几遍，也没看出这是一部别人的手机呀，手机品牌，手机型号，开锁密码，屏保画面，通讯录里大部分的名字，还有近几天的保留的短信，等等等等，没哪个不是他自己的嘛！

老婆在一边看到老吴摆脱不掉这个骗子，问道，你再看看，他打给你用的是什么电话？老吴赶紧将来电显示的电话号码念叨出来，一边念，一边就觉得有怪，老婆听了，也觉得怪怪的，说，咦，这个号码好像是谁的嘛。

两人同时叽叽咕咕念叨几遍后，又同时大喊起来。

老吴喊，我的天，这是我的手机哎！

老婆喊，我的妈，这是你的手机哎！

他们终于记起了老吴的手机号码了。

一旦记起了老吴的手机号码，顿时让他们吓出一身冷汗来了，怎么老吴的手机号码会给老吴自己的手机打电话呢，难道会有两个相同的号码在同时使用？

比神剧还神吗？

还是旁观者比当事人镇定一点，老婆让老吴往她的手机上打一个试试，老吴从通讯录里调出"老婆"拨打出去，结果，老婆的手机一直没响，老婆阴阳怪气地说，看起来，你这个"老婆"不是我。老吴急着解释，却又不知道怎么解释，这时候那边的"老婆"接通手机了，说，喂，说话呀——老吴愣了愣，反问说，你知道我是谁？那"老婆"哼哼冷笑说，你跟我玩变声？老吴说，你难道听不出我的声音？那"老婆"说，声音算什么，样子都能变，性别都能变，声音就不能变吗——看起来那个"老婆"是认定他了，那是当然，她那边的来电显示就是"老公"俩字嘛！老吴哭笑不得，又解释不清，只得挂断电话。

事情至此，老吴才相信了那个"骗子"，他们之间真是把手机换错了，但是手机怎么会换错呢，又是在哪里换的呢，老吴努力回想，终于，他想起了地铁。

就是坐地铁那天，他睡着了，手机从口袋里滚了出来，坐在他旁边的那个人拿着他的手机先下车了。

现在老吴一一回想起来了，不仅手机，还有手提包，还有包里的文件，丢了这些重要的东西，那可真是不得了的大事，可奇怪的是，这一个星期内，并没有发生什么重大的差错，那人提包里的东西，和老吴提包里的东西，实在是大同小异，就算有些小小的差别，也都无关紧要，老吴也不是个十分细心的人，甚至他老板把营销报告做成了亏损报告，老吴也没有听出来，其他大部分人也没有听出来，老吴记得只有一个同事，小小地表示了一下担心，但是被老吴反问了一句，同事立刻知道自己错了，闭嘴走了。

老吴有些惊讶，自己拿着一个陌生人的手机，却没有一点陌生的感觉，靠着另一个手机生活了好几天，日子竟然也一样过，中间也只是有过一些小小的疑惑，比如明明记得约了老王，结果老张来了，可这种事情稀松平常，人人都会碰到，没人会把这样的小差错当回事，没人会顶真的。

第二天他们就换回了手机，日子也还是照常地过，几乎没有人发现老吴的这段遭遇，老吴有一次喝了酒，把事情讲出来，大家听了，也没觉着很稀罕，甚至都很理解，轻描淡写地说，呵呵，现在的手机和手机里的内容几乎是一模一样的。

老吴家的新房子装修好了，工人都撤走了，装修公司等待户主约时间验收，老婆恰好出差了，暂时验收不了，偏巧这天老吴有空，想到新装修房子的新气象，心里痒痒，先上门去看一眼，到了那里，老吴掏了钥匙开门，却怎么也打不开来，再仔细看看，分明就是1202嘛，哪里出差错了呢？

前几次来，因为都有工人在工作，门都是开着的，始终没有用过钥匙，难道是钥匙坏了？老吴赶紧打电话给项目经理，经理赶来了，用他手里的钥匙开了门，老吴进去巡视一遍，装修工程实在无话可说，挑不出一丝毛病，可老吴心里，总有一种隐隐约约的不踏实的感觉，他下楼的时候，注意了一下楼面上的标号，是17幢，心里顿时一惊，却还有些吃拿不准，回家赶紧拿出购房合同一看，他们购买的是12幢。

老吴顿觉天旋地转，头晕目眩，这错误可是错得太大了，整整装了几个月的新房，最后竟然不是自己的家？项目经理一听说，更慌了，那可是掉饭碗的失误啊，赶紧向公司报告差错，公司安排人手一查，才发现他们公司在同一个小区接了两个"1202吴"的活儿。

两个1202，分别由两位项目经理负责，赶紧把那个经理也找来，大家一核对，都觉得奇怪，怎么两户装修会犯同样一个错误呢，老吴和老婆没有发现这个1202不是他们的家，就算他们糊涂马虎吧，可那一家的户主怎么也这么糊涂马虎呢?

一伙人赶紧到另一个1202现场去看个究竟,这个1202,才是老吴真正的家,老吴用自己的钥匙,顺利地开了门,可就在开门的那一瞬间,老吴心里怦怦乱跳,十分慌张,完全不敢想象,这个自己从来没有看到过的新家会是什么样了,会不会让人目瞪口呆,老吴踏进门的时候,先把眼睛一闭,再鼓起勇气一睁。

老吴真的目瞪口呆了。

这怎么就不是他的新家呢,这就是他的新家,这个1202,和那个1202,就是同一个1202,一模一样的装修风格,材料,家具,等等,什么都是一样的,唯一不同就是那款地砖颜色稍有差异,但差异真是不大。

难怪那户1202户主,也犯下了和老吴一样的错误,或者说,根本就没有什么错误,他们的房型完全一样,他们挑选的建材和家具也差不多,开工期间那个1202的户主自然也来现场看过,他们当然看不出有什么问题。

如果一定要说这里边有差错,差错就发生在开始的某一天,某一个项目经理在小区门口迎接户主的时候,问他,您是1202的,您姓吴?姓吴的户主说,我是。

只是现在也已经搞不清,是两个经理中的哪一个先跨出的这一步,要追责的话,两个人得同时被追。虽然两套1202装修得一模一样,但毕竟装修公司是有误在先的,所以他们和老吴谈了判,商定共同将大事化小,小事化了,瞒着老吴老婆和另一个1202户主,公司主动提出赔偿老吴一笔损失,老吴倒有些不好意思,说,都一模一样,其实没有什么损失嘛。可公司说,那是精神损失,一定要赔的。既然人家这么讲信誉,老吴也就不客气地收下了那笔赔偿金,纳入自己的小金库。

老吴老婆回来验收,老吴带着老婆进入12幢,老婆朝不远处的17幢望望,似乎有些不确定,说,不是那一幢吗?老吴把合同随身带着,这会儿拿出来给老婆看,说,你怎么啦,我们买的就是这一幢嘛,12幢嘛。

上楼,开门,进屋,老婆验收,一切满意,超满意,活儿干得实在太漂亮太完美,甚至把搞错颜色的地砖都换回了原来他们看中的那款颜色,真是一家讲究信誉讲究品质的家装公司。

老吴到穿衣镜前再看看镜子的质量,却在镜子里看到了一个和他长得一模一样的人,高矮胖瘦完全一样,戴着的眼镜是一样的,衣服的颜色是一样的,皮鞋是同一款,手里拿着苹果6,腕上戴着欧米茄。

老吴惊慌失措，喊老婆，你快来看，你快来看，镜子里的是谁？

老婆才不会过来看，只是在那一边骂道，神经病，你还指望人家给装一面照妖镜呢。

老吴自嘲地笑了，朝着镜子里的人说，你和我长得真像哎！

私　了

东　西[①]

　　他把存折轻轻放下。黑色的方桌上搁着一本绛色存折，很扎眼。她没看存折，而是看他，好像他是一个陌生人，需要对他进行检测。他被检测得心里发毛，低下头，看着凉鞋里十根变形的脚趾。脚趾虽然变形虽然黑，但趾甲里没了泥垢，鞋面也还算干净，这都是进村时在井边仔细冲洗的结果。太阳快要落山了，阳光从门框斜进来，照着他们的下半身，把他们下半身的影子拉长，投射到墙壁上。墙壁上，一个腿影不动，一个腿影打闪。

　　"都十五天了，你说你们封闭。李堂封闭还情有可原，你一个种地的，谁会封闭你？"她的声音不大，却一剑封喉。

　　"能不能先看看存折？"他弱弱地问。

　　"你都回来了，李堂为什么还不开机？"

　　他不答，指了指存折，好像答案就在那里。这时，她才把目光移开。目光移开时"哗"的一声，仿佛撕去一层皮，在他的脸上留下了痛感。她疑惑地看着，那是一本新存折，新得都不好意思去碰。她的手指捏着衣襟，捏了又捏，估计把手指捏干净了，才伸出去。

---

① **东　西**　中篇小说《没有语言的生活》获首届鲁迅文学奖，根据该小说改编的电影《天上的恋人》获第十五届东京国际电影节"最佳艺术贡献奖"；长篇小说《后悔录》分别获第四届华语文学传媒盛典"2005 年度小说家奖"和《新京报》"2005 年度好书奖"；获"第十届庄重文文学奖"；主要作品有：《后悔录》《耳光响亮》《没有语言的生活》《我们的父亲》《不要问我》《猜到尽头》《东西作品集》（四卷）等，多部作品被改编为影视剧。

"慢。"他忽然制止。

她把手缩回来，又看着他。

"在翻开它之前，你得有个心理准备，因为……这不是一笔小数目。"

"才出去几天，你就把人看扁了，好像我就没见过大数……"她翻开存折的瞬间，声音突然中断，整个人凝固，眼珠子一动不动，呼吸声变得急促。

二十七年前，她生李堂时差一点就憋死。医生说她的心脏有毛病，能生一个还保命，已是奇迹中的奇迹。从此，她感觉到了心脏的存在。累的时候它重，急的时候它重，来例假的时候它也不轻。每次犯重，她都用右手捂住左胸，仿佛捂住一碗水，生怕一松就漏。现在，她又把手捂在胸口，说："三层，你是不是抢银行了？"

他摇头。

"没抢银行哪来这么多钱？"

"你猜。"

她忽然感到脑袋不够用，而且头皮还略紧。她首先想到的是彩票中奖，但没等他摇头，她就自个儿摇了起来。她不相信李三层有这么好的手气，更不相信自己有这么好的命水，那么……她"那么那么"，也"那么"不出其他可能，就说："你最好直接把答案告诉我。"

"还是猜吧，答案没那么容易。"他扭头看着门外。

"再猜，我的心脏病就发作了。"

"好东西不能一口吃完，好消息需要慢慢消化。"

"没有答案，再好的消息也折磨人。"

"要不你问李堂。"

"他不是一直关机吗？"

"哦，我差点忘了。"他一拍脑门儿，仿佛从梦中惊醒。

"他为什么总是关机呀？"

"你先猜钱是怎么来的，然后我再告诉你他为什么关机。"

"讨厌，你都快把我急死了。"

"路得一步一步地走，事得一件一件地办，急不得。"

她重新翻开存折，看了一会儿，"这钱是李堂挣的吗？"

"你说呢？他一个单位里的跑腿，才两年工龄。"

"莫非是你捡到的？"

"我说是，你也不会信吧。"

"天老爷，"她倒抽一口冷气，撩开他的衣襟，摸着他的腰部，"你不会把肾给卖了吧？"

"肾哪能卖这么贵。"

她低头查看。他的腰部没有伤疤。他说他的肾好着呢。她直起身，"那就奇怪了，难道你傍上了大款？"

他把头扭过来，发现她的面肌开始松动，像有一颗石子砸进水面，渐渐泛起涟漪。这是严肃后的一丁点活泼迹象，是由对立走向和解的信号。他稍微放松警惕，仿佛有一根绑着的绳子从身上掉落。他说除非碰上一个刚从牢里放出来的女大款，否则我傍不上。

"你不是说你肾好吗？"

"光肾好有什么用？人家还要看皮肤白不白。"

"想想也是，谁会看上你这副黑不溜秋的皮囊？"她的脸上埋着讽刺。

"但是李堂好白，白得就像水泡过似的，一点都不像我。"

她双手一击，恍然大悟，"莫不是李堂傍上了女大款？"

"你觉得有可能吗？"

"怎么没可能？他一表人才，口齿伶俐，就是县长的女儿喜欢他，我也不奇怪。"

"有道理。"他微微点头。

"这么说我猜中了？钱是那个女大款给我们的？"

"别叫得那么难听，富二代好不好？"

"有区别吗？"

"当然有了。一般女大款年纪都偏高，但富二代年轻。我们家李堂怎么可能为了钱去傍老女人？"

"那是。我们家李堂可讲尊严啦。记得他八岁时，李侯衣锦还乡，给每家的孩子都发了一把奶糖，别家的孩子恨不得要两把，但我们李堂一颗都没要。十岁那年，罗老师把他小孩穿过的一双半旧皮鞋送给他，他硬是没接，虽然他的球鞋都被脚趾顶出了两个窟窿。"

"这叫骨气。"他竖起大拇指。

"所以，不是我们家李堂要傍富二代，而是那个富二代倒追我们家李堂。"她把存折丢到桌上。

"知子莫如母，这事还真被你猜对了，是女方主动。"

"可是，李堂他交了女朋友为什么不告诉我？这么好的事，有必要隐瞒吗？二十多天前我跟他通电话，他也只说旅游，没说交女朋友。"

"他……他想给你一个惊喜。"

"他们是什么时候认识的？"

"你猜。"

她盯住他，像盯住一个怪物，"动不动就'你猜'，哪里学来的臭毛病？"

"封闭时学来的。"

"到底是谁让你们封闭？"

"你先猜他们什么时候认识的。"

"神经病。"她骂了一句，朝厨房走去。厨房的灶台上煮着一锅水，现在正"扑哧扑哧"地冒着热气。她往热水里倒了一筒米，用铲子在鼎罐里搅了搅，把多余的水舀出来，然后从灶里抽出两根柴，让小火慢慢地焖饭。他走进来，倒了一碗凉茶，"咕咚咕咚"地喝下。喝茶声比脚步声还响。她扭过头来，"喂，这么多钱，你打算拿来起房子或是存定期？"

他抹了一把湿漉漉的嘴角，"你猜。"

她用手指点了一下他的嘴巴，说："你能不能不说这两个字？"

他不动，呆呆地立住，看着正前方。正前方一片虚焦，他什么也没看见，只是摆了个看的样子。她扳扳他的下巴，又拧拧他的面肌，但他始终没动，好像变成了植物人。她用力捏他的鼻子，说："你怎么变傻了？李三层，你是不是吃错药了？"

"你猜。"他还没转过弯来。

"猜你为什么变傻吗？"

"不，猜他们是什么时候认识的。"

她抽了抽鼻子，扭过头去，揭开锅盖。饭还夹生，于是把刚才抽出来的那两根柴又塞进去，灶里多了一抹火光。她走到洗手池，洗了洗手，又抹了几把额头上的汗，看见他还在原地站着，就说："李三层，我算是服你了。"

"光服不行，还得猜。"

"笨蛋，他们不是三个月前认识的吗？"

"为什么是三个月前？"

"李堂回来过春节时，没说交女朋友，现在突然冒出个富二代，不是春节后认识的那会是什么时候？"

"没想到你还能推理，原来你不傻呀。"

"你妈的，到底是你傻还是我傻？"

"猜。"

"这还用猜吗？"

"时间是猜对了，但你还没猜他们是怎么认识的。"

"老娘没这份闲工夫，改天我直接问李堂。"

"也好。"说完，他转身走出去，走到堂屋，走出大门，一直走到汪槐家，他才发觉自己的手里还拎着那个茶碗。

他逢人便说"你猜"。全村人都知道他变傻了，但谁都不知道他是如何基因突变的。她背着他天天拨李堂的手机号码，但电话里天天都是那个声音："该用户已关机。"

"李堂为什么还关机呀？"夜深人静的时候，她用手指戳他的后腰。他翻了一个身，"你先猜他们是怎么认识的。"

"说话当放屁。你说过只要我猜出钱的来历，就告诉我……"

"可当时你没乘胜追击，过期作废，现在我得加大问题的难度。"

她踹了他一脚，"你没傻，你是癫。你是被钱吓癫了。"

"必须承认，钱不是个好东西。"

"可一旦缺钱，你什么东西都不是。"

"唉……"他长长地叹了一口气。

她抚摸他的身体。她已经好久没抚摸他了，感觉他的肉越来越少，骨头都多得有点刺手了。她说："我对你好不好？"

"没说的。"

"那你为什么还让我猜这么多问题？你知道我最怕动脑筋。"

"我是想让你分享他们的幸福。"

"他们幸福吗？"

他点点头。即便是在黑暗中，即便都平躺在床上，她也感觉到他点了点头。她看着黑乎乎的天花板，脑海里一片花花绿绿。她说："他们是怎么认识的？是在公交车上或是火车上？既然要认识，总得先有一个地点吧？"

"人家是富二代，既不坐公交也不坐火车。"

"那就是自己开车喽。"

"还用说吗？"

她的脑海浮现一辆小汽车。太好的汽车她想不出，拼尽脑力，也只想象出一辆像王东帮人拉新娘那样的。汽车在她的脑海里"呼呼"地飞奔。她说："有一天……富二代开着一辆很贵很贵的车，在十字路口等红灯，忽然看见我们家李堂从斑马线走过。你想想李堂那身材，想想他的大长腿，只要往人群里一站，就相当于杉木站在茶林，马上就能吸引别人注意。我要是那个开车的姑娘，眼睛一定会发亮，心里一定会发烫……"

"我认为除了身材，她还看上了李堂的气质。"他打断她。

"还有才华，你别忘了，我们家李堂语文经常在班上考第一。"她说。

"然后呢？"他期待她往下讲。

"那个富二代叫什么名字？"她问。

"叫……叫，叫丽莲。"他"叭叭"地拍着脑门。

"没姓呀？"

"姓马。"

她看着黑乎乎的天花板，仿佛看着城市的街道，"当马丽莲一看见我们家李堂，就觉得过了这个村便没那个店，她不想让机会溜走，跳下车，拦住李堂假装问路……"

"不可能。十字路口不能停车，她走人那是违反交通规则。"他反驳。

"人家一个有钱人，还在乎交通规则吗？大不了罚款。我跟你讲，人一旦爱上人，跳火坑都愿意，更别说跳车。"她争辩。

"那车怎么办？"

"让警察拉走呗，想要就第二天花钱去取，不想要就让它烂在停车场。"

"你不是说车很贵很贵吗？"

"对有钱人来说，贵算什么？感情才重要。"

"也是。她不跳车，怎么能体现我们家李堂的魅力？"他认可这个答案。

但是她忽然产生疑问，"难道李堂不会拒绝吗？"

"为什么？"他张大嘴巴。

"万一她长得不漂亮呢？李堂可不是那种只爱钱的人，他不会因为金钱降低对外表的要求。"

"恰恰相反，她长得太好看了。"

"为什么不带张照片回来？"

"说好要带，临出门又忘了。"

"她长得像谁？有她未来的婆婆好看吗？"

"好看一万倍。"

她用力掐了一下他的大腿。他竟然没喊痛。她说："这是哪世修来的福？李堂竟然交了一个既有钱又漂亮的姑娘。"

"而且还是倒追，"他赶紧补充，"早上，马丽莲开着豪车送李堂上班；晚上，她又开着豪车把李堂接到家里。"

"他们住在一起了？"

"可不是吗？李堂直接住进了马家的别墅。"

"也就是说他们睡在一块儿了？"

"你猜。"

她沉默。她的沉默让夜晚安静，安静得可以听见虫鸣，听见丝丝的风声，甚至还听到一两声狗叫。她说："这么重大的事，他也不征求我们的意见？"

"当初我们睡在一起的时候，你征求过你妈的意见吗？"

"讨厌。"她又用力掐他的大腿，他还是没喊痛，好像肌肉是塑料做的，和他已没血肉关系。她沉浸在想象中，呼吸变得越来越均匀，很快就睡着了。不知过了多久，她突然"嘿嘿"一笑。他睁开眼，天色已白。晨光从窗口射进来，照着她酣睡的脸庞。她竟然在梦中笑了，这是多少年都不曾发生过的美事。

有那么几日，他们忙于农活，把李堂的事暂时抛到脑后。小暑那天下午，他们决定休息。人一休息，脑袋就放空，脑袋一放空，许多事就奔涌而至。她说："李三层，你这个骗子，几天前我猜出了他们是怎么认识的，但你却没告诉我李堂为什么不开机。"

"那还得往下猜。"他说。

"凭什么？"她说。

"因为你没抓住机会。"

她转身进了卧室，开始收拾行李。他跟进来，问她想干什么，她说："既然电话打不通，就得亲自跑一趟，我想李堂了，也想提前看看儿媳妇。"

"他们不在城里，他们出门了。"他说。

"怎么会出门一个多月？而且还关机。"她一屁股坐在床上。

"因为他们要享受两人世界，不希望别人干扰。"他坐到她的旁边。

她用手指点他的脑门儿，"你呀你……真是个闷葫芦。这么好的事，为什么不一锅端？而像挤牙膏，挤一点，讲一点。"

"我要是一次讲完，今天就没的讲的了。什么事都是一个过程，讲慢点，短的显得长；讲快点，长的显得短。"

"他们去这么久，是出国旅游吗？"

"你猜。"

"猜你个头，再猜我就私奔。"

"可是，我已经给自己定了一个规矩，你不猜，我不讲。"他扭头看着窗口。

一只鸟飞来，落在窗台，好奇地看着他们，但几秒钟之后，它又飞走了。他们的目光追着那只鸟，那只鸟拐弯了，他们的目光没拐，而是直直地落到天边。天边，刚刚还洁白的云朵现在全变成了彩霞。落日悬在远山，像个句号。

"一个月，如果不是出国，那他们就是自驾或是徒步？"现在她才发觉不想猜只是表面现象，其实骨子里充满了好奇。

他摇头。

"难道是豪华游？"她问。

"差不多了。你想想游字的偏旁部首吧。"他提醒。

"三点水，他们是在水里吗？是坐轮船。"她预感自己找到了答案。

他点头。

"是不是在海上？"

他摇头。

她一拍大腿，"我想起来了，李堂好像在电话里说过，他要去看长江。"

他点点头。

"哈哈，我终于猜对了。"她高兴得像个刚刚考了一百分的小学生。

"他们定了一个豪华包间……"他忍不住。

"别，还是让我来猜吧。"她制止。

他看着她。她看着窗外。她满脸笑容，这个迟到的消息让她兴奋，激动，好像豪华游的不是李堂，而是她自己。她说："游费是马丽莲出的，李堂一个穷小子住不起豪华包间。这么说马丽莲真的喜欢我们家李堂，否则她舍不得花这么一笔大钱……"

"她对他好呀，一有空就给他按摩。"他说。

"还三天两头给他炖鸡汤。"她说。

"她给他买了好多好多名贵的衣服。"

"我知道了，上船之前，她肯定还是个处女。他们之所以要豪华游，就是想在船上入洞房。"她有一丝得意。

"你是怎么知道的？"他暗暗佩服她的想象力。

"我猜的。"

"八九不离十。"他说，"一天，船到了中游，两岸的山越来越好看，他们拿着手机来到船边自拍。自拍是什么你知道吗？”

她点点头，“就是举着一根长长的杆子给自己照相。”

“照了几张，马丽莲都不满意，她就坐到栏杆上。不巧，一阵强风刮来，船身一斜，马丽莲掉了下去……”

“啊……”她倒抽一口冷气，“快救她。”

“她在翻滚的江水里挣扎，不停地喊李堂李堂。她的头发乱了，衣服湿了，眼看就要沉下去了……”泪水盈满他的眼眶。

“快去救她呀，李堂。”她攥紧双手，仿佛就站在船边。

“采菊，情况这么紧急，你说救还是不救？”

“救，那么好的姑娘，如果不救，我们会一辈子良心不安。”

“我就知道你是个善良的人。”他抹了一把眼眶，“李堂也是个善良的人，他几乎没有犹豫，就咚地跳到江里去救她。可是李堂忘了，我们也忘了，他……他不会游泳呀！”说完，他放声大哭。

她一愣，身子一歪，往床上倒去。他双手接住，把她搂在怀里。他紧紧地搂住她，一直搂到深夜，她才醒来。醒来时，她长长地叹了一声，“天哪……你怎么不早说呀？你要是早说，我还能见儿子最后一面。”她一边哭一边捶打他的胸口。

“不瞒你说，因为台风，整条船都翻了，死的不光是我们家李堂。你要想开点，这是天灾，不是人祸。”

“那你为什么不让我去见他最后一面？”她继续捶打着他的胸口。

他一动不动，“几天之后，才把他们打捞上来，全都认不得谁是谁了，我怕你受不了刺激。”

“那马丽莲呢，她活着还是死了？”

“你猜吧，采菊……”

她的哭声停了一下，接着是更揪心地哭，“马、马丽莲根本就不存在？”

“对不起，采菊，我只不过是想减轻一点你的痛苦……”他的泪水滴落在她的泪水上。

送　别

乔　叶[①]

1

那时节，他们正在车上，归心似箭，切诺基疾驰，似乎刚离开嵩山不久，郑州的璀璨灯火就已迫在眉睫。

哎哟喂，张先死了！11举着手机，从座位上蹦起来，像中奖了一样。他的双腿又细又长，他们都叫他11，叫了几十年。

哪个张先？异口同声。

还有哪个？咱们班的这个呗。

开车的0速度忽地慢下来：哪儿的消息？

他的头在副驾驶的靠背上撞了一下，从懵懂中醒来，转脸看着11。

谁给你发的短信？

张先的号。

哄笑。

自己播报自己死了？

① 乔　叶　河南省修武县人。中国作协会员，河南省文学院专业作家，河南省作协副主席。出版散文集《天使路过》、小说《最慢的是活着》《认罪书》等作品多部。曾获庄重文文学奖、华语文学传媒大奖、北京文学奖、人民文学奖以及中国原创小说年度大奖，首届锦绣文学奖等多个文学奖项。2010年中篇小说《最慢的是活着》获首届郁达夫小说奖以及第五届鲁迅文学奖。

冷幽默哦。

是真的。他弟弟用他的手机号发的，让我转告同学们。11 的神情很肃穆，开始对着手机屏念：……家兄张先于中午十二时跳楼身亡……

跳楼！异口同声。

一片沉默。他一直在沉默。他本来就话不多，想要插的话也都让别人说过了。他眼神定定地盯着前面的 11。11 已经开始发短信。他身边的 6 也已经开始发。6 上学的时候就是一个小胖子，肚子大，活像个 6。

他们几个是留在郑州的大学同学，联系的频率基本是个 U 形线。刚毕业的时候三天两头玩耍嬉游，后来成家立业，各自忙各自的，就相聚日疏。及至中年，进步的也稳住了神慢慢进步着，不进步的也放弃了进步的念想，不离婚的都打算白头到老，该离的也都可劲儿折腾过了，总之，是河流入了主河道，再无波澜，大事初定，倒是闲心又盛，聚得再度频繁起来。

可是，这时候一直沉默似乎也是不对的。

这个张先！0 拍了一下方向盘。0 长得胖，整个人就是个立着的椭圆。

就是啊，做梦也想不到他会来这么一势！

儿子眼看就大学毕业了，唉。

班长说他是抑郁症。重度哦。11 仍然一下一下地刷着手机屏，断断续续却也是积极努力地发布消息并附上评论：真是想不到，更是看不出来呀……班长说在医院碰到过他去看精神科。

他到底是怎么想的！

可能是没钱吧。

我觉得什么都不会想了才去跳的。什么都想到尽头儿了。

人就怕心窄。退一步海阔天空，何至于跳楼？

班长怎么会在精神科碰到他？是不是也抑郁了？

……

他终于也拿出手机，在通讯录里翻到"Z"的那个拼音下，张先的名字很快闪了出来。他把那个名字删掉，把手机又放进口袋。

咱们，先吃饭还是……？0 说。

吃啥饭呢？先去张先家吧。11 说。责备的口气让车里的讨论立时终止。

他一直沉默着。眼前一片华彩，进市区了。

2

老式的居民楼楼道很窄，放了花圈之后就更窄，总共五层楼，张先就住在五楼。几个人鱼贯上楼，都有些喘。客厅只有十平方米左右，其实也就是个门厅的功能。张先的父亲闷着头在沙发上抽烟，里间传来女人压抑的哭泣声。张先的儿子红肿着眼睛，跪坐着地板上的沙发垫。张先的弟弟忙着招呼来人，把他们引领到张先的照片前，鞠躬，儿子便磕头还礼。

张先的遗照摆放在一张小桌子上。遗照里的张先端庄，严肃，又乖巧，应该是更年轻时候拍的，嘴角上挑出微微一点儿笑容，眼睛里也闪烁着一点儿微微的笑意，像是在示好，又像是在敷衍，或者又像妥协，再或者像嘲讽……已经跳楼而死的张先，再不能开口说话的张先，他的照片仿佛也成了无解的秘密。

朝着张先鞠躬的时候，他听见了11的抽噎声。他没哭。他看了一眼张先的父亲，又看了一眼他弟弟，再看一眼他儿子，这三个人俨然组合出了张先青年、中年和老年的系列影像。这本该水到渠成的肉体之河戛然而止，干涸成了一张遗照。一瞬间，他觉出一种强烈的恍惚：张先算是什么年龄阶段呢？比中年要深，比老年要浅，还真是不好归纳。

这到底是怎么回事儿？好好的人。告辞时，张先的弟弟送出，0的喉结滑动了几次，还是问了出来。

唉，太阳能热水器的水总是不热，他怀疑集热管有毛病，就上天台去看，不知怎么的不小心，就掉了下来……也是命吧，是命。

掉下来的？异口同声。

哦。弟弟摸烟，点着，不看他们。

然后他们就去了天台。天台上密密麻麻支着一群热水器，夜色中闪烁着金属的光泽。弟弟把那台热水器指给他们，然后下楼继续去招呼客人。那台热水器紧挨着天台旁边的水泥矮墙。他走过去，朝楼下看了看，楼下昏暗的路灯笼罩着几辆自行车，还有几团模糊的树影。

张先就是在这里跳下去的。他想。脚下有什么东西搓着鞋底，小小的柔软的圆柱体。他凝神感受着，很快确定：是烟蒂。你有多少次都想站在这里跳下去呢？张先。

很静。他回头，看见0、6和11都站在那里，没有走过来的意思。

走吧。11 说。

出门后去吃饭。今天在嵩山里晃荡了一天，体力消耗很大。可是现在他一点儿胃口也没有，不过他也不想一个人。吃饭的时候肯定会聊一聊张先，他哪怕什么也不吃，也想听听他们聊张先。

在一家小店坐下，菜一上来，大家便都松弛了。

张先这个命呀……他也五十岁的人了，怎么还那么不小心呢？ 11 说。

也不全是不小心吧，既然是五十岁的人了。0 说，犹疑着：应该也还是有些抑郁。

抑郁咋也不找我们这些老同学排解排解，真能憋。

还是不把咱们当自己人呗。

前几年还跟咱们一起玩，这两年倒是远了些。

……

他们居然会埋怨起来，这是他没有想到的。听着这些，他简直想笑。把他们当自己人又怎么样呢？就能排解得了吗？无非也就是隔靴搔痒地劝一劝，到了也还得自己憋着吧。这个过程的最大作用也许只是让这些同学们有机会尽到劝慰的义务，从而在得知他跳楼时觉得心安？

可他随之有一种控制不住的敬佩：这家伙自杀了。居然自杀了。真有他的。

11 的手机又响起了短信声，他一一给大家转发。是张先弟弟发的，说后天举行葬礼，按照张先的遗嘱，要把骨灰撒到黄河里。具体地点是花园口南裹头。

"跳楼"改成了"不慎坠楼"。有意思。11 意味深长地说。

可是，不慎坠楼之前他还留了遗书。6 一口饮了一杯。

跳楼和坠楼有什么区别？

区别大了。坠楼是自然，跳楼是主动。

唉，管他呢，反正人不在喽。咱们就去送他最后一程吧。外地同学不会有人来，咱们就是他的同学代表了。

唉，也不知道怎么了，现在跳楼的人那么多。

民工讨要工钱，跳楼秀是经典节目。

贪官跳楼的也不少，一人跳，全家保。

不是听过那样的新闻吗？有人从楼顶一跳，自己死了不算，还砸死了一个人！想想看，这挺不容易的。都爱说缘分缘分，一起坐车是缘分，一起吃饭是缘分，一起 K 歌是缘分……这些缘分比起跳楼砸人来说，都不能算是缘分。你想，一个人正在上面跳，一个人正在下面走。上面的人砸下来，下面的这个呢，是移动着的点儿，这两个人其实挺不好照准的，是不是？可是就这么神，就这么照准了。像一枚炮弹，从空而降。砰！就这么着，两个人同年同月同日同时地，完了。

我听人讲过，说其实跳楼的时候就是一个念头：想跳。听说脑子里会有千万个声音在冲他喊：跳啊，跳啊，往下跳啊。

……

哎呀，说什么不好老说这些，多不吉利。

那就说点儿欢乐的吧。

于是说到了泡女人。6 说起一个男人和一个卖干货的老板娘，两个小时好上了。天地良心，我眼睁睁地看着呢。两个小时啊！两个小时。他吧嗒着嘴：啧啧，两个小时。

众人哄笑：两个小时不短啊，也够长了吧。

11 说他和同事到广州出差，天气凉，被子薄，那同事向服务员要求加条被子，服务员让他跟着去拿，他就把那个服务员搞到了手。从始到终，十五分钟。

众人更是大笑：才十五分钟，你那同事到底管不管用啊。

……

众声嘈杂中，0 碰了碰他的胳膊：你咋一直没话？

他和张先走动得比咱们都勤。难过呗。11 说：唉，别难过了，反正人也走了，你就只当他是个贪官吧。

众人又笑。他茫然地随着大家笑，在脑海里努力想象着张先的样子。真奇怪，这一瞬间，突然张先的面目又模糊了起来，变得很不确定。他是方脸还是圆脸？还是方中带圆？他有没有小肚腩？有没有胡子？全都混沌，让他存疑。

3

没错，在座的这些人里，他和张先走动得最勤。有意思的是，他们真正开始交往的那一刻，他最强烈的愿望就是希望张先死。

那一年他三十二岁。刚刚离婚，在红街找了个小姐。出来的时候在路口碰到了张先。他正在那里，靠着一根电线杆子抽烟，看见他，愣了一下，他也愣了一下。两个人愣在那里。张先递给他一支烟，他接过来，两个人都没话说，没话说里又含着太多的话。体恤，会意，戒备，仇恨……从十八九岁开始同学，毕业了又在一个城市里，彼此认识也有十来年了吧，却仿佛一直都是陌生人。因了此刻，他们更陌生。却也陌生得那么熟悉，可怕的危险的熟悉。

他宁可不要这种熟悉。

默默地抽完了烟，告别。都是男人，张先肯定知道那是什么地方，更知道自己来这个地方干什么了，也许他都来过不知道多少次呢，不然他站在路口干什么？或许他早办完了事，正在那里抽烟回味呢。可是话说回来，无论如何猜想，事实是张先眼睁睁看着自己刚刚出来……在同一个路口，张先却比他站高了一截。官大一级压死人，心理层面也是高一级就压死人的。

从那天起，张先成了他的眼中钉，肉中刺。他希望再也不要看到张先。

一年之后，有陌生的电话找他，是派出所的，问："你是张先的朋友吗？我是……"一听是警察，他的血都涌上了头顶。他脚下打飘地问什么事，想着张先把他卖了把他卖了，他到底还是把他卖了——可是把他卖了有什么用呢？他愤怒地胡思乱想着，简直都要昏厥了。却听到那人说，张先嫖娼被抓了，点名要他去领人，五千块。

他筹了五千块，迅速把张先领了出来。满怀快意。他知道：从此之后张先高他那一截子就不存在了。彼此平等，昏昏大同。

两人在一起吃饭，喝酒。他给张先斟酒，敬过去，张先哭了。从那以后，他们真正的交情开始了。他有一辆破车，两个人有空就去外面走走。有一次他们去到了张先的老家，在豫东。现在乡村人很少，他们开着车，看着一大片一大片的麦田。那天晚上，在小镇旅馆的房间里，他抽烟，张先也抽烟，两杆老烟枪，熏得彼此都很惬意。相比之下，张先的烟瘾还胜他一筹。半夜他醒来，看见张先在床上还是明明灭灭。

怎么还不睡？

不困。

不困就聊天。聊家事，聊单位的事，也聊女人。

唉，也就那么回事儿。张先说。一副寡淡的样子。

无话可说的时候，他们就看电视。电视上正在采访某长寿乡长寿村的一个长寿老人，那个老人已经一百零八岁了，须发皆白，眼皮耷拉着，脸颊上的肌肉线条如垂柳的枝条直指大地，真真儿的鸡皮鹤发。记者兴致勃勃地采访着老人，老人哆哆嗦嗦的，有一句没一句，也不会说普通话，方言很含糊，听不清楚说些什么。他看着老人的样子，一个想法跳了出来：要是长寿活成了这样，是不是还不如早点儿死了？

他没说，张先倒是开了口：他活得太长了。

他吃了一惊。张先这话，仿佛是从他的心里拽了出来。张先又说自己不想活那么长，即使是死了，也不喜欢不相干的人来掺和，追悼、怀念、议论等等等等。

那已经是身后事了，你可管不着。

是啊，我管不着。所以就在活着的时候吐下槽。不过，张先顿了顿，要是哪天我死了，如果你时间上还方便，我倒是很愿意你来送送我。

为什么？

你不会那么聒噪。

话既至此，张先又说，自从去年母亲去世后，他就想死了。他说活着没意思。

你打算怎么死呢？

跳楼挺不错的。张先说。

怎么不错？

像是深思熟虑一般，张先不疾不徐胸有成竹地说：喝农药，吃安定，开煤气，跳河，自焚，割腕，乍一想都不错，可是都不是一蹴而就，都需要一个过程，这就很难受。保险系数也不高，万一被人搭救就不一定能死成。一旦没死成的话，那就很扫兴，很没劲儿。连死都死不成，不就真是一个彻底的笑话了？我琢磨了很久，觉得最好的方法就是跳楼。简便，节约，成功率高，见效快。只要楼层足够，包你立竿见影，一跳就死。多好。

真想跳的话，去跳悬崖也不错。

千万别。

为什么？

对山不好。

到那会儿了还矫情呢。他笑。觉得有些冷。

跳楼其实就是一件矫情的事。张先也笑：真的，跳悬崖太糟蹋山——跳楼这事，就是特别适合在城市。还有，死在山里，家人要花大力气找，办后事也很麻烦。

他怔怔地看着张先，忽然想起和父亲有一次聊天说到"文革"，父亲说，

"文革"的时候，自杀的人很多。性格不同，死亡的方式也不同。上吊的比较传统，放煤气的比较奢侈，割腕的算是闷骚，跳楼的比较性急。

不过，要跳什么样的楼，也是一件很愁人的事。张先意犹未尽，侃侃而谈：五六十年代的老楼，我不想跳。那些楼老老实实本本分分的，都活了这么一大把岁数了，说不定都快拆了，里面住的呢，也都是些老人家，是失意的，不得志的人，我跳它做什么呢？再给人添点儿堵，不好。七八十年代的楼吧，也是一副安安静静厚厚道道的样子，我跳了也显得在欺负人家。九十年代的楼吧，都太仓促毛糙，我还不太看得上。那时候，都刚刚开始做生意嘛，都刚刚开始有钱嘛，楼也都是慌慌张张盖起来的。近年来的楼盖得越来越有些意思了。别出心裁的，个性牛×的，艺术范儿的，我才挑挑拣拣地想跳了。你想，一个高高挑挑的美楼，我从上面飞身一跃，多么般配，形式感多么完美嘞。唯一缺点是有些吓人。

你说到这个份儿上已经够吓人了。他拉开被子，表示聊天休止。

你说，现在的楼为什么盖得那么高那么好？我觉得除了可以最大限度地住人，可以当成一个景儿去看，还有一个作用就是：当你住烦了，看厌了，你也可以跳。各种方便。

别说了哥儿们。他说，手心有些出汗，还是在梦里跳跳算了。睡觉！

这个张先，他终究还是选了自己家的老楼，在不完美的形式感里永恒地睡着了。

那五千块，张先断断续续地还他，一直还了两年。他原想着不要，后来还是没有推辞。他知道，如果他不要，就又比张先高了一截子，这样就不好了。

4

黄河水看起来总是不大的，若在桥上走，走着走着就会让人疑惑：怎么还看不见河水呢？待要觉得桥快走完的时候才会看见河水：那亮白亮白的一大缕光闪进了眼睛，越靠近，光越强，光带越宽。然而看见的时候，河水也很快就过去了。本来就不宽的河面还被泥沙淤出来的小滩涂分解得三岔两股，简直不成个体统，毫无威势可言。

但是有一次，他过黄河桥的时候，车有了小问题，他下车查看，倚着桥栏站了一会儿，就感觉到了桥的柔软和孤单，似乎在风中摇荡的长桥只是一个不扎实的飘带，这流淌的河水倒是雷打不动的万年基业……那时候，看着黄河，微微觉出了异样。知道这黄河，和他平日里过桥看的黄河，不一样。

花园口的南襄头，他以前来过一次。这里据说是黄河中下游河段里涛声最响、漩涡最大、河面最开阔的地方之一，河面开阔，河滩也便平缓，一点儿也没有棱角分明。不知何时这里便停了几家红红蓝蓝的铁皮游船，做起了渔家乐餐厅。"张三渔家乐""刘四渔家乐""张铁蛋渔家乐"……每一家都挂着俗艳的招牌。那次他来的时候已经黄昏时分。在船和滩地之间，搭着窄窄的粗糙的过板和简易的栏杆。滩地很泥泞，大约是刚下过了雨的缘故。一脚踩下去，却也并不滑，只是深深地陷了下去。他穿的是布鞋，鞋帮周围霎时镶上了一圈厚厚的黄泥，脚也感觉润泽起来。

河面宽得超出了他的想象，对岸的树像一道矮矮的蕾丝花边。黄河水在船下无声地流着，却让他止不住地心惊：非常快，且有无数漩涡，不时夹杂着树枝之类的杂物。虽是极快，但河水却也是非常从容地、悠然地向东而去，只向那水天连接处——从地理方位上，他知道这河水会到开封，菏泽，济宁，泰安，聊城，济南，德州，滨州，淄博，东营……但是，此刻，那河水只到的是水天连接处。

想来在别的地方应当都是一寸光阴一寸灰的，但在这黄河岸边，天色仿佛被凝固了一样，就那么亮着。坦白地，大大地亮着，似乎永远不会黑下来的样子。

当然，到底还是黑了。而一黑下来，就比所有的地方黑得都彻底。

这是他第二次来。

一条铁皮船上扯了一条简易的横幅："张先先生送别仪式"。在船前的滩地上，张先的儿子和弟弟并肩站着，旁边是张桌子，桌子边儿坐着一个人，面前摊着纸笔，该是个礼桌吧。儿子抱着张先的遗照，弟弟一边和来客握手致谢，一边从桌上的纸箱里摸出一朵白花递给客人。他听见弟弟反复向客人们解释着：张先血压低，有过突然晕倒的经历。那天应该是他蹲着修理热水器时间过长，热水器又离墙很近，他站起来的时候动作太迅猛，头一晕，就这样摔了下去……客人们都点头，叹息，回劝"节哀顺变"。

几个人凑了钱，装在一个信封，由11在礼桌登了记，便闷闷地抽着烟，站在不远处等候仪式开始。他假装解手走向附近的小树林，看见一个穿着黑西装化着淡妆的男人正对着一张纸反复念叨："……大河扬波，寄亲情思念；切切哀情，送亲人归程。叹人生苦短，岁月匆匆；忆峥嵘岁月，堪慰后人……骨灰撒河冲破了入土为安的传统观念，是城市丧葬风俗的一股强劲新风……此举有利于节约土地，发展经济，移风易俗，更有利于社会主义精神文明建设……"

这个人，肯定是司仪吧。

他默默地看着眼前的河面，如黄色的巨大丝绸被风吹拂。

5

不止一次的，他也想到过死。

他一直不太明白，为什么会有那么多男人红旗不倒，彩旗飘飘。自己却什么旗都没有——不，他也有旗。他有的是白旗。家里家外都是白旗。前妻嫌弃他没有本事，离了婚，儿子留给他，去了南方。他为了养孩子，迅速二婚。现任给他生了个女儿，声称"富养姑娘穷养儿"，对两个孩子的待遇便明目张胆地不同，把个四口之家经营得时水时火，有声有色……千疮百孔的人生。工作更不用提，二十年前是单位最年轻的中层，现在是最老的中层，估计到退休也一直会是个忠贞不贰的中层。

有一年他跳过江，赣江。单位派他和两个同事到南昌去出差，他们在"饭是钢"吃了饭，喝了几瓶"第一枪"啤酒，有了点儿酒意，又没喝透，几个人便又去赣江边吃烧烤。江两岸都讲究"亮化工程"，有很多灯。身边的灯也不过是灯，对岸的灯就成了风景。他们又喝。这次喝了白的，说是怕烧烤不卫生，喝白酒消毒。他过关的时候，猛喝了一大杯，上了头，晕晕的，有些想吐，就离了座，有些踉跄地找卫生间。找了一会儿，没有找到，却顺脚沿着台阶到了岸边。远处的江水在灯光的映照下波光粼粼，橙黄色的光影破碎着，颤动着，又完整着。永远在变，又永远不变。近处的江水一片黑暗，什么都看不清，只能听见拍打岸边的声音，轻微的"哗啦，哗啦"。

他突然很想哭。可是风吹过来，把泪水吹了回去。哭有什么用呢？一切依然如此。他清楚地知道，就制止住了无用的哭。做什么能改变这一切？他冲着江水，虚空地伸出了一只脚。脚映衬着江水，静静地等待着他踏进去。他把脚伸回。他不会游泳。要是死到了赣江里，会是什么情形呢？他一步步靠近，走到了江边。江水近在咫尺。他走过去，走进去。鞋子湿了。鞋子湿了后，最艰难的时刻似乎过去了。他继续向前走，袜子湿了，裤腿湿了，半截裤子湿了。江水越来越深。突然，他打了个趔趄，差点儿栽倒。

他下意识地稳住了身体。站在那里。现在，他就在黑暗的江水中。江水似乎也不是那么黑。有微弱的光芒涌动。他站在这里，能听到不远处有人散步，一边散步一边打着电话："干什么呢？吃完饭了吗？有件事情想给你说下，回头见个面吧……"没有人看见他。在别人眼里，他已经相当于死了吧。

他的泪水懦弱地流出来。他开始往回走，走向岸边。每走一步他就知道，他死不了。他自杀不了。他，他这样的人，就只配这么稳稳妥妥窝窝囊囊地活着。

所以说，张先真行，真有他的。

可是，到底，跳楼时的感觉是什么样呢？他一遍遍地想，强迫症一样地想。终于找到了一个比较接近的答案：或者，就是飞吧。人这种没有翅膀的东西，飞机，热气球，滑翔虽然都是飞的一种，但那都是安全的游戏，稳妥的游戏，是被科学证明了千万次安全后的选择，那不是飞。皮肤和毛孔没有感受到风。

真正的飞，就是张先这样，跳楼。

只是不是飞上去，而是飞下来。

可是无论飞上去还是飞下来，总归他飞过。

身为男人……他嘴角漾起一丝惭愧的微笑。他每隔几天就跳一次楼——性交就是阴茎在跳楼，射精的那一刹那，那种汹涌的坠落感和失控感，就是他这个懦夫的体会。

6

仪式开始，第一个环节是领导致辞。领导像最常见的领导一样，头发稀疏，大腹便便，满脸都是坚韧顽固的疲惫。他手里拿着稿子，铿锵有力地念："今天我们怀着沉痛的心情聚集在这里……张先同志遵纪守法，工作积极，为人忠厚，襟怀坦荡，谦虚谨慎，平易近人，生活节俭，艰苦朴素……虽然他离我们而去，但他那种勤勤恳恳、忘我工作的奉献精神……优良作风……高尚品德……他的一生是团结奋进的一生，是兢兢业业的一生……"

他想起张先跟他说过的单位片段：他不会敬酒，不会拍马，也不会送礼，从没有领导赏识他，他们从来不给他派出力少油水大的好差事，工作这么多年，他从没有当过什么先进。唯一一次领导把他找去单独谈话，他一点儿也没有受宠若惊，知道不是什么好事。果然，领导劝他内退。"我其实早就没有工作热情了，可他这么跟我说，我还真不能让他痛快。我一拍桌子就出了门，他再也没敢找我。"

11 代表同学发言，在来的路上让大家凑话，他一直沉默着，听任他们拼出这些："……他的一生，生如夏花之灿烂，逝如秋叶之静美……山哀水哭悲长眠，骨痛心摧做永诀。但是，别让泪水打湿了我们前行的道路，面对未来，我们能做的只有坚强……亲爱的张先，我们的脑海里永远有你充满激情的身影，永远有你温暖诚恳的笑容，你是我们永远值得记忆的好同学，好朋友，好兄弟！"

他看着 11 一张一翕的嘴唇。还在上大学的时候，11 就看不起张先。他们两个都分别跟他讲过一件事：张先托 11 买回家的火车票，后来还 11 的票钱，钱装在信封里，11 没查。后来 11 说少了 10 块钱，张先说没有少给他："他嘴里说算了算了，其实对很多人都讲过。我开始还解释，后来就不解释了。随他吧。就算我贪了他的小便宜吧。"

弟弟代表家属发言："……兄长的离世，带给我们深深的遗憾和无尽的怀念。作为亲人，我们无法用简单的语言去总结他的一生。对待家庭，他秉承了良好的家风，慈爱宽厚，善良孝顺，使得我们家庭和睦，亲情温馨……他也经常教导我们要好好做人，好好做事，努力回报国家，回报社会，做一个有用的人才……"

他脑子里闪出一帧一帧的画面。烟雾中，张先淡淡地诉说：他和老婆感情不好，老吵架。母亲在世的时候，婆媳两个老是闹矛盾，他在其中受夹板气。母亲做好了饭，老婆还摔摔打打，指桑骂槐。总是叫嚷着让两个老人在兄弟两个家里轮流住，这样才公平。还有房子。张先住的老楼是父亲单位的福利房，当初兄弟两个商量过，弟弟弟媳说想要新房子，就把这老房子过户给了张先，张先给他们付新房的首付款。可是后来有了风吹草动，说老房子要在原址上改建成高层，老住户们可以以旧换新，弟弟弟媳就不答应了，软硬兼施地又把首付追加到百分之五十，为了这个，张先和老婆的关系雪上加霜，差点儿离婚，当然没离成。孩子都那么大了，而且父母也不同意离婚……

他微微垂首，面无表情。

他们说的人生，和张先说的人生，肯定不是同一个人的人生。可是在此刻，这迥然有异的两种人生必然都要挂在张先的名下，举案齐眉，黑白相守——他忽然想起乡村丧事上的纸扎货、童男童女、金山银山、亭台楼阁、聚宝盆、摇钱树，如今又与时俱进，有了别墅、游泳池、冰箱、电视、奔驰、欧米茄、苹果6、iPad、英国管家、菲佣……这里没有那些。可是这些话也全都是那些。这些虚浮的套话就是那些纸扎货，活着的人不信，死去的人还活着的时候也不信。可是还是要在这个仪式上摆一摆、放一放，然后任火烧成轻飘的灰烬，灰烬又碎成最微小的粉尘。

若没有它们行不行呢？

似乎是不行的……嗯，绝对不行。

所以，张先啊，你一定不是自杀，自杀就意味着抑郁，而抑郁就意味着所有活着的人都会因此而不体面，都会觉得理亏。所以，张先啊，你一定是失足，是为了修热水器而失足，所以你爱家人，爱单位，爱朋友，爱同学，爱生活，所以你必然上尊下敬，妻贤子孝，兄友弟恭，所以所有活着的人都不必因此自责，从而获得安宁。

从这个意义上讲，张先还真是功德圆满——哪怕要去跳楼，也要在自家的热水器旁，留下一个修理的由头，既达成了自己的愿望，也让家人相对舒服一些。至于那堆烟蒂，那当然是他在思考热水器，而不是在犹豫着是否要跳楼。

他甚至可以想象，将来要是在什么场合说起张先的死因，他也一定会解释说："他只是去修热水器，是个意外。"

"好人不长寿啊！"肯定会有人这么说。

"是啊，"他一定会这么回应，"他真是个好人。"

7

要开始撒骨灰了，船缓缓开行到河的中央。张先的儿子手捧骨灰盒，张先的弟弟、领导和11上前，戴上白手套，第一批撒。他们把手伸进了骨灰盒，抓出一小把，走到船头，随着司仪的号令，撒了出去。

呀！

他们大叫了一声，不约而同。原来风向突转，撒出手的骨灰很强劲地反扑到了他们身上。他们狼狈惊惶地从船头退了下来，纷纷地拍打着。11的头发上有一团淡淡的灰，领导还咳嗽了起来。

张先这是舍不得走呀！11感叹，迅疾地把外套脱了下来。

等第一批稍事整理之后，第二批上场。

他是第二批。

张先，走好。他默默地说。然后他走上前，把手伸进骨灰盒。

叔叔，手套。张先的儿子说。

不用。他说。

他抓出一把骨灰，看着这骨灰——这是他第一次如此亲密直接地接触骨灰。原来是有些暗淡的白，带着些微微的青灰。手感有些柔腻和顺滑，似乎还有些极轻微的暖意。

他突然觉得死没有想象中那么恐惧了。泪水涌到了眼眶，但是他没有哭出来。

他握着这把骨灰走到船头。

张先，再见。他喃喃道，然后扬手把骨灰撒了出去。那骨灰瞬间随风而去，无影无踪。

他看着远处的黄河水。那水苍苍茫茫，浩浩荡荡，向天奔流，不复人间。

西　凉

斯继东①

送快递的小伙子长得很帅。

有一次跟卡卡 QQ 上聊，饭粒就顺嘴说了。

饭粒只是顺嘴一赞，可卡卡却不依不饶了。

是吗？

有多帅？

动心了吧？

主动约啊——反正我也鞭长莫及。

好啊！饭粒说。

对话框还开着，饭粒直接点个右键离了线。

QQ 是挂在电脑上的，一会儿她干脆又关了手机。

知道是玩笑，可饭粒依然生气。

凭什么啊，就凭他还没忘记每年送一份生日礼物？

饭粒正在给玻璃缸里的鱼喂食，楼下的对讲机响了。

"姐，您的快递。"是那小伙子。

① **斯继东**　1973 生于浙江绍兴，中短篇小说散见《收获》《人民文学》等刊，部分被《小说选刊》《小说月报》及多种年选本转载，进入中国小说学会年度排行榜和花地文学榜，曾多次获浙江优秀文学作品奖，两度提名"浙江青年文学之星"。

那时候饭粒还穿了睡衣，等到门铃响时，她已经换了身衣服。有这个必要吗，就为接一个快递？

进来坐会儿吧。饭粒打开了防盗门。

不麻烦了，姐，您签个收我就走。小伙子规规矩矩站在门外，把快递袋子和一张单子递给了饭粒。

进来喝杯水，顺便，帮我个忙。饭粒说。那语气是毋庸置疑的。

小伙子就犹犹疑疑地进了屋。

饭粒去冰箱倒了杯橙汁，递过去时忍不住多看了两眼——因为卡卡？小伙子二十六七岁，瘦高个，鼻梁挺挺的，眉眼间带点腼腆，如果摘掉眼镜，挺像韩剧里的某个男星，是谁饭粒一下没想起来。

印象中上门的快递员都会有点邋遢，但他没有，一身天蓝色的工装干干净净的，那个帆布挎包也是。

后来呢，你让他帮什么忙啊？卡卡在 QQ 上追问。

这已经是一个月之后的事了。那一个月里，他们谁都没有理睬谁。直到某个凌晨，卡卡打来电话，说他想死她了。卡卡又喝醉了酒。听到卡卡的声音，饭粒硬了一个月的心肠瞬间就软了，仿佛一块冷藏的巧克力被谁含到嘴里。

后来？还能怎么样？照你说的——勾引他啊。饭粒说。

那么——你真的跟他上床了？卡卡问。

是的。饭粒说。敲这两个字的时候，饭粒一点都没犹豫。

这时，单位的男同事叼根烟晃了进来。饭粒只好把对话框最小化了。饭粒在一家文化公司做网站策划，一周坐两天班。男同事快六十了，每次逢饭粒上班都会来办公室蹭一会儿，并没什么事，闲聊几句，开开不算过分的荤玩笑，把续上的烟抽完，便会心满意足地离开。搭讪的时候，饭粒猜测，卡卡的头像应该已经灰了。他那小心眼受不了这个，他会愤然下线，消失，然后，直到下一次喝醉，像例假似的跟饭粒说，他想死她了。

但是这次没有。等饭粒重新打开对话框，卡卡的头像还亮着。

说说你是怎么勾引一个二十七八岁的帅小伙的。那个头像挺有耐心地等着。

饭粒盯着那句话足足有两分钟，然后开始键走如飞：

我跟他说，我的影碟机坏了，能不能帮我看看。

对了，我想起来了，小伙子长得像李敏镐，我们就叫他李敏镐吧。

李敏镐说，我看看吧。他把挎包放到茶几上，就开始鼓捣起我的影碟机。

你知道，事实上我的影碟机没坏，我只是松开了某个插头。

所以，就算李敏镐再笨，他也帮得上我这个忙。

果然，没一会儿李敏镐就把影碟机修好了。对了，我事先还在影碟机里放了一张碟。

那张碟我们一块看过的——《安娜的所有事情》，也有人译成——《安娜的情欲史》。

李敏镐按下播放键时说，姐，应该修好了——然后他就怔在那边了。

DVD播的就是格莱·贝饰演的安娜与前男友约翰在厨房激情那一段，你没忘记吧，厨房里到处都是碍手碍脚的瓶瓶罐罐，另一边是醉醺醺的弗兰克，蹲在卫生间的马桶上喊：安娜，知道手纸在哪儿吗？

然后，隔着一张茶几，我也在背后喊了：李敏镐，再帮姐一个忙，好吗？

李敏镐忙着的时候，我也没闲着。沙发上，我的全身都已松动，仿佛另一台等待修理的影碟机。

饭粒挪了把椅子。小伙子没坐下，端着杯子用眼角的余光扫了遍屋子，冒失地问了一句：这么大的屋子，姐一个人住啊？饭粒嗯了一声。是啊，这么一大套搁在三环内，谁见了都羡慕。但这屋的主人并不是饭粒，房子是小姨和她老公的。差不多十年前为了逃离一段无望的恋情饭粒自南京漂到北京，曾有过短暂的租房生涯，逼仄的终日不见阳光的房间，合用卫生间合用厨房合用客厅。小姨实在看不过去，某一天就哭着把她的一箱子书和一箱子衣服拖回了自己家。小姨和她同龄，打小一块长大。小姨一直没孩子，可她还有老公呢。二人世界，凭空插进一个第三者。种种不便，种种隐忍。可总比与陌生人合用一个抽水马桶强吧？小姨老公的脾气很好，唯独有一次，两夫妻吵架，饭粒上去劝，小姨老公搡了她一把，冒出一句：你是谁啊，凭什么在我家？三年后，小姨老公去了欧洲，随后小姨也跟着去了。偌大的屋子就剩下她一个人，再也没有什么不便和隐忍了。可饭粒依然觉得自己是个寄居者，那是一种深入骨骼的第三者的耻辱感。

你是西北人？饭粒问。小伙子的普通话里有很浓重的口音。

我是甘肃武威的，就是以前的西凉。小伙子说。

西凉啊？！饭粒惊叫起来，那是产汗血宝马的地方。

干吗改成武威啊，西凉多好——大漠孤烟直，长河落日圆。葡萄美酒夜光杯，欲饮琵琶马上催——饭粒说。

我也觉得西凉好。小伙子说。

对了，我想让你帮我换一下鱼缸的水。饭粒说。

那个玻璃缸就搁在餐桌上。像一个地球仪，底座削去了一小块，上面削去了一大块。云在青天水在瓶。几条二指宽的红鲤在水里悠悠地游。除了鱼，缸底还有一些漂亮的鹅卵石。那是饭粒在青岛的海滩上捡的。与卡卡分开两年，他们唯一一次见面就在青岛。卡卡给饭粒打电话，我在青岛呢，傍晚的海滩好美啊。那我过来看你？好啊，不开玩笑？不开。饭粒真的飞蛾扑火似的去了，带给卡卡一脸惊诧。鹅卵石捡来了却没地方装，卡卡让饭粒掷掉得了，饭粒不肯。后来卡卡就在柜子里找出了一只装一次性拖鞋的塑料袋。分手时说好一年至少见两次面。但他们只见了这一次，此后一直没再见面。偶尔有的联系就是手机和电脑。相见欢，可别离太痛。所以卡卡说，他宁可不要这样的相见。

好漂亮的小鱼儿，是叫锦鲤吧。小伙子说。

不是锦鲤，是红鲤。饭粒说。

红鲤和锦鲤不一样吗？小伙子问。

不一样。饭粒就絮叨开了：红鲤其实就是鲤鱼，只不过它是红色的，红色多喜庆啊，所以中国的阔人就像养小老婆一样养红鲤，据说作为观赏鱼红鲤在明代已非常普及。而锦鲤已经是红鲤的变种了。大约二百年前红鲤传入日本，日本人发现红鲤容易色变，于是选种、改良，种种折腾，培育出了新的品种。这种新品种色彩鲜艳、花色似锦，所以得名锦鲤。锦鲤的种类很多，专家说有十三大类一百多种。

是这样啊——姐真有学问。小伙子客气地说。

学什么问啊，不懂问度娘呗。饭粒自嘲了一句。

饭粒忽然有点讨厌起自己，什么汗血宝马欲饮琵琶，什么红鲤锦鲤日本人小老婆，一个女孩，在陌生男生面前瞎扯那么多，怎么看都显得轻薄。独个儿在屋子里一憋一整天，饭粒只是太想找个人说说话而已。可练嘴皮子，也得挑挑对象啊，人家的帆布挎包里还有一大沓待签的单子呢。

哎呀不耽搁你了，帮我换水吧。饭粒说。

小伙子像得了赦，赶紧放下杯子去搬那只玻璃缸。

姐，怎么换啊，得把小鱼儿先捞出来吗？小伙子端着缸问。

不用不用，倒掉三分之一的水，再续上就行。那鱼缸太沉了。饭粒说。后面一句变成了解释。不必要的解释。其实鱼缸再沉，饭粒自己也能换。这之前不是一直自己换的吗？把旧水一勺一勺地舀出来，再把新水一杯一杯地注进去。像蜗牛一样，慢一点，笨拙一点，可自己多得没法打发的不正是这漫漫时光吗？哆哆嗦嗦爬上扶梯换发闪的日光灯管，照着网上的帖子亦步亦趋地疏通厨房堵塞的下水管，半夜三更飘飘忽忽地拖着发烫的身体去社区医院打吊针，那个时候有哪个该死的男人来帮过一把呢？

换好水，签好单，小伙子就走了。

就这些吗？就这些。对了，走之前他还喝了那杯橙汁。

可是，就算她真跟李敏镐上床，又怎么了？对，与卡卡分手半年后，她的确又与田一楷冤家聚头了，虽然很快闹翻。可李敏镐也好，田一楷也好，不管她跟谁上床，轮得到你卡卡来指手画脚吗？

玻璃缸重新回到了餐桌上。水面的光影慢慢停止了晃动。鹅卵石在缸底安安静静的。三条红鲤又开始钟摆一样悠悠地游弋。一圈。一圈。一圈。

饭粒曾经养过一只猫。一只半大的虎皮猫。饭粒叫它拖鞋。

拖鞋也喜欢蹲在餐桌上一眨不眨地观察那几条红鲤，那神情颇难捉摸。

饭粒每天出门前给它喂猫粮，临睡给自己洗澡前总是先给它擦洗爪子。没几天拖鞋就学会了在沙堆里撒尿拉屎。大多数时候，拖鞋都很乖，饭粒读书、看碟或练钢琴时，它总安静地待一边，从不打扰。也有闯祸的时候，饭粒呵斥它，它会撒娇：四脚朝天仰头看着饭粒，慢慢地扭动身体，翻过去，再把头倏地转过来。那动作很滑稽，每每让饭粒忍俊不禁。拖鞋便会乘机跑过来蹭到饭粒身上，彼此就算是和好了。此外，拖鞋还喜欢大摇大摆悄无声息地在房间里逡巡，角角落落都不放过，仿佛一个称职的小区保安，空荡荡的屋子便添了生机。在外头的时候，饭粒似乎也有了牵挂。饭粒的社交活动很少，但偶尔也有老乡聚个餐，同事唱个KTV，谁谁约着看个话剧什么，局才一结束，饭粒就会想着赶紧回家，仿佛有谁在热被窝里等着她似的。坐在出租车上，夜晚的风拂过脸颊，饭粒感觉自己粗粝的内心也每每变得柔顺。

拖鞋很快就长成了一只成年猫。但是有一天，拖鞋突然不见了。饭粒把钥匙插入防盗锁，锁舌啪的响过之后，拖鞋没有像往常一样出现在她的面前。屋子里一团漆黑，饭粒打开了所有的灯，喵——喵——所有的房间，所有的旮旯都找遍了，甚至橱柜、洗衣机、冰箱都打开查找过了。但是没有。

客厅的电视机不知为何是开着的，上面正在播一部跟外星人有关的科幻片。长方形的显示屏仿佛是另一世界的入口，一只软体动物的触角悄悄伸出来，缠住了拖鞋，甚至来不及呼喊，拖鞋就被拖入了时间的黑洞。那一天窗外下着暴雨，饭粒怔怔地站在客厅里，她似乎看到了这一切，但是无法阻止。

拖鞋消失了，毫无预兆，也没有惜别。如同那些男人，他们一个个在饭粒的生命中出现，靠近她，弄乱她的头发，进入她身体最隐秘的地方，把她的内心搞得汤汤水水一塌糊涂，然后有一天，忽然抽身而去，只留下一个兵荒马乱的战场。

饭粒把购物点固定在了那一家网站。

时不时的，饭粒就会用鼠标点击点什么。仔细一想，其实都是可有可无的东西。有一次，饭粒就看上了一个全金属的红酒启瓶器。买这个干吗，饭粒又不在家喝酒？更无厘头的是，过一阵子饭粒居然又下单两瓶进口红酒。就为了让那个漂亮的启瓶器派上用处？

现在小伙子不再规规矩矩站在门外了。

对了，小伙子不叫李敏镐，他叫马家俊。下单后网站会同步提示订单状态，订单已扫描已打包已分拣已配送，然后每条后面还跟着经手人的姓名和联系电话。

等饭粒打开防盗门，马家俊会大大方方地走进来，直接把货物和签收单放到餐桌上。然后问一句：姐，今天要换水吗？

花鸟市场那个长得像蚕宝宝似的东北大姐交代过饭粒，热天一周，冷天半月。所以，凑不得那么巧，马家俊每次来都能换。

换不成水，马家俊会俯下身子痴痴呆呆地看一会儿鱼。

鹅卵石在缸底安安静静的。三条红鲤钟摆一样一圈一圈悠悠地游弋着。

姐，小鱼儿可真快乐。马家俊说。

姐，有人说，鱼儿快乐是因为记忆特别短暂。可是，没有记忆的人怎么会快乐呢？马家俊说。玻璃缸反射了窗外的阳光，马家俊的脸毛茸茸的。

等马家俊走后，饭粒会接着坐到餐椅上傻乎乎地看一会儿鱼。鱼儿快乐吗？饭粒问自己。子非鱼，焉知鱼之乐？子非我，焉知我不知鱼之乐？

记得以前拖鞋也喜欢蹲在餐桌上神情古怪地观察那几条红鲤。那时候，它在想些什么呢？

饭粒曾经在网上看到过一个古怪的词：鱼七猫九。什么意思？度娘说是鱼忘七秒，猫死九命。然后出来一个更古怪的问题：如果猫与鱼相爱，结果会怎样？

不是猫淹死，就是鱼渴死，总之，谁主动谁死。这是理科生田一楷的回答。

后来饭粒也拿这问题问过卡卡。卡卡说，鱼上不了岸，猫下不得水。盈盈一水间，脉脉不得语。所以，倒是会长久。卡卡还说，人靠得太近，相互就会变成刺猬。话听着深刻，其实却是借口。卡卡有他自己幸福的蜗牛壳，妻如玉女儿似花。所以他可以爱只是爱，没有任何承诺。鱼也好，猫也好，注定这辈子他都不会为谁纵身一跃。

演奏完一曲，饭粒回过身，看见钢琴老师已经点上了一根烟。

看来自己弹得不错。钢琴课半月一次，在上新课前是汇报演出。如果听得满意，老师就会在身后不自觉地点上一根烟。

果然，老师表扬了：好，演绎得很到位。老师又贪婪地深吸了一口，然后把烟从嘴里舒畅地吐了出来。淡蓝的烟雾在房间里袅袅上升。卡卡也抽烟，但与老师抽得不一样。烟从他嘴里丝丝缕缕滑出来，会滴水不漏地钻入两个鼻孔，然后再从嘴里做柱状徐徐而出。卡卡说，抽烟享受的就是这个过程。

老师站起来，拧灭了烟蒂。

巴赫不是莫扎特，巴赫不是贝多芬，巴赫也不是柴可夫斯基，巴赫就是巴赫。老师说。这听上去就像一句废话。老师的话很少，偶尔有几句也常常是类似的废话。学钢琴就两条，用心听，用心练。这是饭粒第一次去时老师说的话。

你再听我演奏一次，老师说，注意开头和结尾，当然，还有中间。又一句废话。

饭粒起身，老师坐下。琴声重又响起。

老师五十挂零，花白长发，喜欢穿格子的灯芯绒，脖子上总是挂一条长长的围巾。时代狂飙突进，可他依然故我地活在二十世纪八十年代。除了钢琴和音乐，他们很少有交流。记得那段时间，卡卡总是一课不落地来陪练。饭粒在里面跟老师学琴，卡卡就坐在教室外的走廊里看书或者刷屏。偶尔抬起头朝外瞥一眼，无论目光对上还是没对上，饭粒都能感觉到自己的那颗心，它就在该在的地方，踏实又甜蜜。第二次陪练，饭粒跟老师告别，老师朝外面努努嘴，很意外地问了句：男朋友？饭粒迟疑片刻，用力地点了点头。老师笑笑，没话了。卡卡总共陪了七次，该到第八次的时候，突然就没了第八次，甚至连之前的七次也没了。培训大楼熙熙攘攘，进进出出的都是乐童，星期八变成了星期一，而饭粒又变成了一个没家长陪练的学生。轮到饭粒了，饭粒进去关上门，看见老师朝外面瞥了一眼。饭粒等着老师问那一句——你男朋友没来？但老师没问，一直到说拜拜时也没问。老师为什么不问呢？饭粒挺纳闷。可老师为什么要问这个呢？

课时结束了，饭粒收拾谱架上的曲谱，听见老师又点了根烟。

有个叫格伦·古尔德的钢琴家听说过吗？老师说。

格伦·古尔德？没。饭粒说。

你可以听听他是怎么演绎《哥德堡变奏曲》的，老师说，网上有视频，挺有意思一家伙。

嗯，我找找吧。饭粒说。

跟男朋友分手了？老师却很突兀地插入一句。

饭粒抬起头看老师。老师终于还是问了。分手都已经两年，老师的耐心可真好啊。

饭粒等着老师再说点什么。既然问了，那么，就不应该只有这一句。我只是个钢琴师，不提供心理咨询。老师说。这话有点硬。唯有音乐不离不弃。老师说。对，也许这腔调更适合老师。

但老师什么都没再说，于是饭粒就推开门走了出来。

对讲机响过五分钟之后，门铃响了。

饭粒打开防盗门。一样的天蓝色工装，一样的帆布挎包，但站在门外的人不是马家俊。

送货的是一个脑门半秃的大叔。

饭粒接过包装盒，问了一句："你们换人了？"

"嗯，这周刚新派我的线路。"大叔说。

饭粒把签收单递出去，又问了一句："原来那小伙呢，好像姓马？"

"不认识。公司几千号人呢——"大叔说。

"也许走人了吧，谁知道呢。"大叔耐着性子又加了一句。

半秃脑门进了电梯，饭粒在门口怔了好一会儿，才想起关上防盗门。

像小马这样给网站送货的，全北京城有几万吧，也许几十万呢，每天都有人像炒股样进来出去，谁有空闲关心这事啊！

饭粒把包装盒掷进垃圾筒，坐回到方凳上继续练琴。

可不知为何，心却躁了起来，一行五线谱总也捋不顺。

走人？什么意思？是换了份工作？要不，是离开北京回西凉了？也许他是生病了，会不会出什么意外呢？

饭粒翻下琴盖，忽然生起自己的气。不就一个送货的吗，萍水相逢，只是拉扯过几句，只是长得有点帅而已。其实也称不上帅，谁能肯定那一点点帅不是因年轻而给人的错觉呢？再说了，帅翻天又怎样，关自己什么事？

这之后，卡卡一直没主动跟饭粒联系。

也许卡卡已经戒了酒，所以也就不会来例假了。这应该是一个或迟或早都会来的结果。

出梅入夏。某一个抓狂的晚上，辗转反侧的饭粒一发狠，起床拉黑了他的QQ，删除了他的手机号。

卡卡却忽然给饭粒来了电话。没显示姓名，可饭粒认得。只迟疑三秒，饭粒就接听了。

吞吐半天，卡卡才告诉饭粒他出差在京，已经来了三天。

你住在哪儿？我马上过来。饭粒说。

我只是想给你打个电话。卡卡说。

又吞吐半天，饭粒才明白他已经人在机场，就要离开北京。

你等我，我马上赶过去。饭粒说。

那天饭粒碰巧上班。电梯口单位那男同事堵住了她。

我有急事。饭粒一边说一边就把男同事关在了电梯门外。

雨雾天，去机场的路堵得一塌糊涂。

等饭粒赶到候机大厅，卡卡已经登完机，进了舱。

飞机就快起飞了，卡卡的手机还开着。

你为什么还要给我打电话，为什么为什么为什么？？？饭粒对着电话号叫，她的声音是那么的肆无忌惮，磁铁一样吸引了候机大厅里无数的目光。

当天晚上，饭粒改变主意又去见了个男人。

他们约在一家叫北海道的日式料理店。饭粒掐着表迟到了五分钟。

一个壮实的男人站起来相迎，那一身藏不住的疙瘩肉让方方正正的格子间变得更狭小了。

他已经点了一桌子菜，还要了一壶清酒。饭粒刚坐下，男人就把菜单递了过来。

牵线的徐姐夸赞过他的身体条件，看来不假。双方年龄看上去也确实相当。听说男人离异过，但徐姐没说原因。

不会是因为家暴吧？但饭粒的念头很快就被否决了。

简单的寒暄后，是自我介绍。饭粒先把自己清汤寡水地过了一遍。面对一张陌生的异性面孔，你又有多少东西可以说道呢？

然后轮到男人介绍。这中间，菜陆续上来了，清酒也打开了。男人酒量不错，饭粒也礼节性地倒了一杯，却只小口抿着。

介绍到自己婚姻时，男人的话稠了起来。说他和前妻如何如何相识，如何如何热恋，如何如何两地鸿雁，如何如何克服九九八十一难修成正果。

饭粒耐心地听着，越听越别扭。但是没完。

清酒见底了，男人又要了一壶，然后话锋一转，说他有一次出差提早回家，如何如何的捉奸在床，他是如何如何的痛不欲生，后来又是如何如何的委曲求全。

饭粒听得鸡皮疙瘩都出来了。但是依然没完。

受害者正说到动情处呢，他自己跟自己又干了一杯。然后又说，他老婆是如何如何一意孤行，他是如何如何苦苦挽留，最后又是如何如何净身出户成人之美。

男人说着说着终于哭了起来，全身的肌肉堆在桌子上一抽一抽的，每一块都是那么的无辜，那么的值得怜悯。

从格子间出来，饭粒抢着埋了单。

肌肉男上了出租。再见的意思就是永不再见。

而饭粒还得赶最后一趟地铁。

这些年来，饭粒见过很多男人，一次次，都是她在为男人埋单，然后背回一堆记忆的垃圾。见一次就不会再有第二次。见一次就是羞辱自己一次。

风擦身而过，但眼睛从不回收泪水。

饭粒给红鲤喂食。

绿莹莹的鱼食浮在水面上，红鲤静悄悄地潜上来。快到水面了，噗的一声，一粒鱼食进入鱼嘴。再一丢尾巴，鱼儿重又潜入水中。红鲤不争食，各自找目标下嘴，然后慢悠悠地嚼着，得过很久才想起还有下一粒。吃完食，红鲤又开始悠悠地游弋。透明到几近于无的尾巴，像过长的裙摆，让落在鱼缸里的时光，也跟着慢了下来。

时光慢下去，记忆就浮上来。

马家俊的脸又在眼前晃了一下。

姐，小鱼儿可真快乐。马家俊说。

玻璃缸反射了窗外的阳光，马家俊的脸毛茸茸的。

想到马家俊，隐隐的不安便会浮上来。如果是他主动离开快递公司，无论是换工作还是离开北京，他都应该会说一声，或者道个别什么的。凭什么啊？不凭什么，饭粒只是觉得他会。有一次，饭粒忍不住就拨打了他的手机。结果电脑提示：你拨打的号码已关机。这一拨，隐隐的不安又增了一层。一个外乡人在北京，举目无亲的，什么事不会发生啊！

最后一次见到马家俊是什么时候呢？对了，那一次，马家俊不是来送货的。

那天傍晚时分，饭粒刚刚炒了几样菜，她难得有这份心情。门铃奇怪地响了——以前总是楼下的对讲机先响。饭粒以为是对门的邻居。对门住着一对中年夫妇，老是半夜吵架，来按过两次门铃。

打开防盗门，却是马家俊。我没记得网购过什么啊，饭粒诧异。

马家俊给楼上的住户送货，电梯下来，顺道就按了饭粒的门铃。

一块吃吧，我正巧做了几道菜。饭粒说。其实也只是客套一句。

不用不用——那哪成？！马家俊推辞，然后像是突然想起来似的问了句：姐，今天要换水吗？

当然不用。饭粒下午刚刚换过。

对了，我还有红酒呢。饭粒忽然想到了那个漂亮的启瓶器，购回后放着结灰尘，一次都没用过呢。

别客气了，就当是陪姐喝点吧。饭粒说。这回不再是客套。

饭粒很快从贮藏间里找出了那瓶红酒，又去厨房拿了两个杯子。然后把启瓶器递给马家俊：还是你来开吧。

客厅茶几上的手机凑巧响了起来。

是田一楷。饭粒示意马家俊先开吃，就进了房间接电话。

电话挺长的。说着说着，饭粒就把外面的马家俊给忘了。等到饭粒接好电话从房间出来，红酒已经启开，还斟了两个浅杯。但马家俊已经不见了。

田一楷很悲伤，他是在火车站出口处给饭粒打的电话。他的妈妈去世了，他刚刚奔丧归来。他说这个世界上他再也没有亲人了，他无助得就像一个婴孩。

容不得多想，饭粒拿上钥匙就匆匆出了门。

对了，那一次马家俊不是来送货的。那么，他是顺道来告个别的吗？

某一天，饭粒意外碰见了拖鞋。

饭粒上完钢琴课走回家，经过小区附近那座公园时，在路的另一边，不经意就瞥见了一只虎皮猫。那时天色将黑未黑，距离又有点远，那猫与拖鞋长得挺像，到底不敢肯定。饭粒就紧走几步，边走边试着喊了两声：拖鞋，拖鞋。猫本来慢腾腾踱着步，停下了，然后觅声回过头来。四目相对——的确是拖鞋！只是比之前更瘦了。饭粒的心都快碎了。对视了那么几秒，拖鞋扭回头，走得比之前快了，它拐进了公园的大门。饭粒快步追上去，又唤了两声：拖鞋，拖鞋！在朝上延伸的台阶中央，拖鞋再次收住步并回过头来。这一次已经看不见对方的眼睛，他们中间隔了更浓的夜色。之后，拖鞋再也没有回头，直到身影在台阶尽头消失。

饭粒曾经跟卡卡提起过拖鞋，卡卡安慰她说，猫有九命，那只是皮囊，拖鞋其实没死。

但是拖鞋到底还是死了。前世今生，再熟悉的呼唤也不过是似曾相识。

大概是拖鞋失踪之后的一个多月吧。天气刚开始转凉，饭粒百无聊赖地伏在窗台上，游走的目光无意间就落到了楼下住户的空调外机上。她看到了一坨古怪的东西。辨识了很久，饭粒认出来了，是失踪的拖鞋。被夏天的烈日烧灼了一个多月后，猫尸已几近风干。那么，那天的南窗是开着的吗？谁还记得确切啊？！胃里有什么在一股脑儿朝上翻，饭粒赶紧关上窗，扣了锁。还不够，她甚至掩耳盗铃般地拉上了厚厚的落地窗帘。

但是，没用。它依然在那里，像哽在喉咙的一根刺。

饭粒感觉自己快要崩溃了。

那时候能求助的只有田一楷。半年前两人大吵一场，田一楷摔门而去，话都已经说绝了的。这电话不该打，可饭粒还是打了。田一楷没问什么事，就匆匆赶来了。之后田一楷不知从哪弄来了一个老长的捞鱼的网兜。整个清理的过程饭粒都没看见，她一直躲在房间里没出来。等到她再次从房间出来时，那个鱼兜连同那坨风干物都不见了。但田一楷却留了下来。用不着征得饭粒同意，田一楷已经系上围裙，在厨房忙开了。田一楷又变得像羔羊一样温顺。饭粒知道，饭菜上桌后，田一楷会解下围裙，端起酒杯，然后请求她原谅。七八年间，他们分分合合过几回，那么这桥段就上演过几回。你没有什么不对，一切都是我的错。我会慢慢成长的，我不会再犯同样的错误了。这些年来我从来没有找过别的女人，其实你也知道，我的心里只有你。从今往后，我们一起好好地过吧。这些台词饭粒都能背诵了。但他的忏悔是那么的真诚，每一句都不容置疑。听着听着，饭粒会慢慢滋生起一种负罪感，一张张男人的面孔晃过，落到道德的白纸上变成一个个大大小小的污点。于是他们又一次重归于好，然后是饭粒一天天重新拾掇内心的碎片。某一天，饭粒几乎就要看到那面人们称之为幸福的铜镜了，羔羊却忽然遁形为恶狼，道德上的优越感转化成为歇斯底里的忌恨，等待饭粒的是最恶毒的咒骂，最无情的羞辱，然后是拳脚相加。

据说食肉动物中，猫的平衡能力是最强的。那么，当拖鞋从窗台掉到空调外机上时，并不会摔死。在上不着天、下不着地的狭窄空间里，恐惧和死亡只会被无限拉长和放大。那段时间，饭粒总是做着同样的噩梦：田一楷拉开窗户，指着窗外朝自己吼：你跳啊，你干吗不跳？窗外雷电交加，拖鞋扒在空调外机上发出凄厉又无助的叫声——

长夜漫漫，长得让人心慌，让人无端地抓狂。

长假就要来了，似乎所有人都有着或远或近的出行计划。但饭粒没有，她不知道该干吗。也许应该回趟老家，看看父母？可饭粒最受不了的就是父母和亲友们关切的目光，话说不了三句，不约而同都会着落到同一件事上。

饭粒慢腾腾地给鱼缸换水。把旧水一勺一勺地舀出来，再把新水一杯一杯地注进去。

这段时间，卡卡和田一楷都打来过电话，卡卡三次，田一楷两次。也许，是卡卡两次，田一楷三次。但饭粒都没接。饭粒似乎是在暗暗较劲，不是跟对方，而是跟自己。

较什么劲呢，饭粒却答不上。

她又一次梦见了拖鞋，扒在悬空的空调外机上，发出凄厉的叫声。风雨声太大，无情地吞噬了它的声音。与往常不同的是，这一次拖鞋停止了它徒劳无益的呼救，它探出头朝外面看了看，然后做出了一个让饭粒心惊肉跳的决定。在拖鞋的纵身一跃中，黑梦薄冰一样碎了，饭粒惊醒过来。

换完水，练完琴，饭粒下了趟楼。

她是去掷垃圾，垃圾箱成排放在公寓外面。

折回时，饭粒顺便查看了下一楼过道里的信箱。

信箱里有两本杂志，还有一份邮政快递件。

快递件摸上去硬邦邦的。饭粒看了看地址，居然是甘肃武威。

看来没有什么意外，马家俊的确离开北京回了西凉。

可是，马家俊给自己寄了什么呢？

等电梯的时候，饭粒忍不住就把快递件撕开了。

包裹着的旧报纸被一层层揭开——一个亮锃锃的全金属启瓶器。

对，就是饭粒从网上购得，后来怎么找也找不着的那个。那一瓶红酒开都开了，总不能浪费吧，饭粒便硬着头皮一天一小杯地消化着。喝着喝着，似乎喝出了点什么意思。打算开第二瓶的时候，饭粒才发现启瓶器不见了。

快递袋里还夹了一张明信片。

姐，我回到西凉了。马家俊说。

电梯徐徐上行，饭粒一直悬着的心一点点安妥下来。

姐，那个启瓶器不是我故意拿的。那天走出公寓，才发现自己手上多了件东西。干脆留着做个纪念，要不？我就荒唐地把它带回了西凉。可是不对啊，我怎么能留着不属于自己的东西呢？马家俊说。

电梯停下，门开了。

姐，有机会来西凉给我打电话呵。马家俊说。

开防盗门的时候，饭粒听见屋里的手机在响。

应该是卡卡吧，也许是田一楷。

现在，不管是谁的电话，饭粒都乐意接听。

在徐徐上升的电梯里，饭粒突然有了个出行的念头。

这样的念头，饭粒已经好多年都没有过了。

噢，对了，出门前千万别忘了给钢琴老师告个假，否则老师一准生气。

下了飞机，也许真的可以给马家俊打个电话。

干吗？

不干吗，就是见个面聊聊呗。顺便，顺便把启瓶器送给他吧。

雪　花　禅

叶　弥①

　　男人要把每一个地方都变成战场，连社交界都不例外。但是真的战争来了，何文涧却要逃到西安。

　　世道这么乱，他要去西安的消息一传，还是有数不清的人冒着日本飞机轰炸的危险前来告别。吴郭人对他的尊敬，就在告别中。昨天，忙乱中，不知谁把一个条幅挂在他书房外面，写着：

　　你走了，城就空了。

　　何文涧见此条幅，流了泪。他知道这句话的凶狠。吴郭在上海边上，上海昨天沦陷，吴郭也快了。他现在要逃命。

　　这几天，说不尽的依依惜别，把何文涧搞得心力交瘁。何文涧不喜欢死亡，不喜欢告别，喜欢在自己的土地上，自由快乐、风花雪月。

　　所以，你看：何家的马厩里，养着两匹高头大马，时不时地喷出威武鼻息。院子里的喷水池边，停着吴郭第一辆小轿车，车夫是从上海雇来的。两辆自行车，时常亮闪闪地倚靠在假山边上。何家的大门口，永远停着一辆黄包车，拉车的小江，也是何家的花工。后院子里，放着一乘四人抬的小轿子，何文涧的父亲用过的。除了骑马，有时候，何文涧也会坐上小轿子出

---

① 叶　弥　女，1964 年出生，苏州人。1994 年开始小说创作。著有长篇小说《美哉少年》《风流图卷》。出版有中短篇小说集《成长如蜕》《粉红手册》《钱币的正反两面》《天鹅绒》《去吧，变成紫色》《桃花渡》《恨枇杷》《市民们》等。部分作品译至英、美、法、日本、俄罗斯、德、韩等国。现居苏州。

游，轿边走着几个盛装丫鬟，有时都穿旗袍，有时全穿洋装。全吴郭，只有他喜欢这样玩。何宅后门口的私人码头上，停着他的画船。为了这画船，他用了两位厨师，一位点心师傅，一位烧菜师傅。明月皎皎的夜晚，叫上三五好友，摇着橹，师傅做菜，丫头上酒，他们吃着绿豆糕，沿着碧清的小河悄悄滑行。沿河人家的后院子里，常有桂花、玉兰花、栀子花、金银花、玫瑰花。花香徐来，晚风轻拂，赏天上的月亮和沿河的灯。

他会玩的还不止这些。家里两间大屋子，一间放他的行头和琴、筝、鼓、弦、琵琶各色乐器，他演唱京戏、昆剧、越剧时，用得着。他也自编自演时尚的话剧。另一间大房子放他喜欢的古董、书籍和纸砚笔墨，供他在这里写字绘画，研究金石。宣纸旁边，放着名贵的莱卡照相机，柯达的镜头。全吴郭城找不到第二架这种相机。他拍下他的妻女和丫鬟的姿容。

去西安前夕，光景撩人，满院子的蜡梅一朝开放，走在浓重的香气里，像穿了一件熏香的外套。

现在，他要与这些风趣甜美的生活告别了。他要做的事，是逃命。昨夜，他是哭泣着入睡的。

清早起身，焚香，香是藏香。洗脸，擦脸的丝巾上滴了自制的玫瑰露。然后，喝了半小碗厨房里做的桃胶蜂浆桂花水。早点是茯苓粥、虾干拌香芹菜、桂花腌茄干。这些东西都拿到书房里吃着，仆人阿进来报告，门口来了一些学生，他们要求何先生与吴郭城共存亡。

何文涧听了，半晌才说："存是可以的，亡？我还没做好思想准备。即使我思想做好了准备，我的肉体怕也不答应。"

阿进说："我怎么回他们？"

何文涧说："你去告诉他们，人有生存的权利，只要不妨碍他人。人也是自由的，只要不犯法，不当汉奸，做什么，他人不得干涉。"

阿进说："老爷说的话，学问太高。恐怕我还没到门口就忘记了。"

他到大门口，对门口的人说："都回吧，我们老爷说了，树倒猢狲散，大家逃命去吧。"

刚说完，他额头上吃了一块石头，回过神来，学生们早跑了，面前站着一个人，定睛一看，是何文涧最喜爱的学生潘新北的叔叔。便叫了一声："潘叔叔有什么事？"

潘叔叔说："让你见笑了，我知道何先生要走，来要些他不要的东西。"

阿进说："你个不要脸的东西，我家里没有不要的东西。我早就说你不是个好人，你要是个好人，也不会不养新北，把他从小抛在花神庙里。等到我家老爷资助你们新北读书成才，你倒上门来拉拉扯扯的，好意思吗？"

潘叔叔说："不是我不养他，我养不起他。只怪他自己命苦，六岁就失了父母。我自己也有四个小人要养。"

他说着话，从袖子里掏出一块大石卵，说："最近时局太乱，我出门总带一样东西防身用，你快进去和老爷说，不然我也请你吃一块石头。"

阿进进去对何文涧说："潘叔叔来了，他知道我家要走，来要点东西。"

何文涧听后笑了一声，说："他好久不上门来了，一定不是光要东西。你让他进来吧。"

潘叔叔走进书房，看见何文涧吃剩的桂花腌茄干，说："口水都流下来了，何先生赏给我吃吧。"一手抓了就吃。

何文涧不喜欢他的吃相，转脸看墙上挂的一幅唐伯虎字画，问他："你要什么？"

潘叔叔说："先生把那带不走的吃饭桌子赏我一张，我一家老小每天要在吃饭的桌子上聚拢两次，我想有一张好桌子。"

何文涧吃饭用的桌子都是讲究的，他正踌躇间，潘叔叔又说："先生要是舍不得，那就把后花园里那棵大梓树给了我吧，我自己做一个吃饭桌子。先生这回不要推三阻四的，兵荒马乱的，你园子里的树迟早都要砍了做枪把子。"

何文涧笑起来，说："我才没有推三阻四的。这棵梓树你拿去吧，但是你要告诉我，人人都在慌忙，为什么你倒不慌不忙地要添新桌子？"

潘叔叔跪下叩个头，不起来，说："何先生真是一个聪明人。我就把话都说了吧。阿进，你出去，站在这里碍手碍脚的。"

阿进出去了。潘叔叔站起来说："何老爷，我临街的两间房子卖给日本人竹下四郎开了太久产业公司——这件事你是知道的。今年春上他关了门，撤回日本了。前几天又悄悄回来了，还带着一个日本男青年。和我说了好多话，主要就是人要识时务。他叫我和你说，不要走，留下与日本人一起建立大东亚王道乐土。"

何文涧说："哦，你做汉奸了。这么说，这城里现在就有好多日本人的眼线了？难道我离开吴郭，日本人就会杀了我？"

潘叔叔说："四郎给我透过一个消息，说住在吴门桥的杨荫榆，也是留学过日本的，但现在对日本的大东亚理念没有一点理解，还在报纸上一直乱说话。这种人恐怕没有好下场。你是个有趣谦和的人，我家新北又受了你那么大的恩，有我在，他们不敢对你怎样。你要走就悄悄地走吧，哈哈，你要不走，我怎么拿到梓树呢？"

何文涧说："章太炎以前对我说过一句话，小城市的人，反而自大。"

潘叔叔说："自大总比自小好。自小了，没人看得上。"

何文涧问："日本人答应给你什么好处？"

潘叔叔说："一开始不能谈好处，要走着瞧的。我是这么想的，人往高处走，水往低处流，人家现在强势，英国老强盗都拿他没办法，美国人有《中立协议》，也是怕他的意思。我们就得依靠他。何先生，你和我们草民不一样，日本人说了，你要合作，有大大的好处。"

何文涧低下头冷笑了一声，喝了一口茶，说："日本人，只会打仗杀人而已。给我好处？配吗？"

潘叔叔说："反正我把话带到了。唉，我也是没办法，被四郎这鬼东西逼得苦了。我走啦，要去镶个金牙，早就想镶了。哈，祝你一路顺风。"

何文涧坐着发呆，想哭，又哭不出，心里十分难受。忽然听得门外一片喧嚣，阿进跑进来，惨白着小尖脸说："潘叔叔刚出大门就被人捅死在街上了……有人看见是潘新北叫住潘叔叔说话，然后边上就蹿出一个人，朝他后脖子、后腰、后背，扎了十几刀……梓树拿不走了。"

何文涧问："那潘新北呢？"

阿进说："潘叔叔一倒地，他就走了。"

书房门口，汉白玉台阶下，有人说："何先生，我来了。"

正是潘新北。

何文涧最好的学生潘新北，六岁时父母双亡，一个月里轮流去亲戚家里乞饭，寄住在花神庙里，给庙里做些事情。八岁时碰到了去花神庙祭花神的何文涧，见他聪明伶俐，就资助他读了书，上了大学。他长得貌不惊人，瘦小干枯，阳光下，却是一身凛冽，寒气逼人。何文涧看见这许久不见的人，忽然丝丝胆怯蔓遍全身。他对阿进说，不要让他进来，他身上有冷气，我正头疼呢。你让他去隔壁待着，给他上茶。有话你替我们来回传吧。

以下是阿进来回穿梭，传送的语言：

潘新北说："请阿进告诉我老师，不要走，留下来，为家乡父老做个表率。"

何文涧说："阿进，你去问问他，我听说上海、北平都有了锄奸队，他是不是锄奸队的？”

潘新北说：“我们有一些人，是自己组织起来的队伍。日本人已经在吴郭组织暗杀了，所以我们也开始暗杀。”

何文涧说：“阿进，你去问问他，杀自己的叔叔，怎样下手？”

潘新北说：“白刀子进去，红刀子出来，在裤腿上擦擦血。”

何文涧说：“裤腿上擦擦？乡下人的习惯，不可想象。”

阿进去告诉潘新北：“裤腿上擦擦，不卫生，不管是乡下人还是城里人，都不可以这样。”

几个来回过后，阿进告诉何文涧：“姓潘的忍不住，嘴里不干不净的，什么文天祥、辛弃疾……”

何文涧挥挥手说：“随他骂去，不要管他，只管给他茶杯里续水。他爹娘死得早，在世上六亲无靠，平时除了学习，没有什么爱好兴趣。对于这个世界，他没有什么留恋，不怕死，要做英雄。”

阿进去了隔壁好一阵子才出来，回来说：“他把茶杯推在地上砸破了，还把牙咬伤了，故意吐出一口血在白墙上……”

何文涧说：“城未沦陷，血已满地。”

阿进说：“哟，我忘记说了，他还说起以前住在艺圃的文震亨老爷。”

何文涧说：“文震亨是我学不来的，那么风花雪月的一个人，竟然为了‘忠义’二字投河自杀。但是各人有各人的自由，他有死的自由，我有活的自由。”

珠帘一动，潘新北走了进来，说：“老师怎么这样没骨气？别人打上门来，屁都不放一个，还说什么自由？”

何文涧说：“我现在，活着比死难，谁都要我死啊！”

潘新北说：“只要老师带头抗日，就是我们的大英雄，虽死犹荣。”

何文涧站起来拍了桌子，吼道：“书生不是用来打仗的！”

潘新北却也执拗，走上来也拍了桌子问道：“那书生是用来干什么的？难道等着以后每天向日本天皇的画像三鞠躬？”

何文涧说：“书生是用来传道授业和风花雪月的，外邦皇帝想让我鞠躬，也不是那么容易。”

潘新北说：“说来说去一句话，你就是贪生怕死。”

何文涧骂道：“小猢狲，我贪生，干你屁事！”

潘新北几步跳到院子里，转过身回骂道：“我骂你一声他妈的。姓何的，你走着瞧！"

何文涧想起小时候的一件事，与死亡有关的一件事，风花雪月的日子一路过来，他几乎忘了这件事。

他五岁的时候，有一天夜里，与丫鬟们淘气，奔出大门外。十分安静的冬夜，仿佛听得见树上鸟儿的梦语。大门外，隔着一条石板路，无声无息地流淌着绕城河水，上弦月剪纸一般缀在高空。就在河里，突然有一处明亮起来，明亮的地方，下着鹅毛大雪，从天上接到河面，就如万花筒里转着的花朵一般。这一处孤零零的飘雪分外吸引着他，他张开双手，慢慢地走过去，越走越近，手几乎要摸到雪花了。阿进的父亲，何家的忠心老仆人，第一个从门里冲出来，看见何文涧穿着棉袄漂在河里，风车一样打转，双手在天空里抓着什么。他脱下鞋子就朝河里扔去，喝道："哪个恶鬼在这里撒野？走开！"

以后，每年的第一场落雪，何文涧的奶奶就要带着他去大穹山的念念寺，祖孙两代坐在雪地里念经文，祈福消灾，还要施饭施衣，为菩萨重塑金身。

何文涧十岁时，奶奶去世。他那时已经显露出自由快乐的心性，说什么也不去念念寺了。后来，他又去了。因为他听说，念念寺里有一样与众不同的洗浴，大穹山上长满野蜡梅，每年蜡梅花开放，寺里都要收集花瓣，加上没见阳光的山泉水，压紧了，一起封存在陶器里，埋在山洞里，隔年天寒时拿出来，舀一勺子放在浴桶里洗浴。皮肤干燥的，无光的，洗了以后就变得光滑细柔。更有香喷喷的味道，几日不散。所以，每年冬天一到，何文涧三天两头都要去寺里洗蜡梅花浴，给寺里的供养也比平时多了一倍。

今天想起念念寺，不是洗浴，是要去祈福求生。

他看看天，太阳不见了，阴云满布，风也慢慢地起来了。看来吴郭要下今年的第一场雪。他关照了阿进，让家里人按他的布置继续收拾东西，他一个人开了汽车去找娜拉，明天要走，天各一方，也许就是永别了。他要与娜拉一同去念念寺。

潘新北是何文涧最好的学生，娜拉是他最好的女人。

最好的女人，总是不在身边的那个，是想见才见的那个。潘新北二十五岁那年收留了娜拉，把她安置在三状元弄里一处名叫冷香苑的小院子里。娜拉那时不叫娜拉，叫王小兰，和母亲在街上乞讨，六岁，现在她十六岁。

娜拉在冷香苑里长大，何文涧让她听古筝，从早听到晚，据说古筝的声音有让人高贵的力量，使人沉稳安静。娜拉听了五年，听得像块冷冷的木头，不言不语，几天也没有一句话。何文涧只得换了周璇的歌让她听。周璇这年十二岁，发行了她的首张唱片《特别快车》，何等天真，又何等风情！娜拉与她差不多年纪，一听就领悟了，从此也是既天真又风情。又有一件怪事，她身在深闺，不知道从什么地方学来一口脏话，因为不以为脏，一高兴，就挂在嘴边上说，譬如说："何文涧，你来了？你妈妈的，多少天不来了？"

娜拉的妈妈解释说，她是从后窗走过的卖鱼娘娘那里学来的。

何文涧倒是不以为怪，非但不怪，心里还暗暗叫好。美人不会骂人，就像玫瑰没有刺，终究缺乏真味。

街上反战的传单四处飘，却没有人，一片凄凉。

今天他去，娜拉说："你好久不来了，太阳从西边出来了？你个杀千刀的。"

何文涧说："你看现在天上还有什么太阳，乌沉沉的，怕要下雪了。你陪我去念念寺做个雪花禅，好不好？"

窗外有几个女人的头一探而没，他起了疑心，走出去一看，一群女人，一个也不认识，见了他，四散躲藏。

他正想问娜拉，娜拉却一把扯起他的袖子，一路拉着他，把他朝大门外面推，说："我明天一早也要走。跟的是吴郭电影制片厂的老板老刘，他死了老婆，他要娶我的。这些人是他上海、宁波赶过来的亲戚，住在我这里。"

何文涧着急说："我没法带你走，不是我的意思，你知道的。"

娜拉说："说什么废话？大家各自逃命去吧。我不怪你，你也别怪我。人人都有生活的自由。我就是为生活当了婊子，你也怪不得我的。他娘的。"

何文涧扶着大门，一只脚在里，一只脚在外，叹气说："你把我的一套全学上了。我要是不显得大方，那就是自己打自己的耳光。"

大门被娜拉用力地关上，她在里面，叽叽呱呱地说着一连串没法记述的脏话，表达她展翅高飞的心情。

何文涧站在门外，脑子里涌起一笔笔旧账，什么时候整修冷香苑花了多少，什么时候添置大量家具花了多少，养了她十年，请了多少先生，教古琴的、教古筝的、教字画笔墨的、教女红的……很快他就明白，他不是心疼钱，最主要的问题是，娜拉是个处女，他还没来得及享用她。

日本人破坏了无数风花雪月的事。

他想，算了，只要留得命在，风花雪月，后会有期。易卜生的娜拉，留不住。我的娜拉，凭什么留住她？

他再次回头看了一眼紧闭的大门，说了一句："别了，我的小娜拉！"

　　走过一队游行队伍，凄冷的街道有点热闹起来。群众是要聚在一起做点什么的，以便发散多余能量，造反、战争、舞会、看热闹……都是发散能量的形式。枪杆子面前的游行示威，终究是一个高发散能量等级，从队伍里的每一张涨红的脸都能看出这一点。

　　游行队伍从他面前走过，有人交头接耳说："看，这是何文涧……他当逃兵……"立刻，队伍里嗡嗡地冒出一些词：民族、危亡、命运、战斗、宁死不屈……一个声音突然刺耳地从嗡嗡声里响起来："兄弟姐妹们，上前打死他，防止他去做了汉奸。"

　　何文涧抖着手，急忙发动汽车，逃离这条街道，他浑身汗津津的，愈加想念念念寺的蜡梅花浴。拐弯时回头一看，身后的街道空空荡荡，一个人也没有。他不禁如此想，历史的长河中，他，何文涧，不过是一只偷生蝼蚁，人畜无害，怎么会有人大动干戈取他性命？他怀疑刚才那一幕是不是错觉。

　　念念寺前，两位在湖边挑水的小和尚正在玩耍，一个叫寂欢，一个叫寂行，窃窃地笑着，拿手里的茅草逗地上的蚂蚁。

　　看见何文涧走过来，寂欢说："何老爷来得巧了，前天刚收的蜡梅花，晒了一天太阳，昨晚上用泉水浸了一夜，花油已经渗出来，还没存进洞里，正好趁着新鲜花油洗一洗身子。"

　　何文涧说："两位小师父好兴致，兵火快烧到鼻子上了，还在玩蚂蚁？"

　　寂行说："你不是也好心情吗？兵火烧到屁股上了，还上山洗花浴。"

　　寂欢推了寂行一把，扔下手里的茅草说："我们大前天听说，日本人不毁寺庙，所以才放下心来，大家玩玩。何先生要洗花浴，我们两个就多挑些水吧。"

　　念念寺的住持背月和尚与灵岩山的印光法师来往得多，印光法师写了一个"死"字，贴在自己的卧房里，也给背月和尚写了一个"死"，背月把这个字贴在卧房边上的书屋里。

　　念念寺香火很盛，吴郭人都说背月通神，是半仙。

　　两人见了，便去书房磨墨写字，一边写，一边重温两人第一次见面的情景，何文涧那时才五岁，穿的戴的，说的什么话，背月记得清清楚楚。何文涧写了一个大大的"生"，换下印光写的"死"字。背月也不反对，只是微笑。两人的关系很是奇特，何文涧父亲死得早，他是把背月当父亲的，却不尊重背月，在这里，他想发火就发火，想骂人就骂人，有一次在山下受了气，上了山，冲着背月发脾气，把经书砸到背月的秃头上，砸了一个包。背月还是笑微微的。何文涧上课的时候，对学生说过，只有在背月的身边，他才感到彻底的自由，他希望老死的时候，是在念念寺。

何文涧说："想活，都那么难。"

他扔下毛笔，跪在背月脚下说："我心里害怕，这些天，总是心闷，出气多，进气少，走路脚飘，像踩着棉花一样。"

背月也不扶他，只安静地写字，嘴里说："世上一切全是幻境，生与死，全是造化弄人。其实世上无生无死。生就是死，死就是生。参不透'生死'二字，一生苦恼。"

何文涧气愤地站起来指着他说："这个时候你还说这种空话？让你现在就死，你舍得吗？"

背月笑起来。

寂欢走进来问道："何先生是先洗澡还是先吃饭？"

何文涧说："先洗澡吧，给我多放些蜡梅花油。"

他抬头一看，见外面的天空上飘起了零星雪花，今天的雪花飘落得分外缓慢，就似无比留恋天空、不忍与天分离的模样。何文涧只看了一眼，眼角就有泪花涌出，说："我先去雪地里坐一会儿，诵一诵大悲咒。诵完了再洗澡。我想起中午饭也没吃，到现在也不饿，游魂一样。人要是不知饥饿，生活乐趣起码少了一半。"

窗外走过一位女子，何文涧想也不想地叫她："娜拉，快进来，外面有些冷。"

寂欢说："外面没有人。"

何文涧推开窗一看，果然没人走过。他笑了一声说："这两天，当真累坏了。"

背月还在写字，头也不抬地说："你就念心经吧，不停地念，就有放下之念。人一想放下，就舒服了。"

寂欢一手拿着蒲团，一手把何文涧扶到寺庙东边的一块巨石上坐下，说："何先生，要是雪大，就回屋来吧。"

这雪一直没下大，但也一直不停，稀稀拉拉地，慵懒颓废地飘荡，何文涧闭上眼睛，带着眼角边的一滴泪花，开始诵心经。梅香扑鼻，天寂静，地空远，他在诵经声里颤抖，知道自己对死的恐惧有多深。

枪声在山下响起，难民携儿扶老，从山下拥入寺庙，寺庙里所有的屋子都亮起了蜡烛光。上山的一条道，密密地行走出一条人龙，这条手无寸铁的龙寻求看不见的佛法庇佑。

何文涧在巨石上就如入定，纹丝不动，气息屡弱，对枪声和人声充耳不闻，口中的诵经也不知不觉换成他平时酷爱的风月诗句，柳永和杜牧，他们的诗句才是他的心头之爱，才能在此时与他融为一体。

不知过了多久，寺里的蜡烛光一个一个地熄了大半，上山来的小石道空无一人，雪也在地上积了起来。寂静中有一支蜡烛微光踏雪而来，是寂欢和寂行。他俩走过来，把何文涧推倒在地，把他抬到洗浴的地方。

何文涧坐了许久，身体已经僵硬，不能言语，他的头歪在一边，眼睛看着地上，烛光一路照着地上的杂物，有小孩子的一只布鞋，女人的发带，扁担，绑腿，破碎的碗，一本小学课本……说不尽的狼狈。他叹了一口气，他不喜欢看这些东西，他的眼睛专为美丽的东西而生。

洗浴处热气腾腾，烛光通明。两个人抬起何文涧，扑通一声把他扔到浴桶里。何文涧在香喷喷的热水里很快就暖和了，身体也柔软下来，只是还不能说话。这时，背月和尚走了进来，笑着说："你为了求生，差点把自己冻死。既然你这么执着，我把你的三魂七魄封存可好？封到岁月太平，你自然会醒过来。"

何文涧想，人都说这和尚有大神通，果然是的。于是在木桶里面露欣喜，连连点头。

背月和尚面色突变，神情冷凝，朝何文涧一指，他就昏沉沉地睡过去了。这一睡，睡过了山河破碎，日月无光。不觉时光如梭，斗转星移，正如背月设想的一样，他醒来时，是八年以后，岁月太平了，太阳重新灿烂。这时，寺里空无一人，墙壁坍塌，浴室外面长满杂草，他睡的木桶也长成了一棵松树。山下锣鼓喧天，他听了一会儿，知道抗战胜利了，山下的百姓正在庆祝。

何文涧又惊又喜，他逃过了劫难，从此后，他又能在这片可爱的土地上受用无边的风花雪月。他嚅动着嘴唇练习说话："我，我，爱，生活！"

门外出现一个瘦削汉子，一脸胡须，身上背着枪，手里提着大刀，大步走进来，站在木桶边，朝何文涧瞪着眼，又是愤怒，又是惊诧，说："我找得你好苦，原来躲在这里？"

何文涧认出来了，是潘新北。

潘新北更不搭话，抢起大刀就砍。何文涧在凌厉刀风下喊出最后一句话：“我要活，何其难？”

　　苍穹之中，黑暗无光。一根火柴划亮，半根残烛光明。寂欢说：“山里风穿过门缝，把蜡烛弄熄了。何先生，你醒了？起来用饭吧。寂行，你去厨房里把饭热一热。”

　　何文涧睁眼一看，没有背月，没有山下锣鼓，更没有提着大刀的潘新北。

　　寂欢体贴地说：“何先生，泡了一泡花澡，你现在能说话了吧？你说句话吧。”

　　何文涧说：“我要活，何其难？”

有些事必须说清楚

陈再见[1]

一

老汤走出去，又折了回来，"应该带点什么吧？"他咕哝着，像是在向妻子询问。"那就带几个鸡蛋吧，米缸里刚好有八个，想拿就拿去吧。"妻子对事情有不同看法，她觉得一个老师，即使真打了学生，也是出于好意，没必要面红耳赤把事情闹得那么大。"我早就说过，汉金这一家子，没一个好人，都白眼狼。"妻子最后下了结论。

那一巴掌下去，血还没从秋水的嘴角流出来，老汤就后悔了。平时他再怎么生气都能克制住，这一次，还没以前严重呢，他怎么就没控制好情绪呢？心情不好？似乎不能拿这个当借口。或者，就像人们说，被鬼捉手了。莫名其妙的，老汤就因为秋水背不出"锄禾日当午"的下一句是什么而扇了他一巴掌。这一巴掌本可以做做样子，就算真打，也不能用力那么猛，以致打掉了秋水两颗牙齿，流了满嘴血。

巷街上湿漉漉的，一眼望过去，路面上泛着灯光。老汤的眼睛有些老花，看不清，他提着腿，生怕踩进水坑里。那些水坑看似很深，实际很浅。白天下了一场大雨。校长刚好借此机会给全校师生放了半天假，实际上也是

---

[1] **陈再见** 1982年生于广东陆丰，2008年开始文学创作，作品散见于《作品》《鸭绿江》《长江文艺》《当代小说》《青海湖》《小说林》《厦门文学》《特区文学》等刊物。现居深圳。

为了处理老汤闯出来的祸。校长没说什么，他真不知道该跟老汤说什么，怎么说。校长很年轻，三十多岁。论教龄，老汤不知道要比校长多出多少年。但能这么论吗？老汤有时也不得不在校长面前恭维几句，"年轻有为啊！"当然，老汤也是不服的，末了，他会加一句，"不过，那时我比你还小呢，就已经去南边打仗了。"

老汤参加过二十世纪七十年代末的南部边境作战，那年他二十岁还不到。现在，这个年纪的人还到处游手好闲呢，相互一比，老汤的自豪感油然而生。平时课间休息，三五个老师坐在一起喝茶，老汤就喜欢跟他们讲讲那场战争，在他心目中，那肯定是一场大战役——更大的战役他也没参加过——至少在他这一生，绝对是值得一提的大事吧。怎么说，他也是握过枪的人。然而，老汤认为大的事，他的那些同事可不一定认同，几个都是"80后"，就数校长年纪最大，也只是"70后"，在老汤看来，不管是"70后""80后"，都一样年幼，没任何区别。他们谈的话题老汤不喜欢听，老汤说话时，他们也旁顾其他，像不认真听讲的学生。尽管如此，老汤还是喜欢讲，他觉得有必要教育教育这帮小孩，尽管他们还都是师范毕业的大学生，那又怎么样呢？他们总归没握过枪吧，没去过战场吧。单凭这点就够了，老汤觉得自己是有责任的，自然也有资格批评在他看来错误的观点。老汤在表达不同看法时，他们也能做到敬重，毕竟年长了几十岁，这点威严还是有的。但听归听，他们不会照着做，老汤又不是校长，甚至还不是一个正式教师，他们自然不会拿这个小看老汤，但作为一个现实的存在，确实让他们觉得被一个代课老师又比自己年长几十岁的人教训实在是一件十分尴尬的事情。

"有些事情是必须说清楚的。"老汤经常这样收尾自己的观点。

"对，汤老师说得很有道理，大家学着点，汤老师握过的枪比我们抓过的粉笔还要多。"最后校长调侃着总结一句。稀稀落落的笑声中，有人连忙跑去敲钟，新的一堂课也就开始了。校园的吵闹声顿时静了下来，像是潮水，纷纷没进了涵洞。老汤仔细琢磨着校长的话，又琢磨出了讽刺的意思，于是他一天的心情就不怎么好了。

二

巷街的灯是刚装上的，一个衣锦还乡的富人，出了一大笔钱，给家乡装了城市一样的路灯。老汤在路灯下，又把鸡蛋数了一遍，没错，是八个。他一路上还在酝酿，怎么跟汉金把事情说清楚。白天汉金的情绪有些激动，老汤觉得那时候说什么都是白说，老汤还不能表现得过于慌乱和理亏，他坐在一边，慢悠悠地，说："汉金啊，我会跟你说清楚的。"汉金横着脸，"你现在就把事情说清楚，当着校长的面。"这话让老汤觉得可笑，乡里乡亲的，从小玩到大的人，怎么说个事还得当着一个外地来的年轻人的面说呢，就因为人家是校长？老汤觉得汉金的话不够水平，他想批评几句，却被校长阻止了，"汤老师啊，你就别说话了，让我好好跟这位家长谈谈。"听口气，老汤还真的需要一个三十来岁的小伙子照顾一样。但老汤果真没再说话，他出去散了下步，又没带伞，于是就站在走廊里，抽掉了最后三根一品梅，看着沉浸在雨幕里的校园发呆，烟抽完了，雨也小了。校长这才拨了老汤的手机。老汤没接，直接走进办公室，见汉金已经不在了，校长这才说："汤老师啊，事情总算解决了，医药费学校先帮你垫上，到时从你的奖金里扣，我跟其他老师也说说，看能不能帮你匀点。以后，就不要碰学生了，现在的学生，跟以前不一样，金贵，一个指头都动不得……成绩怎么样，倒是次要的，关键别出事。"老汤还想说几句，表达对这件事情的看法，但话到嘴边，没说出来，他觉得还是去汉金家里一趟吧，把事情说清楚。

老汤有一句话是必须当着汉金的面说的——"即使不是秋水的老师，作为叔，打了秋水，就算是重了点，你也没必要闹到学校，当众与我翻脸吧。"这话其实是老汤的妻子说的。老汤走在路上，越发觉得妻子的话有理，有力量有气势，肯定能把汉金说得哑口无言，反过来赔礼道歉。这么想时，老汤又觉得没必要给汉金家带八个鸡蛋了。刚出门时他还认为妻子小肚鸡肠，快到汉金家门口了，他才后悔没听妻子的话。

四周静悄悄的，夜不是很深，只是天气的缘故，巷街上一个人影也没有。老汤不急于敲汉金家的门，他家或许已经睡下了，但仔细听，屋里还有声响传出。老汤突然有些紧张，像个贼一样站在人家门口，被人看见了不好，何况还是个老师，全村上下与他碰面都得恭敬地叫声"汤老师"，虽然还没转正，但一个教了三十年书的老教师谁还会在乎有没有转正呢？事实上，也只有老汤自己在乎了。为了转正，他没少努力，但命运弄人，每次都像抓到手的泥鳅，一不小心，就又让它从指缝间溜走了，却总有那么一个堂皇的理由，让老汤信服，认输，并寄予下一次的希望。上面的领导每次都语重心长地说："汤老师啊，下次一定给你一个名额，没问题的。"可到了下次，还是出问题了。问题太多，解释问题的理由更多。老汤听多了，有时会忍不住感动，单一个教育系统，有多少人多少事需要处理啊，就因为他，即使编借口，也要编出那么花样百出一次一个样，其实挺不容易的。有人出于好心，提醒老汤："汤老师啊，你是可以想想办法的，你不是有不少战友在县里吗？人脉要是不用起来就不叫资源了，是吧？汤老师。"是的，老汤是有不少战友在县里，大大小小都是官，他有时也喜欢在同事面前吹吹牛，某某某，以前跟我一个排，关系还不错，一起出生入死过。但老汤真不想去找他们，也不是不想，是不敢，也不是不敢，是不好意思。怎么好意思呢？老汤想，那不是自找人来丢吗？

三

最后，老汤还是去了。三年前的事了，那时老汤的儿子刚去世不久。儿子的去世对老汤和老汤的妻子的打击太大了，简直是灭顶之灾，夫妻俩差点没挺过来。他们就这么一个儿子。老汤三十五岁才有儿子，他以一个军人的姿态表率晚婚晚育的计划生育政策。儿子去世时，才十七岁，刚考上镇里的高中，跟老汤去南边打仗时的年纪差不多，样貌也差不多。结果是，老汤没能在战场上牺牲，他的儿子反而被一湖两米深的水溺毙了。值得欣慰的是，老汤的儿子是因为救人才死的，事实上也可称之为牺牲。老汤有时想，这才像一个战士的儿子，换作老汤，他也会义无反顾。每每悲伤欲绝，他总以此自我安慰，或者劝慰妻子。但一个家，有儿子和没儿子，那是天与地的差别。老汤傍晚下课回家，坐在院子的排骨椅上抽烟，突然门楼有单车支地的声音，他都会立马站起来，探出头看看，是否走进来的就是儿子侧背着长带书包的身影。可是，要么是别人家的孩子打门楼经过，要么纯粹是一种幻听，总之，老汤不得不接受儿子已经不在人世的事实。问题还不仅是接不接受这么简单——往后的日子，他们夫妻俩该怎么过？以前有儿子在，就有一份希望在，老汤其实也有很消极的想法：算啦，别折腾了，老了，看儿子的吧。他本是那种最看不起生儿养老的人，在村里他持有这种观点都不知道得罪了多少人，以至于后来他也不得不这么想时，他感觉自己是真的老了，没力气了。可是，他连这么一点消极的机会也没有了。儿子一死，他不得不面对夫妻俩的养老问题，且不管死后谁来捧香炉，就没死这会儿，靠什么吃饭。也就是说，老汤没有别的办法，他只能转正，否则退休下来，他将一分钱也拿不到。夫妻俩就这事商量了好几个晚上，以至于老汤提着一袋子干海鲜去县城时，两眼都是通红的，像刚哭过。

四

老汤在巷街口的榕树下站了一会儿，抽了两根烟，烟盒里还剩一根，他没敢继续抽，还得留到明早上。每天早上一起床，老汤第一件不是刷牙洗脸，而是到院子里转一圈，抽根烟。他的烟瘾越来越大，妻子让他戒，他知道戒不了，都抽了几十年了。说起来他的烟瘾还是战友们给带起来的，那时在南方，谁也不知道明天还在不在人世，便豁出去了一般，什么过瘾的都来一下，老汤就学会了吸烟。老汤记得有一个战友，广西人，个头很小，烟瘾很大，每次出发，他都紧张得要命，手脚哆嗦，然后掏出烟，假装镇定，给老汤一根，"抽根烟，还剩半包，不知道能不能抽完呢。"当时老汤年轻气盛，觉得广西佬胆子也太小了，现在想来，老汤才体会到那句话的悲壮。"别急，先抽根烟再说吧。"如今老汤凡是遇事也时常这么劝自己。

老汤围着榕树绕了一圈，这是棵大叶榕，长在巷街口上，听老一辈的人讲，他们还很小的时候榕树就已经存在了，而且也像现在这么大了。所以，这棵榕树可能比这个村庄还要年代久远。也就是说，这个村庄一代接着一代的人一茬接着一茬的事，这棵榕树是唯一的长久见证者。就比如当下，它又见证了老汤的踟蹰。老汤转到榕树的另一面时，借着昏暗的灯光看见榕树根部有一个水桶大小的黑洞。老汤这才记起，这个黑洞也是一直存在的，还记得孩提时，老汤和汉金他们在巷街口玩捉迷藏，他们就都喜欢往树洞里钻，刚好能藏一人，要是夏天能粘上一身的毛毛虫。记得有一次，汉金竟然躲在洞里睡着了，没人找到他，也可能是故意不去找他，而没人找到他就不能自己出来，那样等于认输。那时村庄的夜晚黑得跟泼了墨似的，不像现在有路灯。所以，老汤至今都很难想象，当时汉金是如何在榕树洞里过一夜的。第二天，汉金的父母惊慌失措，把整个村子都找遍了，就差没去湖里捞人了，最后还是老汤机灵，想起了这个树洞。这么多年了，老汤也不记得有多少年没见到这个树洞了，或者有多少年已经没站在这棵榕树下了。这棵榕树就在汉金家门口不远，他们以前玩累了，会到汉金家喝口水吃块粿——也就是说，老汤也不记得有多少年没到过汉金家了。虽然平时在村里遇见也会点个头问句"吃饭了吗"，但真的就没想过到对方的家里去坐一坐，就是三年前，老汤的儿子溺毙，汉金也狠心没到过老汤家里一步。这么一想，老汤越想越通，他和汉金其实已经只能算是一个认识过的陌生人，就跟他的那些曾经一起经历过生死的战友一样。

眼前的树洞，在老汤看来，似乎变小了，他再也没法把整个身体放进去，否则他真的想躲进去试一试，试试在树洞里过一夜是什么感觉。"找个洞躲起来吧。"他经常这样批评不思上进的学生，他说话总是这么狠，不留情面，甚至有些咬牙切齿，他都觉得那是为学生好。他回到家里也是那么教育孩子的，如果儿子不死，到今年，肯定能考上一线本科。儿子一死，他的一切雄心壮志似乎就中途坍塌了，像是一个实验只做到一半，看不见结果，也就没办法服众。如果真该为此事羞愧的话，老汤是应该找个洞躲起来了，至少他已经开始有了这样悲戚的想法。想归想，老汤终究还是找到理直气壮的理由，他把手里提着的八个鸡蛋藏进了树洞里。就像三年前那个已经在县委大楼拥有一间大厅一样的办公室的战友不敢收下老汤的干海鲜一样，汉金也不好意思接下这八个鸡蛋，他甚至应该反过来跟老汤赔礼道歉。是的，事情就应该这样，如果汉金不是个明白人，老汤就有必要把事情说清楚。

老汤决定去敲汉金家的门，他跺跺脚，努力让自己的脚步铿锵有力。

五

老汤敲开老战友的门时，彼此都吓了一跳，竟然一点旧痕迹都没能留下，一个过分的肥胖一个又过分的黑瘦，像是一条路上朝相反的方向走。这些年，其实也是有机会见面的，老汤早听说有个"战友联谊会"，但他一次也没参加。

得知是老汤，老战友还算热情，马上招呼用人上茶敬烟，尽管这个过程中他可能还在脑海里搜寻一个叫汤玉宇的战友，或者搜寻到了，或者还是一点印象都没有。但他们是战友，却是确切无疑的——这年头，冒充什么也要好过冒充战友。两人手执手，一说，竟然说了一下午。最后老战友留下老汤吃饭，喝了点酒，更是说个没完，时而大笑，时而小泣。

"怎么样，我的老战友啊，现在在干什么？"

"还是你有出息啊，我也就一名教书匠。退役后回村，没事干，几年后，上面也算照顾，把我安排进学校当老师。实际上，你也知道的，我初中还没念完呢，哪有资格当老师哦！不过，这一当，也几十年了，算是老教师了，老油条了。"

这么一说，老汤就把自己绕进编织的谎言里了，接下来，他几次下决心要跟老战友坦白，甚至儿子见义勇为牺牲的事，他也想一并说出……可是，老汤终究还是开不了口，像有一把大手一直捂住他的嘴巴，或者掐着他的喉咙。最后，他放弃了，像一块海绵那样瘫软了下来。

临走时，老战友把老汤带去的干海鲜递回给老汤，"空手来就行，带什么东西呢，拿回去。"老战友口气威严，不容解释。老战友不但没收下老汤的干海鲜，还吩咐人拿出一大堆盒子袋子，一并让老汤带回家，甚至还亲自塞给老汤一千块钱。老汤都感觉不好意思了，求人不成，倒像是乡下人来要东西的。事实上，老汤真不是那样的人，他也一直拒绝成为那样的人。

后来老汤的妻子每每念叨起老汤的"没用"，这事便是一次屡试不爽的例证。老汤其他事都能争辩出自己的理，唯有那次，他只能选择沉默，并羞于提及。老汤后来对自己的悔恨达到无以复加的地步，因为那之后一次转正考试老汤没能通过，其他跟他一样没能通过的最后却都转正了，唯有他没有，他也只能怪自己，怎么就考不好呢？或者说，怎么就不能像他们那样去找一找人呢。事后一打听，他们找的那些领导其实都是政府里的边边角角，是老汤那位老战友的手下。这些倒还不是最让老汤绝望的，最绝望的是，上面下文，代课老师再也没有转正的机会了，也就是说上次的转正考试成了历史的最后一次。这下好了，老汤彻底死了心，老汤的妻子也彻底死了心，她之前还一直催老汤拉下老脸再去县城一趟呢——这下再也不用去了。

生活，有时就在一念之间，就呈现出不同的路途和结局。老汤最后总结出这么一条真谛，也只是总结在心里，没敢拿出来和人分享，尤其是他的那些同事。

六

"汉金，开下门。"

"谁啊？"

"是我，老汤。"

"做什么？"

"坐坐。"

门开了，咯吱一声。老汤没想到，几十年了，汉金家还是这扇柴门，油漆掉了不说，连木板都被虫子和时光腐蚀磨蹭得像雨水冲刷过的泥地，门上本来油着"加冠进禄"四字，老汤记得小时候那四个红底黑字是刚油上去的，很大很清楚，如今字已经没了，连红底也掉了，同样的位置上只是过年时贴上的两张红联，也已经被风吹或者某个小孩给撕得支离破碎。

汉金的房子是汉金的父亲留下来的，不满一座，就半边，一个厝手房加一个小房间，半个大厅是汉金搭起来的棚寮，白天歇息吃饭可以，晚上睡觉就不行了。汉金还有一个弟弟，叫汉武，另一边的房基便是他的。汉武听说比较有出息，老汤也只是听说，他已经很多年没怎么关心这一家人了。所谓的出息，也只是在镇上租了半爿铺头做点小生意，或者打点工而已，要不也不用老和哥哥过不去，占着另外的半座房基不让哥哥碰。汉金兄弟俩的不合，这点老汤倒是知道，因为事情闹得有点大，几年前了，兄弟俩还打了一架，好像是因为哥哥把一头牛拴在了弟弟的房基地上，拉了一地的牛粪。

老汤站在汉金家门口，他心里想：其实汉金这一辈子也真够失败的，如果说他来到世上有什么成绩的话，那就是一口气生了三个儿子两个女儿。这点上，汉金和他家那头黄沙牛真有一比。照老汤之前的想法，汉金这种行为有点不可理解，越穷越生，也就越生越穷。老汤就经常拿他开玩笑，"像汉金那样，生一大堆孩子，一个防意外，一个准备打架时一命换一命，最后剩下一个来养老。"老汤那时的嘴巴是出了名的不饶人。如今想起来，还不只是不饶人那么简单，都有点刻薄，有点毒了。自从儿子溺毙之后，老汤就再也没说过类似的话。如果真要他说点什么，那也只能说，他现在还真有点羡慕汉金，虽穷，虽苦，毕竟一家人还团团圆圆，热热闹闹。

"人勿相媲，千人有千样的苦。"这也是这个村庄留下来的一句老话。老汤教了三十多年书，不管是不是正式，这点道理还是懂的。

汉金一家差不多都睡下了。除了两个大女儿睡在隔壁的小房间里，其他五人都挤在一张被加宽了的门床上，汉金和妻子睡南头，三个各相差一岁的儿子则像三条秋刀鱼一样并排睡在北边，不时因为扯被子相互在底下踢撞，于是他们的母亲就突然坐起来大骂。

"再吵把你们一个个扔外面去淋雨。"汉金骂道，"秋水，你起来，汤老师来了。"

秋水翻身下了床，他的嘴巴已经肿了，像含着一个鸡蛋。老汤抬头看了秋水一眼，发现秋水的目光躲闪，没敢看老师，但迫于父亲的威严，他还是坐在旁边的椅子上，低着头玩手指。另外两个男孩，嘻嘻哈哈掀起被子的一角偷看。老汤不知道他们叫什么，一个似乎已经很大，一直没上学，一个还小，在秋水的下面，还没到上学的年纪。

　　说什么呢？老汤叹了口气，问汉金："有烟吗？"

　　汉金说："你袋里不是有吗？"

　　老汤说："我只剩下一根了，留着明早抽。"

　　汉金有点不情愿，起身去找，终于在灶台找到一个已经瘪得不像样的烟盒，撕开一看，刚好有两根红梅，村里小店最便宜的那种，两人一人一根，抽了起来。抽完烟，老汤还是不知道该怎么说起，便又问，有茶吗？汉金又起身去端茶具，接着又到处翻找茶叶。老汤顺势把这一家子环视一圈，杂杂碎碎，东西真多，但没一件像样的，一个旧电视，一辆旧单车，上面都搭满了衣服，层层叠叠，看起来跟小山似的。相比之下，老汤觉得妻子有时难免唠叨，但确实是一个爱干净整洁的人，把家收拾得井然有序，没有一样东西是可以有失规律的——归根结底，也是因为老汤家人少，要是一下子给老汤的妻子塞五个孩子，估计她也是招架不住的。

　　两人喝了一壶热水，老汤才开口说话。

　　"汉金，我儿子死了几年了？"

　　汉金被这么一问，愣住了，他没想到老汤不说秋水，反而说起了自己的儿子。

　　"三年了吧。"

　　"好，你还记得啊。"

　　"记得，那次秋水差点就死了。"汉金看了秋水一眼。

　　"是我儿子把你儿子救了，你儿子没死，我儿子死了。是不是这样啊？好几年前的事了，我都忘了。"

　　汉金突然接不上话，他本就不是一个口齿伶俐的人，被老汤这么一问，噎住了。秋水抬头看了他们一眼，似乎不太明白他们在说什么，三年前，秋水才五岁，三年后，八岁的他已经把五岁的事忘得差不多了。秋水突然插嘴："汤老师，我知道'锄禾日当午'的下一句是什么了，是'汗滴禾下土'。"

　　"话多。"汉金拍了一下秋水的头。秋水却看着汤老师，希望得到肯定似的。

　　汉金又冲了一轮茶，彼此沉默。

　　"老汤，我……"汉金终于开口，"谁也不希望那样的，是吧。我知道你有气，有怨，可你也不能拿孩子报复啊，他懂什么，这么小。"

　　报复？汉金说了"报复"二字。老汤那一刻真想起身像扇秋水一样扇汉金一巴掌，如果是三年前，三年前的脾性，他肯定扇了，不但扇了，还踢了。但现在，老汤忍住了。老汤开始觉得有些事情原来是真的说不清楚的，或者是不能说清楚，彼此的话语都不在一个频道上，你说的是这个意思，他说的又是另一个意思。老汤在路上准备的一肚子话，突然间一无是处，说什么呢？有什么好说的？有些事情需要心领神会，如果汉金是个明白人，他就不应该为这一巴掌生气。凡事都需要点破的话，便会变了味。老汤真不想说了，尤其是扯到儿子的死，他是一句都不想重提的，他只是觉得他妈的怎么个个都这么糊涂，或者装糊涂。

老汤累了，他想回去睡觉。或许明天醒来，对这个事情又有了另一层理解。

老汤问，几点了？

十二点。床上有人抢着答。老汤不知道是秋水的哥哥还是秋水的弟弟。

老汤起身要走。

"要不，"汉金也起身，"我明天再找一下庄校长，不要医药费了。"

"汉金啊，你还是不明白我的意思，"老汤叹了口气，"我不是为那么点钱来的。医药费怎么能不要呢？你看秋水的嘴巴都肿得跟猪八戒一样了。"

汉金笑了，秋水也笑了，床上的人也掀开被子笑。

老汤站在门口，回头一看，汉金的妻子和另外两个孩子都下了床，一家人看着老汤离开。老汤突然心里一热，他想起最后把儿子僵硬的身体抱进棺椁的那一幕。老汤一转身，泪水掉了下来。

老汤走出一大段巷街，才想起藏在榕树洞里的八个鸡蛋，又匆匆往回走，拿了鸡蛋，悄悄放在了汉金家的门口。

你为什么不来天堂看一看

哲　贵①

　　周五下午，尹雯丽向单位请假，坐动车回信河街。到站后，又转乘公交车。从公交车下来，街上的路灯刚好开张。尹雯丽对接下来要发生的事心怀期待，却又忐忑不安。她心里说，妈的，尹雯丽，又不是第一次，有什么好犹豫的？

　　从公交站到家的路约五百米，尹雯丽一般走八分钟。她今天故意放慢步伐，好几次甚至停下脚步，仔细观察路边绿化带上的杜鹃花。绿化带由冬青和杜鹃花修建而成，修剪成一堵矮墙，杜鹃的花瓣不时俏皮地探出头来。她觉得奇怪，杜鹃花不是每年四月中下旬才开放的吗？现在只是初春，寒意未消，为何提前破季开放？另外，尹雯丽也发现，不知是时节未到还是灯光原因，花瓣颜色苍白，一副有气无力的样子。

　　这时，尹雯丽包里的手机响起来，一定是妈妈的电话，这已经是第五个。妈妈太迫切了，比她本人还迫切。从某种意义上说，这事是妈妈的意志。

　　从懂事起，妈妈就告诉她以后必须走这条路，只有走这条路，他们家才会受人尊重，她才会受人尊敬。妈妈说这些话时，爸爸已经做过换肾手术。爸爸原来办皮鞋厂，妈妈是数学老师，爸爸的病把家底掏空了。做了换肾手术后，爸爸基本上赋闲在家，每天帮妈妈买菜做家务。妈妈在学校上课同时，开始在家里带学生。家庭生活费、尹雯丽和弟弟的学费、爸爸每月的

---

① 　哲　贵　作家，1973年生于浙江温州。主要作品有《金属心》《住酒店的人》《信河街传奇》《空心人》《猛虎图》等。

药费、亲友间人情来往，全部落在妈妈身上。妈妈没喊过一句辛苦，只是不断提示尹雯丽，以后不要过她这样的生活，要过另一种不一样的生活。妈妈刚跟尹雯丽说这些话时，她还不是很清楚那是一种什么样的生活，再说，那种生活离她太遥远，远到她摸不着嗅不到。但她很快从心理上接受了妈妈的意志，没觉得有什么不好，因为隔壁邻居很多大姐姐都选择了这种生活，成了街坊和亲朋好友的骄傲。爸爸是在尹雯丽读高三那年离开的，他坚持了十年。爸爸从小对尹雯丽好，有什么好吃的先想着她。特别是他专业从事家庭后勤事务后，知道尹雯丽喜欢吃花蛤，每天餐桌上都有这个菜。妈妈和弟弟从来不碰这个菜。妈妈对弟弟的学习抓得很紧，带他去任课老师家拜访，请老师专门辅导，却从来没问过尹雯丽考试成绩，也从来没给她零花钱。尹雯丽的零花钱都是爸爸偷偷塞给她的。其实，尹雯丽不需要零花钱，也可以不吃花蛤，她多么希望妈妈看一眼，问候一声，她做梦都想着这件事，希望有一天幸福会降临，可是，妈妈没有。尹雯丽知道爸爸对她好，然而，爸爸离世时，她只是心里空了一下，没有悲伤，没有不舍，连眼泪也没有流一滴。妈妈哭得排山倒海，声音像水库泄洪。第二年，尹雯丽高考考了七百三十分，清华和北大都想招她入学。这个成绩大大出乎妈妈意料，她只是听说尹雯丽成绩很好，没想到她好到这个程度。这就碰到一个问题：去哪里读书？妈妈本意是让她在信河街大学念书，最好是师范学院的外文系，大学还是要念的，这是起码的资本。但是，尹雯丽考出这么好的成绩，信河街的庙显得太小了。更主要的是，尹雯丽一心要去外地读大学，她要离开妈妈，离开这个家。两人僵持了一段时间，主要表现形式为冷战，不看对方，更不说话。这是尹雯丽与妈妈第一次较量，是一次无声的抗争。在这个家，妈妈是统帅，她是士兵，她只能服从甚至讨好妈妈。对的，就是讨好，只有尹雯丽知道，她的学习成绩为什么那么好。她知道妈妈是个老师，妈妈喜欢成绩好的学生，她希望以好成绩引起妈妈注意。这次抗争的结果是妈妈率先做了妥协，她主动找尹雯丽谈话，第一次使用商量口气。尹雯丽已做好最坏打算，不管妈妈同意不同意，她要去北京，离开家，离开妈妈，越远越好。她想象妈妈会断了她的供养，她不怕，大不了一边打工一边上学，她相信能养活自己。妈妈的妥协出乎她的意料，让她的坚持失去重心。她还没有学会从容面对和应付战争。最后，尹雯丽也做了妥协，选择了上海财经大学，因为学校给她全额奖学金。尹雯丽去上海读大学前一晚，妈妈对她说："我早就看出你是个心硬的人，你爸爸对你那么好，他走时，你一滴眼泪没掉，你看看你弟弟，他哭得头发冒烟。"

包里的手机又响了，尹雯丽拿出来一看，不是妈妈打来的，她犹豫了一下，没有接。

尹雯丽进了家门，客厅两个人同时站起来，一个是妈妈，另一个是陌生男人。说陌生也不对，妈妈昨天已通过弟弟的 QQ 把这男人的照片发给她。尹雯丽没看妈妈，对那个男人点了点头，那个男人也对她点点头。

"大卫等你半天了。"妈妈对她行动迟缓很不满。

"没关系，听伯母讲话，我仿佛又回到了课堂。"那男人说完，转向尹雯丽，"你好，我叫 David，国内的名字叫李大卫，你叫我大卫好了。"

"你好。"尹雯丽主动伸手跟他握了握，发现他的手指甲有黑色污垢。尹雯丽轻轻碰一下他的手，礼节性的。他也是，尹雯丽手指一松开，他也马上松开。从尹雯丽进门后，他两眼发光，贪婪地盯着尹雯丽看，头发、脸蛋、胸脯、臀部、腿部，包括她的声音，好像在扫描，要洞穿她的身体。他的神色像在挑选一件随时可以拿在手里带走的物品。尹雯丽记不清在家里见了多少个这样的男人，但妈妈记得，她见一个，妈妈要在笔记本里记上一笔，包括对方名字？原籍哪里？现在美国哪个州哪个城市？从事什么职业？她记得清清楚楚，并且不忘提醒尹雯丽。

尹雯丽坐下来后，李大卫问她大学读的是什么专业，尹雯丽说是金融。李大卫问她现在从事什么工作，尹雯丽说是银行内勤。李大卫问她英语怎么样？尹雯丽说大学六级。李大卫改用英语跟她对话，尹雯丽也用英语回答。李大卫表示很满意。尹雯丽对付这样的场面已有经验，她知道自己表现的环节已完成，对李大卫说，"你坐，我有点累了。"说完，进了房间，随即把门关上。

她在房间里，隐约听见妈妈跟李大卫的说话声，然后，听见李大卫跟她说再见。她没搭理。妈妈提高了声音说："尹雯丽，大卫要走了，你出来送一下。"

尹雯丽说："我睡下了。"

大卫马上说："你坐一下午动车也累了，我们明天再约。"

她听见妈妈送他出门的声音，又听见关门声。尹雯丽知道，接下来，妈妈肯定会进她房间，再接下来的情况基本上是两种，要么是她埋头睡觉，要么奋起反击。这种情况从尹雯丽读大学第一年就开始了。

尹雯丽读大学的第一个学期末，妈妈给她打电话，叫她回家一趟，有一个美国华侨看了她的照片，天天往家里跑，每次提着两瓶从美国带回的洋酒。妈妈看不懂洋酒牌子，那些洋酒瓶形状奇特，有扇状的，有球状的，有四方形的，也有手榴弹形状的，很名贵的样子。对方仿佛认定尹雯丽，每次来家，自作主张叫妈妈。妈妈被叫得晕头转向，打电话叫尹雯丽赶快回来。尹雯丽当然知道回来是什么意思，她不排斥，相反，内心怀有相当的期待和向往，毕竟这个念头从小被培育灌溉，已在心里根深蒂固，鲜花盛开，只等一个结果而已。但是，妈妈来电话时，尹雯丽正准备期末考，这是其一。其二是尹雯丽刚刚摆脱了妈妈，自由自在的生活刚刚开始，她不想马上掉进另一个轨道。最主要的是，尹雯丽不想让妈妈轻易达成目的，这是她的事，应该由她做主。所以，妈妈一天十个电话也没用，她就是不回。尹雯丽没想到，那个华侨居然跑到上海，在校门口给她打电话，说想见她一面。尹雯丽在心里说，妈的，你说见面就见面，你以为你是谁呀？没想到一开口，她居然答应了。尹雯丽在校门口见到一个三十多岁的黑瘦男人，理着小平头，脸上都是抠青春痘留下的黑斑，他神态骄傲地在校门口踱来踱去，用居高临下的眼神打量进出的男男女女。尹雯丽跟他互相报了名字，主动跟他握了手，尹雯丽发现他手上有一片很突兀的白斑，赶紧把手抽回来，说正准备期末考试，头也不回地跑了。白斑华侨没死心，在上海住了一个星期，每天去学校找尹雯丽。尹雯丽只好向班主任求助，班主任跟学校保卫处说明情况，不让他进校门。他打电话向妈妈求助，妈妈打电话给尹雯丽，她故意不接。过了一个星期，她打电话回家对妈妈说，以后再把她的电话和学校信息透露给别人，她将以自己的方式安排自己的未来。妈妈说，你这是威胁吗？她说是的，不信你可以试试。

　　从那以后，尹雯丽每个学期都要回来几趟。尹雯丽处理这种事情的能力与生俱来，她只要看一眼他们的眼神，就能洞穿对方心思。他们的共同点是猴儿急，一看见她，恨不得眼睛里伸出一双手，立即扒了她的衣服拖到床上去。但尹雯丽不急，她身材饱满，双腿修长，臀部宽阔，乳房结实，皮肤洁白细腻。她对自己有信心。这个时候急的是他们，她像一个钓鱼高手，知道什么时候放线，更知道什么时候收线。

　　尹雯丽到目前还没有收线，是因为妈妈。她不想让妈妈得逞得太早，要让她在一次又一次的希望中跌落，每一次看见妈妈失望的眼神，尹雯丽心里高兴得直颤抖。她不能原谅妈妈从小对她的偏见，更不能原谅妈妈从小就预设好她未来的人生旅程。那么好吧，我也不让你轻易如愿。

　　李大卫第二天一早就来了。他用行动说明对尹雯丽的中意。

　　他带尹雯丽去的第一个地方是瓯江广场住宅区，那是信河街目前最高档的住宅区，最高峰时，每平方米卖到八万八千。李大卫告诉尹雯丽，他在最高峰时买进五百平方米，现在蒸发掉一千多万。他们去的第二个地方是白鹿酒庄，汇集了世界各地几千个品牌红酒，中国市场上很多红酒都是从这里批发出去的。李大卫说他是这个酒庄的股东之一。他们去的第三个地方是一个叫都市花海的农庄，在那里吃了一顿用土灶烧出来的农家菜。这个农庄原来是一个村庄，李大卫和朋友把它承包下来，开发成农庄，有餐饮，有宾馆，有游乐场，还种植了五百多亩薰衣草。吃饭时，尹雯丽包里的手机叫起来，她掏出来看了看，没有接。饭后返回市区，李大卫带她去信河街最著名的商场——银河百货。李大卫带她上了十九层，他告诉尹雯丽，这一层有一半是他的房产。

　　尹雯丽知道李大卫是在向她炫耀。尹雯丽没有说话，脸上挂着淡淡笑容。

　　从银河百货出来，李大卫说晚上有老同学聚会，邀请尹雯丽参加，尹雯丽拒绝了。国外回来的华侨几乎每天晚上都在应酬，不是同学就是朋友，还有就是政府官员的宴请。李大卫没有勉强，送她回家的路上，互留了电话号码，他说这次回来的目的就是结婚，如果尹雯丽同意，随时可以跟他去领结婚证。去公证处办完公证，随时可以跟他去美国。尹雯丽知道李大卫这么说不是美国式的直接，而是信河街华侨回来找老婆的特色。尹雯丽说，领证的事还得想一想，她还没完全做好思想准备。这当然是尹雯丽一贯的托词，明天一早，她就坐动车回杭州，从此与这个叫李大卫的男人再无干涉。

　　尹雯丽回到家，看见妈妈一脸失望的表情，尹雯丽知道自己又在她心脏插了一刀。但她不能接受妈妈这种失望的表情，妈妈表情背后的意思很明白，最好她晚上就睡到李大卫床上去，明天领证，后天去美国。

　　尹雯丽没有等她开口，直接回了房间。

　　妈妈在门外叫她，她没应。妈妈推门进来，见尹雯丽坐在床上，她拉一张椅子在尹雯丽对面坐下来，看尹雯丽一眼，说："大卫很不错的。"

　　尹雯丽故意不回话。

　　妈妈接着说："他在旧金山有一个很大的中餐馆。"

　　哈，怪不得，尹雯丽从李大卫身上闻到一股奇怪的气味，原来是厨房的油烟味，他一定是为了盖住这股气味，喷了古龙香水。

　　"错过这一次，以后再难碰上这么理想的人了。"妈妈说。

尹雯丽心里生出一阵恶意，瞟了妈妈一眼，故意说："既然这么理想，你嫁给他算了。"

"我也想，可谁会看上我这个老太婆呢？"妈妈叹了口气。

尹雯丽本想激怒她，见她没上当，便转个方向说："可我没看上他。"

"他哪里不好？"妈妈问。

"他指甲有污垢，说明不是一个洁身自爱的人。"

"指甲有污垢说明他是一个勤劳的人。"

"他既然这么好，为什么不找个美国女人结婚？"尹雯丽反问。

"他说他就要找信河街的女人。"

"他为什么要找信河街的女人？"

"因为他是信河街人。"

"他是美国人。"

"他的根在信河街。"

"他的生意在信河街。"尹雯丽冷笑了一声，又补充一句，"你这么急于让我嫁给他，他是不是送你很多美元？"

"大卫没给我一分钱。"妈妈依然没有发怒，"我觉得他是个理想人选。"

"是你的理想人选吧？"尹雯丽挑衅地说。

"是的。"妈妈承认说，接着又反问，"我难道不是为了你吗？"

"你是为了自己。"尹雯丽不依不饶，她一定要逼迫妈妈发怒，妈妈发怒，她明天就会走得轻松。

妈妈的脸突然涨得通红，这是她发怒的征兆，再加一把火，她就会燃烧。尹雯丽心跳随之加速，一场好戏即将开锣，她接着说："我没跟李大卫上床，是不是让你很失望？"

果然，妈妈嚯地站起来，手指戳着她骂："你混账。"

尹雯丽觉得心脏快要跳出喉咙，她强压住兴奋，回了一句："你也混账。"

让尹雯丽没想到的是，妈妈一屁股又坐回椅子，低下头，自言自语道："你骂我？你为什么要骂我？"

尹雯丽特意提高声音，恶声恶气地说："你还不该骂吗？你看你把尹俊宠成什么样了？"

尹俊是尹雯丽的弟弟。尹俊遗传了妈妈的数学基因，上数学课基本趴在桌子上睡觉，可是，无论什么时候老师叫他站起来回答问题，他张口就来，解题的方法还跟老师不一样，每次考试都是满分。在妈妈的全力栽培下，尹俊小学四年级就能做初中数学题，读初中能做高考试卷。然而，尹俊高考不到四百分，除了数学满分，其他科目都在五十分上下。读专科的尹俊离开家庭，离开妈妈，很快找到人生新方向，一头扎进电子游戏里。在专科学校读了一年，妈妈接到学校电话，她赶到学校，看见尹俊嘴巴歪了，说话不清晰，身体不停抽搐。学校告诉妈妈，尹俊在网吧连续上网一个星期，第八天从网吧出来，走到学校门口，扑通一声瘫在校门口。妈妈很生气，严肃地批评了学校领导和尹俊的班主任，认为他们教学管理不科学，不适合尹俊这样的天才，尹俊要申请退学。妈妈的要求正中学校下怀，很快给尹俊办了退学手续，欢送尹俊和妈妈离开。回家后，尹俊在医院住了一个月，身体才恢复过来。在医院里，尹俊让妈妈给他买了一台苹果电脑，出院后，他将自己关进房间，他的房间弥漫着烟雾，电脑桌和地板扔满烟屁股和空可乐瓶。他钻进电脑世界再不出来，每天佝偻着身体。他很快发生了变化，身体又小又圆，脑袋尖利，手脚短细，偶尔开口，发出咻咻的响声，宛如穿山甲。

妈妈从来没说过尹俊一句不好的话，她也不愿意别人说尹俊坏话。在她心目中，尹俊是天才，只不过天才还在沉睡，只要他醒来，就能放射万丈光芒。

"我不许你这样说你弟弟。"妈妈低下的头立即抬起来，眼睛射出犀利的光。

"他就是个废人。"尹雯丽肯定地说。

啪的一声，尹雯丽左边的脸颊一烫，她看了妈妈一眼，快活地笑了。而妈妈愣愣地看了看举在空中的手，突然掩面哭起来。但她很快把眼泪擦干，看着自己的手掌说："我不许你这样说你弟弟。"

尹雯丽脸上依然挂着微笑，她看着妈妈，一字一顿地说："他现在变成一只穿山甲了，是被你害成这样的。"

"我不许你这样说你弟弟，他不是穿山甲。"妈妈喃喃地说，慢慢走出尹雯丽房间。

尹雯丽把房门反锁起来，瘫倒在床上。可她睡不着，睁着眼睛，看着窗外的天空一点点明亮起来。

第二天一早，尹雯丽坐上去杭州的动车。快到杭州时，她包里的手机叫了，她掏出来看了看，依然没接。下了动车，回到杭州租住的家，衣服也没脱，躺在床上，关了手机，很快睡着了。

电话是一个叫袁野的人打来的。

袁野是尹雯丽银行同事，上班半年后，他请尹雯丽去看印象西湖表演，看完之后两人去星巴克喝咖啡。在送尹雯丽回家的路上，袁野突然拉住尹雯丽的手说，做我女朋友吧？尹雯丽把手抽回来，告诉袁野，我马上就要嫁到美国去了，不可能做你女朋友。袁野说，你不是还没去美国吗？只要你在国内一天，我就追求一天。尹雯丽说你追也是白追，我不会答应的。袁野说我不管。

袁野追了尹雯丽一年，尹雯丽还是那句话。袁野说，都一年了，你不是还没嫁出去嘛。尹雯丽说我随时都可能出去，我不会跟你谈恋爱，如果要谈，我在大学就谈了。袁野并没有停止追求的步伐，不断请她吃饭看戏，每个节日送花，每天下午送一杯醇咖啡。整个银行都知道袁野在追求尹雯丽，认为他们在热恋。

这次回信河街，尹雯丽没有告诉袁野。她从来没把自己的行程告诉袁野，没这个必要嘛。袁野给她打电话，尹雯丽心情好时接一个，心情不好当没听见。不管她接不接，袁野照打不误。

周一下班后，其他同事都走了，尹雯丽在办公室整理文件，刚准备走，袁野来了。他盯着尹雯丽看了好一会儿，尹雯丽只当没看见。袁野突然对她说："尹雯丽，你今天不一样了。"

尹雯丽看他一眼，说："我哪里不一样了？"

袁野说："神态不一样了。"

尹雯丽说："神态怎么不一样了？"

袁野又盯着她看了看，话题一转，问她："上周末你去哪里了？我打了那么多手机都没接。"

"我回信河街了。"尹雯丽不喜欢袁野的口气，她的口气也变得生硬。

"又相亲？"

尹雯丽听出他的嘲讽，瞪了他一眼，说："是的。"

"怎么样？"袁野问。

"很好。"尹雯丽说。

"你很满意？"袁野问。

"我很满意。"尹雯丽停了一下，又加了一句，"对方更满意，要求马上领证。"

袁野的嘴角抽搐了两下，看着尹雯丽说："你答应了？"

"我答应了。"尹雯丽肯定地说。

袁野抬头看看天花板，手掌摸摸下巴，说："我也有一件事要告诉你。"

尹雯丽没吱声。

袁野的嘴角又抽搐了两下，说："上周末，家里给我介绍女朋友，我有她的照片，想请你参谋参谋。"

说完，袁野从口袋里摸出手机，调出照片让尹雯丽看。尹雯丽瞥了一眼，说："蛮好。"

"我对她感觉也蛮好。"袁野说。

"祝福你。"尹雯丽立即说。

"我也祝福你。"停了一下，袁野说，"你什么时候去美国？"

"很快。"尹雯丽接着补一句，"就在这几天。"

"那好。"袁野对她挥挥手，"再见。"

"再见。"尹雯丽没有挥手。

看着袁野走出办公室，尹雯丽心里空空的，身上乏力，双腿发软。她把办公室的门反锁上，又在办公室桌前坐下来。

天渐渐黑了，她没有开灯。手机突然不要命地叫起来，她看了一下，是李大卫，她想了一下，接了。李大卫在电话那头问："尹雯丽，你思考得怎么样了？"

"我们后天去领证。"尹雯丽说。

"好好，后天我去你家接你。"李大卫在电话那头笑着说。

挂断手机后，尹雯丽给单位写了一封简单的辞职信。第二天一早交给行长，当天晚上回了信河街。妈妈已经从李大卫那里得到消息，她不敢相信尹雯丽答应得这么爽快，又不敢问，看尹雯丽的眼神显得小心翼翼，尽量不跟她说话。尹雯丽也不主动跟她说话。这样倒也清净。

次日上午，李大卫一大早带尹雯丽去民政局领证，领完后又去涉外公证处办了公证。晚上在华侨饭店摆了一桌酒，只请了尹雯丽一家和李大卫几个近亲。尹俊更像穿山甲了，眼睛左右闪烁，蹲在椅子里，用手抓东西吃，一眨眼就不见了。其他亲戚说了几句祝福的话，很早散去。妈妈最后一个走，她一直想跟尹雯丽说话，尹雯丽没给她机会。

那天晚上尹雯丽和李大卫住在华侨饭店。进了房间，李大卫先去冲澡，他围着浴巾出来，叫尹雯丽进去冲，尹雯丽冲完澡出来，李大卫已经赤条条躺在床上，阳具挺在那里。尹雯丽走过去，他伸手一把抱住，三下两下扒光她，手嘴一阵忙乱，很快骑到尹雯丽身上。尹雯丽一直想开口问他刚才冲澡有没有用沐浴露，他身上依然有一股油烟味和古龙香水混合的杂味，比油烟味更难闻，但她忍住了，她把头歪到一边，憋着气，睁大空洞的眼睛，希望李大卫尽快完事。

去美国前一晚，妈妈打她手机，她没接。妈妈打李大卫手机，说要来华侨饭店。李大卫转达妈妈的话，尹雯丽说自己要去做头发，让李大卫在房间里等妈妈。尹雯丽没去做头发，她从人民路逛到九山湖，经过信河街第一中学，这里曾是她的母校，听说已搬了新址。然后逛到瓯江边，江中央有一座孤屿，她读小学时班级曾组织去春游。读初中时，每年正月初一早上随爸爸坐渡轮去孤屿上的江心寺烧香。读高中后因为学习忙，去得少了，读大学后一次也没去过。沿着瓯江江边往东走，进入环城路，这里以前是夜市一条街，比白天还亮还热闹，现在只有汽车飞快驶过。走过环城路，朝右拐入公园路，有中山公园和新华书店。过了公园路就到五马街，是条步行商业街，有百年老店，也有国际新品，外地人来信河街旅游和访友，都要到五马街看看。五马街往西走，经过蝉街，就回到华侨饭店。尹雯丽回到房间，李大卫说，妈妈等了两个钟头，打手机你没接，很失望地回去了。尹雯丽没有吱声。

办完签证手续，尹雯丽到了美国旧金山。

李大卫开的是一家名叫"好再来"的中式自助餐，地点很理想，在旧金山渔人码头附近，离九曲花街也近。生意很不错，主要顾客是国内旅游团，旧金山有不少华侨，他们会在周末和家人来这里聚餐。偶尔也有洋人来，大多是为了尝鲜，或者换换口味。

到旧金山后，尹雯丽才知道李大卫为什么要去信河街找老婆，他找的不仅仅是老婆，还是一个不用付工资的员工，他要是找一个美国老婆，不可能每天给他坐柜台收账。尹雯丽还知道，李大卫在信河街没那么多投资，瓯江广场住宅区的豪宅是他和几个华侨合资购买的，房价跌下来后被套牢了。白鹿酒庄他确实占百分之二十股份，但那只是第一期投资，没多少钱。都市花海农庄他只占百分之十股份，是小股东。银河百货十九层也是他和其他华侨合伙投资的，价格降了不少，脱手很困难。尹雯丽还知道，李大卫给妈妈两百万美元聘礼。

到美国后，尹雯丽没给妈妈打过电话，妈妈也绕开她，只跟李大卫单线联系。

一年后，尹雯丽拿到绿卡。那天，李大卫给妈妈打电话，说："妈妈，告诉你一件喜事，尹雯丽拿到绿卡了。"

“好。”妈妈在电话那头指示道，“叫尹雯丽在美国好好做事，家里都好，不要挂念。”

“你不是一直想来美国看看吗？现在尹雯丽拿到绿卡了，你过来住一段时间。”李大卫大声说。

“我不过去了，话不通，像个哑巴。”妈妈笑着说，“你们有这个心我就满足了。”

尹雯丽知道妈妈想来美国，来美国是她的梦想，美国是她的天堂。她以前一直对尹雯丽灌输一个观念，要想改变命运，必须嫁到美国，必须成为美国人。只有成为美国人，她的人生才算成功，才有意义。现在，李大卫邀请她来美国，她为什么不来？她为什么不到她的天堂来？这个星球上，最应该来美国的人应该是她，这是她梦想的天堂。尹雯丽很想接过电话问一问妈妈，但她忍住了。

李大卫隔半年回一趟信河街，中餐馆交给尹雯丽打理。每天打烊，他准时打来电话，尹雯丽汇报账目后，他说，这段时间你辛苦了，等我回去给你休假。回来后绝口不提休假的事。

休不休假尹雯丽并不关心，她连著名的金门大桥也没去过。实在不想待在中餐馆，她就去渔人码头坐坐，发一会儿呆，或者去九曲花街，看车流蜿蜒上下。往往一坐就是两个钟头。

旧金山华侨有一个社团组织，李大卫是活跃分子。信河街的政府官员和企业界人士来旧金山，李大卫会出面接待，有时也把宴请地点安排在“好再来”。社团里谁家孩子结婚，李大卫会去跟人情，谁家来了信河街客人，也会邀请李大卫前去作陪。他为人客气，受人欢迎。

有些活动邀请夫妻出席，尹雯丽一律回绝。李大卫没有勉强，他对华侨解释说，尹雯丽要照管中餐馆。时间一长，华侨接受了尹雯丽勤劳贤惠的形象。

华侨来中餐馆用餐，大多会跟尹雯丽说一声 hello，她点点头，回应一声 hello，态度不热也不冷，仅此而已。见得多了，知道对方是谁，只是叫不出名字。

李大卫想要个孩子，四年过去了，尹雯丽的肚子没有任何动静。李大卫带她去检查，两人身体都没问题。尹雯丽猜测不能怀孕跟李大卫身上的气味有关，跟她的精神状态也有关，但她不想告诉李大卫。

第五年，尹雯丽正式加入美国籍。入籍不久，中餐馆接待一个浙江企业家访问团。这种团很多，几乎每天都有，尹雯丽没有特别在意。她坐在收银台核账，一抬头，发现一个背影很熟悉的人。她心里猛烈地跳动起来，震得耳鸣头晕。坐了一会儿，尿意涌上来，夹着腿往洗手间走。路过餐厅时，她不敢抬头。到了洗手间，居然又看见那个背影，她听见脑袋里发出轰的一声，身体曛地烧起来，忍不住抬头看了一眼，看见镜子里映出一张脸——那是一张与袁野完全不同的脸。她心里突然生出一种深深的失落感，有种想哭的感觉。

过了一段时间，尹俊在QQ头像闪动了，他现在QQ头像也换成了穿山甲，他在QQ上说，妈妈前段时间中风了，在医院躺了半个月。留下的后遗症是嘴巴有点歪，走路有点瘸。但她说话声音比以前更响亮，走路比以前更快，每天晚上参加广场舞，第一个去，最后一个回。

李大卫又要回信河街了。他对尹雯丽说，妈妈中风了，你应该回去看看，我们一起走一趟吧。李大卫又说，每次跟妈妈通电话，她总是问你身体怎么样？吃得习惯不习惯？变胖还是变瘦？有没有怀上了？你也应该多关心她。尹雯丽说你回去吧，我们一起回去中餐馆谁来照看？李大卫说，也对，我跟妈妈解释一下。尹雯丽出来之前就下了决心，此生至死，不再回信河街。信河街已没有可以留念的人和事了，她决定做个客死他乡异国的野鬼孤魂。她觉得这样挺好。

李大卫回去一个星期时，穿山甲的QQ头像又闪动了，他告诉尹雯丽，妈妈中风后得了一种怪病，每天早上去菜场买花蛤，每顿端上餐桌，却没动一下筷子，也不让尹俊动，晚上倒掉，第二天餐桌上又出现一盘新的花蛤。

尹雯丽看着电脑屏幕，嘴唇张了张，却没发出声音。

附　　录

小　心·······················刘庆邦（《人民文学》2016 年第 3 期）

老　鬼·······················黄孝阳（《飞天》2016 年第 1 期）

喜盈门·······················盛可以（《人民文学》2016 年第 4 期）

爱从结束开始·········邢庆杰（《小说月报·原创版》2016 年第 11 期）

地下眼·······················王祥夫（《上海文学》2016 年第 2 期）

电影放映员 ···············李云雷（《人民文学》2016 年第 4 期）

分别少收和多给了十块钱·······曹　寇（《青春》2016 年第 4 期）

跟马德说再见···············艾　玛（《青岛文学》2016 年第 3 期）

欢笑夏侯···················陈世旭（《北京文学》2016 年第 5 期）

江上明灯···················叶兆言（《北京文学》2016 年第 10 期）

酒徒行传···················东　君（《长江文艺》2016 年第 3 期）

看电视·····················李延青（《天涯》2016 年第 6 期）

烈日，亲戚·················吕　新（《收获》2016 年第 2 期）

慢慢讲述···················武　歆（《小说界》2016 年第 5 期）

莫尔道嘎···················徐则臣（《江南》2016 年 4 期）

你可以做无数道小菜，

　　也可以只做一道大菜·········邓一光（《人民文学》2016 年第 10 期）

瓶装女人···················李宏伟（《青年文学》2016 年 5 期）

枪　手·····················韩少功（《收获》2016 年第 4 期）

上汤子·····················杨少衡（《福建文学》2016 年第 5 期）

石国的妖···················黄土路（《青年文学》2016 年第 4 期）

谁在我的镜子里·············范小青（《天津文学》2016 年第 9 期）

私　了·····················东　西（《作家》2016 年第 2 期）

送　别······················乔　叶（《天津文学》2016 年第 5 期）

西　凉····················斯继东（《小说月报》2016 年第 1 期）

雪花禅················叶　弥（《小说月报·原创版》2016 年第 5 期）

有些事必须说清楚············陈再见（《解放军文艺》2016 年第 8 期）

你为什么不来天堂看一看············哲　贵（《作家》2016 年第 5 期）